D1148862

Melisende kann es kaum erwarten, von ihrem Bruder an die Hand eines Ehemannes gegeben zu werden. Als sie Thibault nach Ewigkeiten wieder sieht und dieser in Begleitung seines gut aussehenden Castellans Robert ist, wagt sie kaum zu hoffen, dass Robert der auserwählte Ehemann ist. Es dauert nicht lange, bis Melisende merkt, dass Thibault sie gar nicht verheiraten will. Ihre Liebe zu Robert ist jedoch stärker als alle Widerstände.

Juliet Hastings ist die Autorin des erfolgreichen erotischen Orient-Romans «Die Dienerin des Tempels» (rororo 23871).

Juliet Hastings

SPIELE IM HAREM

EROTISCHER ROMAN

Deutsch von
Johannes Sabinski

WUNDERLICH TASCHENBUCH

Die Originalausgabe erschien 1996
unter dem Titel «Forbidden Crusade»
bei Black Lace, London

Neuausgabe September 2006

Deutsche Erstausgabe
Veröffentlicht im
Rowohlt Taschenbuch Verlag,
Reinbek bei Hamburg, Juli 2005
Copyright © 2005 by
Rowohlt Verlag GmbH,
Reinbek bei Hamburg
«Forbidden Crusade»
Copyright © 1996 by Juliet Hastings
Published by Arrangement
with Virgin Books Ltd.
Umschlaggestaltung any.way, Andreas Pufal
(Foto: Stock Image / mauritius images)
Satz Swift PostScript bei
Pinkuin Satz und Datentechnik, Berlin
Druck und Bindung Clausen & Bosse, Leck
Printed in Germany
ISBN 13: 978 3 499 26638 6
ISBN 10: 3 499 26638 5

Erstes Kapitel
ÖSTLICHES MITTELMEER, MÄRZ 1186

Die Galeere *La Belle Iseult* schaukelte sanft in der leichten Dünung. Es herrschte Windstille, und da der Hafen von Akkon nur wenige Seemeilen entfernt lag, brauchten sich die Ruderer nicht die Nacht hindurch abmühen. Am nächsten Morgen würden sie im Handumdrehen den Hafen erreichen. So lagen das Schiff vor Anker und Mannschaft und Reisende im Schlaf.

Mit wenigen Ausnahmen. Guillaume von Marseilles, der Eigner der Galeere, hatte zwar eine Hälfte seiner Kapitänskajüte der jungen Adligen überlassen, die sein Fahrgast und der Grund für die Reise war. Deshalb zog er es jedoch nicht in Betracht, irgendeine seiner Gewohnheiten zu ändern. Viele Jahre schon pflegte er eine Frau mit auf See zu nehmen, wie es erquickliches Vorrecht eines Kapitäns war, und es gab für ihn keinen besseren Grund als eine auf Reede verbrachte Nacht, um der Gunst seiner Geliebten zu frönen.

Ein schwerer Wollvorhang teilte die Kajüte in zwei Hälften. Daher konnte Guillaumes Passagierin nicht sehen, was der Kapitän der Galeere mit dem Mädchen in seinen Armen trieb. Die Geräusche dagegen dämpfte der Vorhang in keiner Weise.

«Ah», keuchte Guillaumes Geliebte, eine hübsche Bauerntochter namens Margot. «Ah, Guillaume, mein Liebster, mein Liebster. Oh, ist das schön.»

Auf der anderen Seite des Vorhangs lag das Edelfräulein Melisende, der vornehme Gast des Kapitäns, mäuschen-

5

still auf ihrer engen Bettstelle, lauschte gespannt und starrte mit aufgerissenen Augen ins Zwielicht.

Melisende, die Tochter des Grafen Raimond von Foix. Fahrende Sänger hatten sie im Rittersaal ihres Vaters als die liebreizendste Jungfrau im ganzen Lande Oc besungen. Wer sie zu Gesicht bekommen hatte, würde die Wahrhaftigkeit der Lobpreisung kaum bestreiten. Sie war eine so groß gewachsene Frau, dass sie mit ihren schlanken Füßen an das hölzerne Fußende der Schlafstätte stieß. Ihr feines Haar war zu einem Zopf so dick wie ihr Handgelenk geflochten und leuchtete selbst in der dunklen Kajüte, vom Schimmer einer kleinen Laterne und von Fackeln beschienen, deren spärliches Licht gemeinsam mit der frischen Seeluft durch die offenen Luken drang. Ihre Haarfarbe lag zwischen Blond und Rot, hatte den rötlichen Ton des goldenen, mit Lapislazuli besetzten Diadems, das Melisende bei großen Festen auf ihrer weißen Stirn trug. In den Gesängen der Troubadoure schritt sie barfuß über das Gras, und neben dem Weiß ihrer Haut wirkten die Gänseblümchen schwarz. Sie stimmten Lieder davon an, dass ein kräftiger Mann ihre Taille mit beiden Händen umfassen konnte und sich ihre zarten Brüste unter dem feinen Gewebe ihres Kleids aus Linnen und Seide wie zwei rundliche Nüsse abzeichneten.

Ich bin zwanzig und ein Jahr alt, dachte Melisende, während sie mit offenen Augen dalag und die Geräusche von Margots Lust im Ohr hatte. Meine Schwestern sind nur ein und drei Jahre älter als ich und haben schon Kinder, viele Kinder. Ich sollte längst verheiratet sein. Warum muss ich hier in meiner Einsamkeit verschimmeln und einem Mann dabei zuhören, wie er das mit einer Frau macht, was ich so sehr für mich ersehne?

«O Guillaume», flüsterte Margot hinter dem Vorhang, «oh, das ist so gut. Berühre mich, berühre mich da.»

Und dann murmelte die raue, tiefe Stimme des Kapitäns: «Genug für dich, du kleiner Feger. Jetzt tu mal was für mich. Auf die Knie.»

Auf die Knie? Melisende wunderte sich darüber. Warum? Sie überlegte angestrengt und erinnerte sich an die vielen Male, die sie als junges Mädchen in der Burg ihres Vaters umhergeschlichen war und nach Paaren beim Liebesakt gesucht hatte, um sie zu beobachten. Deren gab es reichlich, aber das Zuschauen konnte Melisende gefährlich werden. Wurde sie von ihrer Amme beim Streifzug fern von den herrschaftlichen Privatgemächern erwischt, bekam sie den Hintern versohlt. Einmal hatte ihr Vater sie beim Versuch ertappt, sich hinüber zum Kasernengebäude zu stehlen, wo seine Soldaten Essen fassten, schliefen und ihre Frauen beglückten, und sie so gründlich verdroschen, dass sie zwei Tage lang nicht mehr sitzen konnte. Dabei schien er ebenso erschrocken wie wütend gewesen zu sein. Warum sollte ihn schrecken, was seine Männer mit ihr tun könnten? Offenbar bereitete der Akt doch größte Freude. Aber es war ihr nie gelungen, sich in die Kaserne einzuschmuggeln, und als sie endlich innerhalb der Burggemächer auf Männer und Frauen stieß, die das taten, wovon sie träumte, geschah es, welche Qual, stets im Verborgenen, von Decken oder Mänteln verhüllt, sodass ihre neugierigen Augen nicht mehr als ein sanft sich hebendes und senkendes Stück Stoff sahen, während sich ihre gepeinigten Ohren nach den vertrauten Geräuschen der Lust verzehrten.

Die Geräusche der Lust. «O Jesus», keuchte Guillaume hinter dem Vorhang. «Bei Christi Antlitz.» Und auch Margot gab erstickte Laute von sich, wie jemand, der heiß-hungrig alle guten Sitten vergisst und sich den Mund mit Essen voll stopft.

Melisende war das jüngste Kind ihres Vaters. Sie war zur Ehe mit einem Adligen aus der Umgegend bestimmt und sogar mit ihm verlobt gewesen, was in den Augen der Heiligen Kirche die Heirat bedeutete. Doch er war vor ihrem vierzehnten Geburtstag gestorben und die Verbindung nie vollzogen worden. Ein Jahr lang hatte sie die düsteren Farben und den Schleier der Trauer getragen, obwohl sie trist und elend darin aussah. Dann war in der Nähe ein Aufstand ausgebrochen und ihr Vater fast zwei Jahre lang ausschließlich mit Politik, Reisen, Kommen und Gehen beschäftigt gewesen, statt für seine schmachtende Tochter einen Gatten zu finden.

Als er endlich nach Foix zurückkehrte, erkannte Graf Raimond sein Versäumnis und suchte fortan den Landkreis eifrig nach einem möglichen Anwärter ab. Zuletzt fand er auch einen, einen vermögenden Ritter aus guter Familie, doch der Mann war alt, fett und eklig. Melisende hatte ihn abgelehnt und jeden weiblichen Kniff angewandt, über den sie verfügte, um ihren Vater zu überreden, es nicht mit allen Mitteln auf diese Ehe anzulegen. Sie hatte lange dafür gebraucht, aber am Ende die Oberhand errungen. Was Männer betraf, glaubte Melisende fest daran, sich auf Dauer immer durchzusetzen.

Doch die Jahre waren ins Land gegangen. Wen sollte sie also heiraten? Wo war der gut aussehende junge Ritter ihrer Träume, groß gewachsen und kräftig, um sie mit behändem Griff vorn in seinen hohen Sattel zu heben und mit ihr in den Sonnenaufgang davonzureiten? In den Pyrenäen gab es ihn nicht, wenigstens schien es im Verlauf der Zeit so. Vielleicht hatte ja das Haus Foix mit ihren beiden älteren Schwestern schon heiratsfähige Töchter genug. Die Berater des Grafen schüttelten immer öfter die Köpfe und machten bald Vorschläge, bei denen Melisende das Blut stockte. Auf Knien flehte sie ihren Vater an und drohte ihm, sich lieber umzubringen, als den einzigen Ausweg zu wählen, der einem unverheiratet gebliebenen Edelfräulein offen stand: ein Leben hinter Klostermauern. Vor lauter Verzweiflung hatte ihr Vater schließlich seinem Sekretär einen Brief diktiert und ihn an seinen zweiten Sohn Thibault geschickt, den Burgherrn von Montjoie in der Grafschaft Akkon, einem Teil von Jerusalem, dem Königreich der Kreuzfahrer.

Guillaume gab ein tiefes, kehliges Stöhnen von sich und fing an, in rascher Folge zu seufzen, während Margot weiterhin erstickte Wimmerlaute hervorstieß. Verwirrt und frustriert furchte Melisende ihre flaumigen, altgoldfarbenen Brauen. Was in Magdalenas Namen machten die beiden da? Sie schloss fest die Augen und presste die Schenkel zusammen. Ihr Magen fühlte sich hohl an, und je länger sie horchte, umso hohler wurde ihr zumute, bis Bauch und Lenden von einer seltsamen Leere erschauerten, die ihr zugleich kalt und heiß vorkam. Hilflos hob und senkte sie die schlanken Hüften im Takt mit den trägen Bewegungen des Schiffes, fuhr sich mit der Zunge über die Lippen und rätselte, wie sie nur diesen beharrlichen, fröstelnden Sehnsuchtsschmerz, der sie unvermittelt überwältigte, stillen könnte.

Ein Jahr und länger hatte Thibaults Antwort auf sich warten lassen, doch endlich, endlich war ein Brief aufgetaucht, überbracht von einem jungen Soldaten, einem der Männer ihres Bruders, der von solch reinen Zügen und wohlgestaltem Wuchs war, dass sich Melisende auf der Stelle einbildete, alle Männer im Heiligen Land müssten ähnlich schön sein. Sie hatte ihr Bestes gegeben, um die Aufmerksamkeit des jungen Boten auf sich zu ziehen, doch er schien für ihren Liebreiz völlig unempfänglich. In der einen Woche seines Aufenthalts hatte er kaum einen flüchtigen Blick für sie übrig gehabt, obwohl sie sich ihm im Rittersaal mit strahlendem Lächeln zugewandt und ihn nach Palästina befragt hatte. Zwar ärgerte sie das anfangs, doch der Inhalt des Briefes war so aufregend, dass sie darüber ihren Groll vergaß.

Thibault würde einen Gatten für sie finden. Sie sollte umgehend nach Akkon reisen, wo sie Thibault dann selbst abholen werde. Unter seinen Mitstreitern würde er einen Gemahl für sie finden, einen jungen, von Tapferkeit und Wagemut erfüllten Kreuzfahrer, der in den Osten gezogen war, um sein Glück zu machen. Kühne, starke, gut aussehende Männer wären sie allesamt, selbst der Geringste unter ihnen – machte sich Melisende jedenfalls glauben.

Kaum dass der Frühling die See wieder schiffbar machte, hatte sie ihren Schwestern, ihren Brüdern, ihrem Vater und der Bevölkerung von Foix Lebewohl gesagt und war, von einem halben Dutzend zäher Soldaten und Anna, ihrer Anstandsdame, begleitet, ins Ungewisse aufgebrochen. Die ganze Reise über hatte sie in den Tag geträumt und nach Einbruch der Nacht wach auf ihrem Lager gelegen, hatte sich den gut aussehenden, starken und mutigen Ritter ersonnen, der ihr Gemahl werden und sie an der Hand zum breiten, von weißem Leinen eingehüllten Bett im Hauptturm seiner Burg führen würde. Und während Anna neben ihr schnarchte, hatte Kapitän Guillaume hinter dem Vorhang mit seiner Geliebten geschlafen, und ihre Lustschreie waren eine Begleitmusik zu Jungfer Melisendes ausschweifenden Träumen geworden.

Anna lag, auf einem Strohsack auf dem schwankenden Boden der Kajüte, an der Seite ihrer Herrin, wie es ihrer Stellung geziemte. Sie war fünfundvierzig Jahre alt, eine alte Frau in Melisendes Augen, und sie kümmerte sich mit großer Umsicht um ihren vornehmen Schützling. Graf Raimond hatte sie ausgewählt, weil sie Witwe war und daher die Gefahren und Versuchungen kannte, die sich einer Jungfrau in den Weg stellen mochten, wenn sie ebenso schön wie temperamentvoll war und eigensinnig wie ein unruhig umherflatternder Falke.

Hinter dem Vorhang verfiel Guillaume in Schweigen. Schweres Atmen erfüllte die Stille. Melisende drehte auf ihrem kühlen Leinenkissen den Kopf und lauschte. Die Geräusche waren nicht zu jenem Höhepunkt angeschwollen, der ihr verraten würde, dass der Kapitän erreicht hätte, was auch immer ein Mann zu erreichen trachtete, wenn er sein merkwürdiges Anhängsel in eine Frau steckte und hin und her bewegte. Was also machte Guillaume jetzt mit Margot? Bedächtig überschlug Melisende ihr Wissen. Hunde und Vieh machten es von hinten, so viel wusste sie. Aber bei Menschen musste es anders sein, denn die Paare, die sie unter ihren Mänteln beim Akt gesehen hatte, hatten gelegen, und jedes Mal war zu erkennen gewesen, dass die Frau die Beine gespreizt hielt und der Mann dazwischen lag und sich wie ein Reiter auf einem galoppierenden Pferd bewegte.

Außerdem schien es doch, als dulde das weibliche Tier lediglich, dass ein Männchen es bestieg, während die Frauen genossen, was die Männer mit ihnen anstellten. Weshalb sonst sollten sie aufschreien und dabei Anspannung, Qual und Verzücktheit zugleich in der Stimme bergen?

Wenn der Mann obenauf lag und die Frau die Beine spreizte, dann ... Äußerst behutsam öffnete Melisende die schlanken Schenkel. Die warme Luft in der Kajüte strich über das zarte Fleisch dazwischen. Sie legte eine Hand auf ihren flachen Bauch und tastete sich ganz, ganz langsam den Unterleib hinab, bis ihrer Finger den kitzligen, rotgoldenen Pelz erreicht hatten, der sich in ihrem Schritt kräuselte.

Dann erstarrte sie, ihre Hand verharrte an Ort und Stelle, denn Guillaume murmelte etwas hinter dem Vorhang, und Margot sagte leise: «Ja, ja, mein Fürst. Jetzt.» Und dann gab sie einen lang gezogenen Seufzer von sich, in dem solche Glückseligkeit lag, dass Melisende eine verzweifelte Ohnmacht fühlte und die Augen fest zukniff.

Auf einmal wurde es neben ihr unruhig. Rasch setzte sie eine entspannte Miene auf und bot mühelos wie ein Kind, das seine Eltern schon viele Male getäuscht hat, den Eindruck einer Schlafenden. Sie hörte Anna aufstehen und spürte Atemwärme im Gesicht, als sich ihre Anstandsdame über sie beugte. Finger streichelten sanft über die feinen Strähnchen, die ihre hohe weiße Stirn umkränzten, und sie gab außer gleichmäßigen Atemzügen keinen Laut, als wäre sie im tiefsten Traum versunken.

Annas Schritte entfernten sich von ihr und wanderten zur Tür der Kajüte hinüber. Sie öffnete sich mit leisem Knarren, dann hörte Melisende die Stimme ihrer Anstandsdame als gepresstes Flüstern. «Drogo. Drogo.»

Drogo war der Unteroffizier, dem Melisendes Sicherheit oblag, ein großer bulliger Mann in den Vierzigern. Stets schlief er draußen vor Melisendes Gemach, bereit, sie vor jedweder Bedrohung zu beschützen. Nun runzelte Melisende über ihren geschlossenen Lidern die Stirn. Was konnte Anna von Drogo wollen? Sie seufzte, drehte sich auf den Bauch, zog einen Arm an und legte ihren Kopf auf ihn. So konnte sie die Kajüte einsehen samt Anna und Drogo und dem, was immer beide im Schild führen mochten.

«Oh», ließ sich Margot hinter dem Vorhang vernehmen. «O Guillaume, o mein Gott, oh, oh.» Ihre Stimme war so zart und lieblich wie Tropfen von Honig, und auf jedes verzweifelte Keuchen folgte ein langes schweres Aufseufzen, das übervoll war von Lust. Melisende schob eine Hand über ihren straffen Bauch hinweg und tastete zögernd nach dem zarten Fleisch zwischen ihren Schenkeln.

Ein breiter Schatten zeichnete sich gegen den sternübersäten Nachthimmel vor der Kajütstür ab. «Was gibt es?», fragte Drogos harsche Stimme.

«Drogo.» Anna griff den Unteroffizier beim Arm, zog ihn in die Kajüte und schloss die Tür. «Hör doch», flüsterte sie.

Jetzt konnten sie Guillaume vernehmen, der jeden Seufzer Margots mit tiefem Grunzen begleitete. «Hör doch», zischte Anna. «Sie treiben's schon wieder. Hör nur, wie er sie nagelt. Ich halt's nicht aus. Mein Fräulein schläft, mach schon, Drogo.»

Ein Augenblick lang blieb der große Knappe stumm. Während Melisende ihn im Schutz der Dunkelheit beobachtete, konnte sie gerade einmal das Funkeln seiner Augen ausmachen. Dann grinste er unvermittelt, denn seine Zähne schimmerten in der Düsternis, und er stieß ein lang gezogenes, ersticktes Lachen hervor. «Anna, du kleine Schlampe», murmelte er.

«Ich halt's nicht aus», sagte Anna wieder. Geschwind drehte sie sich zum Bett um und spähte ins Dunkel. Melisende klappte hastig die Augen zu. «Schau doch», flüsterte Anna, «mein Fräulein schläft einen gesegneten Schlaf. Mach schon, Drogo, sonst sterbe ich noch vor Verlangen.»

Die Geräusche in der Kapitänskajüte waren drängender geworden. Margot seufzte nicht länger, sondern gab tiefe, scharfe Töne zwischen Stöhnen und Grunzen von sich, und der Kapitän keuchte, als würde er gerade ein Wettrennen gewinnen. Sein Keuchen fiel genau mit Margots Lustschreien zusammen, und Melisende vermeinte deutlich zu hören, wie sein Körper schwer und gleichmäßig auf ihren klatschte. Die beiden klangen wie zwei Bauern, die Getreide droschen, die Spreu mit schweren Flegeln vom Weizen trennten und vor Anstrengung stöhnten. Melisende ertappte sich bei der Vorstellung von einem Frauenkörper als Dreschboden und dem Mann als Dreschflegel, der mit unbarmherziger Entschlossenheit immer wieder auf sie einhieb, bis alle Körner aus den Ähren getrieben waren und weiß schimmernd wie Perlen auf der Erde lagen.

Vom Boden neben der Bettstelle drang Annas leises Fluchen herauf, die mit ihren Kleidern kämpfte. Melisende schlug die Augen auf und sah mit gespannter Neugier zu. Sie atmete leise durch ihre leicht geöffneten Lippen. Anna lag auf dem Boden, ja, auf dem Rücken, plagte sich mit ihrem Unterrock, zerrte ihn über ihre weißen Hüften. Zwischen ihren gespreizten Beinen schimmerte es schwach, wie schnell fließendes, überschattetes Wasser. Und Drogo kniete davor, öffnete seine Kniehosen und raffte seine Tunika.

Und dort, als Schattenriss gegen den von der Luke hereindringenden Fackelschein, dort war das Ding, das zu sehen

Melisende sich so gesehnt hatte: das Glied eines Mannes, sein Schwanz, sein Riemen. Es war dick und massig wie eine Osterkerze und schimmerte im trüben Licht, als wäre er glatt wie Glas. Lang wie ihr Unterarm und hart wie ein Knochen schwoll er an der Spitze an, als sei er begierig auszuteilen, dem weichen Frauenfleisch zu besorgen, worauf es wartete.

Melisendes Kehle wurde trocken. Sie schluckte krampfhaft und mühte sich, die gleichmäßigen Atemzüge einer Schlafenden beizubehalten. Ihre schweren Lider blinzelten immer häufiger, während Drogo Hand an diese schimmernde Säule aus Fleisch legte und behutsam rieb, auf und ab, auf und ab, und dabei Anna zusah, die sich vor ihm lüstern auf dem Boden wälzte und dem Crescendo drängender Geräusche von jenseits des Vorhangs lauschte.

«Drogo», flüsterte Anna, «bei allen Heiligen, schieb ihn mir rein. Rammel mich endlich, Verfluchter!»

Melisende biss in ihr Kissen, um ein verwundertes, ungläubiges Aufkeuchen bei sich zu behalten, als sich Drogos Brust in lautlosem Gelächter hob und senkte, ehe er sich auf die kräftigen Arme stützte, nach vorn beugte und Annas gespreizten Schenkeln nahe rückte. Seine Hand führte die große, sanft abfallende Eichel zur schattigen Spalte zwischen den Beinen der Anstandsdame. Als er Anna damit berührte, gab sie ein leises Wimmern von sich, hob die Beine hoch und verschränkte sie auf seinem Rücken, als wolle sie ihn gefangen nehmen. «Bitte», flüsterte Anna.

Qualvoll langsam rieb Drogo die Spitze seines Penis in das weiche, dunkle Kissen aus Fleisch. Anna seufzte und hob ihm die Hüften sehnsüchtig entgegen. Die Geräusche in der Kajüte hatten sich noch einmal gesteigert – verzweifelte, bebende Schreie gellten, als würde das Paar hinter dem Vorhang gefoltert, gestreckt, aufgespießt.

«Wenn er kommt», flüsterte Drogo, «wenn er kommt, werd ich –»

«Ooh Gott!», rief die Stimme des Kapitäns, «Gott o Gott o Gott», und Margot entrang sich ein langes, zittriges Wehklagen. Drogo bleckte die Zähne, spannte die Hinterbacken an und stieß zu. Melisende presste eine Hand vor den Mund, als sein prächtiger Riemen in Annas Körper zu verschwinden begann, sich eingrub wie ein in die Erde getriebener Grundpfeiler.

Er war gänzlich fort, verborgen. Anna seufzte wieder, und im schwachen Schein der Fackel konnte Melisende das Gesicht ihrer Anstandsdame in Verzückung sehen. Dann zog Drogo sich zurück, und der herrliche Schaft tauchte wieder auf. Jetzt glitzerte er, als sei er nass.

Nass. Melisendes andere Hand drückte sich tiefer zwischen ihre geteilten Schenkel, wo die zarten Fleischfalten benetzt waren und vor seidiger Feuchte fröstelten. Zögerlich berührte sie sich so, wie Drogos Eichel Annas Körper berührt hatte, glitt mit den Fingern die weichen Windungen ihres Geschlechts herauf und hinunter, und ihre Lunge erbebte von einem Keuchen, als ein Krampf erlesener Lust sie durchlief.

In ihrem empfindlichen Täschchen gab es vorn eine Stelle, an der ihr Körper zugleich geschwollen und überaus reizbar zu sein schien, zugleich hart und weich. Als sie sich dort berührte, erschauerte sie über den Kitzel. Sie beobachtete Drogos Penis, wie er stetig in Annas klammerndes Geschlecht hineinfuhr und wieder daraus hervorglitt, und rieb sich ungewollt immer fester. Ihre Hüften senkten sich, um ihrer forschenden Hand nahe zu kommen, während Annas Lenden sich Drogo entgegenhoben; ihr Finger rieb immer rascher über jene zarte Stelle, während Drogos großer schwerer Körper auf Anna einhieb; ihre kleinen, festen Brüste drängten sich in das steife ägyptische Leinen der Bettstelle, während sich Anna krümmte und wand vor Verzückung.

Die Anstandsdame hielt sich die Hand vor den Mund, um ihre Lustschreie zu verbergen. Drogo rammelte sie in glückseligem Überschwang. Er griff mit beiden Händen nach ihren blanken Hinterbacken, senkte sich auf sie hinab, bis sie kaum noch Luft holen konnte, und trieb seinen Körper fieberhaft in sie hinein. Seine kräftigen Hüften klatschten so heftig gegen Annas, dass Melisende beim Zuschauen beinahe selbst die betörende Mischung aus Schmerz und Lust verspürte, die nur dann entstehen würde, wenn ein starker Mann sie nähme, ihre weißen Schenkel klaffend gespreizt hielte, damit sein zügelloser, hungriger Penis in ihren zarten Leib eindringen konnte, um sie nach eigenem und nach ihrem Willen zu erkunden, seinen Lustdurst zu löschen und ihr drängendes Verlangen zu befriedigen.

Noch mehr zu sehen ertrug sie nicht. Sie schloss die Augen und hörte nur noch mit einem Ohr auf die erstickten Geräusche triebhaften Vergnügens, die Anna und Drogo entfuhren, während sich beide bockend und furchend dem gemeinsamen Höhepunkt näherten. Ihr Finger wollte den kleinen fleischigen Knoten zwischen ihren Schenkeln liebkosen, und als er ihn berührte, biss sie sich auf die Lippen, um die leisen, hilflosen Ächzer der Lust bei sich zu behalten, die mit aller Kraft laut werden wollten. Das Schiff schlingerte sachte im flachen Wellengang, und

17

Melisendes schlanker Körper wogte hin und her, auf und ab, als triebe er unmittelbar auf der unruhigen Wasseroberfläche. Sie stellte sich vor, nackt in ihrem Brautbett zu liegen und auf den Mann zu warten, der soeben ihr Gemahl geworden wäre. Eine tief stehende Sonne warf ihre schrägen Strahlen durch gotische, mit Maßwerk versehene Fenster. Die schwere Tür öffnete sich, und er stand im Licht, dass sein Gesicht unkenntlich blieb; seinen Körper aber hüllte ein langer Umhang aus weißer Seide ein. Er trat auf sie zu und schüttelte sich den Umhang von den Schultern, bis er hinter ihm zu Boden fiel. Sie keuchte beim Anblick seines Körpers auf, seines wunderschönen Körpers, der im abendlichen Sonnenschein wie Bronze oder Gold schimmerte. Er war groß gewachsen und stark, herrlich muskulös, und von seinen schlanken Hüften stand sein massiger, langer und vor Begierde harter Penis ab.

Sie setzte sich im Bett auf, bis ihr die Laken aus ägyptischem Rupfenleinen auf die Taille rutschten und ihre zarten Brüste enthüllten. Ihre Warzen verzehrten sich nach der Berührung durch seine Hände. Behände trat er zu ihr, und ehe sie sein Gesicht sehen konnte, drückte er sie zurück in die kühlen Laken, senkte seine straffen Lippen auf ihre herab und teilte ihre Schenkel. Und sie spürte, wie die heiße, harte Eichel seines drallen Glieds gegen ihr Geschlecht drängte. Sie stöhnte vor Bereitschaft und Sehnsucht, als sein Körper sich versteifte und er in sie hineinstieß. Sein kräftiger, harter Phallus trennte das Jungfernhäutchen durch und glitt in ihre Tiefe, und Melisende wimmerte vor hilfloser Freude, sich defloriert, durchdrungen und endlich als Frau zu fühlen.

Ihr Wimmern war echt und nur halb von den Kissen erstickt, als wonnevolles Lustschaudern wie ein Krampf von ihrem Geschlecht in alle Winkel ihres Körpers ausstrahlte. Noch nie hatte sie im Entferntesten solch glitzernde Seligkeit empfunden, die ihr wie das weite Meer in den Ohren rauschte. Sie gab einen langen Seufzer von sich, als das Beben verebbte, merkte dann, dass sie laut aufgeschrien haben musste, und presste sich starr vor Angst die Hand vor den Mund.

«Meine Herrin?» Annas Stimme, leise und zaudernd, immer noch außer Atem. «Meine Herrin?»

Melisende stöhnte noch einmal, wie im Schlaf, und wälzte sich auf der Bettstelle herum. Anna hielt inne und zischte dann: «Schon gut, Drogo, sie träumt. Die kleine Unschuld. Jetzt aber fort mit dir.» Das Geräusch eines Kusses. «Hinaus, du großer Ochse.»

Träumen, dachte Melisende, als der Schlaf emporwallte, um sie einzuhüllen. Sie malte sich aus, in den Armen des Mannes zu liegen, dessen wunderschöner Körper ihr die Jungfräulichkeit geraubt hatte, den Kopf auf seine goldbraune Schulter zu betten und in einen Schlaf zu sinken, der lieblich wie das Paradies wäre. Ja, dachte sie, ich träume. Ich träume von der Lust, die ich gesehen habe, träume von der Lust, die kommen wird, und der Lust, die ich eben erst entdeckt habe, träume vom Mann, der mein Gemahl sein wird.

Zweites Kapitel

DER HAFEN VON AKKON

Das Haus des Kaufmanns Francesco lag im Genueser Viertel gleich hinter der kleinen Piazza, wo die Genueser ihren Markt hatten, ihre Kirche stand und sich ihr öffentliches Bad befand. Wie alle Häuser in Akkon verbarg es zur Straße hin seine Geheimnisse. Die Vorderseite war von schmuckloser Leere, unterbrochen nur von wenigen kleinen, vergitterten Fenstern und einer großen Doppeltür mit spitz zulaufendem maurischem Bogen.

Innen jedoch war das Haus die reine Pracht. Auf der einen Seite des Hofs lagen Räumlichkeiten für Geschäfte und die Bewirtung von Gästen, auf der anderen befanden sich die Privatgemächer einschließlich der für Francescos Frau Clare abgeteilten Zimmerflucht.

Einstmals, vor langer Zeit, war Clare eine Engländerin gewesen. Ihre Muttersprache hatte sie verlernt, und einzig ihre Gesichtsfarben – das helle Rosa ihrer Haut, das Hellbraun ihres feinen Haars und das Haselnussbraun ihrer blitzenden Augen – verrieten noch ihre Herkunft. Mit acht Jahren hatte sie England an der Seite ihrer Eltern verlassen und nur eine undeutliche Erinnerung an ihr Geburtsland zurückbehalten, an einen immergrünen Ort, der stets kühl und feucht war. Ihr Vater war ins Heilige Land gekommen, um sein Glück zu versuchen. Doch wie so viele Männer aus dem Norden hatte er das Klima nicht vertragen und war leider schon bald gestorben. Sein einziges Kind Clare hatte er wohlhabend zurückgelassen, und es war ihrer Mutter nicht schwer gefallen, mit Francesco, einem der reichsten Genueser Kaufleute von Akkon, eine gute Partie für sie zu finden.

Thibault von Montjoie, der Bruder des Edelfräuleins Melisende, unterhielt regelmäßige Geschäftsbeziehungen mit Francesco. Er war ein reicher, mächtiger Adliger, und als er den Kaufmann bat, die Schwester bei ihrem Eintreffen in Akkon abzuholen und in seinem Haus zu beherbergen, bis die Nachricht nach Montjoie gelangt wäre, war Francesco nur zu gern zu Diensten. Clare, in deren Räume die Besucherin einziehen sollte, war nicht so begeistert. Sie hatte wenig für Lord Thibault übrig und rechnete damit, auch an dessen Schwester keinen Gefallen zu finden.

Aber sie hatte nicht die anziehende Erscheinung erwartet, die das Edelfräulein Melisende abgab. Das galt nicht nur für ihre äußerliche Schönheit, sondern auch für ihr Wesen. Sie sang leidlich gut, spielte Schach und Backgammon, wusste Geschichten zu erzählen und konnte Witze reißen, die meistens recht lustig waren und manchmal überraschend unanständig. Sie war einfach ein guter Kamerad. Clare fühlte wie eine ältere Schwester für sie. Na ja, beinahe wie eine Schwester.

Sie lagen auf seidenbespannten Liegen im kleinen privaten Innenhof, auf den sich Clares Gemach hin öffnete. Ein Baldachin aus schwerem weißem Leinen schirmte sie vor der Mittagssonne ab, und eine sanfte Brise wehte zu den durchbrochenen Sichtblenden herein. In der Mitte des Hofes plätscherte ein Springbrunnen, dessen zartes Tropfenspiel einen perligen Kontrapunkt zum Gesang eines der Sklavenmädchen Clares bildete, einer hübschen Syrerin mit einer Haut wie Honig und großen, dunklen Augen.

Melisende lag auf dem Bauch und zog die Fingerspitzen durch das kühle Wasser des Brunnenbeckens. Der Brunnen war pfauenblau gekachelt, und in einige Fliesen waren goldene Fische eingeprägt. Neben ihrem Ellbogen stand eine gläserne Kolbenflasche mit duftendem Roséwein. Sie trug nur ein locker sitzendes Unterkleid, und die Umrisse ihres schlanken blassen Leibs schienen durch das zarte Gewebe wie der Mond durch hoch stehende Wolken. Ihr Haar war gelöst, fiel ihr über Rücken und Schultern und hing an einer Seite der Liege beinahe bis auf den Boden.

Welch erstaunliche Farbe, dachte Clare. Zu rot, um golden zu sein, und zu golden, um rot zu sein. Und eine Haut wie Marmor. Stünde sie mit dieser jungfräulichen Schönheit auf dem Sklavenmarkt zum Verkauf, würde jeder hiesige Mann sein Geschmeide verpfänden, um sie sich zuzulegen.

Das syrische Mädchen beendete ihr Lied und stellte die kleine Lautengitarre beiseite. Melisende seufzte, drehte sich auf den Rücken und hob einen Arm über den Kopf. Die rosigen Warzen ihrer kleinen Brüste zeichneten sich erhaben unter dem Stoff ihres Unterkleids ab. Sie gab einen weiteren tiefen Seufzer von sich.

«Was hast du?», fragte Clare, obwohl sie glaubte, nur zu gut Bescheid zu wissen. «Fühlst du dich nicht wohl?» Sie sprach Französisch, eine von mehreren Sprachen, die sie fließend beherrschte. Zu ihren selbst auferlegten Aufgaben gehörte es, Melisende Arabisch beizubringen, und beide machten gute Fortschritte, aber für heute war der Unterricht beendet.

Melisende schaute zu ihr hinüber und lächelte. Ihr Antlitz war äußerst blass, von zierlichem Knochenbau und stolzem Gepräge. Die kühlen Augen unter elfenbeinfarbenen Lidern trafen einen Ton zwischen Blau und Grün, hatten ganz die Farbe des klaren Wassers im türkisfarben gekachelten Becken. Das alles hätte leicht kalt und verächtlich aussehen können. Doch ihre Lippen waren überraschend voll und rot, und wenn sie sich zu Melisendes trägem, sinnlichem Lächeln formten, wurde der natürliche Hochmut in ihrem Gesicht von Wärme und Heiterkeit geläutert.

«Ich könnte mich nicht wohler fühlen», erwiderte sie, noch immer lächelnd. «Clare, du weißt, mein Vater ist reich und bei uns zu Hause ein bedeutender Mann, aber ich schwöre dir, dass unsere muffige alte Burg nicht halb so viele von den wundervollen Annehmlichkeiten bietet, die du hier hast. Springbrunnen, seidene Liegen, kühlen Wein ...» Melisende bemühte sich um Höflichkeit, aber die Worte verloren sich im Nichts. In einer Geste der Enttäuschung und Ungeduld ballte sie die Fäuste und schloss die Augen. «Oh, es mangelt nur an einem, Clare, und das ist ein *Gatte* für mich.» Sie rollte sich wieder auf den Bauch und sagte mit der Stimme eines quengelnden Kindes: «Wann kommt Thibault aus Montjoie? Ich bin schon fast eine Woche hier, und noch immer nichts. Wie weit ist denn der Weg? Wann kommt er endlich?»

«Mein Schatz», sagte Clare, «es ist ein gut einwöchiger Ritt bis Montjoie. Die nächsten zehn Tage brauchst du nicht mit ihm zu rechnen. Er wird sich auf die Reise vorbereiten müssen, bevor er kommt.»

«Hoffentlich bringt er meinen Gemahl gleich mit», sagte Melisende verdrossen und ließ das Kinn auf die Hände sinken.

Eine lange Pause trat ein. Clare betrachtete eingehend Melisendes Gesicht und bemerkte die schwache Rötung auf Wangen und Hals. Vielleicht hatte der Wein, vielleicht etwas anderes diese Heißblütigkeit hervorgerufen. Sie hatte längst daran gedacht, ein gewisses Thema aufzuwerfen, sich aber bisher noch nicht so recht danach gefühlt. Nun aber glaubte sie, ihren Gast so weit zu kennen, um es anzuschneiden. Sie sagte: «Melisende, mein Schatz, du erwartest die Ehe ja voller Ungeduld.»

«Ungeduld?» Melisendes Augen funkelten von blaugrünem Feuer. «Clare, ich bin zwanzig und ein Jahr alt. Ich bin schon fast eine alte Frau. Denk nur an all die Jahre der –» Sie unterbrach sich, um dann neu anzusetzen. «Ich will offen mit dir reden, Clare. Denk nur an all die Jahre der Lust, die ich schon verloren habe. Meine älteste Schwester wurde mit sechzehn verheiratet, die nächste mit fünfzehn, und hier bin ich nun, fünf Jahre älter als die beiden damals und noch immer Jungfrau.»

Clare führte ihre Fingerspitzen unter dem Kinn zusammen. «Du empfindest deine Jungfernschaft als Bürde», sagte sie feinfühlig, und es klang nur halb nach einer Frage.

Zur Antwort erwiderte Melisende ihren Blick und rollte dann die Augen gen Himmel. Clare hob die Brauen und sagte: «Hoffentlich warst du nie versucht, irgendetwas Törichtes zu tun.»

«O Clare.» Melisendes schwere Lider klimperten, und ihre Lippen bebten. «Oh, das war ich, das war ich. Ich schwöre, inzwischen hätte ich es getan, wäre ich nur einmal allein gewesen. Gestern Abend erst, ich meine den jungen Ägypter, der uns zum Nachtmahl besuchen kam, war er nicht wunderschön? Ich brauchte ihn bloß anschauen, um mir vorzustellen, in seinen Armen zu liegen.»

«Und bis du verheiratet bist, Melisende», sagte Clare, «muss dir die Vorstellung genügen, so weit es Männer betrifft.» Melisende schaute betroffen drein. Clare hatte mit entschiedenem Ernst gesprochen und ohne den Hauch eines Lächelns. Nun fuhr sie fort: «Melisende, hör auf mich. Dein Jungfernhäutchen ist alles, was dich heiratsfähig hält. Wäre es fort, welcher Mann würde dich noch nehmen? Sie würden dich eine Hure schimpfen und verachten. Vielleicht schliefen sie mit dir, aber heiraten würden sie dich nicht.»

«Aber −»

«Bewahre es dir», sagte Clare. «Bringe es nicht in Gefahr. Und das bedeutet, Melisende, vertrau den Männern nicht. Mögen sie auch sagen, dass sie dich nur küssen wollen und es ihrer Ritterlichkeit zuwiderliefe, deine Ehre zu beschädigen, sie werden doch von ihrem Körper beherrscht, sobald sie mit dir allein sind. Männer sind alle gleich. Sie reden viel von Ehre, aber was Frauen angeht, haben sie keine.»

Melisendes Züge wurden weich vor Sehnsucht. Natürlich malte sie sich bereits aus, was ein Mann mit ihr tun würde, sobald sein Körper ihn beherrschte. Clare schüttelte den Kopf und hob wieder an. «Bist du erst verheiratet», sagte sie, «dann nimm dir Liebhaber, so viele du willst, und viel Glück dabei. Aber vorher nicht.»

«Aber wenn ich verheiratet bin», sagte Melisende, «habe ich meinen Gemahl und brauche keinen Liebhaber mehr.»

Sie sprach in solch reinem Glauben, solch großäugiger Unschuld, dass Clare für einen Augenblick sogar Mitleid mit ihr hatte. Dann gewann Belustigung bei ihr die Oberhand, sie warf den Kopf zurück und lachte. «Melisende», sagte sie, «glaubst du denn, dass dein Mann vollkommen sein wird?»

Melisende zögerte und wurde rot. «Du hältst mich für dumm.»

«Hoffnungsvoll», berichtigte Clare. «Zuversichtlich. Mein Schatz, er könnte alt sein. Er könnte Tag um Tag einen anderen Heiligen zum Vorwand nehmen, um dein Bett zu schmähen. Er könnte schlecht riechen. So wie Francesco.»

«Oh!», rief Melisende aus und legte beide Hände auf den Mund. Nach ein paar Augenblicken nahm sie sie herunter. «Clare», flüsterte sie, «willst du sagen, du hast – *Liebhaber*?»

Clare lächelte träge und legte den Kopf auf einen Arm. Melisende auf diese Weise zu erschüttern, gab ihr ein Gefühl zugleich von Lüsternheit und Macht. «Der junge ägyptische Kaufmann», sagte sie, «hatte nicht minder mit mir Geschäfte wie mit Francesco.»

Melisendes Lippen teilten sich zu einem Seufzer sehnlichen Verlangens. «Du hast mit ihm geschlafen?», fragte sie ungläubig. «Oh, oh! Clare, wie war es – wie war er?»

Clare drehte sich auf den Rücken und blickte zum strahlend weißen Baldachin empor. In Gedanken ließ sie sich wieder in die Arme des jungen Ägypters fallen. «Gut», murmelte sie, «sehr gut. Er hat einen herrlichen Körper und ist sehr einfallsreich.»

Sie hielt inne, und in das Schweigen hinein fragte Melisende mit wohligem Schauder: «Hat er einen großen – einen großen Schwengel?»

Clare schaute rasch zu ihr hin und hob die Brauen. «Was ist das für eine Frage! Was weißt du von solchen Sachen?» Melisende schüttelte verwirrt den Kopf, und Clare lächelte. «Er war nicht besonders groß», sagte sie nach einem Augenblick. «Aber das hat nichts zu sagen, Melisende. Eigentlich zählt nur, wie ein Mann seine Lanze führt, und nicht ihre Länge. Und er hat sie gut geführt und mich auch auf andere Weise verwöhnt.»

«Auf andere Weise», flüsterte Melisende. «Auf andere Weise, Clare? Auf welche denn?»

Es wurde still. Dann sagte Clare, «Nina», und das syrische Sklavenmädchen kam eifrig auf die Beine und senkte gehorsam den Kopf. Sie trug eine weites, mit Wollschnüren über den Brüsten und in der Taille gerafftes Leinenkleid, und ihr Körper darunter war herrlich prall wie eine reife Aprikose. «Nina, sieh nach, ob die Türen verschlossen sind, und frag den Pförtner, wann genau die Frau Anna zum Basar gegangen ist.»

Nina machte einen flüchtigen Knicks und eilte davon. Clare schaute auf Melisendes furchtsames, wissbegieriges Gesicht und schmunzelte. «Wenn ich dir das erklären soll», sagte sie sanft, «müssen wir sichergehen, dass man uns nicht stört.»

Melisende legte eine Hand an ihren Hals. Ihr Puls trat unter ihrer durchscheinenden Haut hervor und schlug einen schnellen, unregelmäßigen Takt, den Clare als Zeichen der Erregung kannte. Was für eine Schönheit sie war – und so spitz. Kaum hatten sie von der Lust gesprochen, und schon waren Melisendes Lippen weich, gelöst, feucht und bebten vor Verlangen. Nicht zum ersten Mal wünschte Clare, sie könnte ein Mann werden, ein kurzes Weilchen nur, um die Lust eines Mannes zu verspüren, wenn sie diese entzückende Jungfrau aufs Kreuz legen und sich mit dem steifen Penis eines Mannes in ihren herrlich engen Liebeshügel graben würde.

«Die Türen sind verriegelt, Herrin», sagte Nina bei ihrer Rückkehr. «Und der Pförtner sagt, die Anstandsdame des edlen Fräuleins Melisende sei erst vor kurzem ausgegangen und wolle einige Zeit fortbleiben, weil unser Basar so vortrefflich ist.»

Clare lächelte. «Gut», sagte sie und streckte die Hand nach der Sklavin aus. «Komm her, Nina.»

Auf einmal war ihre Stimme heiser und dunkel. Nina zögerte, verfiel dann in ein schwaches, rätselhaftes Lächeln und trat dicht an die Liege ihrer Herrin heran. Sie erwiderte Clares Blick und atmete schnell. Beide wussten genau, was diese trockene Stimme zu bedeuten hatte.

«Nun, Nina», sagte Clare sanft, «das Edelfräulein Melisende möchte Mittel und Wege des Lustgewinns kennen lernen, die ihre Ehre nicht gefährden. Es scheint mir ein Gebot der Nächstenliebe zu sein, sie aufzuklären. Also, zieh dein Kleid aus, Nina.»

Nina senkte den dunkelhaarigen Kopf und machte sich daran, die Schnüre zu lösen, die das Kleid an ihren Leib schmiegten. Bald waren sie aufgeknüpft, und sie schüttelte das zarte Leinengewand mit anmutigem Schulterzucken ab und ließ es auf den Fliesenboden fallen.

Ihr nackter Körper war herrlich drall und glatt, mit vollen, runden Brüsten, goldenen Schenkeln und Hinterbacken, die so fest und prall waren, wie man es sich nur wünschen konnte. Ihre Warzenhöfe waren groß und dunkel, und bläulich schwarz glänzte der Pelz, der sich in der Fuge zwischen ihren Schenkeln kräuselte. Clare lächelte, leckte sich die Lippen und erhob sich von ihrer Liege.

«Schön», sagte sie kühl. «Melisende, meine Liebe, bis du mit den Körperteilen einer Frau eingehend vertraut?»

Melisendes türkisfarbene Augen waren dunkel vor Staunen und Erregung. Wie zur Antwort öffnete sie den Mund und zuckte dann hilflos die Achseln.

«Ich möchte annehmen», fuhr Clare fort, «du bist es nicht. Dann soll Nina mir als Beispiel dienen. Sehen wir uns zunächst ihren Rücken an.» Nina drehte sich gehorsam um und führte einen Rücken vor, der einer Odaliske würdig wäre. Ihre weichen Schultern fielen sanft ab, ihre Taille war eine schmale Einschnürung, und darunter erblühten ihre drallen Pobacken: vollendete honigfarbene, von einem Paar reizender Grübchen gezierte Kugeln. «Den Rücken», sagte Clare, «mögen viele als bar erotischer Möglichkeiten betrachten.» Sie presste die Schenkel zusammen, nährte insgeheim ihre eigene Erregung. Sie sehnte sich nach dem Augenblick, da sie die Spielarten der Lust auf Melisendes weißer Haut vorführen würde. «Aber der Rücken ist empfindlich. Ein guter Liebhaber wird ihn nicht verschmähen, sondern ihm Aufmerksamkeit widmen. Vielleicht wird er ihn berühren, wenn er dich küsst, so, und so.» Sie ließ ihre Hände über Ninas Schultern gleiten und führte sie dann die Rückenfurche hinab zu den Hinterbacken. Nina seufzte und schmiegte sich an Clare wie eine Katze, die gestreichelt werden will. «Und er wird natürlich die Pobacken liebkosen.» Sie tat es ihren Worten nach, knetete die vollen, reifen Globen und teilte sie dann behutsam, um der staunenden, lerneifrigen Melisende die dunkle, feuchte Spalte dazwischen vor Augen zu führen. Als ein Finger sich tiefer hinein in das Dunkel verirrte, kicherte Nina und schob den Hintern der forschenden Hand ihrer Herrin lüstern entgegen, aber Clare lächelte nur und ließ ab. «Nein, Nina, nein. Diesmal müssen wir uns auf das beschränken, was dem Edelfräulein Melisende Lust bereiten könnte, ohne den Tempel ihres unschuldigen Fleisches zu entweihen.»

Clare blickte hoch und sah Melisende über die verschmitzte Bemerkung schmunzeln. Sie lächelte ebenfalls. Welche Unschuld dem Edelfräulein Melisende auch eigen sein mochte, eines war klar: Sie war außerordentlich erpicht darauf, diese zu verlieren. «Dreh dich um, Nina», befahl sie, und die Sklavin gehorchte wortlos.

«Sieh mal, Melisende», sagte Clare leise. «Siehst du, dass ihre Warzen schon anschwellen und sich versteifen, obwohl ich nur ihren Rücken berührt habe?» Sie warf Melisende einen raschen Blick zu und fügte hinzu: «Für deine gilt das auch, wie ich sehe. Pass auf, jetzt zeige ich dir, auf welche Weise sich Nina gern die Brüste streicheln lässt.» Zärtlich strich sie mit beiden Handflächen von oben nach unten über die äußere Rundung von Ninas vollem Busen und neckte dabei das empfindliche Fleisch mit den Fingernägeln. Nina erschauerte und schloss die Augen. Gänsehaut bildete sich auf ihrem goldenen Leib, und ihre dunklen Brustwarzen wurden mit einem Mal stramm und reckten sich lustvoll.

«Ninas Brüste sind sehr empfindsam», flüsterte Clare. Mehr spürte sie, als dass sie sah, wie Melisende die eigenen Brüste berührte und zärtlich ihre rosa Warzen streichelte, die unter dem dünnen Stoff des Unterkleids steif hervortraten. Sie hörte den Atem ihres Gastes tiefer und unregelmäßiger werden. «Schau her», sagte sie und senkte etwas den Kopf, damit ihr Mund über eine von Ninas langen dunklen Zitzen schlüpfen konnte.

Nina schrie lustvoll auf. Äußerst vorsichtig sog Clare an der Brustwarze der Sklavin, und während ihre Zunge sie dort unentwegt neckte, legte sie Hand an die andere Brust der jungen Frau, drückte sie, liebkoste sie, zwickte mit Daumen und Zeigefinger die sich verdunkelnde Warze. Nina taumelte, und ihr Körper begann sich zu winden, wobei ihre runden Hüften unwillkürlich vorschnellten, als hungerten sie nach etwas.

Clare zog sich behutsam zurück. «Schau her, Melisende»,

sagte sie. «Jeder Mann wüsste jetzt beim Anblick Ninas, dass sie erregt ist. Sieh nur, wie schwer ihre Augenlider sind, als wäre sie schläfrig, und ihre Lippen sind weich und geschwollen wie von Bienenstichen. Und schau mal hier, die Haut an ihrem Hals ist gerötet. Ein untrügliches Zeichen. Wie du ebenfalls bemerken wirst, kann sie sich kaum noch auf den Beinen halten.» Sie lächelte, nahm Ninas Brust erneut in die Hand und bearbeitete die harte Warze mit solchem Geschick, dass die junge Frau zu zittern und beben begann. «Leg dich hin, Nina», befahl Clare.

Nina streckte sich anmutig auf Clares Liege aus und verschränkte die runden Arme hinter dem Kopf. Durch die Bewegung hoben sich ihre schweren Brüste, wurden die festen runden Warzen zu dunklen Ovalen gezogen. Lächelnd blickte Clare in die dunklen Augen ihrer Sklavin, beugte sich vor und drückte den Mund auf die aufgeworfenen Lippen der keuchenden jungen Frau. Sie schob ihre Zunge zwischen das entspannte Fleisch und küsste Nina so heftig, dass die Sklavin aufstöhnte und sich auf der kühlen Seide der Liege krümmte und wand.

Nach kurzer Zeit gab Clare das Mädchen frei und sah wieder nach Melisende. Was sie zu sehen bekam, gefiel ihr gut. Melisende starrte begeistert herüber; eine schmale Hand barg den sanften Hügel ihrer kleinen Brust, die andere steckte zwischen ihren schlanken Schenkeln und knüllte den hochgeschobenen Stoff ihres Unterkleids zusammen, während das Edelfräulein verzweifelt versuchte, sich mit den Fingern zu befriedigen. Melisende sah Clare zuschauen, hörte aber nicht auf, sich zu streicheln. Clare lächelte und stand auf. «Der Kuss», sagte sie, «ist das Geheimnis sinnlicher Wonnen.» Sie trat dicht an Melisende heran und bemühte sich, die Schauer herrlicher Erregung zu unterdrücken. «Schatz», flüsterte sie, «bist du jemals geküsst worden?»

Melisende schüttelte den Kopf. Die Lippen sehnsuchtsvoll geöffnet, bog sie ihren weißen Hals zur bebenden Verzückung Clares zurück, die ihr Kinn in die Hand nahm und für einen brennenden, leidenschaftlichen Kuss festhielt. Sie ließ ihre Zunge tief in Melisendes Mund gleiten, und die junge Frau stöhnte und zitterte und hob die Hände zu Clares Haar hoch, als könne sie sich darin festhalten.

«Nein», sagte Clare und riss sich los. Sie kämpfte die eigene Erregung zurück, gebot ihr strikt, sich zu gedulden. Ihre Lust würde noch genug Zeit bekommen, sobald sie Melisende weitere Geheimnisse des Fleisches gezeigt hätte. «Nein, Schatz. Sitz jetzt still und sieh zu, wie eine Frau der anderen Lust bereiten kann. Schau dir an, wie ich Nina zum Höhepunkt bringe. Hinterher, das verspreche ich dir, wird es auch für dich Lust geben.»

Melisende schluckte heftig, biss sich auf die Lippen und nickte. Sie nahm die Hände von ihrem Körper und legte sie kleinmütig wie eine Novizin gefaltet in den Schoß. Die Pose wirkte so gezwungen und stand in solch komischem Gegensatz zu Melisendes meerblauen Augen, die lebhaft leuchteten vor Lust, dass Clare beinahe loslachte. Stattdessen trat sie wieder an die Liege und Ninas nackten Körper.

«Nina», sagte sie leise, «ich möchte dem Edelfräulein Melisende dein Geschlecht zeigen. Öffne dich.»

Gehorsam zog Nina die Beine an, um die Fersen gleich unter der Wölbung ihrer vollen Hinterbacken aufzusetzen. Dann nahm sie die Knie auseinander, stemmte sich in die Fersen und hob die Hüften. Von den weit gespreizten

Schenkeln freigegeben, leuchtete das verborgene Fleisch zwischen ihren Beinen rosafarben wie das Innere einer Muschel. Es war schlüpfrig und glänzte von Feuchtigkeit.

«Also, Melisende», flüsterte Clare. «Beug dich vor und sieh es dir an.»

Melisende leistete Folge. Ihr Atem ging flach, und sie verkrampfte die gefalteten Hände. Clare legte ihre Hand-flächen auf die Innenseiten von Ninas gespreizten Schen-keln, und die Sklavin erschauerte heftig zuckend. Die feuchten, weichen Wirbel aus zarter Haut zogen sich in ei-nem plötzlichen Krampf zusammen. «Da», hauchte Clare. «Siehst du? Sie will, dass ich sie berühre. Schau her, Meli-sende. Da ist ihre weiche, bereitwillig geöffnete Fut und wartet auf einen Mann. Dort hinein würde ein Mann wol-len.» Zärtlich legte sie je einen Finger zu beiden Seiten der prall erblühten Lippen und zog sie auseinander, um einen dunklen, einladenden Tunnel offen zu legen. «Sieht eng aus, nicht wahr? Aber keine Angst, sie kann den stärks-ten Mann aufnehmen. Ich habe gesehen, wie Nina von einem Mann mit einem Schwanz dicker als mein Handge-lenk genommen wurde und bloß lustvoll aufstöhnte, als er seine schwere Waffe hart in sie hineinstieß. Hör nur, wie sie jetzt stöhnt.» Äußerst behutsam ließ Clare einen Finger in den weichen dunklen Tunnel gleiten. Nina ent-fuhr ein lang gezogenes, lustvolles Keuchen, als gehorche sie einem Befehl, und ihre drallen Hüften hoben sich und sanken wieder zurück. Melisende seufzte und gab eine Art Wimmern, einen Laut verzweifelter Ohnmacht von sich.

«Nichts darfst du in dieses kleine Loch einführen», warn-te Clare sie leise. «Deines wird betörend eng sein, Melisen-de, und wenn dein Mann dich nimmt, wirst du bluten, wie es sich gehört. Falls du vorher versucht hast, dich zu befriedigen, wirst du womöglich in deiner Hochzeitsnacht nicht mehr bluten, und dann wird er dich für eine Hure halten. Gleich wie sehr du dich danach sehnst, wie lange auch danach verzehrst, lass nichts in dich eindringen, nicht einmal einen Finger.»

«Aber −», setzte Melisende an. Ihre Stimme klang hoffnungslos, und die Winkel ihres vollen Mundes hingen elendig tief hinunter.

«Aber es gibt noch eine andere Stelle», flüsterte Clare. Ihre Hände gerieten in Bewegung, und sie zog mit ihren zartgliedrigen, erfahrenen Fingern die fleischige Haut zurück, die Ninas Klitoris beschirmte. Die kleine blasse Perle aus Fleisch stand ab, war hart und schon erregt. Nina stöhnte und warf den dunkelhaarigen Kopf auf den Kissen hin und her.

«Ah», hauchte Clare. Sie liebte es ebenso, Lust zu geben wie zu empfangen, und Ninas Stöhnen war Musik in ihren Ohren. «Diese kleine Knospe, Melisende, diese kleine Blume ist das Geheimnis weiblicher Lust. Mag ein Mann auch die Kraft eines Ochsen haben, wenn er diesen kleinen Stängel verschmäht, wird er dir nicht so viel Lust bereiten, wie es eine Frau kann. Pass auf. Ich werde Nina dort berühren, und bald wirst du sehen, wie sie sich krümmt, als hätte ein großer, kräftiger Mann sie auf seine glühende Waffe gespießt und gestoßen, dass sie halb von Sinnen wäre.»

Ganz sachte legte sie einen Finger auf die kleine glänzende Perle aus Fleisch und begann, sie zärtlich zu bewegen. Ihr Finger streichelte, drückte, kitzelte und liebkoste den winzigen Schaft, dass Nina aufschrie und die Hüften der forschenden Hand ihrer Herrin entgegenwölbte. Die Sklavin keuchte in raschen kurzen Atemstößen, und ihre vollen Brüste wogten und bebten. Nach wenigen Minuten himmlischer Reizflut spannte sie sich an, schrie erneut auf, versteifte den ganzen Körper, und eine ganze Kette wollüstiger Schauer durchlief ihn.

Clare roch genüsslich an ihren Fingern. Dann streckte sie die Hand Melisende entgegen und sagte: «Da hast du den Geruch weiblicher Lust.» Melisende beugte sich ein wenig vor, und ihre weißen Nüstern weiteten sich, als sie den Duft nach Honig und Moschus von Ninas Sekret einsog. «Hoffentlich hast du bemerkt, wie sie sich krümmte», fuhr Clare fort und schmunzelte dabei über die angespannte Elendsmiene, die sich auf Melisendes stolzes Antlitz gelegt hatte. «Wie sie sich gewunden und aufgeschrien hat, als ich sie berührte? Und schau, sie schwitzt. Sieh nur, wie der Schweiß auf ihren Schenkeln glänzt und in ihren Kniekehlen und zwischen ihren Brüsten. Glaub mir, Melisende, wenn ein Mann dich nimmt, wirst du noch stärker schwitzen. Falls er dich so bearbeitet, wie er sollte.»

Zitternd biss sich Melisende auf die Lippen. Dann brach es plötzlich aus ihr hervor. «Wieso quälst du mich so? Wie soll ich das ertragen?»

«Dich quälen?», wiederholte Clare und weitete die Augen in gespielter Unschuld.

«Oh!» Melisende schwang die nackten Füße von der Liege und stand auf. Sie warf ihr gelöstes, wallendes Haar zurück, kehrte Clare den Rücken zu, beugte sich über das Brunnenbecken und spritzte sich Wasser ins gerötete Gesicht. Das Wasser tröpfelte ihren langen blassen Hals hinunter und sog sich in ihr Kleid, bis das dünne Leinen durchsichtig wurde und reizvoll an den sanften Hügeln ihrer Brüste haften blieb. «Clare», sagte sie, als sie sich wieder aufrichtete und einen festen Blick, der scharf und zugleich offen war, auf ihre Gastgeberin heftete. «Ich bin keine gute Zuschauerin. Es liegt mir nicht zu beobachten, zu überlegen und zu erwägen. Mir liegt die Tat! Reicht es denn nicht, so lange auf meinen Gemahl warten zu müssen? Musst auch du versuchen, mir das Leben hier zur Hölle zu machen?»

«Wieso?», fragte Clare, «was sollte ich denn tun?»

«Wenn Frauen einander Lust bereiten können», sagte Melisende, «dann zeig mir, wie. Führ es vor. Ich bin bereit.» Sie hob die bloßen schlanken Arme, um sich anzubieten.

Für Clare war das Einladung genug. Sie ging zu Melisende hinüber, streckte die Hände aus und zog das Gesicht der jungen Frau zu sich herunter, um sie zu küssen. Als sich ihre Zungen trafen und einander mit sinnlichem Bedacht erforschten, ließ Clare ihre Hand die sanften Kurven von Melisendes Körper emporwandern, bis sie die straffe, begierige Brustwarze fand, die sich hemmungslos durch das feuchte Leinen drückte. Sie barg die zarte Schwellung in der Handkuhle und schnippte mit einem Fingernagel ganz sanft gegen den steifen Nippel.

Melisende erschauerte, keuchte im Bann der suchenden Lippen Clares auf, die zur Antwort lächelte und nach dem Schulterausschnitt von Melisendes Unterkleid langte. Langsam, doch ohne zu zögern, streifte sie den Stoff hinunter, bis das leichte Gewand nur noch an Melisendes Oberarmen hing, zu rutschen begann und eine Haut enthüllte, die so weiß war, dass sie es mit dem feinen Marmor des Brunnenrands aufnehmen konnte.

Melisende schloss die Augen. Ihr flatterten die langwimprigen Lider, und der Atem kam ihr als Flüstern über die geöffneten Lippen. Sie saß ganz still da, als warte sie darauf, dass Clare ihr Lust bereiten werde; die aber schüttelte den Kopf. «Melisende», sagte sie sanft.

Langsam öffneten sich Melisendes Augen. Sie wirkten bleischwer und träge, als sei ihre Erregung mehr, als sie ertragen konnte.

«Erst einmal», sagte Clare, «wird Nina dich waschen.» Melisende sah überrascht aus, und Clare erläuterte: «Wenn man in einem so heißen Land wie Palästina lebt, muss man sauber sein, um sich unbeschränktes sinnliches Vergnügen gestatten zu können. Leider gehört das zu den Bereichen, in denen unsere muslimischen Landsleute den Christen das eine oder andere beibringen könnten. Denk daran, Melisende, Reinlichkeit kommt gleich nach Lustbarkeit.»

Nina hatte sich gemächlich von der Liege erhoben und trat nun mit einem dunklen, undurchschaubaren Lächeln auf den vollen Lippen an Melisende heran. Sie tauchte eine Hand in das kühle Brunnenwasser und tröpfelte das kristallklare Nass über Melisendes Brüste. Das Wasser war so kalt, dass Melisende kicherte und ihr fröstelte. Sie bekam Gänsehaut, ihre Brustwarzen versteiften sich und schrumpften unter der Kälte zu festen Knötchen. Clare leckte sich beim Zuschauen die Lippen, riss sich aber eisern zusammen, um die erlesene Vorfreude auf den Augenblick auszukosten, wenn auch sie Melisendes herrlichen Körper genießen würde.

Nina besprenkelte Melisendes weiße Haut von Kopf bis Fuß mit dem kühlen Wasser. Es perlte von ihren weißen Schultern, tröpfelte von ihren Brüsten und über ihren flachen weichen Bauch und glitzerte in den rotgoldenen Haarlocken zwischen ihren Lenden. Schmunzelnd bemerkte Clare, dass Nina, ohne eigens angewiesen worden zu sein, mit lustvoller Hingabe Hand an Melisendes wogenden Busen legte und ihre dunklen Finger den blassblauen Adern nachspüren ließ, die sich hauchdünn auf den zögernd sich öffnenden Schenkeln der vornehmen Jungfrau abzeichneten.

Auf einmal stöhnte Melisende und lehnte sich zurück. Durch die Bewegung aus dem Gleichgewicht gebracht, fiel sie mit schrillem Kreischen in das flache Becken und schickte einen bogenförmigen glitzernden Sprühregen über den Rand. Nina kreischte ihrerseits vor Lachen und sprang hinterher, um Melisende aufzurichten. Fröstelnd, das glänzende Haar wie einen Fetzen Seide an den Körper geklatscht, stand die junge Frau da. Nina drückte ihren honigdunklen Körper an Melisendes schlanken weißen Leib, senkte den Kopf und nahm eine rosige Warze in den Mund, während ihre fleischige goldbraune Hand sich fast unmerklich zwischen Melisendes Beine schlich, um zu berühren, zu necken und zu liebkosen.

«O Gott», rief Melisende aus und zitterte am ganzen Körper. «O Jesus und Maria, helft mir.» Sie erschauerte und fiel unter der plätschernden Fontäne des Springbrunnens auf die Knie. Nina folgte ihr, ohne die scharlachroten Lippen einen Augenblick von der zarte Knospe auf der Brust Melisendes zu lösen, derweil ihre gewitzten Finger Melisendes dunkelrosa angeschwollenes Geschlecht wollüstig berührten, streichelten, genüsslich darüberglitten. Die hilflose junge Frau ließ sich zurückfallen, um flach hingestreckt im kühlen, funkelnden Wasser zu liegen, und zitterte und bebte am ganzen Körper, als die syrische Sklavin sie mit den Fingern und ihrem heißen, feuchten Mund zu einem krampfartigen Orgasmus brachte.

Clare kniete am Beckenrand und sah in scheinbarer Seelenruhe zu, wie Melisende bebend und lautstark dem Drängen ihrer Lust nachgab. Einen Augenblick später streckte sie die Hand aus, berührte Ninas goldbraune Schulter und sagte leise: «Nina, genug. Lass uns kurz allein. Komm zurück, wenn du hörst, dass wir fertig sind, und bring meinen Arzneikasten mit.» Nina blickte auf, Kummer und Kränkung im Gesicht, und Clare schenkte den dunklen Augen der Sklavin ein warmherziges Lächeln. «Keine Sorge», flüsterte sie. «Ich nehme dir nichts weg, Nina. Uns bleibt immer noch die Nacht.»

Nina stieg aus dem Becken, klaubte ihr abgestreiftes Gewand auf und trabte mit aufgehellter Miene davon. Clare streckte träge eine Hand aus, um die Finger Melisendes langen schlanken Körper hinunterlaufen zu lassen, wie er im seichten, kristallklaren Wasser lag und noch immer von den Nachbeben der Lust erschauerte. «Mein Schatz», murmelte sie leise.

Immer noch schwer atmend, hob Melisende langsam den Kopf und richtete den Blick unter ihren langen blassen Lidern auf Clare. Ohne ein Wort kam sie auf alle viere und dann auf die Beine. Tropfen kühlen Wassers hingen wie kleine Diamanten an ihrer Haut, und zwischen den blassen Schenkeln glänzte ihr fleischliches Geheimnis seidig von den Säften, die ihre Wollust verrieten.

Clare verschränkte die Arme auf dem Beckenrand, stützte das Kinn auf die Handgelenke und legte den Kopf auf die Seite. «Nun», fragte sie, «darf's etwas mehr sein, edles Fräulein?»

Für einen Moment weiteten sich Melisendes Augen, dehnten sich ihre Pupillen und tauchten die türkisfarbene Iris in Schwärze. «Mehr?»

«Mehr.» Clare richtete sich auf und löste ihr Gewand. Es rutschte ihr vom Körper und schrumpfte zu einem Häuflein zu ihren Füßen. Mit einer gewissen Selbstzufriedenheit schaute sie an sich hinunter, bewunderte die Schwellung ihrer runden Brüste, die Kurven von Bauch und Hüften und den geheimnisvollen Schatten unter dem dunklen Pelz in ihrem Schritt. Einen Augenblick lang sah sie Melisende nicht mehr, sondern stand ganz in ihren eigenen Körper versunken da, berührte mit zärtlicher Fingerfertigkeit ihre Brustwarzen und erregte sie zu festen dunklen Lustknoten. Dann streckte sie die Hand aus und führte die junge Frau aus dem Becken heraus zur seidenbespannten Liege. Melisende folgte ihr ohne Widerrede. Ihre Hand fühlte sich ganz kalt an, und als Clare ihren Arm berührte, lief ihr ein Schauer über die zarte Haut. So empfindlich war sie, dass Clare ihrerseits vor Vorfreude auf die Lust erschauerte.

«Leg dich hin, mein Schatz», sagte sie, und Melisende gehorchte wortlos. Träge lag sie da, Arme über dem Kopf, den Rücken etwas durchgebogen, sodass die flachen Brüste angehoben und vom warmen Luftzug liebkost wurden. Ein Bein war ausgestreckt, das andere locker angewinkelt und leicht nach außen geneigt, um die feuchten, zuckenden Falten ihres jungfräulichen Geschlechts freizulegen.

Auf einmal spürte Clare die Anstrengung der ausschweifenden Erregungen in nachmittäglicher Hitze, und es war ihr, als würden ihre Arme an Ketten nach unten gezogen. Sie zitterte vor drängender Sehnsucht, Melisende zu schmecken und tief hinunter in die Abgründe der Lust zu ziehen. «Gütiger Himmel», flüsterte sie, «bist du schön, Melisende. Ach, wäre ich doch ein Mann ...»

Und mit verzücktem Seufzen warf sie sich auf die Liege, schmiegte ihre rosigen Körperrundungen zwischen Melisendes gespreizte Schenkel und drückte die Lippen auf den sanft gewölbten weichen Bauch ihrer Schülerin.

Melisendes Körper straffte und krümmte sich wie ein gespannter Bogen. Clare lächelte, während ihre Lippen behutsam über Haut wanderten, die weiß wie Porzellan war, und flüsterte: «Lieg still, mein Schatz, lieg still.»

Mit neckischer Trägheit streunten ihre Lippen die seidige Ebene von Melisendes blasser Haut hinunter. Melisende stöhnte und hob sehnsüchtig die Hüften. Sanft rieb Clare ihre hübsche kleine Nase am zarten rotgoldenen Busch und wanderte tiefer, immer tiefer, bis sie sich am wunderschönen Anblick von Melisendes entblößtem Liebeshügel weiden konnte. Dann streckte sie ganz langsam die Zunge heraus, um die steif abstehende Knospe der Klitoris zu liebkosen.

Als sie mit Zunge und Lippen die zierliche Perle berührte, erstarrte Melisende und vergrub die schmalen Finger in Clares weichem, zerzaustem Haar. «O Jesus», flüsterte Melisende, während Clare sanft, ganz sanft am Herzen ihrer Lust sog und schleckte. «Jesus im Himmel.»

Clare presste die Handflächen ins weiche Fleisch der Schenkelinnenseiten, streichelte und drückte. Dann schlüpften ihre Hände unter Melisendes sich windenden Körper, um ihren wohl gerundeten Hintern zu fassen und die festen und doch so nachgiebigen Kugeln zu kneten. Dabei stellte sie sich vor, wie ein kraftvolles Mannsbild diese hochgeborene Jungfrau zwischen seinen starken Händen halten, seinen schweren Leib auf sie herabsenken und ihre schlanken Schenkel weit auseinander spreizen würde, damit es seinem angriffslustigen Schwanz leichter fiele, in sie einzudringen. Sie malte sich aus, wie die junge Frau zucken und aufschreien würde, während der dicke Schaft des Mannes unerbittlich in sie hineinglitte und sie so herrlich ausfüllte, dass sie sich auf seinem Penis aufbäumen würde wie die Bestie auf dem Speer. Sanft, aber unentwegt sog und leckte Clare die weichen Falten von Melisendes Geschlecht, bis das Mädchen hechelte und keuchte und verzweifelt die Hüften ins Gesicht der Frau zu stemmen versuchte, von der es so geschickt stimuliert wurde.

Gleich unter Clares geschäftiger Zunge erbebte und zuckte der kleine seidige Eingang zu Melisendes honigsüßem Geschlecht, als Wellen der Ekstase ihren Körper durchschüttelten. Welche Versuchung, einen Finger tief in diese schmale Öffnung zu schieben, hinein und hinaus, hinein und hinaus, bis das arme Ding schreien würde vor Verzückung, dieses seltsame, wunderbare Etwas in sich zu spüren. Doch Clare wusste, das durfte sie nicht tun. Sie beschied sich damit, Melisendes Pobacken weit zu spreizen, ließ eine lüsterne Fingerspitze die dunkle, geheime Spalte hinauf- und hinunterrutschen, kitzelte die runzlige Blume ihres Anus, steckte die Spitze des kleinen Fingers in das dunkle, verborgene Loch und rüttelte darin, während ihre emsige Zunge unablässig weiterschleckte. Melisende schrie wieder auf und wand sich auf der glatten Seide, als ihr ganzer Körper unter den Wehen eines Orgasmus erbebte, der so mächtig war, dass es ihr den Kopf ins Federkissen schleuderte, ihre schlanken Beine wild tanzen machte und Hände hilflos ins Nichts greifen ließ, als zöge sie sich ihren Liebhaber an die Brust.

Clare ließ von ihr ab, das Gesicht glänzend vom Honigtau aus Melisendes Geschlecht. Sie leckte sich die Lippen, kostete den Geschmack der Wonnen des Mädchens aus und schaute voll Zufriedenheit auf den langen blassen Körper hinunter, der nackt vor ihr lag und noch immer vor Lust zitterte.

Lust. Jetzt wurde es Zeit, dass sie sich eigene Lust verschaffte. Gemächlich kroch sie auf Melisendes Körper empor, bis sie ihren Mund erreicht hatte und einen tief reichenden, trägen Zungenkuss entbot. Melisende regte sich und antwortete Stoß um Stoß auf Clares forschende Zunge. Clare flüsterte lächelnd: «Du hast dich selbst auf meinem Mund geschmeckt, mein Schatz. Jetzt musst du mich schmecken. Leck mich, Melisende. Bereite mir Lust.»

Ohne noch ein Wort zu sagen, kniete sie sich rittlings über Melisendes keuchendes Gesicht, senkte sich hinab und bot ihr begieriges Geschlecht den vollen Lippen und der eifrigen Zunge der jungen Frau dar. Melisende schnappte nach Luft, zauderte aber nicht. Sie hob den Kopf leicht an, pfropfte den Mund auf Clares Hügel und fing nach Kräften zu saugen und zu lecken an. Clare schrie verzückt auf, als sie Melisende das winzige Etwas Fleisch im Herzen ihrer Wollust liebkosen spürte. Sie bog den Rücken durch, kniff sich in die Brustwarzen, zerrte in fiebriger Wonne daran und gab einen überraschten, glückseligen Schrei von sich, als sie merkte, wie Melisendes lange Finger an ihren Schenkeln emporwanderten, die weichen Lippen ihres Geschlechts teilten und sich ihren Weg ins Innere bahnten.

Einer Jungfrau hätte sie solche Geschicklichkeit, solch natürliche Könnerschaft nicht zugetraut. Sie war erstaunt und über alle Maßen begeistert. «Oh», rief sie aus, «Melisende, ja, ja», und stieß die Hüften mit geiler Hemmungslosigkeit Melisendes inbrünstiger Zunge und forschenden Fingern entgegen, die sie auf einen Höhepunkt zogen, der allem quälenden Warten unendlichen, wundervollen Wert verlieh. Clare schrie ihre Lust heraus, vergrub ihr Geschlecht in Melisendes Mund und zuckte und wand sich im Sinnestaumel, als ihr Orgasmus sie mit glitzernden Wellen der Verzückung überspülte.

Hinterher lagen beide eine Weile schweigend da, während Clare wieder zu Atem kam. Dann glitt sie an Melisendes Seite hinab, zog deren hellen Kopf sanft an die eigene Schulter und schaute in ein Paar große Augen, zwei Teiche der Verwunderung. «Und?», fragte sie leise.

Melisende rekelte sich lustvoll an ihrer Flanke wie eine Katze, die sich am Kater reibt. Mit der rosa Zungenspitze fuhr sie sich über die vollen Lippen und lächelte ein Lächeln undurchschaubarer Befriedigung. «Clare», flüsterte sie, «das hätte ich mir nie träumen lassen. Vielleicht kann ich es ja doch abwarten, bis ich einen Mann bekomme.»

«Siehst du», sagte Clare zufrieden mit sich. «Frauen können einander Lust bereiten und das ohne Gefahr für ihre Ehre.»

Die goldenen Brauen gehoben, neigte Melisende anmutig den Kopf. «Aber», sagte sie, «all das könnte auch ein Mann tun. Schließlich hat auch ein Mann Hände, eine Zunge und seinen Riemen noch dazu.»

«Stimmt», räumte Clare ein. «Völlig richtig, mein Schatz. Falls dein Bruder aber beabsichtigt, dich einem Christen zu geben, dann erwarte nicht zu viel in der Richtung.» Melisende wich ein wenig zurück und runzelte missfällig die Stirn. Clare konnte ein Auflachen nicht unterdrücken. «Christliche Ritter», erläuterte sie, «sind nach meiner Erfahrung kräftige, potente Männer. Aber, Melisende, mein Schatz, einfallsreich sind sie nicht. Bei ihnen dreht sich alles um den Schwanz. Die heilige Kirche hat ihnen gesagt, sie müssten auf der Frau liegen und ihr Geschäft verrichten, und sie werden dich nach Herzenslust rammeln, wenn du willst eine ganze Nacht lang. Wenn dir das Rammeln aber nach einer Weile öde wird und du dich nach der Lust sehnst, die sich nie erschöpft, für die ein Mann seinen Verstand gebrauchen muss wie seinen Körper, musst du dich an einen Sarazenen wenden.»

«Wirklich?», flüsterte Melisende, das Gesicht ein Ausdruck von Erschrockenheit und Enttäuschung.

«Nach meiner Erfahrung, ja», sagte Clare und ließ die Finger über Melisendes linke Brust spielen, bis die junge Frau erschauerte und sich versteifte. «Zum Beispiel mein Ägypter. War er von der körperlichen Liebe erschöpft und wollte wieder zu Kräften kommen, legte er sich zwischen meine Beine und schleckte mit seiner wunderbaren Zunge stundenlang an mir, bis ich vor Lust hätte sterben können. Und war er dann wiederhergestellt, kam er hoch und stieß mit solcher Kraft in mich hinein, dass ich nun gewiss war zu sterben, wiewohl ich es vorher schon geglaubt hatte. Nie habe ich einen Christen gefunden, der mir auf diese Weise dienstbar gewesen wäre.»

«Warum?», fragte sich Melisende laut.

Clare zuckte die Achseln. «Meiner Meinung nach», brachte sie vor, «liegt der Grund im Glauben des Muslims, sein Himmel halte Hunderte williger Paradiesjungfrauen bereit, und es sei seine Aufgabe, sie alle zu befriedigen. Der christliche Himmel ist ohne Sex. Als Mann wüsste ich, wo ich lieber hinginge. Ich könnte mir vorstellen, dass die lüsternen unter unseren Rittern mehr als erfreut sind, sich in der Hölle wieder zu finden – bei den wunderschönen Frauen.»

Melisende faltete die Hände hinter dem Kopf und seufzte. «Nun», sagte sie mit Nachdruck, «du weißt bestimmt eine Menge. Aber eines versichere ich dir: Wenn ich von meinem Gemahl will, dass er mir auf diese Weise zu

Diensten ist, werde ich ihn auch dazu bringen.» Sie legte den Kopf in den Nacken und lächelte verzückt. «Ich werde es von ihm verlangen», flüsterte sie. «‹Wenn du mich liebst›, werde ich sagen, ‹wenn du mich begehrst, Gemahl, dann küss mich da.›»

«Und er wird antworten: ‹Was? Weib, welcher Teufel ist in dich gefahren, dass du mir solch verderbte Lust abverlangst?›»

«So werde ich lügen», sagte Melisende, spreizte die Schenkel und barg ihre Brüste in den Händen. «Und ich werde sagen: ‹Gemahl, hier wünschst du in mich einzudringen, zwischen meinen Beinen. Die Stelle, die du verehrst, mein Herr und Gemahl, musst du zuerst küssen. Küss mich dort, mein Fürst, leck mich, mach, dass ich aufschreie, und unsere Lust wird zwiefach sein.› Und er wird es tun.» Sie kniff die Brauen zusammen und blickte finster drein. «Er wird mir gehorchen», wiederholte sie entschieden.

Es klopfte behutsam an der Tür. Melisende schreckte hoch, machte Anstalten, sich zu bedecken, aber Clare lachte nur und setzte sich auf. Nina kam mit einem geschnitzten Elfenbeinkästchen aus byzantinischer Werkstatt auf den Hof zurück. «Es ist doch nur Nina», sagte sie.

Die Syrerin trat auf sie zu und freute sich sichtlich, ihre Herrin gerötet und liebessatt zu sehen. «Euer Arzneikasten, Herrin», sagte sie, sank auf die Knie und reichte Clare den Behälter.

Clare nahm ihrer Sklavin das Kästchen aus den Händen und hantierte geübt am komplizierten Messingschloss. Es sprang auf, und sie hob den Deckel. Eine Hand versonnen vor dem Mund, nahm sie den Inhalt in Augenschein.

«Was ist da drin?», fragte Melisende und beugte sich vor.

«Du bist neugierig wie eine Katze», schalt Clare. Sie nestelte zwischen den Fläschchen und Krügen, um bald darauf einen Wickel aus geölter Seide hervorzuziehen und aufzudrehen. Darin lag eine Anzahl winziger, fingernagelgroßer Glasampullen, die jeweils mit einem Siegel aus weichem Wachs verschlossen waren. Clare nahm drei der kleinen Phiolen in die Hand und hielt sie Melisende hin.

«Was ist das?», fragte Melisende und streckte einen Finger aus, um die kleinen Kapseln vorsichtig anzustupsen.

«Mohnsirup», sagte Clare. «Mein Geschenk für dich, Melisende, mein Schatz. Eine von diesen kleinen Phiolen lässt einen kräftigen Mann die ganze Nacht lang so tief schlafen, dass er nicht aufwachen würde, wenn die eigene Frau auf seinem Bauch läge und sich dabei von ihrem Liebhaber stoßen ließe. Sie sind für dich, meine Liebe. Ein Geschenk, falls dein Gemahl nicht so vollkommen ausfallen sollte, wie ich hoffe und wofür ich bete. Und sollte ich dir jemals wieder zu Diensten sein können – dir, Melisende, und nicht deinem Bruder oder deinem Gatten –, brauchst du nur zu fragen.»

Melisende schien Clares letzte Worte kaum noch gehört zu haben. Sie hielt eine der Phiolen ins Licht und schaute neugierig hindurch. «Sie führen zum Schlaf?», fragte sie zögernd.

«Eine führt zum Schlaf», sagte Clare. «Nimm nicht mehr als eine, Melisende, gleich was du tust. Zwei davon könnten einen Mann so tief einschlafen lassen, dass er nie wieder aufwachen würde.»

Melisendes glänzende Augen blitzten kurz auf. Sie lächelte hinterhältig und wollüstig, ein Schmunzeln, das mit einem verstehenden Lächeln von Clare beantwortet wurde. «Ich kann mir vorstellen, Clare», sagte sie, «wie ich im Bett meines Gemahls liege, er neben mir schläft und schnarcht, während mein Liebhaber auf mir liegt, mich mit seinem Körper bedeckt und zum Schreien bringt, ohne dass mein Mann es nur ahnte.»

Clare sagte trocken: «Ich gebe zu, dass es höchst aufregend ist, einem Mann Hörner aufzusetzen, während er neben einem liegt.»

«Jetzt sag nicht, dass du's getan hast!», rief Melisende aus, eine Hand in verzückter Entrüstung vor dem Mund.

«Francesco ist ein hart arbeitender Kaufmann», gab Clare mit falschem Ernst zurück. «Es verblüfft ihn immer wieder, wie tief er manchmal schläft, wenn er sich lange im Kontor abgemüht hat und ich mir dann selbst überlassen bleibe.»

«Und ich bin sicher, dass er seine Ruhe braucht», prustete Melisende los, drückte die kleinen Glasampullen an ihre nackte Brust und hörte nicht mehr auf zu lachen.

Drittes Kapitel

«Komm, Anna, komm.» Melisende sprach hastig, ihre Stimme klang ungeduldig. «Bald wird er da sein. Ich muss mich doch von meiner besten Seite zeigen. Wo ist mein Hüftgürtel?»

«Hier, Herrin», sagte Anna rasch und eilte durch den Raum. Sie langte um Melisendes schlanke Taille, um den Hüftgürtel aus schweren Goldplatten zu schließen. Darauf saßen wie riesige Blutstropfen große Granate. Melisende wusste, wie reizvoll ihr Körper aussah, und sah keinen Grund, ihn unter weiten Gewändern zu verbergen. Ihre Kleider wurden stets aus einfachen, zarten Stoffen gefertigt, schmiegten sich so eng an ihren Körper, wie es der Schneiderin möglich war, und die feine Näharbeit am Saum ihres leinenen Unterkleids zeigte sich im tiefen, bestickten Ausschnitt. Die meisten Damen trugen Lederkorsetts unter ihren Kleidern, um ihre Brüste anzuheben und Taillen zu schnüren, aber Melisende verschmähte solche Hilfsmittel und zog es vor, unter dem Stoff ihre natürliche Gestalt hervortreten zu lassen. Das Kleid, das sie nun ausgewählt hatte, trug sie am liebsten. Es war aus ziemlich schlichter, weicher, schmuckloser Seide von der Farbe frischen Rahms und lenkte die Aufmerksamkeit auf ihre makellos weiße Haut. Lange, eng anliegende Ärmel reichten ihr bis zu den Handgelenken, und der goldene Hüftgürtel wickelte sich zweimal um ihre Taille, ging im Rücken über Kreuz und wurde dann vorn geschlossen, sodass die Enden herabbaumelten. Unter seinem Gewicht legte sich die feine Seide rings um ihre Schenkel in enge Falten.

Melisende drehte sich um und legte den Kopf in den Nacken, damit Anna einen Schleier aus zartestem creme-farbenem Chiffon über ihre geflochtene und aufgerollte Haarkrone breiten konnte. Auf den Schleier kam ein rot-goldenes Diadem, das hell wie das Haar darunter leuchte-te und vorn, passend zu den Edelsteinen im Hüftgürtel, mit einem einzelnen großen, rund geschliffenen Granat besetzt war.

«Da, Herrin», sagte Anna und trat zurück. «Fertig.» Sie legte den Kopf schräg und lauschte dem Geräusch von Pferdehufen, das den Raum erfüllte. «Und gerade noch rechtzeitig. Jetzt muss er da sein.»

«Oh!», rief Melisende aus. «Vielleicht bringt er den wun-derschönen jungen Boten mit. Oder vielleicht meinen Ge-mahl!» Pfeilschnell flitzte sie zur Tür.

«Meine Herrin», rief ihr Anna nach und raffte ihre schwe-ren Röcke, um die so unvermeidliche wie hoffnungslose Verfolgung aufzunehmen. «Meine Herrin, nicht so eilig, seid doch nicht so übermütig.»

Melisende huschte leichtfüßig über die sonnenschecki-gen Flure in Francescos Haus, ohne dass ihre mit Goldfä-den durchwirkten Pantoffeln ein Geräusch auf den glän-zenden Fliesen machten. Die Diener und Sklaven sahen erstaunt zu, wie sie vorbeistürmte. In Windeseile war sie an der Tür zum Innenhof und kam schlitternd und wenig würdevoll zum Stehen, denn dort stand Francesco selbst, angetan mit seiner besten Robe aus Damast, hielt Clares Hand auf Schulterhöhe und gab ein Bild gesitteter Förm-lichkeit ab.

«Ah, das edle Fräulein Melisende», sagte Francesco etwas

gezwungen. Diese wunderschöne Adlige in seinem Haus zu beherbergen, war ihm eine unerwartet große Bürde geworden. Ihre Reize hatten ihn einigen Schlaf gekostet, und sein Pförtner hatte liebeskranke Verehrer zu Dutzenden an der Tür abweisen müssen. Nun setzte er ein öliges Kaufmannslächeln auf und sagte mit gut überspielter Erleichterung: «Da kommt Euer Bruder, edles Fräulein. Ich fürchte, um Euch fort von uns zu holen.» Er nickte den Sklaven zu, die sich verneigten und die große Doppeltür zum Hof aufzogen. Francesco und Clare zögerten und ließen der schlanken Gestalt Melisendes den Vortritt.

Melisende war vierzehn Jahre jünger als ihr Bruder. Sie hatte keinerlei Erinnerung an ihn, da sie ein kleines Mädchen von vier Jahren gewesen war, als er ins Heilige Land aufgebrochen war, um sein Glück zu machen. Sie trat auf den glutheißen Hof hinaus, eilig gefolgt von Nina, um sie mit einem Fächerpalmblatt vor der Sonne zu beschirmen, und musterte mit raschem Blick jedes einzelne Gesicht der zwei Dutzend Ritter zu Pferde vor sich. Jung und ansehnlich sahen sie allesamt aus. Doch nur einer darunter konnte Thibault von Montjoie sein. Melisende ließ die Augen auf ihrem Bruder ruhen und lächelte.

Ein jeder hätte sie unter zehntausend Leuten als Bruder und Schwester erkannt. Thibault war wie Melisende groß gewachsen und schlank und hatte zudem eine schmale Taille, wiewohl Melisendes Schlankheit zart und weiblich ausfiel, seine hingegen sehnig und fest. Das Morgenland hatte seine blasse Haut mit goldfarbenen Sommersprossen besprenkelt, die Augen, die in jene seiner Schwester schauten, waren blaugrün wie Fels unter klarem Meerwasser, und als er die Kapuze seines seidenen Umhangs zurückwarf, fing sein rotgoldenes Haar die Sonne ein und leuchtete flammhell. Melisendes Locken waren durch das Gewicht ihres langen Haars geglättet. Thibault trug das Haar jedoch der Hitze wegen kurz, und so bauschte es sich rings um seinen Kopf wie der Heiligenschein eines Engels. Selbst seine stolzen Wangenknochen und vollen, sinnlichen Lippen glichen den ihren.

Sie trat ein wenig näher und starrte ihn so erstaunt an, wie sie ihr eigenes Bildnis angestarrt hätte. Er lächelte herab zu ihr, schwang sich dann von seinem hohen Ross, und die Männer seines Geleits beeilten sich abzusteigen. Einer darunter trat vor, um Thibault die Zügel abzunehmen. «Na», sagte er, und auch seine Stimme war wie ihre, hell und lebhaft, «ich muss wohl nicht fragen, welche Dame meine Schwester ist.» Er legte seine Hände auf ihre Schultern und küsste sie auf beide Wangen. «Melisende, Gott sei mit dir», sagte er. «Vater meinte, du seist schön, und er hat nicht gelogen.» Seine Stimme klang merkwürdig eingebildet und selbstgefällig. Melisende, die einen liebenswerten Bruder erwartet hatte, ertappte sich dabei, ihn mit Missfallen zu betrachten. Ihr war, als sehe er in ihrer Schönheit nur eine matte Spiegelung seiner eigenen. Er lächelte milde und fuhr fort: «Geht es dir gut, und hast du dich von der Überfahrt erholt?»

«Ich bin zu einer weiteren Reise bereit, mein Bruder», sagte Melisende mit frohgemutem Lächeln. Sie hätte einen Knicks vor ihm gemacht, aber er hielt ihre schmalen Schultern in seinen Handschuhen fest. «Sobald du es wünschst, breche ich auf – falls mich ein Gemahl auf Montjoie erwartet.» Sie ließ den Blick erneut über Thibaults Gefolge schweifen und fragte sich, ob der Mann vielleicht dabei war. Es handelte sich um eine Schar höchst gut aussehender junger Männer, doch sie wirkten kühl und korrekt wie der Bote, der nach Foix gekommen war. Sie mieden ihren Blick und starrten unverwandt geradeaus, als wäre sie unsichtbar.

Alle bis auf einen. Zu Thibaults Linken stand ein junger Mann, der noch keine zwanzig zu sein schien: von schönem Wuchs, schlank, mit breiten Schultern, klugem Gesichtsausdruck, Augen und Haar dunkel. Er sah sich von Melisende angeschaut, und auf seinen Wangen bildeten sich zwei Grübchen, als er zur Begrüßung lächelte. Könnte er es sein?

Ihre Augen kehrten zu Thibault zurück, und ihr Lächeln schwand, als sie seinen Gesichtsausdruck kühl und zurückgenommen antraf. «Schwester», sagte er, «ich fürchte, ich habe eine schlechte Nachricht für dich. Ich hatte einen Gemahl für dich gewählt. Er wäre heute mit mir gekommen, hätte er nicht erst vergangenen Monat im Fieber gelegen. Es tut mir Leid, aber er ist daran gestorben.»

Melisende trat einen Schritt zurück und ballte ungläubig die Fäuste. «Nein», flüsterte sie, «nein, nicht schon wieder. Liegt denn ein Fluch auf mir?»

Hastig bekreuzigte sich Thibault, und alle um ihn herum taten es ihm gleich. «Nein, nein», sagte er. Er klang besorgt. «Rede doch nicht so. So etwas geschieht hier öfter, Melisende. Aber jetzt, da du gekommen bist und meine Freunde an sich selbst die machtvolle Wirkung deiner Schönheit erfahren können, wird sich bestimmt sehr bald Ersatz finden.»

«Fürwahr, das hoffe ich.» Tränen der Enttäuschung stiegen Melisende in die Augen, und sie kämpfte dagegen an, weil sie vor all diesen gut aussehenden Männern nicht schwach und weibisch wirken wollte. Sie zwang sich, unbekümmert zu sprechen, als bedeute ihr der Verlust eines

Bräutigams nichts. «Ich dachte, er könnte vielleicht unter deinen Männern sein. Dieser junge Mann links von dir vielleicht.» Sie deutete auf den dunkelhaarigen Jüngling und lächelte ihm erneut zu.

Thibault blickte kurz über die Schulter. Er sah das Antwortlächeln des jungen Mannes und holte sofort und ohne Warnung mit seiner behandschuhten Linken zum Hieb aus. Seine lederummantelten Knöchel trafen ihn mitten auf den Mund, und der Mann torkelte zurück, griff sich ins Gesicht, gab aber keinen Schmerzenslaut von sich. Melisende keuchte entsetzt auf und presste beide Hände vor den Mund, fast als hätte sie selbst Thibaults Schlag gespürt.

«Du wagst es, Blicke mit meiner Schwester zu tauschen?», fuhr Thibault den jungen Mann an. Seine Stimme war eiskalt und zorngeladen. «Du wagst es? Behalte die Augen am Boden, wenn du sie nicht in Zaum halten kannst.» Er wandte sich wieder seiner fassungslosen Schwester zu und schaute ihr mit unbefangenem Lächeln in die Augen. «Ich glaube kaum, Schwester», sagte er. «Das ist Gerard, das jüngste Mitglied meiner Leibgarde. Ein Grünling scheint mit schwerlich der geeignete Gefährte für dich zu sein.»

Gerard richtete sich schwer atmend auf. Blut lief ihm aus der Nase und von der Lippe. Weder Thibault noch irgendeiner seiner Männer würdigten ihn eines Blicks. Melisende betrachtete ihn sorgenvoll und fühlte sich schuldig, weil sie den Anlass für seinen Schmerz abgegeben hatte, wenn auch unabsichtlich. Gern hätte sie Einspruch erhoben, aber sie war unter Rittern und Soldaten aufgewachsen und nicht so dumm, sich in den gewalttätigen Drill einzumischen, den ein Befehlshaber nach Gutdünken anwenden konnte. Sie wollte sich bei Gerard mit einem

Blick entschuldigen, war aber nicht überrascht, dass er sie nicht mehr ansehen mochte.

«Nun», sagte Thibault leichthin, als sei überhaupt nichts vorgefallen, «wo ist Francesco? Ah, Francesco, mein guter Freund. Wie kann ich Euch nur für Eure Sorge um meine liebreizende Schwester danken?» Seine Stimme bekam vorübergehend einen harten Klang. «Ihr habt Sorge um sie getragen, Francesco, oder?»

Francesco verneigte sich tief. Jetzt verstand Melisende, warum er bei Thibault so vorsichtig war. Zweifellos fürchtete er die Wutausbrüche ihres Bruders. «Auf Ehre, edler Herr», sagte er. «Sie hat kaum einen Fuß vor unsere Tür gesetzt.»

«Und ich bin sicher», fügte Clare kühl hinzu, «Ihr wisst, dass einem jungen Edelfräulein in einem ehrbaren Haus wie dem unseren nichts Ungebührliches zustoßen kann.»

«Das glaube ich zuversichtlich», sagte Thibault und nahm Francesco bei der Hand. «Kommt, gehen wir hinein. Wir werden gemeinsam speisen, bevor wir nach Montjoie aufbrechen.»

Melisende hatte geglaubt, sich auf das Reisen zu verstehen. Doch die Reise zur Burg Montjoie überstieg alle ihre Vorstellungen.

Die ersten drei Tage über zogen sie den schmalen, dicht besiedelten Küstenstreifen entlang, in dem die Mehrzahl der Christen Palästinas lebte, was in Hitze und Staub, sonst aber halbwegs angenehm verlief. Das Land war mehr oder weniger gut bewässert und vom Frühling grün eingefärbt. Blumen blühten überall, und auf den Feldern liefen die Jungtiere ihren Müttern hinterher. Melisende und Anna reisten in Clares Sänfte, die sie zu diesem Zweck ausgeborgt hatten, und ihr berittenes Geleit scharte sich um sie. Melisende vertrieb sich die Zeit damit, sich aus dem Fenster der Sänfte zu lehnen und das Muskelspiel in Schenkeln und Schultern zu verfolgen, wenn die Männer ihre feurigen Rösser bändigten. Die Nächte wurden bei Bekannten Thibaults oder in Herbergen verbracht, die mit allen Annehmlichkeiten ausgestattet waren, und Melisende war zwar erschöpft, aber vom Fremdartigen ringsum gefesselt.

Das Fremdartige und die Männer. Thibaults Ritter und Soldaten erregten sie beinahe unerträglich. Thibault selbst schien mit seinen fünfunddreißig Jahren noch der älteste zu sein; die meisten seiner Leute waren in den Zwanzigern, und nicht einem fehlte es an gutem Aussehen. Und doch blieben sie alle kühl. Nie warfen sie einen längeren Blick auf sie, noch verrieten ihre Gesichter je, dass sie ihnen schön erscheine. An höflicher Aufmerksamkeit ihr gegenüber ließen sie nichts zu wünschen übrig, verhielten sich aber dabei, als wäre sie geschlechtslos oder so alt wie Anna.

Melisende, die männliche Beachtung gewöhnt war, machte das wütend. Selbst Francesco, der öfter an Gold dachte als an den Körper einer Frau, hatte deutlich gezeigt, wie betörend er sie fand. Aus Trotz gegen ihre Ausgrenzung hatte sie anfangs versucht, die Ritter anzusprechen, um sie aus der Reserve zu locken, aber das war kläglich gescheitert und hatte, schlimmer noch, ihren Bruder stutzig gemacht. Bald lernte sie, vor seinen kalten meergrünen Augen auf der Hut zu sein. Er sah einfach alles und schien selbst Dinge zu hören, die sich hinter seinem Rücken zutrugen, und wenn er auch nie die Hand gegen sie erhob oder sie sonst bestrafte, war er schnell bereit, jeden seiner

Männer zu schlagen, glaubte er ihn von einem Seitenblick oder einer ungewohnten Freundlichkeit seiner Schwester bedacht. Beinahe schien es, als sei er eifersüchtig auf ihre Jugend und Schönheit wie ein zu alt geratener Ehemann. Melisende verstand ihn nicht. Fast hätte sie ihn fürchten können, so sehr unterschied er sich von jedem anderen Mann, dem sie zuvor begegnet war.

Nach drei Tagen bogen sie von der Landstraße ab und schlugen einen schmalen, staubigen Pfad ins gluthheiße Rote Gebirge ein, dem Rückgrat Palästinas. Nun hatte die Sänfte ausgedient, denn dafür wurden die Wege zu schmal und steil. Melisende gab man eine Araberstute von sanfter Gangart zu reiten und Anna, die sich darüber bitter beklagte, ein ruhiges weißes Maultier.

«Oh, oh, oh», stöhnte Anna, als sie zu Abend abstiegen. «O mein Rücken! O mein armer Hintern!»

«Wird ihm gut tun», flüsterte Drogo, der sich hinterrücks an sie heranmachte, um nach ihrer breiten Kehrseite zu grapschen. «Leibesübungen, hä?»

«Hände weg, du Ochse», schnauzte Anna und wirbelte herum, als wolle sie Drogo ohrfeigen. Der stämmige Knappe brachte sich schleunigst außer Reichweite und grinste sie an. «Du wagst es, so mit mir zu sprechen?»

Melisende, die sich lebhaft erinnerte, wie willkommen Anna die begierigen Stöße seines mächtigen Penis gewesen waren, glaubte recht gut zu verstehen, warum Drogo so mit ihr sprach. Aber sie sagte nichts und schmunzelte nur vor sich hin.

In jener Nacht gab es keine reich ausstaffierte Herberge, keinen vornehmen Haushalt mit Springbrunnen im Hof, nur eine baufällige Kate, in der fliegende Händler und Marktschreier übernachten mochten. Sie hatte einen Gemeinschaftsraum und am Ende eines kurzen Flurs eine Gästekammer. Melisende, Thibault und Anna wurden von einem unterwürfigen Wirt in die Kammer geführt, der sich händeringend für deren Schäbigkeit entschuldigte.

«Oh», sagte Melisende, als sie das schmale Bett sah, das schmuddelige Leinen, die zerfransten Decken. Das kleine Fenster hatte Scheiben aus Horn, und im Zimmer war es unerträglich heiß und stickig. Außerdem roch es übel. Anna setzte sich auf das Bett, fächerte sich Luft zu und schüttelte elend den Kopf, und Melisende wandte sich umgehend Thibault zu. «Bruder, hier drin kann ich unmöglich die Nacht verbringen.»

Thibaults glänzende Augen verengten sich etwas. «Nun, du kannst sie nicht draußen verbringen, Melisende. Nur dieser Raum lässt sich bewachen. Ich werde zwei Männer vor der Tür und, so klein es auch ist, einen vor dem Fenster aufstellen.»

«Aber es ist so heiß», klagte Melisende. «Ich kann kaum atmen. Und der Geruch! Thibault, ich weiß, dass du ein Zelt dabei hast, kann ich nicht darin schlafen?»

«Nein», beschied ihr Thibault grob. «Ich werde heute Nacht draußen schlafen. Im Übrigen kämst du mir niemals dort zu liegen, wo sich jeder lüsterne Streuner einschleichen und dir zu nahe treten könnte.» Seine Augen wanderten an Melisendes Körper hinunter, als würde er die Möglichkeit, sie könnte solches Eindringen gutheißen, in Betracht ziehen und als wahrscheinlich einschätzen. «Du bleibst hier, Schwester. Ich lasse dir Wein und Speise bringen. Gute Nacht.»

Melisende biss sich auf die Lippen, als Thibault die Kammer verließ. Kaum war er fort, stakte sie ans Fenster, rüttelte an den Scheiben und trottete wieder zurück wie ein Gepard im Käfig. «Gott verfluche ihn», murmelte sie leise.

«O Herrin.» Anna hatte schon ihren Strohsack und ihre Decken auf dem Boden ausgelegt. «Wo habt Ihr nur die Kraft her, Euch noch zu ärgern? Legt Euch hin und schlaft, mein Lamm. Es heißt, dass uns morgen ein weiterer langer Ritt bevorsteht.»

Ein Diener kam mit Brot und einem großen Krug Wein. Anna schaute auf das Essen und schüttelte den Kopf, dann bettete sie sich zur Ruhe.

Melisende betrachtete Anna eine kurze Weile lang. Sie riss eine Hand voll vom gesalzenen Fladenbrot ab, um es mit unverwandt finsterer Miene zu verzehren. Bald fing Anna zu schnarchen an und wälzte sich schwerfällig auf ihrem Strohsack. Melisendes Gesicht wurde von einem Lächeln erhellt.

«Soso», flüsterte sie vor sich hin, «du willst mich wirklich in diesem schimmligen Gefängnis einsperren, Bruder?»

Herausforderungen ließen Melisende stets zu wahrer Größe auflaufen. Kurze Zeit verharrte sie in Gedanken, dann griff sie nach dem Weinkrug, ging zur Tür und öffnete sie.

Davor schoben zwei von Thibaults Soldaten Wache, Lanze in der Hand, Augen starr geradeaus. Obwohl es heiß war, trugen beide ihre langen grauen Kapuzenmäntel und standen stocksteif wie Standbilder da. Als Melisende die Tür aufzog, kreuzten sie ruckartig die Lanzen, um ihr den Durchgang zu verwehren.

«Oh, seid bitte unbesorgt», sagte sie. «Ich will ja gar nicht hinaus. Es ist nur, dass ich eigentlich nichts von dem Wein möchte und mir dachte, ihr zwei wüsstet ihn vielleicht eher zu schätzen. Ich lege mich ohnehin gleich schlafen. Hört, meine Anstandsdame schnarcht schon.»

Sie wich einen Schritt zurück. Die Soldaten blieben noch einen Augenblick ungerührt, dann sahen sich einander an und schauten auf den Krug Wein. Melisende lächelte in sich hinein, zog sich zurück und schloss leise die Tür.

Ein paar Stunden später stürzte Thibault unter den flimmernden Sternen einen Becher Wein hinunter und setzte ihn mit einem Knall ab. Er lockerte sein Hemd und rieb sich die Kehle. Es war eine verflucht heiße Frühlingsnacht, und der Schweiß benetzte seine blasse Haut wie Tau.

Inzwischen lagen fast alle seine Männer im Schlaf, in ihre Decken eingerollt oder einfach neben ihren Lagerfeuern ausgestreckt. Aber Thibault war hellwach. Ein hartnäckiger, lüsterner Juckreiz hinderte ihn am Einschlafen.

Wenn Thibault etwas juckte, kratzte er sich. Er fing den Blick einer seiner Wachen ein und sagte in scharfem Ton: «Hol Gerard her.»

Der Ritter schaute betreten drein. «Herr, Gerard hat die letzten drei Nächte Wache geschoben. Er schläft, Herr.»

Thibault schnellte hoch, und der Mann wich rasch vor ihm zurück, das Gesicht starr vor Furcht. Aber diesmal schlug Thibault nicht zu, sondern sagte nur leise: «Ich sagte, hol Gerard her.»

«Ja, Herr.»

Gerard. Auch an Jahren das jüngste Mitglied von Thibaults Leibwache und der Einzige, der noch keine Anteilnahme durch seinen Herrn erfahren hatte. Thibault hatte ihn als eine Art Leckerbissen aufgespart, einen schmackhaften Happen, den er genießen wollte, wenn er reichlich Zeit hätte, um das Erlebnis voll auszukosten. Er hatte sogar erwogen, seine Frau Sophia zu beteiligen. Sophia war natürlich nur ein Weib, und Thibault hatte keine Zeit für Weiber, doch seiner Gemahlin fiel mancherlei ein, was an Gewieftheit und blanker Schamlosigkeit seinesgleichen suchte.

Aber der Bursche hatte Melisende mit lustvollen Augen angesehen. Er hatte sie begehrt. Der Anblick von Gerards beflissenem Lächeln hatte Thibault mit sengender Eifersucht erfüllt. Was ihn betraf, war er für alle Männer von Montjoie der Mittelpunkt und hatte nicht die Absicht, seinen Platz an irgendeine verwünschte Frau abzutreten, wie schön sie auch sein mochte und wenn sie auch seine Schwester war.

«Herr.» Gerards Stimme riss Thibault aus seinen Überlegungen. Er schaute dem jungen Ritter prüfend ins Gesicht. Gerard schien müde zu sein. Seine Haut war blass, und Feuerschein wie heller Vollmond taten ein Übriges, die bläulichen Ringe um seine dunklen Augen hervorzuheben. Gut, dachte Thibault. Geschieht ihm recht. Hätte er es vorgezogen, *mich* mit solcher Sanftheit anzusehen, wäre ihm das Leben womöglich um einiges leichter gefallen.

«Leg dein Schwert ab und komm mit», sagte Thibault ohne Vorrede. Er machte große Schritte zu den Ställen hinüber und trat in das raschelnde, nach Heu duftende Zwielicht. Eine einzelne qualmende Fackel flackerte nahebei an der Wand. Thibault ging an den Gestellen mit Geschirren, Sätteln, Zügeln, Schweifriemen und Gurten entlang. Seine Hand fand eine Peitsche, eine Reitpeitsche mit langer, schmaler Schnur. Er nahm sie an sich und machte kehrt.

Die dunklen Augen in Gerards angespanntem Gesicht

waren geweitet und weiß umrandet, in seinem Kiefer zuckte ein Muskel, und seine Lippen hätten gezittert, wären sie nicht zusammengekniffen. Thibault geilte sich an der Angst des jungen Mannes auf.

«Gerard», sagte er, «meine Schwester dünkte dir schön.»

«Ja, Herr», gab der junge Ritter entwaffnet zurück. «Herr, sie ist schön. Was soll ich sagen? Sie lächelte mir zu. Ich wusste nicht, dass es verboten ist, sie anzusehen. Es tut mir Leid, Herr, wirklich.»

«Unwissenheit», sagte Thibault und spielte mit der Peitsche, «schützt vor Strafe nicht.» Er nahm den Knauf am Ende des Peitschenstocks langsam zwischen seine Lippen und sog gedankenvoll daran, während er Gerard vor Furcht zittern sah. Es war unendlich erregend zu wissen, dass dieses gut aussehende männliche Geschöpf sein Eigen war, um es nach Belieben zu züchtigen und zu missbrauchen. Thibault kniff voll wollüstiger Vorfreude die Hinterbacken zusammen und lächelte, als sich die vertraute warme Straffheit zwischen seinen Beinen fühlbar machte. Sein Penis wurde steif und bereitete sich darauf vor, Gerards Körper zu genießen. Er grub die Zähne in den Peitschenstock und sagte ruhig: «Ausziehen.»

«Herr?» Vor lauter Schreck wich Gerard einen Schritt zurück.

«Ausziehen», wiederholte Thibault. «Zieh dich aus, um deine Strafe zu empfangen.»

Gerard stand völlig reglos da, die dunklen Augen auf die Peitsche geheftet. Dann fing er zaghaft an, seine Kleidung aufzuknöpfen. Thibault verfolgte mit wachsender Befriedigung, wie der junge Mann Stück für Stück seine Nacktheit offenbarte. Er war ziemlich groß und sehr gut gebaut, hatte breite Schultern und eine schmale Taille. Sein Körper war glatt und unbehaart, und während Furcht und Scham seinen Atem beschleunigten, hob und senkte sich sein flacher, straffer Bauch, dessen blasse Haut den Fackelschein einfing.

Nur noch mit seinen engen Beinlingen angetan, richtete er einen flehenden Blick auf Thibault. Er sagte nichts, aber seine Augen waren eine inständige Bitte. Thibault schüttelte den Kopf und sagte kalt: «Nackt, Gerard.»

Gerard sah zu Boden und rieb sich mit den Händen übers Gesicht. Dann öffnete er den Bund seiner Beinlinge und schob sie zögerlich hinunter. Thibault holte langsam und tief Luft, als er die straffen, glatten Flanken des jungen Ritters zu sehen bekam, seine strammen, gerundeten Gesäßbacken, den krausen, dunklen Pelz zwischen seinen Lenden und den weichen, dicken Penis, der daraus hervortrat. Ein Körper, wie er ihn sich schöner nicht wünschen konnte.

«Nun denn», sagte Thibault und langte an der Geschirrstange nach einem Lederriemen. «Hände auf den Rücken, Gerard.»

«Nein, Herr», sagte Gerard und riss, auf einmal beleidigt, den Kopf hoch. «Ich bin kein Feigling. Ich kann Schläge ebenso einstecken wie jeder andere. Ihr braucht mich nicht zu fesseln, Herr.»

Thibault hob kühl die Brauen. Diesen Augenblick liebte er, den Augenblick, wenn sein Opfer plötzlich begriff, was mit ihm geschehen sollte. «Dir werden die Hände gefesselt, Gerard», sagte er leise. «Nicht um dich ruhig zu stellen, sondern weil ich Lust habe, dass sie gefesselt sind, während ich dich nehme.»

Eine Pause trat ein. Gerards Lippen bewegten sich in lautloser Wiederholung der letzten Worte Thibaults.

Dann trat schlagartig Verneinung in sein Gesicht, und er machte, nackt wie er war, einen Satz zur Tür. Thibault lachte und stellte sich ihm mit ausgestrecktem Arm in den Weg, um den Ausgang zu versperren. Gerard zuckte vor der Berührung durch seinen Herrn zurück und stand nun da wie ein in die Enge getriebenes Tier, die Hände vor sich ausgebreitet, als wollten sie seine schutzlosen Geschlechtsteile vor den lüsternen Augen Thibaults beschirmen. «Nein», flüsterte er schließlich. «Bei Gott, nein.»

Thibault lehnte träge an der Tür. «Gerard», sagte er, «du hast die Wahl. Entweder lässt du zu, dass ich dich fessele und mich an deinem hübschen Körper erfreue, wie es mir gefällt. Oder du leistest Widerstand, und ich muss meine Leibgarde herbeirufen. Sie wird dich mir zum Genuss beugen und uns zusehen, wird deine Schande sehen und dich auslachen. Vielleicht haben die Männer später selbst Lust mitzumachen, falls ich das gestatte. Deine Wahl, Gerard. Ich werde dich so oder so haben.»

Gerard schluckte und blickte starr geradeaus. Seine Miene war vor ungläubigem Entsetzen versteinert und sein Atem ein harsches Keuchen. Schließlich brachte er heraus: «Sie haben mir davon erzählt, aber – aber ich konnte ihnen einfach nicht glauben.»

Thibault trat auf ihn zu, den Lederriemen in der Hand. «Knie nieder», sagte er. «Hände auf den Rücken.»

Einen Augenblick lang schien es, als wollte Gerard widersprechen, kämpfen, fliehen. Doch am Ende tat er nichts dergleichen, sondern ging in die Knie und kreuzte die Handgelenke auf dem Rücken. Sein dunkelhaariger Kopf war unter der Scham und Erniedrigung gebeugt, um das Gesicht zu verbergen.

«Gut», flüsterte Thibault. Seine Finger kribbelten vor

Lust, als er die kräftigen weißen Handgelenke des Jünglings ergriff und weit hinaufzog, um sie zu fesseln, und er
leckte sich verzückt die Lippen beim Anblick der Muskeln
und Sehnen, die an Gerards Schultern und Armen hervortraten. «Sehr gut.» Seine Hände strichen über Gerards breiten glatten Rücken und fühlten ihn frösteln. Dann baute
er sich vor ihm auf und begann, langsam und genüsslich
seine Strumpfhose zu öffnen. «Mach den Mund auf», sagte
er.

«Jesus im Himmel!», rief Gerard aus. Er versuchte, auf
die Beine zu kommen und zu fliehen, aber Thibault bekam
ihn bei den Schultern zu fassen und zwang ihn wieder zu
Boden. Er nahm Gerard beim Schopf und riss seinen Kopf
mit solcher Gewalt zurück, dass der junge Ritter aufstöhnte und unwillkürlich die Lippen öffnete. Thibaults andere
Hand fuhr in seine Hose und liebkoste die massige Kraft
seines heißen Schwengels, der sehnlichst auf den herrlich
weichen Mund des jungen Ritters wartete.

Thibault schloss die Hand um seinen Schwanz, schob
die Strumpfhose aus dem Weg, und die steife, scharlachrote Rute sprang lustgierig hervor. Eben wollte er seinen
prallheißen Penis zwischen Gerards bebende Lippen
zwängen, da hielt er inne. Hatte er dahinten, am anderen Ende des Stalls, Rascheln, erregtes Atemholen gehört?
Wagte es einer, ihn bei seinen Vergnügungen zu beobachten? Gerards Kopf noch immer im Griff seiner umbarm-
herzig starken Hand, zögerte er und warf im hüpfenden
Widerschein der Fackel wilde Blicke ringsumher. Doch es
war weiter nichts zu sehen oder zu hören, und seine Be-
gierden drängten.

Flackernd öffneten sich Gerards Augen. Er sah den Ständer seines Herrn und stöhnte laut. Sein Ausruf erregte Thi-

bault mehr als je etwas zuvor. Mit glückseligem Grunzen stieß er die fette glänzende Eichel in den Mund des jungen Ritters und röchelte befriedigt, als sie zwischen Gerards Lippen schlüpfte und in seinen Schlund vordrang.

«Ah», keuchte Thibault, «ah, das ist gut.» Er packte Gerards Kopf mit beiden Händen, vergrub die Finger in seinen dunklen Haaren und hielt seinen schutzlosen Mund still, während er hineinstieß, wie ein Mann die Vagina einer Frau gestoßen hätte. Gerard stöhnte und wand sich, und durch das Beben seiner Lippen rieben sich die weichen Stoppeln seines Zweitagebarts herrlich an Thibaults dickem, pumpendem Schaft. Thibault schloss die Augen, rammelte tief und heftig in das samtene Versteck hinein und genoss in vollen Zügen den Reiz. Derweil stieß Gerard Laute erstickten Einspruchs hervor und versuchte vergeblich, den klammernden Händen und dem gierigen Schwanz seines Herrn zu entkommen.

Kurz darauf machte Thibault die Augen wieder auf und sah nach unten. Vor sich hatte er Gerards bleichen, schönen Rücken, wie er sich herrlich von den breiten Schultern zur schmalen Taille hin verjüngte. Seine gefesselten Handgelenke ruhten auf der Wölbung seiner Hinterbacken; die hilflosen Hände öffneten und schlossen sich fieberhaft und bekamen doch nur Luft zu fassen, während Thibaults fetter Schwengel seinen Mund vergewaltigte. Thibault sah den Fingern seines Opfers dabei zu, ein Nichts ohnmächtig zu umkrallen, und auf einmal genügte der Reiz warmer Lippen um seinen heißen, harten Schwanz nicht mehr. Er machte sich von Gerards Mund los und stieß den Kopf des jungen Ritters rabiat nach unten, bis er kniete und seine Schultern fast den Boden erreichten, während die wunderschönen Rundungen seiner Hinterbacken wie zwei weiße Monde in die Höhe schnellten. Die Spalte dazwischen war von dunklem Haar geheimnisvoll und einladend verschattet.

Thibault trat hinter Gerard und fuhr mit beiden Händen von den Schultern bis zur Taille über den Körper des jungen Mannes. Gerard zitterte und flüsterte: «Nein, Herr. Ich flehe Euch an, ich flehe Euch an, nein.» Doch sein Bitten verschärfte nur Thibaults Verlangen nach ihm.

«Was für ein herrlicher Körper», flüsterte Thibault. Eine Hand glitt tiefer, streichelte eine Pobacke, erforschte die sanfte Kurve vom Steiß zum Schenkel. Thibault führte die andere Hand an die Lippen, spuckte darauf und rieb seinen Speichel munter in Gerards dunkle Arschspalte.

Gerard stöhnte: «Gott vergib mir.» Seine Stimme erstarb zu einem Wimmern, während Thibault fortfuhr, die zarte Haut in seiner Spalte zu streicheln, und Gerards dunkler, zerzauster Kopf gen Boden sank.

«Was für ein Arsch», flüsterte ihm Thibault ins Ohr. Der Mittelfinger seiner Rechten machte die seidenweiche, gerunzelte Haut von Gerards Anus ausfindig und fing langsam und behutsam an, in ihn einzudringen. Seine andere Hand strich zärtlich um Gerards Schenkel und stieß auf das baumelnde Gewicht seiner Nüsse, die schlaffe, fette Schlange seines Penis. Während er dort das Schwere, Weiche erfühlte, schob er seinen Finger tiefer in Gerards Arsch hinein und lächelte, als das schlappe Organ in unvermeidlicher Erwiderung zuckte.

«Aha», murmelte Thibault, «etwas ist hier ja doch nicht gänzlich unempfänglich, he, Gerard? Ah ja, so ist's recht. Lass das Gefühl ruhig zu.» Er schloss die Hand um Gerards anschwellendes Glied und führte sie bedächtig hinauf und hinunter, hinauf und hinunter, um seinen Finger unterdessen immer weiter durch den engen, zugekniffenen Schließmuskel zu schieben.

Gerard wand sich und stöhnte, und es war ein widerwilliges, entsetztes Luststöhnen. Thibault schmunzelte. Gab es etwas Prickelnderes, als einen hübschen jungen Mann gegen seinen Willen zu beglücken? «So ist's gut. Was für eine herrliche Waffe du hast, bei der Jungfrau Maria. Fühl nur, wie sie meine Hand füllt.» Und tatsächlich wuchs Gerards Schwanz, richtete sich auf, dehnte sich zu seiner vollen Pracht aus. Einen vergleichbar großen hatte Thibault kaum je gesehen. Er war hingerissen. Bald schon würde er ihn streicheln, den Orgasmus aus ihm herauspumpen, ihm den Samen abmelken. Vorher aber, vorher kam seine eigene Lust. Thibault sank hinter Gerard auf die Knie und zog langsam seinen stochernden Finger hervor. Er spuckte in die Hand und rieb den Schaft seines dicken, raubgierigen Penis mit Speichel ein. Als er schlüpfrig glänzte, drückte er die geschwollene Eichel sanft auf die empfindliche Haut von Gerards Anus und begann ganz sachte zu stoßen. Ergriffen und fast unerträglich erregt sah er seinen großen, schimmernden Kolben in Bewegung geraten und äußerst langsam in das jungfräuliche Loch eindringen.

«O Gott», rief Gerard aus. Krampfartig öffneten und schlossen sich seine gefesselten Hände, und steife Finger rieben sich an Thibaults Bauch, dessen Schwanz ganz allmählich tiefer in die Eingeweide des jungen Soldaten hineinglitt. «Nein, Herr, nein.»

«Zu spät», zischte Thibault, und es war zu spät. Sein heißer, harter Penis vergrub sich in Gerards Fleisch, füllte und dehnte ihn aus. Der Klammergriff seines engen Anus fühlte sich wie eine samtene Faust um Thibaults hungrigen Schwengel an. Gerard stieß einen verzweifelten Schrei aus, als sich sein Herr zurückzog und wieder zu-stieß, das geschwollene, begierige Fleisch der Länge nach immer tiefer in seinen Körper versenkte, und das alles mit derart schamloser Unbefangenheit, dass der junge Ritter vor Entsetzen und unerwarteter, unwiderstehlicher Erfüllung wimmerte.

Thibault sah hinunter und stöhnte verzückt über das Auftauchen und Verschwinden seines scharlachrot glänzenden Schafts zwischen Gerards gespreizten Arschbacken. Zusehends verstetigte sich sein Rhythmus, und er verfiel ins Keuchen, während er den jungen Ritter immer härter nahm und seine glühende Latte in ihn hineinschraubte, bis seine straffen Eier ihm auf die weißen Hinterbacken klatschten. Gerard stöhnte, aber nicht mehr nur vor Entsetzen. Thibault langte vorn herum, um zwischen den Schenkeln des jungen Mannes nachzufühlen, und grinste, als er einen steif aufgerichteten Phallus antraf, der nach jedem seiner Rammstöße von einem Echo der Lust erschauerte.

«Los, fühl es», zischte Thibault durch die Zähne. «Es gefällt dir doch, oder? Fühl mich.» Und er griff nach Gerards schlanken Hüften und hielt ihn mit beiden Händen fest, um ihm immer tiefere, immer schnellere Stöße zu versetzen. Bebend pfiff der Atem zwischen Thibaults zusammengebissenen Zähnen hervor, als er die Lust in seinen Eiern anschwellen fühlte, die dort wie in einem siedenden Topf hochkochte, bis ihn sein Höhepunkt schließlich überwältigte. Er schrie auf und trieb sich weit in Gerards Anus hinein. Der heiße Samen brodelte in seinen Lenden, schoss seinen tief eingesunkenen Schaft hinauf und platzte heraus, und Thibault zerrte Gerard, den krampfenden

Penis in seinen Körper eingebettet, eng an sich, als wollte er ihn nie wieder loslassen.

Als sich sein Atem wieder beruhigte, merkte Thibault, dass Gerard schluchzte und am ganzen Leib zitterte. Ein paar Augenblicke lang lauschte er den Lauten der Scham und Pein des jungen Mannes und lachte dann leise auf. «Nimm's nicht so schwer», flüsterte er, und seine Hände schlichen sich um die Schenkel des jungen Ritters und fühlten nach seinem Steifen. «Du sollst auch was davon haben.» Ohne seinen erschlaffenden Penis aus Gerards Anus zu ziehen, nahm er den harten Schwanz des jungen Ritters fest in eine Hand, um ihn zärtlich zu reiben, während seine andere den flachen, straffen Unterleib und die schweren behaarten Nüsse liebkoste, die sich zwischen Gerards Beinen erregt angespannt und eng angeschmiegt hatten.

Gerard stöhnte von Verwirrung und Aufreizung gequält, während ihn Thibault mit starker, stetiger Hand wichste. Er warf den Kopf zurück, keuchte vor hilfloser Lust, und seine kraftvollen schlanken Hüften fingen gegen seinen Willen zu pumpen an, stießen lusterfüllt zu und ermutigten seinen Herrn, ihn noch heftiger zu reiben. Thibault roch deutlich seinen männlichen Duft, spürte die Wärme seines Nackens und schlug die Zähne mit befriedigtem Knurren in Gerards weiße Schulter, um wie ein Hund an seinem Fleisch zu zerren. Seine Finger streichelten Gerards baumelnde Hoden, und seine Hand glitt fest und gleichmäßig den pulsierenden Schwanz hinauf und hinunter, hätschelte ihn unwiderstehlich bis zum Orgasmus.

«Oh», keuchte Gerard, «rette mich, o Herr. O mein Gott», und dann verschlang es ihn unter heftigen Zuckungen, als sich sein Penis in Thibaults Hand aufbäumte und der dicke weiße Samen herausspritzte und auf den strohbedeckten Boden kleckerte. Thibault schnappte hastig und lustvoll nach Luft, als Gerards Anus sich verkrampfte und seinen erschlaffenden Schwanz einzwängte. Voll Wonne genoss er den Reiz, den Penis des jungen Mannes in seinem Klammergriff pulsieren zu fühlen, und während er ihn zu reiben fortfuhr, quollen Strähnen schweren Samens aus der glänzenden Eichel und segelten durch die Luft.

Stille trat ein. Dann ließ Thibault so unversehens von Gerards Schwengel ab, dass der junge Mann zitternd aufstöhnte. Thibault löste sich aus ihm und richtete sich auf, gleichzeitig bugsierte er seinen Penis wieder in die Strumpfhose und blickte mit kalter Freude auf die zitternde, gebeugte, nackte Gestalt Gerards hinunter, wie sie hoffnungslos auf dem Boden kauerte, gefesselt, geschändet, erobert.

«Schön», sagte Thibault und beugte sich vor, um den Lederriemen um Gerards Handgelenke aufzuknoten. Mit einem Laut der Erleichterung, halb Keuchen, halb Stöhnen, fiel Gerard vornüber und verbarg das Gesicht in seinen Händen. «Schön, Gerard, nun hast du die Pflichten eines Mitglieds meiner Garde begriffen. Ich freue mich darauf, sie dir gelegentlich in Erinnerung zu rufen. Du wirst feststellen, das die anderen bestens mit ihrer, äh, Stellung vertraut sind. Ich habe sie noch alle gehabt, über kurz oder lang jedenfalls.»

Gerard schlang die Arme fest um seinen Leib, kam allmählich auf die Beine, und als er zu seinem Herrn aufschaute, mengten sich Abscheu, sexuelle Erschöpfung und Scham in seinem Blick. Thibault hob die Brauen. «Na komm, komm, da liegt Aufruhr in deiner Miene. Gib meiner Schwester die Schuld, Gerard. Das lüsterne kleine Gör hat dir zuerst zugelächelt, nicht wahr? Gib ihr die Schuld, nicht dir selbst. Jedenfalls wirst du das nächste Mal mehr Genuss daran haben. Vielleicht werde ich dir nächstes Mal sogar einen blasen. Dein Riemen ist ja wirklich ziemlich prächtig. Oder sollte ich dich vielleicht an die edle Sophia ausborgen? Sie findet es immer wieder unterhaltsam, einen Soldaten zu übernehmen, wenn ich ihn zugeritten habe, und würde deine hervorragende Bestückung sicher zu schätzen wissen.»

«Herr», murmelte Gerard. Er wich Thibaults Blick aus. Thibault streckte sich genüsslich und labte sich am Reiz erlesener Mattigkeit, die sein zufrieden gestellter Penis ausstrahlte. «Ah, jetzt werde ich gut schlafen», sagte er. «Alsdann, gute Nacht, Gerard. Sieh zu, dass du selbst ein wenig Schlaf findest. Du siehst müde aus: Und das steht deinem hübschen Gesicht gar nicht.»

Melisende stand zitternd in der Ecke des Stalls, in die sie sich gestohlen hatte, um ihren Bruder bei der Vergewaltigung Gerards zu beobachten. Sie war in einen groben grauen Soldatenumhang gehüllt und bebte am ganzen Körper.

Genau wie geplant, hatten die Posten vor der Tür ihre Geschichte geglaubt. Sie hatten den Wein getrunken und waren binnen zwei Stunden eingeschlafen. Es hatte nur wenige Augenblicke gekostet, über ihre zusammengesackten, schnarchenden Körper zu steigen, sich einen abgelegten Umhang zu schnappen und in die dunklen Schatten der Nacht einzutauchen.

Erfüllt von brennender Neugier, wie ihr seltsamer Bruder seine Mußestunden auszufüllen beliebte, war sie geradewegs zu Thibaults Feuer gegangen. Sie hatte ihn nach

Gerard rufen hören und war beiden zum trüb beleuchteten, raschelnden Stall gefolgt.

Und dort, im Schatten, hatte sie zugesehen, schweigend, zitternd, bebend vor Entsetzen. Thibaults Grausamkeit ließ sie erschauern. Sie hatte vage Gerüchte darüber gehört, was ein Mann dem anderen in lüsterner Raserei antun könne, sich aber nie träumen lassen, dass es so gewaltsam, so verroht sei. Kein Wunder, dass ihre Leibgarde, die Männer ihres Vaters, sich nachts dicht um ihr eigenes Lagerfeuer scharte und mit Thibaults Soldaten keinen Umgang pflegte.

Aber Gerards Körper war schön, so schön, dass sie außerstande war, still zu bleiben. Sie hatte sich eine Hand zwischen die Schenkel geklemmt und innig ihre zarte Klitoris bearbeitet, wild durch den Stoff ihres Leinenkleids gerieben. Und als Thibault aus seinen Gewändern einen Schwanz gezogen hatte, der beinahe so herrlich wie der von Gerard war, lang und dick und dunkel gerötet von anschwellendem Blut, konnte sie nicht mehr an sich halten. An die Wand des Stalls gelehnt, hatte sie einen Höhepunkt. Das Rascheln ihrer zuckenden Füße im Stroh und das hilflose Aufkeuchen, das ihren Lippen entwich, hätten sie an ihren Bruder verraten, wäre er nicht von fleischlicher Begierde verzehrt gewesen.

Jetzt stand sie ganz still da und sah zu, wie Gerard schweigend, die Hände vorm Gesicht, in die Knie ging. Einen Augenblick später setzte er sich auf und schaute mit einem Ausdruck des Hasses auf seinen erschlaffenden Penis, als sei dieser ein Verräter. Er streckte die Hand aus, berührte mit den Fingern die milchige Lache seines Samens, der langsam in den Lehmboden einsickerte, und ließ stöhnend den Kopf sinken.

Melisende wollte ihn trösten, ihm ihren weißen Leib darbieten und ihm so versichern, dass er trotz der Schändung durch seinen Herrn noch immer ein Mann sei. Doch sie wusste, das dürfte sie nicht, und außerdem würde Gerard sie jetzt als die Urheberin seiner Schande hassen. Sie wahrte ihr Schweigen und blieb regungslos, während der junge Ritter langsam auf die Beine kam, seine abgelegten Kleider aufsammelte, sich anzog und hinaus in die Dunkelheit wankte.

Sie folgte ihm. Das Lager lag düster da, die Feuer waren fast auf ein Nichts zusammengefallen, die Posten dösten. Wie ein Schatten verfolgte Melisende Gerard zurück zur kleinen, hellen Feuerstelle, an der Thibaults Leibwache schlief. Einer, zwei hoben bei seinem Eintreffen den Kopf, erkannten ihn und lachten.

«Rausgefunden, wofür dein Arsch gut ist, Gerard?», spottete der eine.

«Halt die Klappe», sagte Gerard wütend, während er sich zögerlich auf den harten Boden hinabließ.

Der Soldat, der gesprochen hatte, ein junger Ritter mit blondem, von der Sonne fast weiß geblichenem Haar, rüttelte an der Schulter seines schlafenden Nachbarn. «Die Jungfrau kehrt wieder», lachte er. «Nur nicht mehr jungfräulich, wetten?»

«Halt's Maul!», sagte Gerard bissig und überwand ohne ein weiteres Wort die Entfernung zwischen ihnen. Der blonde Soldat schnellte fluchend in die Höhe, um sich dem Angriff zu stellen. Einen Augenblick lang rangen beide schweigend miteinander, dann stießen die übrigen Leibwächter Thibaults dazu, ergriffen Gerard an Armen und Beinen und zerrten ihn zu Boden.

«Bist dir wohl zu fein, was?», sagte der blonde Ritter,

beugte sich rittlings über Gerards schwer atmenden Körper und riss an seinen Kleidern. «Glaubst wohl, du stehst über alledem? Hör zu, Gerard, jeder von Thibaults Männern lernt es zu schätzen, wenn er den Arsch gefüllt kriegt. Und wenn du's noch nicht gelernt hast, musst du halt noch üben, stimmt's?»

Melisende ertrug den Anblick nicht, wie der Ärmste schon wieder genommen wurde. Sie wandte sich ab und versuchte, die Ohren vor den Geräuschen zu verschließen, die vom Feuer herüberdrangen, Gegrunze und Gekeuche gemeiner Lust, unter das sich Gerards bebendes Aufstöhnen mischte.

Waren sie alle so grausam? Waren sie alle so seltsam, dass sie keinen Blick für sie übrig hatten und ihr ganzes lüsternes Begehren ihresgleichen entgegenbrachten? Wohin hatte es sie verschlagen? Sie streifte durch das Lager, die Arme unter dem dunklen Umhang eng um den Leib geschlungen, und ihre Eingeweide zogen sich zusammen, während eine derart verzweifelte Sehnsucht mit ihr einherging, dass sie daran zu sterben glaubte.

Wie sehnte sie sich doch nach dem Gefühl, einen Mann in sich zu haben: dass sein mächtiger, dicker Schwanz in ihr emporgleiten, sie ausfüllen, ihren jungfräulichen Körper mit der feucht glänzenden Kraft eines steifen Schafts öffnen würde. Aber nicht nur aus Lust, nicht nur aus Lüsternheit. Die bittere, grausame Besitznahme, die sie bei Thibault gesehen hatte, ließ sie erregt, aber leer zurück. Sie wollte nicht minder Güte, wollte Macht mit Sanftmut vereint, Wollust von Zärtlichkeit erweicht. Sie wollte sich einem Mann hingeben, den sie lieben könnte und der sie lieben würde.

Während sie wieder in Richtung ihrer überhitzten, beengenden Kammer stolperte, wanderte ihr Blick beständig von einer Seite zur anderen und sah ringsum Beweise für wollüstiges Treiben. Helles Mondlicht beleuchtete das Lager wie eine blaue Flamme, in deren Schein sie Thibaults Soldaten in all ihrer Triebhaftigkeit gewahr wurde. Wohin sie auch schaute, sah sie Gier und Geilheit.

Hier lag ein Mann, den Saum seines Hemds hochgezogen und die Lenden entblößt. Ein großer, am ganzen Körper dunkel behaarter Mann. Sein riesiger Schwanz war machtvoll aufgerichtet, sein straffer Sack von Samen angeschwollen, so lag er mit geschlossenen Augen im Mondschein und wichste langsam und stetig. Rauf und runter rieb die große, verschwielte Hand, rieb den dicken Mast, seinen zuckenden Penis.

Dort, neben der Glut eines Feuers, lagen zwei Männer eng wie zwei Löffel miteinander. Einer schob sein Gesicht dem jeweils anderen in den Schritt, öffnete den Mund, um den Penis des Freundes tief in den Schlund zu nehmen, und ihre Hinterbacken spannten und entspannten sich, während sie zustießen, einander in den Mund fickten, jeder sich seine Lust verschaffte.

Melisende verfiel in unsicheren Trab. Sie hielt es nicht aus, von so viel Lust umgeben zu sein, von so vielen eifrig zuckenden Ständern, und keiner galt ihr. Die stinkende Hitze ihrer kleinen Kammer rief sie wie ein sicherer Hafen zu sich. Sie drückte die Hände, zwei Scheuklappen gleich, an die Schläfen und versuchte, sich vor der ringsum rhythmisch pumpenden Geilheit zu verbergen.

Und dort, an der Tür zur düsteren Herberge: ein junger Soldat für sich allein im Schlaf. Nackt wegen der Hitze, lag er ausgestreckt auf dem Rücken und atmete flach durch die halb geschlossenen Lippen. Obwohl er aber in tiefem

Schlaf lag und sich jede Faser seines schlanken Körpers entspannt hatte, stand ihm sein steifer Schwanz, drückte straff auf seinen Bauch und zuckte, erregt von seinem feuchten Traum. Er murmelte und warf einen Arm über den Kopf, und auf seinen Lippen formten sich Worte. Melisende erstarrte, als ihr Name dem jungen Mann über die Lippen kam, geflüstert in ehrlichem Verlangen. «Edles Fräulein», murmelte er. «Melisende.» Und ohne berührt, ohne bewegt worden zu sein, zuckte und hüpfte sein Schwanz, und Schübe weißen Samens schossen daraus hervor und spritzten auf seinen Bauch, während er einen langen, verzweifelten Seufzer ausstieß.

Er träumte von ihr, und in seinem Traum kam es ihm. Träumte er davon, sie festzuhalten, seinen begierigen Penis tief in sie hineinzuschieben, sie zu stoßen, bis auch sie sich wand, bis sie sich verkrampfte und vor irrsinniger Wonne aufstöhnte?

Melisende taumelte in die Herberge zurück und tappte auf Zehenspitzen über den Flur zu ihrer kleinen, viel zu heißen Kammer. Die Wachen lagen noch immer fest schlafend vor der Tür. Sie ließ den geborgten Umhang zu Boden fallen und trat vorsichtig über die schlafenden Körper, schloss die altersschwache Tür lautlos hinter sich und fand im getrübten Mondlicht den Weg zu ihrem harten Bett.

Sie war erschöpft, aber auch beruhigt. Ja, die Männer verschafften sich ihre Lust aneinander, aber das war Thibaults Schuld. Er verwehrte ihnen selbst den Gedanken an einen Frauenkörper. In ihren wachen Stunden beschieden sie sich mit anderen Männern, doch wenn sie schliefen, war sich Melisende nun sicher, träumten sie von Frauen. Sie träumten von ihr.

Viertes Kapitel
DIE BURG VON MONTJOIE

Aus zehn Meilen Entfernung sahen sie Montjoie zum ersten Mal. Bei so viel Abstand wirkte die Burg wie ein Teil des Gebirges, natürlich gewachsen und nicht gemacht, wie bleicher Fels, der aus bleichem Fels spross. Erst als sie Stunde um Stunde näher kamen, erschien sie allmählich als etwas von Menschen Erschaffenes, als Anordnung von Winkeln und Ecken, von Blendwänden und runden Türmen, die in den Himmel ragten, als würden sich dicke Phalli aus gemeißelten Lenden erheben.

«Die Burg ist nicht groß», sagte Thibault im Plauderton zu Melisende, «aber sie ist massiv und beherrscht einen Handelsweg und einen Gebirgspass.» Seine Stimme machte keinen Hehl aus seinem Stolz. Montjoie war der Mittelpunkt, der Sitz, das Herz seiner Macht.

Sie mag ja einen Handelsweg beherrschen, dachte Melisende, aber sie liegt weit entfernt von der nächsten Stadt. Wo, Bruder, willst du meinen Gemahl finden?

Doch sie sagte nichts. Zwar fürchtete sie ihren Bruder nicht gerade, wusste aber, wie gefährlich, eigenartig und launisch er war. Alles Gründe, um ihn nicht unnötig zu reizen.

Gegen Abend ritten sie durch das erste Torhaus. Hinter der äußeren Mauer lag ein großer Burghof: ein ausgedehnter offener Platz, fahl und staubig im späten Licht von Westen. Schafe und Ziegen grasten darauf, und angeleinte Pferde fraßen ihr Heu. Thibault sah billigend in die Runde, als freue er sich, zu Hause zu sein.

Am entfernten Ende des Burghofs war ein Turnierplatz angelegt, ein großes, ebenes Feld, auf dem die Männer den Waffengang üben konnten, was einige auch gerade taten. Thibault verengte die Augen, dann entspannten sich seine Züge zum wärmsten, natürlichsten Lächeln, das Melisende ihn je hatte aufsetzen sehen.

«Schau», sagte er, «da übt sich Robert. Melisende, komm und lern meinen Vogt kennen.»

Wer ist Robert, fragte sich Melisende verächtlich. Irgendein schneeweißer Jüngling, der das Bett mit Thibault teilt? Aber sie drückte die Fersen in die Flanken ihrer hübschen Stute und folgte ihrem Bruder gehorsam zum Turnierplatz.

Es war noch immer heiß, und die Männer trugen nur Hemd und Strümpfe, weder Kettenpanzer noch Rüstung. Sie übten sich an der Lanze. Einer galoppierte den Turnierplatz der Länge nach hinunter, die zwölf Fuß lange Lanze fest in die Armbeuge geklemmt, und während sein Pferd alles hergab, versuchte er einen sechs Zoll breiten Ring mit der Lanzenspitze aufzuspießen und vom Halteband zu reißen. Melisende wusste, dass dieses Spiel überaus schwierig war und nur von den gewandtesten Rittern gemeistert wurde, und während sie über den Burghof ritten, versuchten sich drei Männer in der Tat vergeblich an dem Ring.

«Aha», sagte Thibault, «da ist Robert. Jetzt bekommst du was zu sehen.»

Am Ende des Turnierplatzes saß ein Mann auf einem großen Braunen und zügelte ihn, bis das Pferd sich aufbäumte und bockte. Mühelos behielt er den großen Hengst im Griff. Sein Gesicht konnte Melisende nicht sehen, aber sein Haar war von einem glänzenden, glühenden Braun, das die Sonnenstrahlen zurückwarf, als wäre es polierte Bronze.

Der Ritter klemmte sich seine Lanze fest unter den Arm und gab dem Pferd die Sporen. Es schnaubte, machte einen Satz nach vorn und galoppierte an. Sein Reiter saß unbewegt wie ein Standbild im Sattel, die Lanzenspitze vollkommen ruhig. Als wäre es die einfachste Sache der Welt, stieß er die abgestumpfte Spitze seiner Waffe durch den engen Ring und riss ihn los. Unter Siegesgeschrei brachte er sein kräftiges Streitross zum Stehen und reckte die Lanze in die Höhe. Die Trophäe schlenkerte mit wehenden Bändern um den Schaft.

«Gut gemacht», rief Thibault, lebhafte Anerkennung im Gesicht. «Robert, gut gemacht.»

Melisende besah sich Thibaults freudestrahlendes Gesicht, und ihr wurde etwas übel. War dieser starke und geschickte Ritter der Liebhaber ihres Bruders? Konnte ein Mann von solcher Tapferkeit derart verrucht sein?

Der Ritter hörte Thibaults Ruf und schwenkte sein Pferd herum, um zu seinem Herrn zu reiten. Als er sich näherte, sah Melisende sein Gesicht. Ihr Blick erstarrte, und es verschlug ihr den Atem, denn der Reiter war der schönste Mann, den sie je gesehen hatte.

War sein glänzendes, federndes Haar aus Bronze, so war seine Haut aus Gold, gebräunt von der sengenden Sonne Palästinas. Sein Gesicht war ebenmäßig, mit kräftigem Unterkiefer und langer gerader Nase, und eine alte, verblasste Narbe verlief, halb verborgen unter den schwungvollen Wellen vollen Haars, auf seiner Stirn. Er war groß gewachsen und hielt sich tadellos. Seine Schultern waren breit und kräftig, die gewölbte Brust darunter verjüngte sich zu einer schmalen biegsamen Taille, und in der engen

Strumpfhose steckten wohlgeformte lange Beine. Während er herankam, sah Melisende, dass auch seine Brauen wie gestrichelte Bronze waren und die darunter liegenden Augen lohfarben leuchteten wie die eines Löwen, hell wie geschmolzenes Kupfer. Lange dunkle Wimpern wie die einer Frau umrahmten sie.

Das schräg einfallende Sonnenlicht schimmerte in seinem Haar und glänzte in seinen funkelnden Augen. Flammhell wie eine Feuersäule erstrahlte er und ritt mit einem Lächeln auf sie zu. Melisendes Körper schmolz vor Verlangen nach ihm dahin. Ob er Thibaults Liebhaber war und was sich vor ihrem Eintreffen zugetragen hatte, es kümmerte sie nicht mehr. In jenem Augenblick wusste sie, dass sie ihn haben musste, und würde sie damit ihr Leben verwirken.

«Herr», rief der Ritter, und auch seine Stimme bezauberte wie eine warme Liebkosung. Er schwang sich von seinem schnaubenden Pferd, lief auf Thibault zu und küsste ihm die Hand. Melisende hatte er nicht einmal angeblickt, und ihr wurde kalt und elend vor Enttäuschung.

«Robert», sagte Thibault, «ich freue mich, dich zu sehen. Alles wohlbehalten hier?»

«Alles wohl behütet, Herr.»

Thibaults Gesicht wurde auf einmal reglos, starr. «Nun, Robert», sagte er, «du musst meine Schwester kennen lernen, das Edelfräulein Melisende. Melisende, das ist Robert von Villeneuve, der Burgvogt von Montjoie.»

Robert wandte sich lächelnd Melisendes Antlitz zu. Doch kaum dass er sie ansah, änderte sich sein Ausdruck. Seine goldenen Augen weiteten sich und wurden dunkel, als die Pupillen sich ausdehnten, und seine straffen Lippen öffneten sich langsam wie vor Staunen.

Melisende schaute in sein Gesicht und wurde von einem Ansturm unbezwinglicher Erregung erfasst. Dieser wunderschöne Mann diente ihrem Bruder, aber seine Augen konnten nicht lügen. Er betrachtete sie mit Verlangen, mit Begierde. Sie hob den Kopf und bedachte ihn von oben herab mit einem kühlen Lächeln, das nichts von der aufbrausenden Sehnsucht verriet, die ihr die Gliedmaßen erweichte und das Fleisch zum Schmelzen brachte. «Guten Tag», sagte sie mit ihrer ruhigsten und reinsten Stimme und reichte ihm die Hand.

«Meine Herrin», sagte der Ritter. Er streckte den Arm aus und nahm ihre Hand, sank dann auf ein Knie und legte einen flüchtigen Augenblick lang die Stirn auf ihre schmalen Finger. Als er sich erhob, sah er zu ihr hinauf, und der Anflug eines Lächelns erwärmte sein goldenes Gesicht. Seine Zähne waren weiß und ebenmäßig wie eine Perlenkette. «Ich würde es nicht wagen», sagte er, «auch nur die Hand einer so wunderschönen Dame zu küssen.»

Thibaults Gesicht blieb unbewegt und kühl. «Robert», sagte er, «du wirst mit uns speisen und von den Neuigkeiten berichten.»

«Wie Ihr befehlt, Herr», sagte Robert. Doch als sein Herr davonritt, ruhten die goldenen Augen des Burgvogts nicht auf Thibault, sondern auf Melisende. Sie bekam Angst um ihn. Wer es unter Thibaults Soldaten gewagt hatte, sie anzuschauen, hatte für solch eine Anmaßung Schläge einstecken müssen. Doch Thibault handelte nicht, obwohl sein Blick starr vor Zorn war. Offenbar war Robert über Bestrafung erhaben. Wie konnte das angehen? Die einzig vernünftige Erklärung wäre, dass Thibault und Robert Liebhaber waren, aber Melisende konnte das einfach nicht glauben. Sie wollte es nicht glauben.

Die Edeldame Sophia erwartete sie am Eingang zum Rittersaal der Burg. Sie war eine schmächtige, ruhelose Frau mit blauschwarzen Brauen und blitzenden Augen in einem schmalen Gesicht mit hohen Wangenknochen. Um den Hals trug sie mehrere lange Ketten aus verschieden großen Süßwasserperlen, deren glänzendes Weiß ihre glatte, olivfarbene Haut betonte. Sie begrüßte Melisende mit kühlem Lächeln, das beinahe spöttisch hätte sein können, und erbot sich, sie zu ihrer Kammer zu führen.

«An Zimmern herrscht bei uns Mangel», sagte Sophia, während sie hoch überwölbte Gänge durchschritten, die trotz der gleißenden Hitze draußen kühl und nur trübe erhellt waren. «Das hier ist eine Burg und kein Kaufmannshaus. Aber für Euch und Eure Dienerin ist eine Kammer hergerichtet worden.»

Sie machte eine ruckartige Geste mit dem Kopf, und der begleitende Soldat beeilte sich, eine kleine Tür zu öffnen. Bevor sie an ihm vorbeistolzierte, nahm Sophia den jungen Mann mit einem kühlen, abschätzenden Blick von Kopf bis Fuß in Augenschein.

Die Kammer lag in einem der runden Türme und war selbst rund. Ihre gewölbte Decke verlieh ihr etwas seltsam Gebärmutterhaftes. Die hellen Dielenbretter waren gründlich gefegt worden, und es gab keinen Kamin. In einer Ecke stand ein großes leeres Kohlenbecken. Es gab ein breites Bett mit einer weißen Wolldecke, eine Truhe unter dem schmalen Fenster – kaum mehr als eine Schießscharte – und zwei hohe eiserne Kerzenständer mit jeweils einer dicken Kerze. Es gab keine weiteren Möbel, keinerlei Zierrat.

Melisende hatte ihr ganzes Leben in einer Burg verbracht und wusste, wie selten man Platz für sich allein hatte, gleich wie dürftig ausgestattet er auch sei. Sie hatte erwartet, ihr Lager in den Gemächern der Edeldame Sophia selbst oder in denen ihrer Dienerinnen aufzuschlagen, und dieser schlichte, nackte Raum überstieg an Reichtum ihre kühnsten Träume. Sie wandte sich Sophia mit einem Lächeln ehrlicher Wertschätzung zu. «Ich danke Euch, Herrin. Im ganzen Leben habe ich noch keine eigene Kammer gehabt.»

Sophia lächelte, wie gewohnt kühl und schmallippig, zurück. «Ich lasse die Männer Euer Gepäck heraufbringen», sagte sie. «Die Mitgifttruhen werden in der Schatzkammer des Burgherrn verwahrt. Wenn Ihr so weit seid, kommt in den Saal, damit wir zu Abend essen.»

«Etwas heißes Wasser?», fragte Melisende hoffnungsvoll, als Sophia zur Tür trat. Die Burgherrin drehte sich um, musterte sie von oben bis unten, hob die rabenschwarzen Brauen und ging.

«Wohlan, mein Lamm», sagte Anna herzlich, «welch sündiger Überfluss. Ein Raum nur für uns zwei.»

Ein Raum, in dem du Drogo so oft vernaschen kannst, wie ich unten im Rittersaal bin, dachte Melisende. Sie behielt den Spalt zwischen Mauer und sich schließender Tür im Auge. Sophia stand neben dem Soldaten, der sie zur Kammer begleitet hatte, und Melisende war sicher, ihre schmalen dunklen Finger seinen muskulösen Schenkel streicheln zu sehen, der vom groben Tuch seiner Beinlinge bedeckt war.

Die Tür fiel zu, und Melisende riss sich zusammen. Konnte das denn weiter überraschen? Thibault fand sichtlich keinen Geschmack an Frauen und seine zierliche, gut aussehende Gattin wohl andernorts Befriedigung. Melisende fragte sich, ob das eine Bürde oder Erleichterung für Sophia war. Immerhin stammte sie aus Antiochia, und Antiochier waren für ihre Lasterhaftigkeit berühmt. Ob aber Thibault etwas ahnte? Wusste er Bescheid?

Sie ging zum schmalen Fenster hinüber und schaute hinaus. Unter sich sah sie den inneren Burghof, der neben dem Hauptturm lag. Er war gepflastert, mit Heu bestreut und wurde ringsum von Ställen, Küchen und dem Brauhaus gesäumt. In der Mitte des Hofs stand ein Brunnen, der fast schmerzlich an die Brunnen erinnerte, wie Melisende sie aus dem Languedoc kannte. Er muss sehr tief reichen, dachte sie beiläufig, um an einem so heißen, dürren Ort Wasser zu führen.

Die Reiter, die sich an dem Ring gemessen hatten, kamen verstaubt und zerzaust über den Hof. Sie lachten und tauschten Zurufe, Finten und scherzhafte Faustschläge aus. Melisende holte kurz Atem, beugte sich vor und starrte auf Robert, den Burgvogt, hinunter.

«Komm schon, Lanval», rief Robert und legte einem Freund kameradschaftlich den Arm um die Schulter. «Wir haben alle einen Mordsbrand. Rauf mit dem Eimer.»

Der Ritter murrte, griff nach dem Brunnenseil und begann zu ziehen. Seine Freunde lachten, lehnten sich über den Rand, blickten ins kühle Dunkel hinunter und wichen zurück, als der Eimer auftauchte.

«Ich zuerst», rief Robert. «Ich hab als Einziger den Ring erwischt. Ich zuerst.» Und er legte Hand an sein Hemd und riss es sich mit einer einzigen anmutigen Bewegung vom Leib.

Melisendes Kehle war trocken und wie zugeschnürt. Hingerissen sah sie das Hemd des Vogts zu Boden fallen und seinen entblößten Rücken. Er glich einer Skulptur aus Messing, goldbraun, glatt, schimmernd und vollkommen. Er lachte mit seinen Freunden, und als er sich zu einem von ihnen umdrehte, sah Melisende kurz seine Vorderseite. Seine Haut war gleichmäßig gebräunt, einige feine Härchen drängten sich um die dunklen Brustwarzen, und ein Streifen weicher Löckchen verlief schnurgerade seinen flachen, straffen Bauch hinunter, um unter dem Bund seiner Beinlinge zu verschwinden. Doch in ihrer atemlosen Bewunderung musste sie plötzlich aufkeuchen, denn während sein Rücken glatt wie Seide war, fraßen sich auf seiner Vorderseite überall Narben in die Haut. Schwerthiebe hatten lange weiße Kerben auf seinem Schlüsselbein und längs seiner muskulösen Arme hinterlassen, auf einer Schulter blühte das runzlige Grübchen von einem Armbrustpfeil, und gleich unter seinen Rippen mit ihrer verwachsenen Muskelschicht fand sich der scheckige Schatten einer frisch verheilten Speerwunde.

Alle Soldaten, die Melisende je gesehen hatte, waren vernarbt gewesen, einige mehr, andere weniger, doch niemals war ihr die Verunstaltung natürlicher männlicher Schönheit so ergreifend vor Augen gekommen. Und niemals zuvor hatte sie einen Mann gesehen, der die Beweise eigener Tapferkeit mit solcher Anmut am Leib trug. Jegliche Waffe, die in einer Schlacht Gebrauch fand, schien ihre Spur auf der Vorderseite des Burgvogts hinterlassen zu haben, nur sein Rücken war völlig unversehrt und glatt wie der eines jungen Mädchens. Robert von Villeneuve hatte ihn dem Feind noch nie zugekehrt.

Robert knotete den Bund seiner Beinlinge auf, streifte sie ab und entblößte feste Gesäßbacken mit straffen Flanken, lange schlanke Schenkel und sehnige Waden, die von bronzefarbenen Härchen glänzten. Er trug seine Blöße gänzlich unbefangen, und die goldene Haut unter seinen

Beinlingen schimmerte von Schweiß und war von fahlwei-ßem Staub beflockt.

Seine Nacktheit war so wunderschön, dass es Melisende den Atem verschlug. Dreh dich um, flehte sie leise. Doch Robert konnte es nicht hören. Als der randvolle Eimer den Brunnenrand erreicht hatte, griff er zu und hob ihn über den Kopf. Die Muskeln seiner kräftigen Arme wölbten sich und traten hervor, um das Gewicht des Wassers zu stem-men. Er warf den Kopf zurück, und sie nahm sein verzück-tes Lächeln wahr, als er den Eimer kippte.

Das Wasser schoss in hohem Bogen heraus und stürzte ihm ins Gesicht. Es zerplatzte, zerstob ringsum zu einem blauen Sprühregen, nässte ihn ein, strömte von seinen breiten Schultern, tröpfelte zwischen den strammen, fes-ten Kugeln seiner Hinterbacken herab. Er schüttelte das nasse bronzefarbene Haar und lachte über den eisigen Kuss des Wassers auf seiner nackten Haut.

«Herrin?»

Es war Annas Stimme. Melisende fuhr hoch, konnte sich aber nicht abwenden. «Schsch», sagte sie rasch. «Sieh mal.»

Neben ihr trat Schweigen ein. Unten schüttelte Robert erneut den Kopf, und ein glitzernder Tropfenschauer um-florte sein gebräuntes Gesicht. Er rieb sich ab, befreite sich nach und nach von Schweiß und Staub.

«Jesus», flüsterte Anna und ließ den Mund vor Bewunde-rung offen stehen, «was für ein saftiges Stück Kerl.»

Melisende widersprach nicht. Nie zuvor im Leben hatte sie etwas so Wunderbares gesehen. Dreh dich um, dach-te sie begierig. Dreh dich um, Robert, mein Liebster. Lass mich dich sehen. Lass mich alles an dir sehen.

Doch dann ging die Tür auf, ein Soldat trat mit ihrem

Gepäck ein, und Melisende und Anna zogen sich eilig vom Fenster zurück, um ihr sündhaftes Treiben zu vertuschen.

In den nächsten Tagen ließ sich Melisende allmählich auf das Leben in der Burg ein. Sie fand es in jeder Hinsicht so merkwürdig, wie sie es erwartet hatte.

Die Edeldame Sophia hatte keine Dienerinnen. Das hieß, dass alles für sie von irgendeinem Mann erledigt wurde: die Pflege ihrer Garderobe, das Leeren ihres Nachttopfs, ja selbst – Melisende erschauderte bei dem Gedanken – das Auswaschen ihrer Monatsbinden. Wie ertrug sie das nur?

Doch auf eine seltsame Art schien Sophia recht zufrieden. Sie und Thibault behandelten einander mit ruhiger, förmlicher Höflichkeit. Sie verhielten sich nicht wie Liebende, aber ihr vertraulicher Umgang miteinander war offenkundig.

«Wie zwei Spießgesellen», murmelte Anna düster, und Melisende musste beipflichten. Sie fragte sich, wie viel Thibaults schmächtige, umtriebige Frau von seinen bevorzugten Zerstreuungen wusste.

Jedermann auf der Burg diente Thibault und seiner Gemahlin mit unbedingtem Gehorsam. Melisende zweifelte nicht, dass der Befehl befolgt würde, trüge Thibault einem seiner Männer auf, sich vom Wall zu stürzen. Die grausamen Bestrafungen, die sie im Rittersaal zu sehen bekam, erklärten einiges, außerdem bezahlte Thibault seine Männer gut, und ihm wurde ein märchenhaftes Vermögen nachgesagt. Wer sich also von der Angst nicht unterjochen ließ, den hielt vielleicht die Aussicht auf Bereicherung bei der Stange.

Ausgenommen Robert. Robert war unbestechlich. Als

Melisende ihn näher kennen lernte, stellte sie ungläubig fest, dass in seinem Fall der Geist ebenso schön wie das ihn bergende Fleisch war. Er beseelte den Ehrbegriff, war ein Krieger und trotzdem höflich und zuvorkommend, war ganz der Ritter in goldener Rüstung. Sie hatte viele Männer kennen gelernt, die ritterlich zu sein vorgaben und es nicht waren, und war darüber verächtlich geworden. Doch mit der Zeit sah sie ein, dass sie Robert zwar anfangs seines Körpers wegen gewollt hatte, ihn nun aber um seiner selbst willen zu lieben lernte. Seine Tugend konnte neben Thibaults launischer, gewaltsamer Günstlingswirtschaft nur noch heller strahlen. Heimlich beobachtete sie ihn, bewundernd wie verwundert.

Und er beobachtete sie. Tagsüber hatte er viel zu tun, abends aber speiste er mit seinem Herrn und seiner Herrin. An der Tafel saß er etwas abseits von Melisende, sie zu Thibaults Rechten und Robert zu der Sophias, und wenn sich Melisendes Blick unwillkürlich verirrte, um auf seiner Schönheit zu verweilen, fand sie seine lohfarbenen Löwenaugen meist schon auf sich geheftet. Sah er sie jedoch zu sich hinschauen, wandte er, die gebräunten Wangen schwach errötend, den Blick ab und widmete sich seiner Mahlzeit, als hätte er seit Tagen nichts mehr gegessen.

Melisende träumte davon, mit ihm vermählt zu werden. Sie wusste nicht, worauf sie sonst hoffen sollte. Sie war eine Jungfrau und kannte keine der Listen, einen Mann zu betören, ihn vor Sehnsucht nach ihr so verrückt zu machen, dass er seine Stellung, seine Verantwortung und die Achtung vor seinem Herrn vergäße. Und sie war sich auch unsicher, ob sie recht täte, Robert um ihrer fleischlichen Lust willen zu verführen. Sie liebte ihn seiner Ehre wegen.

Könnte diese Ehre es überleben, sollte er durch ihr Ränke-spiel zu ihrem Schänder werden?

Also suchte sie sieben Tage und einsame Nächte lang die Zeit zwischen den klammen Burgmauern zu vertrei-ben und lebte ganz für die Gelegenheiten, da sie Roberts, ob zu den Mahlzeiten oder durch die schmale Fensteröff-nung in ihrer Kammer, ansichtig wurde. Ihr Herz verzehr-te sich nach ihm. Es ärgerte sie, dass Thibault nichts zu tun schien, um ihre Heiratspläne zu befördern, aber wäh-rend ihrer Zeit in Montjoie konnte sie wenigstens Robert bei seinen Übungen und der Wahrnehmung seiner Aufga-ben als Vogt beobachten, ihn aus der Ferne lieben und von ihm träumen.

Was sie dann, nach einer Woche auf der Burg, beim Ver-lassen der Tafel überhörte, durchfuhr sie mit ahnungsvol-lem Prickeln. Es war Sophia, die mit einem von Thibaults Leibwächtern sprach, dem blonden jungen Mann, der Gerard verhöhnt hatte. «Raoul», sagte sie mit ihrer dün-nen klaren Stimme, «hol mir nach dem Nachtmahl diesen neuen Ritter her, Gerard. Und komm selbst. Sei bereit.»

«Ja, Herrin», sagte Raoul leise und verbeugte sich. Me-lisende achtete auf sein Gesicht und sah, wie sich seine blauen Augen aufhellten.

Von Neugier zernagt, kehrte sie in ihre Kammer zurück. Wie so oft war es auch an jenem Tag im Saal zu einer Züchtigung gekommen: Ein Übeltäter unter Thibaults Rit-tern war an den Pfahl vor der Tafel gebunden und grau-sam ausgepeitscht worden. Während die Peitsche auf den entblößten Rücken des Soldaten schnalzte, hatte Sophia Augen gemacht, die Schlitzen aus glitzerndem Obsidian glichen, und heftig durch die roten Lippen geatmet, als der Mann vor Schmerz aufschrie. Dass sich Sophia vom

Anblick der Leiden des Ritters erregen ließ, löste bei Melisende leichte Übelkeit, aber auch dunkle Faszination aus. Mehr als sonst etwas wollte sie Sophia ausspähen und herausfinden, weshalb sie Gerard einbestellt hatte. Was aber sollte sie mit Anna anstellen? Wie könnte sie sich von ihr frei machen?

Die Antwort folgte auf dem Fuß. Melisende wartete, bis Anna zum Abort unterwegs war, um eilig in ihren Habseligkeiten nach dem Leinenwickel zu stöbern, der die Ampullen mit Mohnsirup enthielt. Mit zitternden Fingern packte sie eine davon aus und entzweite sie am Rand von Annas Weinkelch. Eine dicke, fast farblose Flüssigkeit sickerte aus der Phiole und verrann im Wein.

Kaum war sie zurück, trank Anna den Wein bis zur Neige. Melisende versuchte, sich ihren Wissensdurst, was der Sirup bewirken würde, nicht anmerken zu lassen. Zwar vertraute sie Clare, konnte es aber dennoch kaum glauben, als Anna gähnte und sich streckte, noch «o mein Lamm, ich alte Schlafmütze ...» sagte und den Satz schon mit Schnarchen beendete.

«Anna», rief Melisende erst leise, dann lauter. Keine Antwort. Die Fäuste siegessicher geballt, schnellte sie in die Höhe, schnappte sich den schweren dunklen Überwurf ihrer Anstandsdame und schlüpfte barfuß und geräuschlos hinaus auf die Gänge und Treppen der Burg.

Es war spät. Die Burg schlief. Beinahe mühelos gelangte Melisende vor die Tür, die auf die kleine Empore über dem Rittersaal führte. Zweifellos war sie für den Vortrag von Minnesängern gedacht, aber es gab keine Minnesänger auf Montjoie.

Die Tür war verschlossen. Als Melisende sich bückte und durch das Schlüsselloch linste, sah sie innen den Schlüssel stecken. Angestrengt presste sie die Lippen zusammen, kniete sich dann hin, schob den Zipfel ihres Umhangs unter der Tür durch und stocherte anschließend mit einer Elfenbeinnadel aus ihrem Haar im Schlüsselloch herum, bis der Schlüssel herausfiel. Darauf zog sie den Zipfel vorsichtig zurück, und der Schlüssel lag obenauf.

Sie musste lächeln, weil es so einfach war. Im nächsten Augenblick war die Tür aufgeschlossen, und sie stahl sich lautlos in den Raum.

Die Empore lag im Dunkeln, doch der Saal darunter wurde von Fackeln erhellt. Melisende schaute nach unten, zwinkerte, sank auf die Knie, stützte das Kinn auf die Ellbogen und nahm das Geschehen zu ihren Füßen mit großen, verwunderten Augen in sich auf.

* * *

Die Edeldame Sophia trug nur ihr Unterkleid, ein leichtes, durchscheinendes Gewand aus feinstem ägyptischem Leinen, und ihre unverwechselbaren Ketten aus Süßwasserperlen. Ihre aufgerichteten dunklen Brustwarzen drückten durch den schimmernden Stoff. Nichts auf der Welt erregte sie so sehr wie die Aussicht, ein neues, erlesenes Opfer zu foltern und zu genießen. Darin, wie in manch anderer Beziehung, stimmte sie mit ihrem Gatten völlig überein. Diese Gemeinsamkeit sexueller Vorlieben machte ihre sonderbare Ehe für beide entschieden vertretbar.

Ihr Opfer stand jetzt vor ihr, mit Lederschutz und Kettenpanzer vollständig angekleidet, die Augen beflissen zu Boden gerichtet. Er war beunruhigt, hatte aber keine Ahnung, was seiner harrte. Sophia musterte ihn von Kopf bis Fuß und bekundete ihre Befriedigung mit einem langsamen Nicken. Er war ergötzlich. Jung, gut aussehend, schlank, aber muskulös, und Thibault hatte ihr auf Ehre versichert, dass der Jüngling einen wahrlich prächtigen Riemen habe.

Gemächlich verlegte sie ihr Gewicht vom einen Fuß auf den anderen. Ihre leicht bedeckten Pobacken rieben sich dabei herrlich an der rauen Kleidung von Raoul, der dicht hinter ihr stand und darauf wartete, ihre Befehle auszuführen. Raoul war unbedingt zuverlässig und bürgte für ihre Befriedigung, gleich, wozu sie ihn aufforderte.

Der Marterpfahl stand noch immer unweit vom Podest, das die Tafel trug. Er war aus massivem Holz, acht Fuß hoch, in einen tiefen Sockel in den Steinfliesen des Saals versenkt und kaum von der Stelle zu bewegen. Auf unterschiedlicher Höhe waren Ringe darin eingelassen, um einen Mann fesseln zu können, sei es mit den Händen über dem Kopf, an der Taille oder tief gebückt und die Hinterbacken der Peitsche darbietend.

Doch das Opfer argwöhnte nichts, denn öffentliche Züchtigungen im Saal waren nichts Ungewohntes. Er wusste nicht, dass heute, jetzt, der Pfahl für ihn bestimmt war. Es wurde nun Zeit, ihn ein wenig zu erregen. Sophia lehnte sich zurück und stellte ihre jungenhaften Hüften heraus, sodass ihr straffer kleiner Arsch heftig an Raouls Schritt rieb. Sie lächelte, als sie eine Erwiderung verspürte, die bebende Aufwallung seines Penis, der sich an ihrem Fleisch verhärtete. Sie hob die Hände und faltete sie, ohne sich umzusehen, in Raouls Nacken.

Die Hebung der Arme ließ ihre flachen, spitzen Brüste straff werden und schwellen. Raoul griff den Wink umgehend auf. Seine großen, ledrigen Hände glitten ihre Rippen hinauf und schlossen sich um die sanften Rundungen

ihrer Brüste, um sie zu streicheln und die Warzen zu triezen, bis Sophia über dem lustvoll scharfen Zwicken die Be-
herrschung verlor und aufkeuchte. Ihre Augen verengten
sich zu samtigen, kohlschwarzen Schlitzen. Sie leckte sich
die Lippen und drängte die Hüften rücklings an Raouls
sich wölbenden Schwanz. Er knurrte zur Antwort und
kniff fest in ihre Warzen.

«Gerard», sagte Sophia mit einer Stimme, die zur Hälfte
ein Stöhnen war.

Der junge Mann hob den Blick wie ein gehetztes Tier.
Seine Augen ruhten auf seiner Herrin und Gemahlin sei-
nes Herrn, wie sie sich mit lüsternem Vergnügen in den
Armen eines anderen Soldaten wand. Er holte rasch Luft
vor Schreck und Missbilligung, dann schaute er wieder zu
Boden.

Sophia ließ die Hüften kreisen, als könnten solche Um-
drehungen die wehe Spalte ihres Geschlechts anregen.
Raoul rieb die Nase an ihrem Hals, während seine Rechte
von ihrer Brust abließ, ihren Körper hinunter zu ihrem
Hüftknochen schlich und verstohlen anfing, das Unterkleid hochzuziehen, indem sie das durchscheinende Leinen zu zahllosen kleinen Falten knüllte.

«Gerard», sagte Sophia erneut. Wieder hob Gerard die
Augen. Groß und sanft und braun waren sie, warm und
zärtlich wie die Augen eines Spaniels. Sophia sehnte sich
danach, sie mit Tränen zu füllen. Gerard sah das Unterkleid seiner Herrin langsam hochrutschen, hinweg über
die glatte, olivfarbene Haut ihrer schlanken Schenkel, um
an deren Scheitelpunkt bald das Dreieck aus dunkel glänzendem Haar zu enthüllen. Seine Lippen öffneten sich. Er
atmete flach und sah diesmal nicht wieder weg.

«Mein Gemahl erzählt mir», sagte Sophia, «du habest

keine rechte Freude an seiner Zuwendung gefunden. Da dachte ich mir, vielleicht ...» Sie unterbrach sich für einen Augenblick, denn Raouls Hand hatte ihr Unterkleid losgelassen und bohrte sich nun unerbittlich zwischen ihre geschlossenen Schenkel. Die Finger fuhren durch ihre seidigen Haarlöckchen, und ohne Zögern drückte und rieb der Mittelfinger die schmerzlich anschwellende Knospe ihrer Klitoris. Sophia keuchte auf und stieß mit den Hüften. Ihre Schenkel spreizten sich, um Gerards fassungslosem Blick das rosafarbene zarte Herz ihrer Weiblichkeit zu offenbaren, und sofort schlüpften Raouls Finger tiefer zwischen ihre Beine, scheuerten sich an den engen, erhitzten Falten ihres Geschlechts, erforschten sie, versuchten, in sie einzudringen. Sie war noch nicht feucht genug, dass seine Finger leichtes Spiel hatten. Einen Moment später zogen sie sich etwas zurück und fingen aufs Neue an, ihre Lustknospe zu necken und zu streicheln. Als sich Sophias roter Mund öffnete, glich er einem Ringmuskel ungebärdiger Brunst, sie aber lächelte beim Anblick von Gerards entsetzter, doch nicht minder gebannter Miene. «Vielleicht», brachte sie es endlich fertig fortzufahren, «hättest du es lieber so?»

Während sie sprach, stieß Raoul wieder zum Eingang ihres Geschlechts vor, und nun war sie schlüpfrig nass und für ihn bereit. Zwei dralle Finger bahnten sich druckvoll ihren Weg in sie hinein, dehnten sie herrlich aus, und während er sie mit einer Hand vögelte, presste die andere ihre linke Brustwarze zusammen. Nun krümmte sie sich in seinen geilen Pranken und atmete fahrig, als er sich anschickte, sie in die dunkle Grotte ekstatischer Wollust zu ziehen.

Weit aufgerissen stierten Gerards Augen unter den

dunklen Brauen hervor. Im Gefängnis der eng anliegenden Wollstrumpfhose erhob sich sein schwellender Penis, machte sich nun gegen seinen Willen für alles bereit, was ihm die Edeldame Sophia abverlangen mochte. Er schluckte heftig und atmete schwer durch die geöffneten Lippen.

«Gut so, Raoul», sagte Sophia leise. Sie spannte die Hüften an, schob sich über Raouls drängende Finger und rieb ihre Hinterbacken immer heftiger an seinem prallen Steifen. «Hör nicht auf.» Die Lust in ihr wuchs an, als Raouls Hand über ihre zuckende Klitoris strich und die drallen, verhornten Finger tief hinein in den feuchten, anschmiegsamen Tunnel ihres Geschlechts fuhren. Sie schloss die Augen, gab sich ganz ihren Empfindungen hin und schwelgte darin, Gerards entsetzten Blick auf sich zu wissen, ihn wie eine weitere Berührung zu spüren. Bald, sagte sie sich, sehr bald würde sie ihn nackt ausziehen, fesseln und solchen Martern, solchen Erniedrigungen und Wonnen unterwerfen, dass schon der bloße Anblick seiner Leiden genügen würde, um sie auf den Gipfel der Lust zu heben. Vorher aber konnte er ihr zusehen, wie sie sich unter Raouls kräftigen Händen krümmte, der sie mit Sorgfalt und Geschick wichste und unweigerlich näher an den zwingenden Höhepunkt heranführte.

Sie begann, laut zu stöhnen und zu keuchen, und schien sich fast Raouls Berührungen zu entwinden. Als er lachte, blies sein heißer Atem auf ihren bloßen Hals. Seine Linke riss an ihrem Unterkleid, zerrte den dünnen Stoff von ihrer Schulter und enthüllte die glatte dunkle Haut ihres Arms und einer flachen Brust. Sie schrie gellend auf, als er die sanfte Schwellung knetete und drückte, dann die dunkle Warze zwischen Daumen und Zeigefinger nahm und fest zukniff. Ihr Rücken krümmte sich, ihr Kopf fiel auf seine Schulter, er aber knurrte lusterfüllt und schlug die Zähne in ihren schlanken Hals.

Das Gefühl, wie sich sein scharfes Gebiss in ihre zarte Haut eingrub, verschmolz mit dem delikaten Schmerz in ihrer Brustwarze, an der seine Finger zogen und zerrten, und dem beharrlichen, ungemein ruppigen Scheuern seiner Hand zwischen ihren Schenkeln. Sie war jetzt sehr nass, und Raoul schob und stieß, bis drei Finger in ihren schlüpfrigen Tunnel versenkt waren, um erbarmungslos, wieder und wieder, hinein- und herauszugleiten. Sophia grunzte wie ein Tier und verschenkte sich an die Lust, ließ Haupt und Glieder von orgasmischen Krämpfen durchrütteln, schrie auf und schüttelte sich, während die Ringmuskeln ihres Geschlechts sich um Raouls zudringliche Hand öffneten und schlossen.

Nach wenigen Augenblicken verebbte das Zucken ihres schmächtigen Körpers, und sie hob den Kopf, um nach dem jungen Soldaten zu sehen, der, die Hände geflissentlich im Rücken gefaltet, kerzengerade vor ihr stand wie zum Appell angetreten. Er mied ihren Blick. Schmunzelnd bemerkte sie die Blässe seines Gesichts, die Rötung des Halses und die Schweißtropfen, die ihm wie funkelnde Diamanten auf der Stirn standen. Sophia schüttelte Raouls Pranken ab und ließ ihr Unterkleid wieder über die Knie rutschen. Statt es sich auch über die Schulter zu ziehen, ließ sie ihre linke Brust frei, die geschwollen und dunkel von der nachhaltigen Erregung durch Raouls Zärtlichkeiten war. Mit zwei Schritten kam sie Gerard nahe genug, um seinen bebenden Atem im Gesicht zu spüren.

«Na, Gerard», sagte sie, «wärst du gerne dort, wo Raouls Hand gewesen ist?»

Gerards Augen huschten kurz zu ihren empor. Er sah

verwirrt, unsicher, ängstlich und erregt aus. «Herrin», murmelte er schließlich, «nicht im Traum käme ich –»

«Im Traum», sagte Sophia sanft. Sie legte eine Hand auf seine Schulter, glitt seinen Arm hinunter und zog seine Hand hinter seinem Rücken hervor. «Fühl mal.» Sie führte seine Hand an den Scheitelpunkt ihrer Schenkel, wo die Feuchtigkeit, die aus ihrem Geschlecht gesickert kam, das dunkle, seidige Haar und den dünnen Stoff des Unterkleids durchweicht hatte. Ihre andere Hand strich über seinen Oberschenkel und wanderte höher, hoch zu seinem Schritt. Sie konnte sich ein Lächeln nicht verkneifen, als sie den Umriss seines Schwengels unter der Wolle pochen fühlte. Thibault hatte sie nicht belogen: Er war mehr als prächtig. Nur waren junge Männer, überlegte sie, leicht erregbar. Wollte sie ihre Lust nicht überstürzt befriedigen, würde sie ihm womöglich beistehen müssen, um diesen herrlich drallen Steifen aufrechtzuerhalten.

Er senkte den Blick in ihren hinab. Seine Miene lag zwischen Furcht und Triumph, als glaube er allmählich, ihm werde im nächsten Moment gestattet sein, diese wolllüstige Edelfrau zu nehmen. Sophia ließ sein Gesicht nicht aus den Augen und sagte dazu in scharfem Befehlston: «Raoul, fort mit meinem Unterkleid.»

«Herrin», erwiderte Raoul. Er hob die Hände an Sophias Nacken, griff nach dem Kleid, riss es mit einem kräftigen Ruck in Fetzen und legte ihre glatten dunklen Glieder frei. Nackt stand sie da, und ihr Körper glänzte von einem dünnen Schweißfilm und dem parfümierten Öl, mit dem sie ihre Haut weich und geschmeidig hielt.

«Nun», sagte Sophia. «Nun, Gerard, bin ich nackt und wünsche, dass auch du nackt bist. Fort mit deinen Kleidern, Gerard.»

Gerard zögerte. Er warf einen Blick hinter Sophia, auf Raoul, als würde ihn sein feiner Kamerad warnen, wäre irgendetwas nicht in Ordnung. Raouls Gesicht blieb versteinert und unergründlich. Gerard leckte sich die Lippen, schluckte heftig und fing dann an, langsam sein schweres Kettenhemd aufzuhaken.

Bald war auch er nackt bis auf seine Beinlinge. Sophia knabberte gedankenvoll an einem scharfen schmalen Fingernagel, während sie seinen Körper betrachtete. Seine Haut war blass, da er erst vor kurzem zu Thibaults Truppe gestoßen war und kaum angefangen hatte, sich mit den anderen unter der heißen Sonne Palästinas zu üben. Er war schlank, aber die Muskeln bewegten sich unter seiner unbehaarten Haut kraftvoll und anmutig.

«Komm», sagte Sophia, «zeig uns alles von dir», legte Hand an seine Strumpfhose und knotete die Schnur auf, die das Beinkleid oben hielt. Die grobe Wolle rutschte Gerards kräftige Schenkel hinunter und enthüllte die wuchtig emporstrebende Säule seines Penis.

«Oh», hauchte Sophia, «welch eine Waffe, Gerard. Ganz wunderbar.» Ohne ein weiteres Wort zu verlieren, fiel sie auf die Knie und beugte sich vor, um die große, glänzende Eichel zwischen die Lippen zu nehmen. Gerard schrie auf und vergrub die Hände unwillkürlich in Sophias hochgebürsteten, schwarz schimmernden Haarwindungen. Sophia selbst stöhnte und lutschte die geschwollene Schwanzspitze, bis der lange, dicke Schaft von ihrem Speichel schlüpfrig war. Dann kam sie auf die Beine und schob Gerards klammernde Hände beiseite.

«Oh», sagte sie wie vor Schreck, «oh, er ist so groß, dass ich Angst hätte, ihn mir anzutun, solange du – sagen wir mal, alle Freiheiten hättest. Raoul, fessle ihn.»

«Was?», rief Gerard aus. Sein Ausdruck glasig dreinblickender Seligkeit verschwand umgehend, und er setzte die sorgenvolle Miene von jemandem auf, der unerwarteterweise verraten worden ist. Nur hatte ihn seine Lust träge gemacht, und bevor er seine Kleider zusammenraffen und Reißaus nehmen konnte, hatte Raoul ihn ergriffen und ihm die Arme auf den Rücken gedreht. Gerard fluchte und sträubte sich nach Kräften, war aber völlig überrumpelt. Raoul hatte ihn nach wenigen Augenblicken weit zurück in den Saal gestoßen und seine Handgelenke in die hüfthohen Schäkel des Marterpfahls gelegt.

«Sehr gut, Raoul», murmelte Sophia anerkennend. «Sehr gut. Nun, Gerard, will ich dich ermutigen.» Gerards Steifer war unter dem Ansturm seiner Furcht schlaff geworden. Sie fuhr mit einer Hand an seinem nackten Körper hinunter, um seinen Schwanz erst sanft, bald fester zu reiben. Ihre Finger schlüpften zwischen seine Schenkel und wogen und liebkosten seine schweren behaarten Nüsse. Wenig später bückte sie sich, nahm die glänzende Eichel wieder zwischen die Lippen und sog so heftig und begierig daran, dass Gerard einen Bogen schlug und gequält vor Angst und Genuss aufstöhnte.

Seine geschlossenen Augen konnten nicht sehen, was die Edelfrau Sophia in der anderen Hand hielt. Es war ein langer, flacher Riemen aus feuchtem Leder von der Breite eines Männerfingers. Während sie lutschte, wickelte Sophia das Leder flink und behände um die Wurzel seines aufgerichteten Penis und unter seinen straffen Hodensack, nicht sonderlich eng, aber fest. Als er einen überraschten und erschrockenen Laut von sich gab, legte sie sicherheitshalber noch einen Knoten in das Leder und wich lächelnd zurück.

«Da», sagte sie, «damit bleibst du für mich bereit, Gerard, was ich dir auch antue. Und wenn es dir jetzt nicht fest genug sitzt, keine Sorge. Leder schrumpft beim Trocknen.»

Gerard biss sich auf die Lippen und warf den Kopf in einer glaubwürdigen Geste hochmütiger Gleichgültigkeit zurück. «Ich weiß nicht, was Ihr von mir wollt, Herrin», sagte er durch die Zähne gepresst, «aber falls Ihr erwartet, ich würde für Eure Lust am Boden kriechen, liegt Ihr falsch.»

«Kriechen?», wiederholte Sophia und schmunzelte hinter vorgehaltener Hand. «O nein, Gerard. Nicht kriechen.»

Er sah unwiderstehlich aus, so nackt gefesselt vor ihr, die kräftigen Arme auf den Rücken gezwungen, die Sehnen aus Hals und Schultern hervortretend, während er mit dem Kiefer knirschte. Sophia fühlte neuerlich ihre Säfte fließen, durch ihre Lenden sickern und sie mit warmer, bereitwilliger Feuchte erfüllen. Die schwarzen Augen auf Gerards Gesicht geheftet, trat sie vor, bis sie den langen, schlanken Hals recken und die Lippen auf die blasse Haut über seiner Kehle pflanzen konnte. Er schloss die Lider und stöhnte, dann zerrte er wild an seinen Fesseln beim Versuch, seinen Mund auf ihren zu senken und sie zu küssen.

«O nein», flüsterte sie, «nein.» Sie reckte die Brust vor, dass ihre dunklen Warzen die glatte Haut seines Oberkörpers streiften. Ihre Hände fühlten die kräftigen, kühlen Muskeln seiner Schenkel, wanderten hinauf zur Höhlung seiner Lenden und schlüpften hinter ihn, um die festen Kugeln seines Hinterns zu packen und zu liebkosen. Gerard ächzte und schob ihr die Hüften in verzweifeltem Verlangen entgegen. Sein gefesselter Schwanz erschauerte und verdunkelte sich von einem weiteren unwillkürlichen Blutschwall, und zwischen seinen Beinen schrumpfte der Samtbeutel seiner Eier und straffte sich.

«Welch wunderbarer Riemen», flüsterte sie und senkte den Kopf, bis die schwarzen Haarlöckchen an ihren Wangen sachte über die Kuppel seiner Eichel glitten. Er zitterte und stöhnte. Sophia streckte die lange rote Zunge aus und leckte, einmal, den prallen Schaft von der Wurzel bis zur Spitze. Es war eine herrliche Waffe, der sie sehnlichst die Scheide sein wollte, auf dass Gerard die Tiefen ihres Wesens aufwühle. Aber nicht sofort, noch nicht.

«Raoul», sagte sie streng und wandte sich ab. «Ich will, dass du mich stößt. Mach. Und wenn du kommst, Raoul, werde ich –»

Raoul grinste nun und traute sich, sie zu unterbrechen. «Ihr solltet mich besser kennen», sagte er.

Er hob den Saum seiner Tunika, schob den Bund seiner Beinlinge nach unten und befreite seinen Schwanz, der emporhüpfte und gegen seinen flachen nackten Bauch schlug. Es war kein solches Prachtstück wie dasjenige Gerards, aber gleichwohl mehr als angemessen groß. Raoul ging zu Sophia, legte ihr seine Hand ins Genick und stieß sie grob nach vorn, dass ihre flachen Brüste frei pendelten und die schlanken Pobacken in die Höhe schnellten. Die blauschwarzen Locken ihres Schamhaars gaben einen reizvollen Rahmen für ihr Geschlecht ab, das zwischen ihren Beinen erblühte wie das Herz einer regennassen Rose: scharlachrote, satinierte Blütenblätter, getränkt mit glänzender Feuchtigkeit. Raoul kaute nachdenklich auf der Unterlippe, drehte Sophia kurz entschlossen um und bot ihre freigelegte Vagina Gerards weit geöffneten Augen dar. Ohne ein weiteres Wort zu verlieren, hielt er seine glatte Eichel an die schlüpfrige Nässe, die zwischen

102

ihren angeschwollenen Labien hervorgesickert kam. Er spannte die Hüften an, stieß zu, und der lange, fahle Schaft seines Penis verschwand mit leisem Schmatzen in den anschmiegsamen Falten.

«Jesus», flüsterte Gerard, aber seine Stimme wurde von Sophias drängendem Lustschrei fast verschluckt. «Ja», knurrte sie, «Raoul, ja.»

Raoul grinste vor boshafter Geilheit, während er seinen Schwanz immer wieder in Sophias gekrümmten Körper hineintrieb. Seine Hüften schmiegten sich eng an ihre, seine baumelnden Eier klatschten gegen den weichen Beutel ihrer Vulva. Sie keuchte und grunzte und schob sich nach einer Weile die rechte Hand zwischen die Beine, um ihre Klitoris zu reiben und sich selbst zu erregen. «Fester», befahl sie Raoul, «fester, Raoul, verfluchter Hund, gib's mir fester.» Raoul biss die Zähne zusammen, packte ihre Hinterbacken, stieß seinen gierigen Steifen unablässig in sie hinein, rammelte sie gnadenlos, bis sie ihre Wollust herausbrüllte, sich verzweifelt auf seinem dicken Schaft krümmte und bald darauf schlaff und hilflos in seinen kräftigen Händen hing, die Pobacken lüstern emporgereckt, die Schenkel fest um ihn geschlossen. Ihre Perlenketten schleiften über den Boden.

Raoul hielt einen Augenblick inne, zog sich dann schwungvoll zurück und rieb mit einer Hand der Länge nach über seinen Penis, als sei er zufrieden, seiner Herrin einen guten Dienst geleistet zu haben. Sophia ließ einen lang gezogenen Seufzer der Befriedigung hören und wandte sich Gerard zu.

Der junge Mann sah sie mit verzweifeltem Blick an. Schweiß perlte von seiner Stirn und tröpfelte ihm von den Wangen. Er sträubte sich nicht länger gegen seine Fesseln, aber sein von Leder abgeschnürter Schwanz war derart prall angeschwollen, dass es schmerzhaft sein musste. «Bitte», flüsterte er, als sich Sophia ihm näherte, «Gnade, Herrin.»

«Ich dachte, du seist kein Kriecher, Gerard», sagte Sophia. Einen Augenblick lang betrachtete sie seinen bebenden, drallen Penis, dann legte sie eine ihrer Perlenketten ab und wickelte sie eng um den drängenden Schaft, dass es ihm das Fleisch einschnürte. Gerard schrie auf und wand sich, aber das scherte sie nicht. Als alle Perlen um seinen Penis gebunden waren, legte sie Hand an und begann, ihn sehr langsam und sehr fest zu wichsen. Die Perlen klackten und rollten zwackend über seine empfindliche Haut. Er krümmte sich und stöhnte, und eine einzelne klare Träne trat aus der glänzenden Eichel seines gepeinigten Schwengels.

«Gut», flüsterte Sophia. «Gut. Du würdest gern kommen, nicht wahr, Gerard?»

«Ja», antwortete Gerard stöhnend. «Ja, Herrin. Bitte.»

«Wie schade», sagte Sophia und schüttelte den Kopf, «dass ich dich enttäuschen muss. Noch nicht.»

Sie behielt die Hand fest um seinen Schwanz geschlossen und zog sanft daran, bis er ein kleines Stück vom Pfahl abrückte und seine muskulösen Hinterbacken freigab. Sophia streichelte mit der anderen Hand eine seiner straffen Flanken, lächelte dann verschlagen und legte eine weitere Perlenkette ab. Dann griff sie sich zwischen die Beine und schob die Kette behutsam in sich hinein, um sie mit ihren reichlich fließenden Säften zu tränken.

«Also», flüsterte sie. «Thibault hat mir erzählt, während er es deinem Arsch besorgte, habe sich dein Riemen gestreckt, als hätte es dir gefallen. Ist das wahr?»

«Nein.» Gerard schüttelte verzweifelt leugnend den Kopf. Er wäre zurückgewichen, konnte aber dem Griff seiner Herrin um seinen geschwollenen Penis nicht entrinnen.

«Schaun wir mal», sagte Sophia. Langsam zog sie die glänzend nassen Perlen aus ihrer Vagina hervor und langte hinter Gerard. Ihr feuchter Finger liebkoste seine Spalte, spreizte seine Backen, fand den zugekniffenen Eingang seines Anus und polkte sich langsam hindurch. Während sie in ihn eindrang, beobachtete sie sein Gesicht. Seine Augen waren fest geschlossen und die Stirn vom Widerstreit zwischen Scham und Lust zerfurcht. Ihn in solchem Zwiespalt zu sehen, brachte sie beinahe schon zum Orgasmus.

Sein Anus war eng und bot damit eine Herausforderung. Mit geduldigem Bedacht begann Sophia, die schlüpfrigen Perlen durch die schmale Öffnung in ihn hineinzustopfen. Gerard schrie auf und versuchte sich zu wehren, doch die eiserne Hand um seinen Schwanz hielt ihn still. Bald war die ganze Kette bis auf eine kleine Schlinge in ihn versenkt.

Sophia hatte Gerards Schwanz zittern und beben gefühlt, während sie die Perlen in ihn hineinzwängte. Sie wusste, dass er ohne den schrumpfenden Lederriemen um seine Nüsse, der seinen Samen zurückhielt und ihn am Kommen hinderte, dem Reiz fast umgehend erlegen wäre und in ihre Hand abgespritzt hätte. Er schlotterte von Kopf bis Fuß.

«Thibault hatte Recht», sagte Sophia. «Es gefällt dir wirklich.»

«Bitte, Herrin», wimmerte Gerard. «Bitte, habt Gnade.»

Sophia schüttelte den Kopf. «Raoul», sagte sie, «ich will seinen Riemen in mir spüren. Komm her. Nimm mich von hinten und biete mich ihm dar.»

Raoul gehorchte voll Eifer. Sein Schwanz war noch immer von Sophias Begierde geschmiert, und er setzte die pralle Eichel ohne Zögern an ihr Arschloch, um sich tief in sie einzuführen.

«Jetzt», keuchte Sophia. Sie lehnte sich an Raoul zurück und kostete dabei das Gefühl seines kräftigen, pulsierenden Penis in ihrem Arsch aus. Ihre Haltung stellte ihr lüstern nasses, williges Geschlecht zur Schau. Sie wickelte die Perlen von Gerards Schwanz, brachte ihn zum Beben und Keuchen und hob dann die Hüften an, um dem drängenden Schaft Einlass zu gewähren. Gerard kniff die Augen so fest er konnte zusammen und stöhnte auf, als er spürte, wie er mit hilfloser Besessenheit in sie hineinglitt.

«Oh, das ist so gut», ächzte Sophia und genoss den Reiz von Gerards mächtigem Steifen, der nun tief in ihr saftiges Fleisch eingebettet war. «Na los, Gerard. Wenn du's mir fest genug besorgst, wirst du trotz des Riemens kommen, weißt du ...»

Sie wusste, das war gelogen. Anders Gerard: Von ihren Worten zu vergeblicher Mühsal angespornt, stürzte er sich mit den Hüften auf sie, vergrub seinen drallen Schaft bis zum Heft und vögelte die Frau seines Herrn fast zu Tode, obwohl er mit seinen Fesseln kämpfte. Sophia bekam seine Hinterbacken zu fassen und brüllte vor Lust, verzückt vom Gefühl seines riesigen Glieds, wie es ihre feuchte Vagina zuschanden ritt, während Raoul seinen kräftigen Penis immer tiefer in ihr enges Arschloch stieß. Sie wand sich in ihrer Mitte, zappelte wie ein Fisch auf dem Trockenen, schnappte nach Luft und schrie Unflätigkeiten, während die beiden stämmigen Soldaten sie gehörig rannahmen und ihre unnachgiebigen Waffen tief in ihr zuckendes Fleisch rammten.

«Kommt Ihr, Herrin?», knurrte ihr Raoul ins Ohr. Sophias Kopf sackte hintenüber auf seine Schulter, und er biss ihr fest in den Hals, ergriff dann mit beiden Händen ihre Brüste und fing an, sie im Takt zu seinen Stößen zu drücken und daran zu ziehen. Sein heißer Schwengel glitt hemmungslos in ihren Anus ein und aus. «Kommt Ihr? Ich komm jetzt, Herrin, ob Ihr's wollt oder nicht, ich komm jetzt. Ich werd Euch so voll –»

«O Gott», schrie Sophia, und als Raoul den Kopf zurückwarf, laut aufstöhnte und sich in ihr verausgabte, fing sie an, sich zu schütteln. Ein gewaltiger Lustkrampf lief durch ihren ganzen Körper. Ihr Geschlecht zog sich zusammen und hielt Gerards Schwanz umklammert, der immer heftiger in sie hineinstieß und sich verzweifelt zum Erguss zu bringen versuchte. Sophia knickte zwischen den beiden ein, während Gerard mit seinem Körper auf sie eindrosch, dass ihre Brüste hüpften, und zähnebleckend um seine Erlösung kämpfte.

Schließlich zog sie sich zurück. «Nein», keuchte sie. Sein scharlachroter, praller und drängender Schwanz glitt aus ihr heraus, und sie lachte beim Anblick seiner untröstlichen Elendsmiene.

«Gut gemacht, Gerard», hauchte sie. «Gut gemacht. Es ist fast so weit.»

Sie kniete sich vor ihn hin und bewunderte die Länge seines stocksteifen Glieds. «Raoul», sagte sie, «wenn ich es sage, schneidest du den Lederriemen durch.»

«Durchschneiden?», wiederholte Gerard, die aufgerissenen Augen plötzlich angsterfüllt. Raoul lachte vergnügt in sich hinein und zückte seinen Dolch. Die scharfe Klinge schwebte dicht an Gerards Hoden. Der junge Mann erschauerte und versuchte auszuweichen, aber Sophia legte eine Hand um seinen Schaft und streckte die Zunge heraus, um die glänzende Eichel zu lecken.

«Gott steh mir bei», stöhnte Gerard, als sie anfing, ihn zu lutschen. Tränen schossen aus seinen dunklen Augen und liefen ihm über die Wangen. Seine Hüften zuckten krampfartig und bemühten sich unwillkürlich, zum so lange verwehrten Orgasmus zu gelangen.

Sophia warf einen Blick hoch, sah die Tränen und fröstelte vor Erfüllung. Das war es, was sie sich ersehnt hatte. Sie sog heftiger, langte gleichzeitig zwischen seine Beine, fand das Schlaufenende ihrer Perlenkette und begann, daran zu ziehen.

Perle für Perle schlüpfte die Kette aus Gerards Körper, erregte die zarte Haut seines Anus und trieb ihn mit jedem kleinen Ruck zu noch größerer Lust, in noch größeres Elend. Er schrie gellend auf, und Sophia schürzte die Lippen lange genug, um «Jetzt!» zu sagen.

Sofort schnitt Raoul behände durch den Riemen, ohne die empfindliche Haut darunter auch nur zu ritzen. Gleichzeitig zog Sophia fester, zerrte die Perlen aus Gerard Körper und sog aufs Neue an seinem Schwanz. Er schrie abermals, und es kam ihm auf der Stelle. Als sie den drallen Schaft pulsieren und zucken fühlte, wich Sophia zurück und ließ sich die dickflüssigen, sahnigen Samenstrahlen auf Gesicht und Hals spritzen. Träge weiße Tropfen krochen die olivfarbene Haut ihrer Brüste hinunter. Gerards bebender, zuckender Schwanz fuhr eine ganze Weile fort, Schwall auf Schwall hervorzuschleudern, und als der junge Ritter endlich zur Ruhe gekommen war, sackte er, die Arme hinter sich hochgedreht, auf die Knie, als wäre er ausgepeitscht worden.

«Gut», sagte Sophia. Sie stand auf, um sich den cremigen Samen gemächlich in die Haut zu kneten, wobei sie den Brustwarzen besondere Aufmerksamkeit widmete. «Raoul, fort mit ihm. Bis zum nächsten Mal.»

Melisende wackelten die Knie, als sie auf die Beine kam, während Raoul den stolpernden Gerard aus dem Saal führte. Sie konnte kaum glauben, was sie eben gesehen hatte. Sophia und Thibault passten wahrhaftig gut zueinander: Spießgesellen, wie Anna gesagt hatte. Dass Thibault aber wusste, wie sich seine Gemahlin vergnügte, konnte sie einfach nicht glauben. Wäre er denn nicht eifersüchtig? Hätte er keine Einwände, wenn sie sich seiner Männer zur eigenen Zerstreuung bediente?

Falls ja, hätte Melisende mit dem gerade Gesehenen etwas in der Hand. Sie atmete tief durch und versuchte, sich zu beruhigen. Das Schauspiel von Sophias Folterlust hatte sie genügend erregt, um sich zweimal bis zum Orgasmus zu reiben, doch jetzt musste sie kühles Blut bewahren. Sie hob den Kopf, leckte sich die Lippen und ging zur kleinen Treppe am Ende der Empore, die geradewegs in den Saal hinabführte.

Sophia hörte ihre Füße auf den Stufen und schnellte herum, wilde Drohung in den schwarzen Augen. Sie machte keine Anstalten, sich zu bedecken, sondern zeigte sich in stolzer Nacktheit. «Wer da?», fragte sie scharf.

«Ich bin's, Melisende.» Melisende trat ins Licht der Fackeln.

Sophia warf lachend den Kopf zurück. «Die kleine Jungfrau. Hast du von da oben zugeschaut, Melisende? Dir gefiel hoffentlich, was du gesehen hast?»

«Nicht so sehr wie dir, glaube ich», entgegnete Melisende gelassen.

Sophia nahm einen Daumennagel in den Mund und kaute gedankenvoll darauf herum. Dann fing sie an, die Perlenkette, die Gerards Anus gefüllt hatte, zwischen den Lippen durchzuziehen und abzulutschen, als würde sie den Geschmack genießen. «Stimmt», sagte sie. «Was ist, kleine Jungfrau? Würdest du beim nächsten Mal gern mitmachen?»

Melisende erschauerte. Sie war erregt gewesen, richtig, fühlte aber keinerlei Wunsch, sich an derart grausamen und anstößigen Lustbarkeiten zu beteiligen. Ihr Herz sehnte sich nach Liebe. «Nein danke», sagte sie. «Du könntest mir aber einen anderen Gefallen tun, Sophia.»

«Wirklich?» Sophias Augen hellten sich auf, und mit einem Lächeln trat sie etwas näher an Melisende heran. «Und der wäre, kleine Jungfrau? Vielleicht dein einsames Bett mit dir teilen?»

Melisende schüttelte den Kopf. «Nein.» Sophias Nasenflügel blähten sich vor Wut, aber Melisende blieb standhaft. «Nein Sophia, aber hör mir zu. Ich möchte, dass du dich bei Thibault für mich verwendest wegen – wegen meiner Heirat.»

«Ich mich verwenden für dich?» Sophia runzelte die Stirn. «Und warum sollte ich?»

«Weil ich, wenn du es nicht tust», sagte Melisende mit grimmigem Blick, «ihm erzählen werde, was ich heute Nacht gesehen habe. Ich weiß, wie sehr er seine Männer vereinnahmt. Besonders Gerard – er ist ja schließlich neu. Ich werde ihm alles erzählen, Sophia.»

Sophias Gesicht war ziemlich regungslos geworden. «Aha», sagte sie kühl. «Nun, wegen deiner Heirat also. Was soll ich ihm sagen?»

«Du musst ihm sagen –» Melisende schloss kurz die Augen und fand nun, da ihre Chance gekommen war, kaum Worte. Schließlich platzte es aus ihr heraus: «Du musst ihm sagen, dass ich Robert von Villeneuve heiraten will.»

Sophia beugte sich vor wie jemand, der nicht richtig gehört zu haben glaubt. Dann hielt sie sich den Bauch, als habe sie Schmerzen. Einen Augenblick lang meinte Melisende, Sophia schluchze, aber dann erkannte sie die Wahrheit. Sie lachte derart heftig, dass sie kaum Luft bekam.

«Was gibt es zu lachen?», verlangte Melisende blass vor Zorn zu wissen. «Er ist ein würdiger Ritter.»

Sophia hielt sich mit beiden Händen den Mund zu und rang um Fassung. Schließlich konnte sie sprechen, wenn auch nur unter Gekicher. «Oh, das ist er, das ist er», stimmte sie zu. «Aber –» Und ihr verging auf einmal das Lachen. «Aber, Melisende, du hast es doch sicher schon geahnt. Thibault hat nicht die Absicht, dich mit irgendwem zu vermählen.»

Melisendes Kopf füllte sich augenblicklich mit Schreckensbildern: Thibault wollte sie für sich, war von inzestuöser Lust besessen. Oder er wollte sie Sophia überlassen. Oder – doch schließlich zügelte sie ihre Vorstellungskraft und brachte sich dazu zu fragen: «Wie meinst du das?»

«Nun gut», sagte Sophia, «eine Burg wie Montjoie ist kein billiger Spaß und unser Hinterland klein. Unsere wirtschaftliche Lage ist furchtbar angespannt, und da kommt deine Mitgift sehr gelegen. Thibault wird sie in Kürze an unseren Gläubiger in Antiochia senden. Ohne sie dürfte es dir schwer fallen zu heiraten, aber es kostet nicht viel, eine jungfräuliche Schwester auf einer Burg festzuhalten. Bald wirst du ohnehin zu alt zum Heiraten sein. Und solltest du uns Ärger machen –», ihr Lächeln war so eisig, dass

Melisende fröstelte, «– so ist das Heilige Land randvoll mit Klöstern. Du würdest eine so hübsche Nonne abgeben.»

Einen Augenblick lang wollte Melisende aufbegehren, aber Sophia hatte aus voller Überzeugung gesprochen. Zweifellos traf zu, was sie gesagt hatte. Es war falsch, entsetzlich ungerecht, aber Melisende wusste, dass Tag für Tag weit Schlimmeres geschah. Ihr erster Gedanke war, ihrem abscheulichen, hinterhältigen Bruder entweder die Mitgift wieder abzunehmen oder ihn mit einem Fluch zu belegen. Ihren zweiten Gedanken sprach sie laut aus: «Selbst ohne Mitgift würde ich gern Robert von Villeneuve heiraten.»

Sophia sah aus, als wolle sie wieder loslachen, wahrte aber eine ernste Miene. «Kleine Jungfrau», sagte sie, «werde erwachsen. Du hast gesehen, dass Robert der schönste Mann auf der Burg ist. Glaubst du wirklich, dein Bruder gäbe euch beiden seinen Segen?»

«Wieso nicht?», fragte Melisende entrüstet. Sie kannte die Antwort, wollte sie aber klar und deutlich ausgesprochen hören. «Du treibst es mit seinen Männern.»

«Kleine Jungfrau», sagte Sophia, «weil er dich verabscheut. Er ist eifersüchtig auf dich. Deine Schönheit steht gegen seine. Hast du das nicht gemerkt?» Melisende fühlte, wie sie rot wurde, und Sophia gluckste bitter. «Oh, ich zähle nicht. Er reicht seine Männer zu meiner Erbauung an mich weiter, damit ich schweige, aber ich bin keine Gefahr für ihn. Es ist seine goldhaarige, feurige kleine Schwester, die ihm Sorgen macht. Und was Robert angeht, hat Thibault größere Sehnsucht nach ihm als nach irgendeinem anderen Mann auf der Burg. Hielte ich ihn eines solchen Gefühls fähig, würde ich sogar sagen, dass er ihn liebt. Andernfalls würde er ihn unter Zwang nehmen, so wie alle anderen auch, und nicht warten und hoffen wie ein liebeskranker Troubadour. Sollte Robert das Bett mit jemandem aus deiner Familie teilen, Melisende, wird es dein Bruder sein, nicht du. Du kannst ihn vergessen.»

«Aber −»

«Hör auf mich.» Sophias Stimme war auf einmal dünn und zornig, und ihre schwarzen Augen blitzten wie Messerklingen. «Er ist nicht für dich, Melisende. Sei vernünftig und sieh dich woanders um, wenn du nicht die Wut Thibaults heraufbeschwören willst. Gibt es hier denn nicht Männer genug? Wenn du einen ordentlich prallen Riemen suchst, um deine enge kleine Jungfernmuschi zu füllen, kann ich dir jemanden empfehlen. Aber Robert ist dir verboten. Hast du mich verstanden? Er ist verboten.»

Melisende bebte vor Zorn, Furcht und Enttäuschung. «Es überrascht mich», sagte sie bitter, «dass du ihn nicht zu dir ins Bett geholt hast.»

Sophias Augen funkelten wutentbrannt. Einen Moment lang sah sie aus, als werde sie Melisende schlagen, doch am Ende machte sie auf dem Absatz kehrt, ging zur Tür und riss sie auf. «Wache!», rief sie, woraufhin ein junger Soldat erschien, der errötete und dem Anblick von Sophias glänzender Nacktheit auszuweichen versuchte. «Geleite das Edelfräulein Melisende zurück zu ihrer Kammer.»

Widerspruch war zwecklos. Melisende folgte dem Soldaten angemessen demütig, doch in ihrem Kopf ging es rund. Sophias Ärger konnte nur eines bedeuten: dass sie sich an Robert versucht hatte und abgewiesen worden war. Hieß das, Robert fand sie nicht anziehend genug, oder er würde die Frau seines Herrn nicht entehren, oder ...?

Der Soldat schloss hinter ihr die Tür. Anna schnarchte noch immer in seliger Ahnungslosigkeit auf ihrem Strohsack. Melisende stand mitten in ihrem kleinen Raum, biss sich auf die Lippen und bebte vor ohnmächtiger Wut.

Schließlich ging sie zum Fenster hinüber, legte die schlanken Arme auf den Stein und schaute durch den schmalen Schlitz auf den von Fackeln beleuchteten Burghof. Sie dachte an Robert, wie er am Brunnen stand, stark, anmutig, schön, ihr Herzenswunsch.

Sie ballte die Fäuste. «Ich schwöre», sagte sie laut, «beim Leib unseres Erlösers schwöre ich, dass ich ihn haben werde.» Sie blickte zum dunklen Himmel empor, in dem die Sternbilder wie Juwelen funkelten. «Sollen sie es mir verbieten», flüsterte sie. «Das soll mich nicht scheren. Dies soll mein eigener Kreuzzug werden. Ich werde ihn haben, das schwöre ich bei allem, was mir heilig ist.»

Fünftes Kapitel

Melisende pflegte keine leichtfertigen Schwüre zu leisten. In jener Nacht fand sie kaum Schlaf. Vielmehr lag sie wach, lauschte Anna, die auf ihrem Strohsack schnarchte, und schmiedete Pläne.

Ein Weilchen hatte sie mit ihrem Gewissen zu kämpfen. Nie war ihr etwas anderes beigebracht worden, als sich um jeden Preis die zarte Blume ihrer Jungfräulichkeit zu bewahren. Selbst Clare, die der Lust verfallen war und sich mitnichten nach Gemeinplätzen richtete, hatte diesen Standpunkt bekräftigt. Kein Mann, hatte sie gesagt, besitze Ehre genug, seine Gefühle aufrechtzuerhalten, wenn er eine Frau bereits gehabt hätte.

Doch dann, überlegte Melisende, war Clare niemals Robert begegnet. Robert war anders. Die Besitznahme ihres Körpers würde ihn nicht verändern.

Die Schwierigkeit lag darin, dass ein Mann von Roberts Wesen sich nicht so leicht mit etwas Schmeichelei in ihr Bett locken ließe. Aus seinem Gesicht hatte sie abgelesen, dass er sie schön fand, aber Liebe zu ihr hatte er weder durch Worte noch durch Taten bekannt. Und selbst wenn er sie anbetete: Ein wirklicher Ritter konnte seine Herzensdame mehr als alles andere lieben und doch tugendhaft von jeder körperlichen Annäherung oder auch nur Liebeserklärung absehen.

Außerdem war Robert vor kurzem noch ein armer Ritter gewesen, ein Niemand. Thibault hatte ihn in einer der Wüstenstädte Palästinas gefunden, wo er sich als Schwertkämpfer verdingte. Er hatte Roberts Fähigkeiten erkannt, ihn fortgeholt und zum Vogt von Montjoie gemacht, zum mächtigsten Mann auf der Burg nach ihrem Herrn. Robert dankte seinen Rang, seine Macht und seine Stellung Thibault, und er war nicht der Mann, seine Verpflichtungen zu vergessen. Selbst in ihren kühnsten Träumen konnte Melisende sich nicht vorstellen, dass er sich zum Reißaus mit ihr als seiner Geliebten überzeugen ließe.

Und nähmen sie Reißaus, was wäre mit ihrer Mitgift? Sie schmorte in Thibaults Schatzkammer, um bald unerreichbar für sie nach Antiochia geschickt zu werden. Der Gedanke brachte Melisende zum Kochen. Jene Truhe voll Gold und Edelsteinen gehörte rechtmäßig ihr, um einen würdigen Gemahl dafür zu kaufen. Ihr Bruder war ein Dieb. Sie konnte schlecht mit Robert fortlaufen und es Thibault anheim stellen, die Früchte seiner Bosheit zu genießen.

Gegen Mitternacht fiel sie in unruhigen Schlaf und träumte. In ihrem Traum war sie wieder im großen Saal und blickte im flackernden Licht der Fackeln um sich. Doch nun verbarg sie sich nicht auf der Empore, sondern stand nackt, die Handgelenke über dem Kopf angekettet, am Marterpfahl. Vor sich hatte sie drei Leute, die ihren entblößten Körper kühl taxierten. Thibault, Sophia und Robert: türkisfarbene Augen, schwarze Augen und goldbraune Augen.

«Dünkt sie dich schön?», fragte Thibault.

Roberts lohfarbener Blick huschte über Melisendes weißes Fleisch. Statt zu sprechen, nickte er.

«Dann darfst du sie ansehen», sagte Thibault, «während du Sophia nimmst, und während du sie nimmst, werde ich dich nehmen, und alle sind wir glücklich.»

Robert runzelte die bronzefarbene Stirn, doch dann hellte sich sein Gesicht auf. «Zu Befehl, Herr», sagte er.

«Nein!» Melisende wand sich in ihren Fesseln. «Thibault, nein. Er soll mich haben.»

Die drei sahen sie an und lachten, dann wandten sie sich ab und halfen sich gegenseitig aus den Kleidern, ohne ihr lautstarkes Aufbegehren weiter zu beachten. Bald waren alle nackt. Robert und Thibault hatten gewaltige Ständer, und Sophias Brustwarzen waren dunkel und steif. Robert legte Sophia auf den Boden, spreizte ihre Schenkel und stieß seinen Penis in sie hinein. Sie hob die schlanken Beine, schlang sie um seine Taille und stöhnte, kaum dass er sich in ihr vor- und zurückbewegte. Sein steifer, praller Phallus schimmerte von der feuchten Gier ihres Fleisches. Dann kniete Thibault sich hinter Robert und liebkoste seine Hoden und Schwanzwurzel. Robert fuhr fort, Sophia zu stoßen, und Thibault spuckte ihm in die Spalte, steckte die Eichel seines Penis zwischen seine Hinterbacken und drang in ihn ein. Sie stöhnten einträchtig, hoben und senkten sich im Gleichtakt, während Melisende an ihren Fesseln zerrte, bis ihr der Schweiß vor Leid und unbefriedigter Sehnsucht ausbrach, während die drei vor Freude und befriedigter Lust schwitzten.

Als sie bei Morgengrauen erwachte, war sie schweißgebadet. Das seidige Nest zwischen ihren Beinen war feucht vor Verlangen. Lebhafte Bilder der Verzweiflung und Erregung schwirrten durch ihren Kopf.

«Nun gut», sprach sie durch die Zähne zu sich selbst, während sie sich im Bett aufsetzte und mit einer Hand durch die wirre Mähne ihres rotgoldenen Haars fuhr. «Ich kann es nicht ertragen, wenn jemand anderes ihn hat. Ich werde ihn haben. Das werde ich.» Sie dachte an Clare und ihren aufrichtigen Rat, niemals einem Mann zu erliegen. «Tut mir Leid, Clare», sagte sie leise. «Ich weiß, dein Ratschlag war nur gut gemeint. Aber ich werde ihn missachten.»

Der anbrechende Tag war ein Sonnabend. Melisende wusste, dass Robert seinen Männern und sich selbst den Sonntag als Ruhetag ließ. Sonntag wird der Tag sein, beschloss sie, an dem sie ihren goldenen Ritter in ihr Bett bekäme.

Am Abend schien ihre Gelegenheit gekommen. Als alle sich zum Nachtmahl einfanden, sah sie sich kurz neben Robert einhergehen. Er roch nach Leder und Pferden und frischem Schweiß, ein betörend männlicher Duft, der ihr die Kehle zuschnürte. Sie blickte zu ihm auf und stellte entzückt fest, dass er bereits zu ihr herabschaute.

«Morgen ist Sonntag», sagte sie. «Thibault hat mir gesagt, Ihr seid ein ausgezeichneter Schachspieler. Würdet Ihr mit mir spielen?»

Roberts Gesichtsausdruck ruhiger, gefasster Höflichkeit machte einer kaum verhohlenen Freude und Erregung Platz. «Ich wäre entzückt, Herrin», sagte er. «Ich –»

Bevor er den Satz beenden konnte, kam Thibault dazu und schob sie auseinander. Er setzte zu einem ernsten Wort mit Robert wegen irgendeiner Frage der Burgbefestigungen an und verlor die ganze Mahlzeit über keine Silbe an Melisende. Melisende aber saß da, und der Hauch eines zufriedenen Lächelns spielte um ihre sinnlichen Lippen. Die erste Stufe war genommen.

«Was soll das heißen, mein Lamm? Du willst kein Unterkleid tragen?»

«Es ist so heiß», sagte Melisende und streckte die Arme

über den Kopf. Sie war völlig nackt, und ihre blasse Haut schimmerte im Schatten der Kammer wie Mondlicht. «Wirklich, Anna, ich könnte nur das Unterkleid tragen und würde trotzdem den ganzen Tag lang wie ein Leuchtfeuer glühen. Nur mein Seidenkleid, Anna.» Plötzlich wurde ihre Stimme härter. «Nichts sonst.»

«Aber Herrin, die Seide ist so zart, sie könnte –», Annas Stimme schmolz zu einem schreckerfüllten Flüstern, «– sie könnte Euren Busen durchscheinen lassen, durch das Kleid, Herrin. Und überall sind Soldaten, die Euch sehen können.»

«Thibaults Zucht wird sie gewiss in Zaum halten», sagte Melisende kühl. «Flechte mir jetzt das Haar, Anna, bevor ich mich anziehe.»

Zuletzt trat sie siegreich aus ihrer Kammer. Ihre rotblonde Mähne war von Goldfäden durchwirkt, zu einer Haarkrone gewunden und mit einem schlichten Gazeschleier drapiert, da eine andere Kopfbedeckung ebenfalls viel, viel zu warm gewesen wäre. Ihr Lieblingskleid aus elfenbeinfarbener Seide schmiegte sich an ihre bloßen Gliedmaßen und lag so eng an, dass ihre Brüste durchschienen, als wäre sie nackt. Ihr Silberspiegel verriet ihr, dass der Stoff zwar ihre blassrosa Brustwarzen verhüllte, doch sie wusste, versteift würden sie sich sofort abzeichnen. Der Gedanke ließ sie vor Vorfreude erschauern.

Zunächst ging sie mit Anna zur Kapelle. Thibaults private Kapelle lag im Hauptturm unweit seines Gemachs und war verschwenderisch ausgeschmückt. Sie hatte ein hohes, mit Maßwerk versehenes Buntglasfenster, und überall zierten Heiligengemälde die Wände. Der Maler hatte sich seinen Lohn redlich verdient: Samt und sonders junge Männer, waren Sankt Sebastian, Sankt Georg und ihresgleichen so gut aussehend wie nur möglich und, wo es irgend ging, ohne die geringste Hülle am Leib gemalt. Das Altartuch bestand aus Damast und die Kerzenständer aus massivem Silber. Thibault war nicht etwa fromm, dachte aber wie so viele Ritter und Sünder äußerst zweckmäßig. Solange die Unkosten für seine Kapelle seine Aussichten auf ein angenehmes Leben nach dem Tode verbesserten, sah er sie als eine ausgezeichnete Geldanlage an.

Melisende hatte sich verspätet. Thibault, Sophia und ihre rangältesten Untergebenen knieten bereits auf dem nackten Boden und lauschten dem Priester beim Lesen der Messe. Robert war auch dabei. Als Melisende eintrat, hob er kurz den Kopf, schaute in ihre Richtung und musste ein zweites Mal hinsehen. Sein flüchtiger Blick wurde starr, als er des Umrisses ihres schlanken Körpers unter der eng anliegenden Seide gewahr wurde. Sie glaubte, Blut in seine Wangen steigen zu sehen, bevor er rasch wegschaute und den Kopf wieder senkte.

Nach der Messe begaben sich alle in den Saal. Melisende bat einen der Diener, ein Tischchen an eines der Erkerfenster zu ziehen, um sich dort mit Robert zum Schachspiel niederzulassen. Das Tischchen wurde mit einem bodenlangen Tuch bedeckt; darauf stellte der Diener das Schachbrett mit Einlagen aus Ebenholz und Elfenbein und die aus farbigem Stein geschnitzten Figuren.

Robert trat in seinem Sonntagsstaat, sauberes Leinen und eine Tunika aus rotgelber Seide, auf sie zu. Er wirkte wie eine Metallfigur im Schmelzofen: ganz reine, leuchtende Farben, hell und warm. Er lächelte, aber sein Lächeln sah irgendwie bemüht aus.

«Messire Robert, bitte setzt Euch», sagte sie mit ihrer lieblichsten Stimme. Sie hatte es so eingerichtet, dass neben ihr gerade genug Platz für ihn war, ohne sie zu berühren, sofern er keinen Hocker verlangte.

Das ließ er bleiben. Er setzte sich, schaute dabei auf das Schachbrett und streckte dann eine Hand aus, um die Figuren aufzubauen. Ohne sie anzusehen, sagte er: «Nun weiß ich nicht, gnädige Herrin, ob ich Euch das Spiel lehren oder gegen Euch spielen soll.»

«In Foix galt ich als brauchbarer Gegner», antwortete Melisende bescheiden. Tatsächlich hatte sie jeden auf Burg Foix locker geschlagen, wollte aber nicht damit angeben.

Er blickte auf, und seine leuchtenden Augen funkelten herausfordernd. «Dann lasst uns spielen», sagte er, «und sehen, wer wem etwas beibringen kann.»

Bald zeigte sich, dass die beiden recht ebenbürtig waren. Die Zeit verrann, und Melisende vergaß vor lauter Nachdenken beinahe das eigentliche Ziel, ihn verrückt vor Lust nach ihr zu machen. Sie ging im Spiel auf, und ihr natürlicher Wetteifer trat zutage. Sie war zum Sieg entschlossen.

Doch je mehr sie sich verausgabte, umso weiter entfernte sich ihr Ziel. Ihre Spielweise war zügig und verwegen; sie besaß zudem erstaunliche Geistesblitze. Robert ging vorsichtiger zur Sache, doch während sich die Partie immer mehr in die Länge zog, schien sich bei ihm eine strategische Figurenführung herauszukristallisieren, die Verluste verkraften, Veränderungen abfedern und dennoch im Vorteil bleiben konnte.

Melisende verlor nicht gern, nicht einmal gegen Robert. Sie hatte erwartet, ihn leicht zu schlagen. Ihre Aufmerksamkeit für das Spiel ließ nach. Ihre Gedanken drifteten ab, und ihre Hand unter der Tischdecke ebenfalls. Wohl schien sie über dem Brett zu brüten, in Wahrheit aber bündelte sich ihre ganze Tatkraft in den Fingern ihrer Rechten, die über die steinerne Fensterbank schlich, Roberts Schenkel fand und zu liebkosen begann.

Er bewegte sich nicht, holte aber lange und tief Luft, als ihre schlanken Finger den kräftigen Muskel seines Schenkels streichelten. Seine Augen waren auf die Partie geheftet, doch er zwinkerte unruhig und fuhr mit der Zunge um Lippen, die sich auf einmal spröde anfühlten.

Er war erregt. Melisende sah es seinem Gesicht an, fühlte es in der Anspannung seines Beins. Eine gebührliche Erregung rumorte in ihren Lenden. Sie rutschte unbehaglich auf ihrem Kissen herum und lehnte sich ein wenig vor, um die sanfte Reibung der Seide an ihren Brüsten zu genießen. Ihre Warzen richteten sich auf und traten stolz durch den cremefarbenen Stoff.

Robert schluckte heftig, streckte dann seine Hand aus und zog bedachtsam eine Figur. Er schlug einen von Melisendes Läufern und stellte ihn auf den Rand des Bretts.

«Oh», sagte Melisende, als wäre sie betrübt. Ihre Hand wanderte seinen Schenkel hinauf, glitt auf die warme geheime Gabelung zu und drückte. Robert schloss die Augen. Sie wusste nicht, ob vor Qual, Ärger oder aus Begierde, sie möge fortfahren. Sie schob die Hand ein Stückchen weiter, hinein in die Höhlung seiner Lenden, und auf einmal spürte sie unter ihren Fingern etwas Heißes und Festes, das unter ihrer Berührung einen Satz machte, als sehne es sich nach ihr.

Noch immer sagte Robert nichts, aber sein Atem ging unregelmäßig. Höchst behutsam erforschten Melisendes Finger der Länge nach seinen wunderbaren Schaft. Er war so hart wie ein Stück Holz, massiv wie der Griff einer Lanze, und das Leben pochte in ihm.

Eine lange Weile saß sie da und liebkoste feinfühlig seine Latte. Er schaute mit glasigen Augen auf das Schachbrett. Schließlich schluckte er heftig und sagte: «Ihr seid am Zug, gnädige Herrin.»

«O ja», sagte Melisende. Sie nahm die Hand aus seinem Schritt, und er zitterte fast unmerklich. Ob vor Erleichterung oder Enttäuschung, blieb ungewiss. Beinahe willkürlich hob sie ihren letzten Bauern, um ihn ein Feld vorzuziehen. Er rutschte ihr aus der Hand und fiel zu Boden. Sie schalt sich für ihre Ungeschicklichkeit und beugte sich vor, um ihn aufzuheben.

Als sich ihre Finger um die kleine Figur schlossen, merkte sie, dass sich der weite Ausschnitt ihres Kleids beim Bücken ausgestellt hatte und Robert ihre nackten Brüste sehen konnte. Sie dachte, er würde den Blick abwenden, doch als sie aufschaute, sah sie seine goldenen Augen auf die blassen, herabhängenden Kugeln starren und auf die rosigen geschwollenen Warzen, die sie krönten.

Er hob den Kopf und wurde rot. Eine ganze Weile sahen sie einander in die Augen. Dann schob Melisende die Zunge vor, leckte sich die Lippen und versuchte, die Geste mit so viel erotischer Bedeutung wie möglich zu füllen.

Das blieb ihm nicht verborgen. Er nahm den Blick fort, öffnete den Ausschnitt seines Hemdes und sagte mit schwerer Zunge: «Es wird langsam heiß.»

Und ich auch, dachte Melisende, während sie ihren Platz wieder einnahm. Sie schaute nach Sophia, die am anderen Ende des Saals an ihrer Stickerei saß, und fragte sich, ob ihr beider Wechselspiel von der Schwägerin bemerkt worden sei. Sophia aber schien abgelenkt. Vielleicht lag es daran, dass sie einen von Thibaults Männern im Rücken stehen hatte, dessen große Hände ihre schmächtigen

Schultern massierten. Thibault war gleich nach der Messe «die Kaserne inspizieren» gegangen, was, wie Melisende wusste, eine weitere ausführliche geschlechtliche Zusammenkunft mit einem seiner jungen Männer bedeutete.

Der Soldat, der hinter Sophia stand, fuhr mit beiden Händen ihren Körper hinunter zu ihren Brüsten und fing an, ihre Warzen zu drücken. Sie ließ einen sehr langen Seufzer hören, legte den Kopf zurück und sah dem Mann ins Gesicht. Dann erhob sie sich von ihrem Stuhl und sagte ohne weiteres Vorgeplänkel: «Ich gehe für eine Weile auf meine Kammer. Viel Spaß bei deinem Spiel, Melisende. Aber denk daran, was ich dir gesagt habe.»

Sie verließ den Saal mit dem Soldaten dicht auf den Fersen. Doch auch jetzt waren Robert und Melisende nicht für sich. Wachen standen zu beiden Seiten der Tür, die Speere in Ruhestellung und Augen dienstfertig ins Leere starrend, und auf einem Hocker in der Ecke saß Anna und besserte das Leinen ihrer Herrin aus.

Mehr zu tun, als sie bereits getan hatte, barg Gefahr. Doch Melisende war in gefährlicher Stimmung.

Sie holte tief Luft und begann, ganz langsam den Saum ihres Seidenkleids anzuheben. Ihr rechtes Bein war von der Tischdecke verhüllt, in deren Schutz sie nun die Seide in der Rechten aufrollte, um erst das schlanke Fußgelenk, dann die Wade und endlich das Knie freizugeben.

Robert stützte beide Ellbogen auf das Tischchen, legte den Kopf in die Hände und beschirmte seine Augen. Er schien sich gänzlich der Partie zu widmen, aber Melisende war klar, dass er sich ihrer trotz seiner Scheuklappen überaus bewusst war.

Sie ließ ihr Kleid los. Es ruhte oberhalb ihres Knies und erlaubte es der warmen Luft, über die zarte Haut ihres

Beins zu streichen. Ihre Lippen waren trocken vor Aufregung, aber sie wusste sich zu zügeln, um nichts preiszugeben. Wer sie anschaute, musste denken, dass sie einfach auf den Zug ihres Gegners wartete.

Robert hob einen Turm und führte ihn über das Brett. Als er ihn absetzte, runzelte Melisende die Stirn über eine Bedrohung, die ihr völlig entgangen war. Robert nahm auch die andere Hand aus dem Gesicht, lehnte sich zurück und holte tief Luft. «Schach», sagte er.

Zum Schutz ihres Königs blieb Melisende nichts übrig, als ihre Dame zu opfern, die stärkste Figur auf dem Brett. Gewöhnlich wäre sie darüber vor Kampfgeist außer sich geraten, jetzt aber hatte das Spiel seinen Reiz für sie verloren. Roberts Begierde zu entfachen war alles, was sie noch im Kopf hatte.

«O weh», sagte sie und beugte sich wie in grüblerischer Versenkung vor. Doch ihre Rechte streckte sich aus, fand Roberts Handgelenk und umschloss es sanft, aber nachdrücklich.

Er versteifte sich und saß ganz still da. Langsam zog sie seine Hand über die Fläche, die zwischen ihnen lag. Am liebsten hätte sie die Augen geschlossen in ihrer seligen Vorfreude auf die so lange ersehnte Hand, die sie in wenigen Momenten berühren würde. Doch sie betrachtete weiter forschend das Brett, leckte sich die Lippen und führte seine Hand nur ein wenig näher an sich heran. Seine Finger streiften ihren bloßen Schenkel.

Robert holte schnell und tief Luft wie unter Schmerzen. Melisende ließ sein Handgelenk los. Einen Augenblick lang rechnete sie damit, er werde die Hand zurückziehen, doch nichts geschah. Vielmehr spürte sie, wie er den Blick seiner goldenen Augen senkte, um auf ihre weiße, nackte

Haut zu schauen. Eine Ewigkeit später schlichen sich seine Finger Zoll für Zoll fast unmerklich über ihren Schenkel, bis die ganze Hand auf ihrem Bein ruhte.

Seine Hand war warm, ihre Haut ledrig, abgehärtet von Jahren des Kämpfens und Reitens, seine langen Finger aber fühlten sich kräftig, aber auch empfindsam an. Nicht entfernt glich die Berührung jener durch Clare oder ihre Sklavin. Noch nie hatte ein Mann Melisende liebkost, und vor Verwunderung darüber schwanden ihr fast die Sinne. Ihre Lenden wurden vor Verlangen zu Wachs, und ihre begierig schwellenden Brustwarzen strafften sich derart, dass sie meinte, sie müssten platzen wie ein verschlossener Krug, wenn der junge Wein darin zischt und schäumt. Erwuchs solche Wonne schon aus seiner Berührung, wie müsste es ihr dann erst gehen, würde er auf ihr liegen, ihren Hals küssen, ihre Warzen streicheln und jenes dralle, pochende Glied tief in ihr jungfräuliches Fleisch hineinschieben?

Sie schluckte heftig und versuchte, gleichmäßig zu atmen. Die Augen weiter auf das Schachbrett geheftet, bewegte sie erneut die Hand, um sie behutsam in Roberts Schritt zu legen. Mit einem Ruck widersetzte sich sein Schwanz dem Gefängnis aus Stoff, und die starke Hand auf ihrem Schenkel verkrampfte sich unwillkürlich. Die Finger drückten sich in Melisendes weiße Haut, und sie erschauerte unter der plötzlichen Einsicht in seine Kraft. Sie umfasste seinen Penis und begann, ihn der Länge nach ganz sanft zu streicheln, auf und ab. Roberts Atem bebte, und seine Hand wanderte über ihr Fleisch. Sachte glitten seine Finger ihre zarte Schenkelinnenseite hinunter und schickten sich zaudernd an, auf die Pirsch zu gehen, hoch zur warmen, feuchten Spalte zwischen ihren Beinen, wo ihr ganzer Körper schmerzlich nach ihm verlangte.

Melisendes Hals war steif vor Anspannung. Sie drehte den Kopf von einer Seite zur anderen und versuchte sich zu lockern. So wurde sie durchs Fenster Thibault gewahr, der über den Burghof auf den Eingang zum Hauptturm zustrebte. Im Herannahen warf er einen Blick zum Saal hoch, und sein gut geschnittenes Gesicht zeigte sich über irgendeine Unbill verfinstert.

In Kürze würde er eintreffen. In seiner Anwesenheit wären sie und Robert außerstande, ihre verstohlene, aufregende Entdeckungsreise über den jeweils anderen Körper fortzusetzen, das wusste Melisende. Roberts Hand wanderte noch immer ihren Schenkel hoch. Nur noch wenige Fingerbreit fehlten zu den seidigen Falten ihres Geschlechts, und wie sehnlich sie sich dort auch die Berührung durch ihn wünschte, es würde zu gefährlich sein.

Scheinbar versehentlich stieß sie mit der linken Hand gegen die Kante des Schachbretts. Es rutschte polternd vom Tisch, und die Figuren stoben in alle vier Winkel auseinander. Robert fuhr zusammen und schnellte keuchend vor Schreck in die Höhe.

«Oh», sagte Melisende und ließ den Rock wieder über ihr nacktes Knie fallen, «wie ungeschickt von mir. Und Ihr wart gerade im Begriff zu gewinnen. Wisst Ihr noch, wo die Figuren standen?»

Robert schüttelte den Kopf und ging in die Knie, um das schwere Brett aufzuheben. Melisende machte sich daran, den verstreuten Figuren nachzustellen. Zur Belustigung Annas und der Wachen krochen beide auf allen vieren über den Boden.

Dabei kamen sie einander nahe. Melisende hörte Thibault auf den Stufen zum Saal. Auch die Wächter hörten seine Schritte, nahmen Habachtstellung ein und pflanzten die Speere auf. Im Schutz ihres Salutierens sagte Melisende mit leiser, deutlicher Stimme: «Kommt heute Nacht auf meine Kammer. Wann immer es Euch sicher scheint.»

Seine Augen strahlten heiß wie geschmolzenes Gold. Der Blick war so durchdringend, dass es schmerzte. Er sah aus, als wolle er sprechen, doch dann öffnete sich die Tür, Thibault trat ein, und Robert kam geschwind auf die Beine, um sich vor seinem Herrn zu verneigen.

Melisende blieb auf den Knien, um weitere Figuren einzusammeln, und lächelte verstohlen. Thibault verharrte einen Augenblick lang auf der Schwelle, dann fragte er: «Nun, Schwester, hast du in Robert einen würdigen Gegner gefunden?»

«Ich fürchte, er hat mich regelrecht erobert, o Bruder», erwiderte sie und erhob sich. «Doch ist mir danach, ihn ein andermal erneut zu fordern.»

Einmal mehr trank Anna lammfromm ihren verpanschten Wein. Nachdem sie eingeschlafen war, saß Melisende nackt, die Arme um die Knie geschlungen, im Bett, wartete und dachte nach.

So vieles musste überlegt werden. Wenn er kam – falls er kam –, wie sollte sie sein Klopfen beantworten? Bekleidet oder nackt? Nackt ließe sie ihm keinen Zweifel über ihre Absichten, aber würde er sie dann für eine unverfrorene Dirne halten oder vor Schreck umgehend kehrtmachen und die Flucht ergreifen? Was sollte sie ihm sagen? Was würde er zu ihr sagen?

Zudem fühlte sich Melisende trotz all ihrer forschen Planung beklommen. Sie hatte von einer beschaulichen, gemächlichen Einführung ins Reich der körperlichen Liebe geträumt und von einem Mann, der um ihre Unerfahrenheit wüsste und sie behutsam an den Gipfel der Wonne geleiten würde. Doch sie war sicher, wäre sich Robert über ihre Unschuld im Klaren, würde er eher sterben, als Hand an sie legen.

Also musste sie ihre Jungfräulichkeit verbergen und eine Kenntnis vortäuschen, über die sie nicht verfügte, musste als begehrliches Geschöpf der Lust erscheinen. Ihr schauderte beim Gedanken daran.

Schließlich ging sie zu ihrer Truhe und suchte ihren Elfenbeinkamm mit den breiten Zinken heraus. Sie setzte sich wieder auf ihr Bett und kämmte sich das Haar, bis es sie wie ein Zelt aus gesponnener Seide einhüllte. Beim Kämmen summte sie fast unhörbar ein Lied der Kreuzfahrer vor sich hin:

Ziehen muss ich Gott zum Dienst, wider all die Heiden,
doch weh mir! Holde mein, fort geh ich von Euch in Tränen!
Liebe hege ich für Euch, die stärker ist als Eisen,
Burgen schliff' ich um den Lohn Eures Leibs in meinen Armen.

Die Zeit verrann. Draußen vor dem schmalen Fenster ging der Mond auf, und die Sterne am Himmel kreisten in ihren uralten Bahnen, aber Robert kam nicht. Melisende kämmte unermüdlich ihr Haar. Ihre einzige Kerze, neu und in jener Nacht erstmals entzündet, brannte stetig herunter. Die sanfte Zugluft vom Fenster schmiedete das Wachs zu abenteuerlichen Formen. Schlaf war unmöglich.

Als der Morgen schon zu grauen schien, hörte sie endlich ein Kratzen an der Tür. Es war so schwach, dass sie einen Augenblick glaubte, sich etwas einzubilden. Da aber kam es erneut.

Auf der Stelle schlug ihr das Herz bis zum Hals. Sie

schnellte hoch, riss ihren cremefarbenen Wollüberwurf vom Fußende des Betts an sich, hängte ihn sich um und machte dann einen Satz quer durch die Kammer zur Tür.

«Wer ist da?»

Kurzes Schweigen. Dann war ein ersticktes Flüstern zu hören: «Robert.»

Melisende kniff die Augen zusammen und bekreuzigte sich. Danach zog sie fest am Türriegel.

Die Tür schwenkte auf. Dort, auf dem schmalen Treppenabsatz, stand Robert im trüben Licht einer Fackel. Seine Augen waren kohlschwarz. Er trug nur Beinlinge und ein locker sitzendes Hemd mit offenem Ausschnitt. Er war barfuß und führte keine Waffe mit sich.

Er sagte nichts und rührte sich nicht. Melisende starrte ihn an und begriff, dass sein Begehren noch so groß sein konnte, machte sie nicht den Anfang, würde er gar nichts tun. Sie wich von der Tür zurück und bedeutete ihm einzutreten.

Schweigend schaute er auf den Umriss der schlafenden Anna. Sein Gesichtsausdruck war unergründlich. Lag darin Ärger, noch jemand anderes vorzufinden, oder Erleichterung?

«Sie wird nicht aufwachen», sagte Melisende mit leiser Stimme, während sie die Tür schloss und den Riegel vorlegte.

Robert hob die bronzefarbenen Brauen. «Wein?»

«Mohnsirup.»

Vor Bestürzung schienen sich ihm die Haare zu sträuben. Er starrte Melisende an und öffnete die Lippen einen Spaltbreit. Schließlich sagte er: «Ihr seid mit diesem Spiel vertraut, Herrin», und seine Stimme klang halb bewundernd und halb abgestoßen.

Melisende wollte entgegnen, dass sie mit diesem Spiel überhaupt nicht vertraut, ja, so unschuldig wie der neue Tag sei, aber sie musste ihre Unsicherheit verbergen. Was würde eine erfahrene Frau jetzt tun? Zweifellos ihre Absichten darlegen. Sophia würde das bestimmt tun. Sie baute sich vor Robert zu voller Größe auf und blickte in sein Gesicht hoch. Er überragte sie um gut sechs Zoll, was ihn mehr als sechs Fuß groß machte. Der Gedanke an die Kraft seines schlanken, muskulösen Körpers, würde er auf ihr liegen und sie öffnen, ließ sie erschauern. Sie schaute ihm in die Augen, aber er wich ihrem Blick aus.

«Ich sollte nicht hier sein», sagte er kaum hörbar. «Ich sollte jetzt gehen.»

Es galt, keine Zeit zu verlieren. Sie musste ihn überzeugen, ehe ihr sein Gewissen zuvorkam. Melisende holte tief Luft und sagte gelassen: «Ich habe Euch gewollt, seit ich Euch zum ersten Mal sah. Ich weiß, Ihr fühlt dasselbe. Und jetzt –»

Sie hob beide Hände und streifte ihren Überwurf von den Schultern. Die cremefarbene Wolle fiel hinterrücks auf den Boden und enthüllte ihre Nacktheit.

Robert starrte sie an, und seine Augen verdunkelten sich unter den bernsteinfarbenen Brauen. Er schloss den Mund, schluckte und ballte seine großen Hände zu Fäusten, bis der Druck sie weiß verfärbte. Melisende verfolgte seinen Blick, der über ihren Körper wanderte und sich wie eine Berührung anfühlte. Ihre Brustwarzen strafften sich, ihr Atem ging schneller. Unter dem hellen, gekräuselten Pelz zwischen ihren Schenkeln lagen tiefe Schatten, und ihr Haar hing wie ein Vorhang aus Gold und Zinnober um ihre Taille.

Plötzlich trat er ohne Warnung vor, ergriff sie bei den

Armen und riss sie an sich. Ihr Kopf fiel in den Nacken, und sie schrie vor Schreck und lebhafter Angst auf, doch dann waren seine Arme um sie, drückten ihren Körper an sich, und seine Lippen senkten sich auf ihre herab.

Sie konnte weder atmen noch denken. Ihr Körper pochte vor Anspannung, ihr Herz klopfte heftig, ihr dröhnte der Schädel. Sein Mund drückte gegen ihren, und als sie die Lippen öffnete, stieß seine Zunge dazwischen, und er küsste sie mit feuriger Hingabe. Seine großen Hände hielten sie so fest umklammert, dass ihr Herzschlag sie beide erschütterte.

Clare hatte ihr nichts gezeigt, was sie auf das Wesen der Umarmung durch einen Mann vorbereitet hätte, auf das Gefühl von Macht und Andersheit. Zaghaft hob sie die Hände, um seine breiten Schultern zu berühren und seine Muskeln zu spüren, die sich geschmeidig wie die eines großen Tieres unter seinem Leinenhemd und seiner glatten, mit Öl eingeriebenen Haut bewegten. Sie hätte ihm nicht entrinnen können, hätte sie sich mit aller Kraft gewehrt. Gefährlich, wild und wunderbar, glich er einem Panther. Sie versank in seinen Armen, gab sich ganz der Wollust seines Kusses und seines Begehrens hin. Seine Lippen nötigten sich ihren auf, die Stoppeln auf seiner Wange rieben schroff über ihre zarte Haut, seine Zunge schoss pfeilschnell in ihrem Mund umher, bis sie hilflos vor unerfüllter Sehnsucht wimmerte und bebte.

Er löste seine Lippen von ihren. Mühsam schlug sie die Augen auf und sah ihn herabblicken, die Zähne gebleckt, fast als sei er zornig. Er stieß sie auf Armeslänge von sich und starrte ihren Leib an. Er keuchte, und auf seiner hohen Stirn, unter den Wellen seines bronzefarbenen Haars, perlte Schweiß. Er sah aus, als glaube er, sie werde wie ein

Spuk verschwinden und ihn mit leeren Händen zurücklassen.

«Ihr seid so wunderschön», flüsterte er. «Ich muss Euch haben. Möge Gott mir vergeben.»

Ohne ein weiteres Wort zu verlieren, kam er zu ihr und hob sie in seine Arme, als wäre sie gewichtslos. Ihr Kopf hing zurück und bot seinen Lippen die schlanke weiße Säule ihres Halses dar. Er küsste ihn. Die leuchtende Mähne ihres Haars ergoss sich beinahe bis zum Boden, und als er vortrat, teilten seine Beine die raschelnde Pracht, als schritten sie über eine Blumenwiese.

Er trug sie zum Bett und legte sie darauf. Sie schlug die Augen auf und sah zu ihm hoch. Sie sehnte sich mit aller Macht nach ihm, fürchtete sich aber nach wie vor. Er zog sein Hemd aus, enthüllte seinen wunderbar muskulösen Oberkörper, und ihre Zunge klebte am Gaumen und machte sie stumm.

Noch immer wortlos, legte er Hand an den Bund seiner Beinlinge und streifte sie ab. Darunter war er nackt. Bronzefarbenes Haar lief in einer feinen Linie seinen flachen Bauch hinunter bis zum Scheitelpunkt seiner Schenkel, aber Melisende hatte keine Augen für seine vernarbte, goldene Schönheit. Wohl starrte sie ihn mit offenem Mund an, doch ihre Aufmerksamkeit galt dem aufgerichteten Penis.

Sie hatte seine Länge und Stärke mit den Fingern erforscht und wusste, dass er ein Prachtstück war. Doch ihn tatsächlich zu sehen und zu wissen, dass er binnen kurzem in ihr vergraben sein würde, erfüllte sie mit einer Mischung aus Sehnsucht und schrecklicher Angst. Er war so fürchterlich groß, hart wie Holz, von scharlachroten Adern gefurcht und stieß aus Roberts muskulösen Hüften hervor, als ob er ihren Duft riechen könnte.

Robert trat seine Kleider beiseite und beugte sich vor, um auf das breite Bett zu steigen. Melisendes Angst wallte in ihr empor. Sie wollte «bitte, sei vorsichtig» rufen, kämpfte aber ihre Furcht nieder und streckte die Hände nach Robert aus. Ihre sinnlichen Lippen formten sich zu einem einladenden Lächeln. Sie hätte die Schenkel für ihn gespreizt, doch ihr verängstigter Körper wollte nicht gehorchen, und so lag sie schließlich regungslos da.

Er schien nichts von ihren widerstreitenden Gefühlen wahrzunehmen. Neben sie gekniet, schaute er, noch immer schweigsam, einige Augenblicke lang auf sie hinunter. Dann streckte er eine Hand aus, und führte sie von der Schulter langsam der sanften Rundung ihrer Brust entgegen. Seine kräftigen Finger tänzelten schwerelos wie die Flügel eines Schmetterlings. Melisende erschauerte, schloss die Augen und gab sich dem himmlischen Reiz seiner Berührung hin.

Seine Hand bewegte sich an ihrem Körper hinab und streichelte im Vorübergehen eine rosafarbene Brustwarze. Sie leckte sich die trockenen Lippen und lag ganz still und konzentriert da. Er liebkoste ihren weichen Bauch, umfasste dann sanft ihren Schenkel und zog ihn zu sich hin. Sie gab nach, und als die kühle Luft in der Kammer die entblößten Falten ihres Geschlechts küsste, das nun den goldenen Augen Roberts zugänglich wurde, fröstelte ihr.

Dann spürte sie seine Hand zwischen ihren Beinen. Sie war nass, von Verlangen durchflutet und bereit für ihn, wie sie nur sein konnte. Seine Finger rührten sich eben genug, um die anschwellende Knospe ihrer Klitoris zu streifen, und sie stöhnte erschauernd.

Er zog die Hand fort. Einen Lidschlag lang berührte er

sie nicht, und sie öffnete die Augen aus Furcht, irgendetwas könnte ihm das Geheimnis ihrer Jungfräulichkeit
verraten haben. Doch er beugte sich, die Hände zu beiden
Seiten ihres Kopfes aufgestützt, über sie und schaute in
ihr gebanntes Gesicht herab. Seinem Blick zu begegnen
hieß, in einen Schmelztiegel zu schauen.

«Ich will Euch», sagte er leise, und während er sprach,
bewegte er leicht und anmutig seinen großen Körper, bis
er über ihr schwebte. «Keine Frau habe ich je so sehr gewollt wie jetzt Euch.»

Melisende war zerrissen zwischen Begierde und Angst.
Sie wollte ihn anflehen, ihrer Unschuld behutsam zu begegnen, ihr schmerzlos in die Welt der Liebe hinüberzu-
helfen, sagte aber nicht mehr als: «Dann nehmt mich, o
Herr.»

Schweigend senkte er sich herab. Seine Wärme spürte
sie einen Hauch eher als sein Gewicht, und als sie ihn
dann in seinem ganzen Ausmaß, seinem wirklichen Sein
begriff, schloss sie die Augen und keuchte vor Schrecken
und Verzücken. Er stützte sich auf die Ellbogen, nahm ihr
Gesicht in seine Hände und küsste sie, erst tastend und
bald mit wachsender Leidenschaft, während sein Körper
auf ihrem lastete. Er schob sich zwischen ihre gespreizten
Schenkel, schmiegte seine schlanken Hüften in die weiche
Höhlung ihrer Lenden, und seine erhitzte, glänzende Eichel stupste gegen die Lippen ihres Geschlechts.

Melisende schlug die Augen auf, als sie fühlte, wie sein
massiger Schwanz gegen ihr zartes Fleisch drückte, genüsslich über die feuchten, lüsternen Falten glitt, den Eingang zu ihrem Körper suchte. Sie erstarrte unter einem
Ansturm der Sehnsucht und stöhnte auf. Er war so riesig,
fest, glatt und mächtig. Sie wollte sich ihm opfern, ihr

Jungfernhäutchen seiner göttlichen Manneskraft weihen, sich auf dem Altar seines Leibes darbringen.

Er fand die Stelle und stieß zu, konnte aber nicht in sie eindringen. Melisende verkrampfte sich, als plötzlich stechender Schmerz fühlbar wurde, der sie umso mehr erschreckte, als er unerwartet kam. Wieso leistete ihr Körper Widerstand, wo sie doch nur den einen Wunsch hatte, ihn in sich zu spüren?

Robert stieß wieder zu, und der große, dralle Schwengel glitt ein ganz kleines Stück in sie hinein. Der Schmerz kehrte diesmal stechender zurück. Melisende biss sich auf die Lippen, um ein Wimmern bei sich zu behalten, sah sein Gesicht sich verwundert straffen und wusste, dass er im nächsten Augenblick Verdacht schöpfen würde. Sie nahm ihren ganzen Mut zusammen, umklammerte seine muskulösen Flanken mit ihren schlanken Schenkeln und stöhnte, als sie die Hüften anhob und ihre zarte Vulva verzweifelt seinem machtvollen Phallus entgegenstieß.

Ihr Opfer wurde angenommen. Ein scharfer Schmerz durchfuhr ihre Lenden, und dann glitt sein heißer, pochender Schaft der Länge nach in ihr wehes Geschlecht hinein, immer tiefer, um schließlich bis ans Heft von ihr umhüllt zu werden. Melisende schrie vor Staunen und Entzücken auf und schloss fest die Augen. Ihre Finger verhakten sich in Roberts Haar. Kein jemals von ihr empfundener Reiz glich der erlesenen Wonne, seinen Körper in ihrem zu fühlen, sich von ihm besessen, durchdrungen und endlich erfüllt zu wissen. Sie fühlte sich verklärt wie eine Märtyrerin, die von den Engeln in den Himmel gehoben wird. Sie fühlte sich vollständig.

Und es hatte gerade erst begonnen. Robert knurrte vor Befriedigung, kam von ihr hoch und schaute an ihren vereinten Körpern hinunter, wo das Goldene tief ins Weiße versenkt war. Er schob die Hand unter ihren angehobenen Schenkel und drückte das Bein nach vorn, bis er sie schaukelte, sie überall umgab, und in dieser Stellung zog er sich aus ihr so weit zurück, dass die Eichel fast aus dem scharlachroten Handschuh ihres Geschlechts hervorschlüpfte. Dann stieß er wieder zu.

Wieder und wieder. Unablässig rammte er seinen Körper in sie hinein, keuchte vor Lust, trieb sich mit aller Kraft in ihre Tiefe, bis seine bronzefarbene Haut von Schweiß schimmerte, und Melisende wand sich in ohnmächtiger, ungläubiger Ekstase. Er küsste sie wild, erstickte ihre verzweifelten Schreie, und seine starke Hand hielt ihre Brust, um kräftig die Warze zu drücken. Das Gefühl seines Riemens, wie er in ihrer bebenden Vagina verschwand und wieder auftauchte, seiner Zunge, die in ihrem Mund umherzuckte, und seiner Hand, die ihre Brust peinigte, verschmolz mit dem verzückenden Gefühl seines warmen Gewichts, das sie in die Laken drückte, und Melisende bäumte sich auf, als ein gewaltiger Orgasmus sie durchflutete. Sie krampfte heftig rings um Roberts zustoßenden Phallus, und mit einem Aufschrei löste er seinen Mund von ihrem, um der mitreißenden Kraft seines eigenen Höhepunkts nachzugeben.

Dann lag er auf ihr, der pralle Schwanz tief in ihrem saftigen Fleisch eingebettet und noch immer pochend vom Echo seiner Lust. Sein Mund heftete sich auf ihren, und er küsste sie im trägen Nachhall ihrer beider Wonnen. Melisende schlang die Arme um seine breiten kräftigen Schultern und stöhnte glückselig. Gern wäre sie für alle Zeiten dort liegen geblieben und hätte ihn auf sich gespürt.

Schließlich aber wich er etwas von ihr zurück, barg ihre

Brust in der hohlen Hand und spannte den Körper an, um sich aus ihr zu lösen. Sie wimmerte vor plötzlicher Leere, und Robert lachte leise auf, liebkoste sie zärtlich und streichelte sie zwischen den Beinen.

Dann betrachtete er seine Hand, seinen erschlaffenden Penis und das Laken. Er sah darauf den kleinen roten Fleck: alles, was von Melisendes Jungfräulichkeit übrig geblieben war. Sie spürte sein jähes Erstarren, öffnete die Augen und wurde seiner Miene gewahr.

Er schien von ungeheurem Kummer heimgesucht. Seine Lippen waren verkniffen und blass. Einen Atemzug lang erwiderte er ihren Blick, schaute dann an seinem blutbefleckten Körper hinunter und wieder hoch. «Gütige Herrin», sagte er leise, «Gott behüte, dass Ihr Jungfrau wart.»

«Ich –» Melisende wusste nicht, was sie sagen sollte. Ihre ganze Schlauheit, all ihre Kniffe konnten ihr jetzt nicht helfen angesichts eines Mannes, dem Reue und Gram auf die Stirn geschrieben standen. Sie hatte ihn angestiftet, seine Ehre zu verraten, und fühlte sich auf einmal schuldig. Zuletzt sagte sie nichts weiter als: «Das war ich. Es tut mir Leid.»

Er wandte sich von ihr ab, hockte sich auf die Bettkante und vergrub den Kopf in beiden Händen. Sein dichtes glänzendes Haar verbarg sein Gesicht. Melisendes Hand schwebte über der glatten goldenen Haut seines Rückens und wagte nicht, ihn zu berühren. «Was habe ich getan?», flüsterte er schließlich mit so viel Leid und Verzweiflung in der Stimme, dass es ihr das Herz brach.

Ihr fielen keine tröstlichen Worte ein. Schweigend knieten sie, ohne einander zu berühren, ein jeder von seinem Gewissen gequält.

Und dann hämmerte jemand auf die Tür ein und rief: «Melisende.»

Der Lärm ließ beide auffahren. Roberts Gesicht verlor alle Farbe; es wurde grau und blass, als sei er tödlich erkrankt. Er riss das Kinn hoch, die Nasenflügel bebend, und stand im Begriff zu antworten, doch Melisende schnellte vor, hielt ihm mit einer Hand den Mund zu und schüttelte entschieden den Kopf.

Thibault war es, der draußen vor der Tür stand. Ihr schwirrte der Kopf. Sie sah sich in der Kammer nach einem Versteck für Robert um und wusste doch längst, dass es nirgendwo eines gab. Er war nackt und unbewaffnet. Ihre Lust würde noch seinen Tod herbeiführen.

«Melisende», rief Thibault wieder und hämmerte lauter auf die Tür ein. Melisende rief mit leiser, schläfriger Stimme zurück: «Was – was ist denn los? Wer ist da?»

«Ich bin's, Thibault. Mach die Tür auf.»

«Ich bin im Bett», jammerte Melisende, und während sie den Satz sprach, hatte sie eine Eingebung. Noch immer die Hand auf Roberts Mund, zerrte sie die dicken Bettdecken bis ganz ans Fußende zurück und bedeutete ihm mit der anderen Hand, sich darunter zu verkriechen.

«Mach die Tür auf», rief Thibault wütend. «Sonst trete ich sie ein.»

Robert sperrte sich zunächst geräuschlos dagegen, gestattete es Melisende aber schließlich, ihn in die Tiefen des geräumigen Bettes zu lotsen, zwischen leinene Laken, Federdecken und Matratzen. Sie stopfte seine Kleider dazu und überflog mit den Augen den Raum, um sicherzugehen, dass sie nichts übersehen hatte. Zuletzt fand sie ihren Überwurf, den sie um sich schlang.

«Was ist denn nur los?», wiederholte sie mit Verärgerung in der schläfrigen Stimme, während sie zur Tür ging. «Ich habe fest geschlafen.»

«Einer meiner Männer glaubt, etwas gehört zu haben, einen Eindringling», sagte Thibault, als sie vorsichtig den Riegel zurücklegte.

Sie zog ihn ganz auf und rief dann: «Nicht eintreten, ehe ich nicht wieder im Bett bin», dann hastete sie durchs Zimmer und schob die Beine unter die Decke, bis ihre nackten Füße auf Roberts warmem Nacken ruhten.

«Jetzt kannst du kommen.» Sofort wurde die Tür aufgestoßen, und Thibault stolzierte, Gerard und einen weiteren Soldaten im Gefolge, herein. Thibault war blass vor Zorn. Sein strenger Blick schweifte in der Kammer umher, bis er an Anna hängen blieb, die schnarchend auf ihrem Strohsack lag.

«Sie schläft tief», bemerkte er säuerlich.

«Zu viel Wein», sagte Melisende. Sie hieb auf eines ihres Kissen ein und pfefferte es gereizt ans Fußende, wo es zur Unordnung beitrug. «Also», sagte sie, «wo ist dein Eindringling? Wozu hast du mich mitten in der Nacht geweckt?»

«Gerard hat etwas gehört», erklärte Thibault widerwillig. «Es schien ihm aus deiner Kammer zu dringen.»

«Na», Melisende wies mit erhabener Geste auf ihre kahlen vier Wände, «wo hab ich ihn versteckt? Verbirgt er sich vielleicht in der Truhe, unter meinen Kleidern? Oder unterm Bett?»

Kaum hatte sie gesprochen, wünschte sie, still geblieben zu sein. Würde nicht auffallen, falls jemand unter das Bett schaute, dass die Trageguilte der Matratze für das Gewicht einer einzelnen schlanken Frau zu sehr durchhingen? Während sich Thibaults Männer in der Kammer umzusehen anschickten, versuchte sie, ihre Angst zu verhehlen, und spürte unter ihren bloßen Füßen das Frösteln auf der glatten Haut von Roberts Nacken.

Die Truhe enthielt außer Kleidern nichts, und unter dem Bett lag nur Staub. Kopfschüttelnd wandten sich Gerard und der andere Soldat wieder Thibault zu. Thibault schenkte Melisende einen langen, kalten Blick und drehte sich schweigend um.

«Thibault», Melisende klang wutentbrannt. «Wo bleibt die Entschuldigung?»

Wortlos ging er zur Tür. Melisende ballte die Fäuste und schnauzte: «Es überrascht mich, dass du dich selbst herbemühst. Hätte das nicht einer deiner Männer für dich tun können?»

Thibault schwenkte herum, um ihr in die Augen zu sehen. «In deiner Nähe würde ich keinem Mann trauen», sagte er eisig. «Nicht einmal Robert.» Melisende spürte, wie Robert zusammenzuckte. «Niemandem. Gute Nacht, Schwester.» Er wandte sich ab. Gerard und der andere Soldat folgten ihm hinaus, und die Tür schloss sich hinter ihnen.

Sofort schwang sich Melisende aus dem Bett und lief zur Tür. Sie legte ein Ohr an und horchte. Durch das dicke Eichenholz hörte sie schwach, wie Schritte sich über den schmalen Flur entfernten. Dann vernahm sie die scharfe Stimme Thibaults. «Wie ein Narr stehe ich deinetwegen da, Gerard. Das vergess ich dir nicht.»

Stille trat ein. Als sie sich umdrehte, sah sie Robert sich aus den dicken Decken schälen und mit freudlosen Augen zu ihr aufschauen. Leise sagte sie: «Sie sind fort.»

Langsam richtete sich Robert auf. Er war nackt, aber von Kummer eingehüllt. Sehr leise sagte er: «Mein Leben hätte ich dafür gegeben, Eure Ehre zu retten. Was habe ich nicht alles verraten? Meinen Herrn, der mir vertraut, meine eigene Ehre und Euch. Euch vor allem.» Er furchte die Brauen, und seine Augen blickten durch sie hindurch, als sähen sie seine verlorene Ehre außer Reichweite entschwinden. «Welche Lust. So helfe mir Gott.» Er holte tief Luft und heftete den Blick auf sie. Mit kindlicher Schlichtheit fragte er: «Weshalb habt Ihr mich getäuscht?»

Melisende blieb nichts als die Wahrheit: Sie konnte ihn nicht für das entschädigen, was sie getan hatte. Sie schaute ihm ins Gesicht und sagte: «Weil ich Euch liebe.»

Seine gramvolle Miene wandelte sich fast unmerklich zu einer ungläubigen. «Ihr liebt mich?»

Sie kam auf ihn zu und streckte die Hände aus. «Ich liebe Euch», sagte sie erneut, und dann, immer zügiger, sprudelten die Wort hervor. «Ich war auf den ersten Blick in Euch verliebt. Ich habe darum gebeten, dass Ihr mein Gemahl werdet, aber Thibault will mich niemanden heiraten lassen. Er will meine Mitgift behalten. Ich wollte Euch so sehr, und mir fiel einfach kein anderes Mittel ein.»

«Ihr wollt mich heiraten», sagte Robert mit verhaltener Verwunderung, aufkeimender Hoffnung.

«Ja», flüsterte Melisende und blickte voller Ernst in sein Gesicht.

Auf einmal hellten sich seine Augen auf. «Wäre ich Euer Gemahl», sagte er, trat geschwind vor und ergriff ihre Hände, «gäbe es keine Entehrung.» Er leckte sich die Lippen, legte die Stirn in Falten und umschloss ihre Hände dermaßen fest, dass sie zusammenfuhr. «Ist die Ehe wirklich Euer Wunsch?», fragte er und schaute ihr so tief in die Augen, als könne er ihre Seele darin lesen.

Melisende schmolz das Herz wie Wachs in einer Flamme, verflüssigte sich unter seinem glühenden Blick. «Ja», flüsterte sie wieder. «Nichts lieber als das.»

Er hob ihre Hände überaus bedächtig an seine Lippen, küsste sie und sank im selben Zug anmutig vor ihr auf die Knie. Für Augenblicke legte er die Stirn an ihre Finger, wie er es bei ihrer ersten Begegnung getan hatte. Dann hob er seine Augen. Sein Gesicht leuchtete wie von innen erhellt, und er sprach sanft und deutlich die Worte: «Meine Holde, ich verpfände Euch meine Hand, Euch zu beschützen, meinen Leib, Euch zu beschirmen, und mein Herz, Euch zu lieben und zu ehren von heute bis ans Ende unserer Tage.» Melisende schwieg, und ihre Hände zitterten. Der in seine Züge gemeißelte Ernst verklärte sich auf einmal zu einem Lächeln. «Nun wage ich, es zu sagen. Holde, ich liebe Euch.»

Einen Moment lang konnte Melisende ihr Glück nicht fassen. Dann fiel sie auf die Knie, warf sich Robert in die Arme und weinte vor Freude.

Er drückte sie an sich, die sich dicht über den nackten Dielen in seinen Schoß schmiegte, und bettete ihren Kopf in eine Hand, während die andere auf ihrem Rücken, unter den Lockengarben ihres Haars zu ruhen kam. Nach einer kleinen Weile wurde sie seiner Körperwärme, der Nähe seiner seidigen gebräunten Haut, seines wunderbar männlichen Duftes gewahr. Sie schlug die Augen auf und fand sein Lächeln über weiß schimmernden Zähnen auf sich gerichtet. «Da sie nun gegangen sind», sagte er mit leiser, warmer Stimme wie das Rascheln von Fingerspitzen auf Samt, «kann ich wohl ein wenig länger bleiben.»

Seine Hand ließ von ihrem Rücken ab und schlich sich nach vorn. Er schob die weichen Falten ihres Überwurfs auseinander, um ihre Nacktheit zu enthüllen, und seine Finger strichen sacht um die sanfte Rundung ihrer Brust.

«Oh», flüsterte Melisende. Seine Berührung schürte von neuem das Feuer der Begierde in ihr. Ihr Körper versteifte sich und bebte zugleich vor Verlangen.

«Hätte ich nur gewusst», sagte er mit traurigem Lächeln. Er küsste sie auf die Lippen, dann wanderte sein Mund über ihr Gesicht, ihr Kinn, ihren Hals, hie und da Worte in die Küsse einstreuend. «Hätte ich nur gewusst, wie zärtlich wäre ich gewesen. Um nichts in der Welt hätte ich dich verletzt.»

Sie lehnte sich in seinen Armen zurück und seufzte selig, während seine Lippen sie liebkosten. «Es hat nicht sehr weh getan. Und auch Lust bereitet.»

Er fuhr mit den Händen um ihre Schultern und streifte den Überwurf ab. Nun waren sie beide nackt. Sie faltete die Hände in seinem Nacken und beugte sich nach hinten, um ihre Brüste seinen Händen und Lippen darzubieten. Er senkte den Kopf und sog erst sanft an einer, dann an der anderen Warze. Sein Penis drückte in das weiche Fleisch ihres Unterleibs, straffte sich und schwoll an, bis er sich, stolz und bereit, wie eine Säule aus dem dunklen Horst seiner Eier erhob.

«Robert», flüsterte Melisende an ihn geklammert. «Robert, ich liebe dich.»

«Sachte», entgegnete er und schmiegte sie an sich. «Ganz sachte diesmal, meine Liebste.»

Unter dem Vorhang ihres Haars fanden seine Hände zur satten Rundung ihrer Hüften und schlossen sich um ihre festen Pobacken. «Stell mir die Beine zu Seiten», wies er sie sanft an.

Sie gehorchte, und Robert sah ihr lächelnd in die Augen, während er sie anhob. Sie öffnete die Lippen, um vor Unglaube und Entzücken aufzukeuchen, als er sie behutsam auf seinen aufgerichteten Phallus senkte. Während er eindrang und sie gänzlich ausfüllte, krümmte sie sich schon willenlos in seinen starken Händen. Dann waren sie vereint, ein Körper mit acht Gliedern, und er schlang die Arme um sie und drückte sie fest an sich. Sie stöhnte vor Wonne, als sich seine Zunge in ihren Mund schob. Bei jeder noch so kleinen Bewegung rieb sich ihre zarte geschwollene Klitoris an der haarigen Wurzel seines Riemens und bescherte ihr Lustschauer vom Kopf bis zu den Füßen.

Robert stieß ihr seine Hüften ein kleines Stück entgegen. Ganz tief in ihr regte sich sein Penis, und gerade diese so leise Bewegung zeigte ihr, wie weit er in sie vorgedrungen und wie weit sie vom kräftigen Pfeiler seines Fleisches durchdrungen war, wie liebkosend ihr Körper ihn gleich einem feuchten, seidenweichen Handschuh umschloss.

«Ich dachte immer, was für ein Glück ich hätte», flüsterte er ihr zwischen seinen Küssen zu, «nie verliebt gewesen zu sein. Frauen wären dazu gut, einen Mann zu befriedigen, dachte ich, aber Liebe brächte nur Kummer.» Er lächelte und stieß wieder zu, und beide seufzten einträchtig, als ein Meer betörender Sinnesreize in ihnen aufwallte. «Doch die Liebe ist mächtig», fuhr Robert fort. «Sie ist wie ein Gewitter, das sich eine Woche lang zusammenbraut und dann mit seinem Blitz die höchsten Türme zerstört. Die Liebe hat mir dich gesandt, meine Holde, um ihre Macht zu beweisen. Ich hielt dich für ein lüsternes Geschöpf, dem es nur nach meinem Körper verlangt. Aber du liebst mich auch, und schon bin ich im Paradies.»

Sie bewegten sich im Gleichtakt, die Körper eng aneinander geschmiegt, die Gliedmaßen zu einem Flechtwerk aus Gold und Silber verschlungen. Ganz langsam hob und senkte sich Melisende auf Roberts steifem Schaft und brachte sie beide so der unausweichlichen Ekstase näher. Sie seufzten gemeinsam wie aus einem Mund, und als ihre Lippen sich zum Kuss trafen, war er so süß und tief, dass Melisende glaubte, an ihrer Lust sterben zu müssen. Gleich seiner Zunge in ihrem Mund bewegte sich sein Schwanz in ihrem Geschlecht, feinfühlig, unwiderstehlich, allgegenwärtig, und ließ sie vor Erfüllung erschauern. Stetig wuchs die Verzücktheit in ihr, bis sie sich knapp vor dem entscheidenden Augenblick wusste. Ihre Finger verkrallten sich in Roberts seidigem gewelltem Haar und lösten seinen Mund von ihrem.

«Sprich meinen Namen», keuchte sie und beugte den schlanken Rücken zurück, um ihre Brüste noch fester auf die Narben und kräftigen Muskeln seines Oberkörpers zu drücken. «Robert, mein Fürst, sag ihn mir.»

«Meine Holde», stöhnte Robert, während seine Hände sich in ihren Rücken vergruben. «Melisende. Melisende, meine Liebste, meine Liebste.»

Und während er sprach, fühlte Melisende eine übersprudelnde Seligkeit in sich aufschäumen, die sie in einer Lust an der Umarmung durch seinen Körper badete und im süßen Rausch der Gewissheit um seine Liebe. Sie schrie, während er sich an sie klammerte und seine Lippen ihren Schrei erstickten. Weit jenseits der glitzernden Sterne ihres Orgasmus aber spürte sie, wie sein machtvoller Schwanz in ihr zuckte und pochte, bis die Zuckungen ihres Höhepunkts auch ihn fort zur unausweichlichen, höchsten Freude rissen.

Hinterher hielten sie einander fest, ihr Kopf auf seine

Brust gebettet, atmeten dieselbe Luft und lauschten den Schlägen ihrer beider Herzen. Bald darauf hob er den Kopf, um nach dem kleinen Fenster zu schauen, und seine Miene verriet Bedauern.

«Es dämmert beinahe schon», flüsterte er. «Ich muss gehen, Melisende.»

Sie wusste, dass er Recht hatte, konnte aber nicht von ihm lassen. Er schob sie sanft beiseite und ging zum Bett, seine Kleider suchen. Beim Anziehen sah er sie nicht an. Ihr fröstelte, und sie hob ihren Überwurf vom Boden auf, um sich darin einzuwickeln.

Augenblicke später war er fertig, kam zu ihr, küsste sie und hielt sie so eng umschlungen, dass ihrer beider Körper zu verschmelzen, ein Fleisch zu werden schienen. «Wenn wir verheiratet sind», sagte er, «richtig von einem Priester getraut, werde ich jeden Mann umbringen, der mich von deinem Bett abzuhalten versucht.»

Sie lächelte ihm zu und versuchte, ihre verräterischen Augen keine Träne weinen zu lassen. «Bis dahin aber, mein Fürst, werden wir uns heimlich treffen müssen.»

Sein Lächeln erstrahlte. «Ich kenne diese Burg», sagte er, «von der Turmspitze bis zum Fuß des tiefsten Kerkers. Selbst wenn Eure Mohnvorräte verbraucht sind, Holde mein», und er bedachte die Gestalt der schlafenden Anna mit einer schelmisch gehobenen Braue, «seid gewiss, selbst dann werde ich einen Weg finden.»

Sechstes Kapitel

Der Vogt von Montjoie hatte als Einziger neben dem Burgherrn eine eigene Kammer. Für ein Stelldichein zweier Liebender war sie jedoch ausgesprochen ungeeignet. Sie lag im Torhaus gleich über der Wachstube. An einer Seite liefen die Ketten der Zugbrücke hindurch und sorgten für Zugluft, die wiederum den unverwechselbaren Geruch aus dem Abtritt der Wachposten mitführte. Die Männer darunter konnten jedes laute Wort hören, und der Raum war überdies klein und beengt.

Wie auch immer, Robert nannte ihn sein Zuhause. Sein Helm und sein Schild hingen an der Wand, und er hatte am Fenster zum inneren Burghof einen Tisch angebracht. Davor stand ein Hocker, auf dem er sitzen konnte, um sich Landkarten, Ausrüstungslisten oder Dienstpläne anzusehen, denn anders als viele arme Ritter war Robert von Villeneuve des Lesens und Schreibens kundig.

Saß er an seinem Tisch, konnte er den Hauptturm und auch das schmale Fenster sehen, hinter dem Melisende in ihrer runden Kammer schlief. Jede Nacht seit ihrer Ankunft hatte er dort gesessen und sich ihren weißen Körper zwischen den weißen Laken ihres breiten Betts vorgestellt, ihre schimmernden Lider über den leuchtenden Augen und das liebliche Flüstern ihres Atems durch die vollen Lippen, die er zu küssen sich sehnte.

Montjoie lag fernab von jeder Stadt, die groß genug war, um erträgliche Huren zu beherbergen, und da Robert das Anerbieten der Gemahlin seines Herrn zurückgewiesen hatte, suchte er einen sexuellen Ausweg in seinen Träumen. Seit Melisende gekommen war, hatte er jede Nacht von ihr geträumt. Sie war nackt an einen Baum gefesselt und stand kurz davor, von einer Bande viehischer Scheusale geschändet zu werden; er rettete sie, und aus Dankbarkeit bot sie ihm ihren Körper an. Oder sie kam mitten in der Nacht an sein Bett und lutschte mit ihren vollen roten Lippen seinen Penis, bis er unerträglich erregt war, sie niederdrückte und nahm. Oder er schwebte wie ein Gespenst aus Dunst durchs Fenster und schlich sich, ein teuflischer Alb, in ihr Bett, führte die lange dralle Säule seines Schwengels geschmeidig in ihren schlafenden Körper ein und brachte sie zu einem bebenden Höhepunkt, den sie bloß zu träumen glaubte.

Und letzte Nacht waren seine Träume wahr geworden. Er saß da, starrte auf Melisendes kleines Fenster, und in Gedanken durchlebte er das Wunder erneut. Er war sicher, weder durch Blicke noch Gesten seine Verehrung für sie gezeigt zu haben, und doch hatte sie sich, recht grundlos mithin, in ihn verliebt und ihn so wirkungsvoll gepeinigt, dass er zu ihrem Zimmer gegangen war und sie genommen, mit seiner Lanze aus Fleisch durchbohrt und ihr Jungfernhäutchen zerrissen hatte.

Es war eine Sünde und Schlimmeres: ein Verrat an seiner Stellung, Verrat am Vertrauen seines Herrn. Aber die Lust war so groß und die Wonne, ihrer Liebe zu ihm gewiss zu sein, so vollkommen gewesen, dass er nur noch an das nächste Mal denken konnte, da er bei ihr liegen würde.

Es klopfte an der Tür. Robert fuhr hoch und rief: «Herein.»

Die Tür ging knarrend auf, und einer der Männer aus

Foix trat ein, der große Unteroffizier namens Drogo. Er salutierte Robert mit scheeler Lässigkeit. «Nachricht für Euch, Sire.»

«Lasst hören», forderte Robert ihn auf und lehnte sich an den Tisch zurück.

«Hab sie hier», sagte Drogo. Er fummelte an seinem Gürtel, zog einen kleinen Zettel aus ägyptischem Papier hervor und reichte ihn hinüber.

Als Robert den Zettel entgegennahm, fühlten sich seine Lippen trocken an. Die Nachricht konnte nur einen Ursprung haben, und ihm schauderte beim Gedanken daran, welche Blöße sich Melisende durch die Wahl solch eines Boten gegeben hatte. Mit zitternden Fingern rollte er eine kleine zierliche Handschrift auf.

Mein Fürst. Anna hat die Laken gefunden und ist gleich hinter alles gekommen. Sie ist uns nicht böse, aber sie sagt, wir dürfen uns nie wieder in meiner Kammer treffen, sonst geht es ihr an den Kragen. Drogo ist ihr Liebhaber, er wird uns nach Bedarf Botendienste leisten, und er ist ganz und gar vertrauenswürdig. Gib mir Wort durch ihn, wo wir uns treffen können, und ich werde bestimmt da sein.

Glaube mir, mein Liebster, meine Seele leidet Höllenqualen, bis ich dich wieder in Armen halte.

Robert schüttelte ungläubig den Kopf darüber, dass eine Dame solche Sachen zu Papier bringen konnte. Er schaute hoch und fand sich von Drogo angestarrt. Der Blick war unfreundlich, sogar feindselig.

«Was gibt's zu sehen?», herrschte Robert.

«Euch», erwiderte Drogo kalt. «Passt auf, dass Ihr sie gut behandelt, werter Vogt. Wenn Ihr meiner kleinen Herrin das geringste Leid antut, schneide ich Euch die Eier ab und häng Euch die Unzucht um den Hals.»

«Dann sind meine Eier außer Gefahr.» Robert lachte. «Seid versichert, ich würde mein Leben für sie hergeben.» Sein Lächeln schwand. «Was zweifellos geschähe, sollte mein Herr hiervon Wind bekommen. Ihr müsst es unbedingt geheim halten.»

Drogo knurrte: «Diesem gottverfluchten Sodomiten würde ich kein Sterbenswörtchen flüstern.»

Die Lippen weiß vor Zorn, schnellte Robert in die Höhe und legte eine Hand an das Heft seines Schwerts. «Ihr wagt es, so von meinem Herrn zu sprechen?»

«Sperrt die Augen auf», fuhr ihn Drogo an, allerdings mit leiser Stimme. «Seht Euch um. Gibt es einen Mann auf dieser Burg, den Euer Herr nicht hinterrücks gepimpert und an sein dürres Katzenweib weitergereicht hätte, damit sie den Riemen des Ärmsten zerfleddert, dass nur ein Bindfaden übrig bleibt?»

«Es gibt mich», sagte Robert gelassen.

«Nun, dann müsst Ihr der Einzige sein. Wie habt Ihr es angestellt, Euren Arsch vor seiner Gunst zu retten? Ihn zugenäht?»

Robert biss sich auf die Lippen. Er missbilligte Thibaults Vergnügungen, hatte aber stets beide Augen ergeben zugedrückt. «Na schön», meinte er. «Ich weiß, es ist wahr, was Ihr sagt, aber ich will Euch nicht wider ihn reden hören. Er hat mich aus dem Nichts hochgebracht, und ich schulde ihm meine Treue.»

«Es wird Euch nicht glücken, ihm *und* seiner Schwester die Treue zu halten», sagte Drogo. «Weiß der Himmel, was er mit ihr vorhat. Sie sagt, er rede davon, eine Nonne aus ihr zu machen und die Mitgift zu behalten oder sie einfach hier verschimmeln zu lassen, das arme kleine Ding. Wo würdet Ihr dann stehen? Was wird obsiegen, werter Vogt, Liebe oder Loyalität?»

«Gott bewahre mich vor dieser Wahl», sagte Robert leise. Er kehrte Drogo den Rücken und setzte sich an den Tisch, um etwas auf den unteren Rand von Melisendes Nachricht zu schreiben.

Unter dem Dach des runden Turms befand sich ein Bodenraum, der als Waffenlager diente. Er war über eine kleine Tür vom Burgwall und eine etwas größere von den Stufen zum Dach aus zugänglich. Beide Türen hatten Schlösser, da das Lagergut dahinter wertvoll war.

Robert wartete dort gegen Mitternacht und spitzte angestrengt die Ohren, ob die Schritte seiner Herzensdame auf den Stufen laut wurden. Der höhlenartige Raum wurde von einer einzelnen Laterne erhellt, die hüpfende Schatten an die Wände warf. Sein ganzer Körper war angespannt, pochte erregt und sehnte sich nach ihr. Jeder Augenblick schien eine Ewigkeit zu dauern.

Schließlich hörte er sie leichtfüßig wie ein Geist die Stufen nehmen. Er lief zur Tür, zog sie auf, schlang sie in die Arme, vergrub die Hände in ihrem Haar, sog ihren Geruch ein und schwelgte darin, ihre seidige Haut zu fühlen. Er trat die Tür zu, warf den Riegel vor und trug sie quer durch den trüben, staubigen Raum zu einem Stapel Säcke voll Baumwollwatte. Er hatte seinen besten Umhang über die Säcke gebreitet und legte sie auf diesen Bettbehelf. Sie hatte ihren cremefarbenen weiten Wollmantel an, den er mit einem Seufzer schmerzlichen Begehrens aufschlug, um ihre Nacktheit zu enthüllen.

Ihr Körper war vollkommen, schlank mit einer Taille

wie eine junge Weide und hoch liegenden flachen Brüsten, die sich lustvoll vorreckten. Schon waren ihre korallroten Warzen aufgerichtet, und er senkte den Kopf, sog sie eine nach der anderen in den Mund, ließ seine Zunge rings um sie schnalzen und lauschte verzückt der Musik ihres Stöhnens.

Sie hatte nie einen anderen Mann als ihn gekannt. Der Wunsch, sie zu befriedigen, ihr alle Freuden zu zeigen, die Mann und Frau miteinander teilen können, erfüllte ihn. Sein Mund ließ von ihren Brüsten ab und wanderte ihren langen, vornehmen Körper hinunter, über die weiche flache Ebene ihres weißen Bauchs hinweg. Sie wimmerte überrascht auf, als seine Nase an den rotgoldenen Locken ihres Schamhaars rieb und sein Gesicht sich zwischen ihre Schenkel schmiegte. Vor ihm öffneten sich die verschatteten Blütenblätter ihres Geschlechts und glitzerten von ihrem Verlangen. Sie roch süßer als Honig und frischer als Tau.

Melisende lag ganz steif und still da. Robert lächelte über ihre Beklemmung, spitzte die Lippen und blies sanft über das warme, üppige Fleisch vor ihm. Sie wand sich und gab Laut. «Schsch», sagte er, noch immer lächelnd, und dann setzte er den Mund auf.

Sein kräftige Zunge schlängelte um die schwellende Perle ihrer Klitoris, erregte sie mit zarten, bedachtsamen Liebkosungen. Melisendes Rücken bäumte sich auf, als hätte jemand auf sie eingestochen. Roberts große Hände gingen auf Streifzug ihren glatten Körper hinauf, suchten die Brustwarzen, und während seine Zunge das Herz ihrer Lust schleckte, fanden sie, wonach sie aus waren, um zu necken und zu triezen. Zur Antwort stieß sie wild mit den Hüften zu, um den Pfeilen seiner Zunge zu begegnen und sich mit unwillkürlicher, entfesselter Wollust auf ihr zu winden. Er leckte und lutschte, trieb dann den langen Muskel tief in das saftige Fleisch hinein und fühlte, wie es sich inwendig darum schloss und sie von ekstatischen Krämpfen erschauerte.

Er wollte ihren Höhepunkt, damit sie die Reinheit der körperlichen Wonnen erfahre. Seine Finger zerrten an ihren Brustwarzen, und während sie aufschrie, sog sich sein geöffneter Mund am feuchten Fleisch ihres Hügels fest und lutschte. Zunge und Lippen machten den zarten Spross ihrer Klitoris erzittern, bis sie sich ihm entgegenbäumte und dann erstarrte, der Atem gestockt, Herzschlag ausgesetzt, der angespannt bebende Körper dem orgasmischen Ausbruch entgegenfiebernd. Nach einem langen Augenblick begann sie zu zittern, und er bekam ihre Hinterbacken zu fassen, hielt sie dort fest, um sie, die Zunge auf ihre kleine Freudenknospe gedrückt, lange genug auf die Streckbank ihres Höhepunkts zu spannen, dass sie wie ohnmächtig in sich zusammenfiel, als er schließlich losließ.

Er kroch zu ihr hinauf, legte sich neben sie und starrte in ihr gebanntes Gesicht. Im Nachglanz ihrer Lust erschien sie ihm schöner als ein Engel. Ihre Augen waren funkelnde Schlitze befriedigten Begehrens, ihre Lippen weiche, einladend geöffnete Sinnlichkeit.

«Holde mein», flüsterte er und küsste sie.

Sie hob die langwimprigen Lider und sah ihn staunend an. «Wo hast du das nur gelernt?», fragte sie mit leiser, heiserer Stimme.

Er lächelte sie an. «Das sage ich dir», antwortete er sanft, «wenn du mir denselben Dienst erweist.»

Melisendes große Augen wurden noch größer. «Du willst, dass ich – deinen Riemen küsse?»

Er streckte sich auf den Säcken aus wie ein muskulöser Panther in Ruhe. Er hatte keine Angst, sie abzustoßen, denn etwas in ihrem Gesicht sagte ihm, dass sie ihn gern befriedigen würde. «Ja», sagte er bestimmt, schob seine Hand in ihr Haar und führte ihren Kopf hinunter zu seinen Lenden.

Sie kniete über ihm, und der Vorhang ihrer Haare hing auf seinen muskulösen Bauch hinunter. Ihre schmale weiße Hand berührte die Höhlung seines Schenkels, und er erschauerte verzückt, als ihre Finger langsam zum schweren Hodensack herabwanderten. Zärtlich streichelte sie seine Nüsse, wog sie in der Hand, und er schloss die Augen und seufzte vor seliger Vorfreude.

Ihre Hand schloss sich um den schwellenden, wehen Schaft seines Schwengels und bewegte sich auf und ab, um die zarte Haut von der großen glänzenden Eichel zu streifen. Dann beugte sie den Kopf noch tiefer und hauchte ihren kühlen Atem dorthin, wo er am wärmsten war; er biss die Zähne zusammen und harrte aus.

Ihre warmen Lippen streiften sanft wie eine Motte über die gewölbte Eichel. Zitternd, den Hintern zusammengekniffen, stieß er zu, und wie ein Wunder öffneten sich die weichen Lippen und sogen ihn in die feuchtwarme Zuflucht ihres Mundes.

«O Gott, wie himmlisch», hauchte Robert und legte die Hände auf ihre seidige Haarpracht. Ihre Zunge schnalzte in zartem Kuss rings um den straffen Kranz seiner Eichel und neckte ihn am kleinen Dreieck aus Fleisch gleich unter der Spitze. Robert erschauerte verzückt. Wie konnte sie ohne Anleitung, ohne Erfahrung ganz genau wissen, was ihn verrückt vor Lust machen würde?

Und nun machte sie den weichen Mund weiter auf, um

so viel von seinem langen drallen Schaft zwischen die warmen vollen Lippen zu nehmen, wie sie nur irgend konnte. Robert bog den Rücken durch und stöhnte vor Wonne. Sie fing zu lutschen an, glitt mit dem Mund die ganze Länge seines glänzenden straffen Phallus hinauf und hinab. Die Lust war umfassend. Er krümmte die Finger in ihrem Haar und fing ungewollt an, ihr die Hüften entgegenzustemmen, in ihren Mund vorzustoßen, ihre Lippen zu nehmen, als nähme er ihre Scheide. Melisende stöhnte, ein erstickter, gieriger Laut, und ihre schmalen Hände schlüpften zwischen seine Beine, um seine Eier und das straffe, glatte Häutchen zwischen Eiern und Anus zu streicheln. Ihre Wangen höhlten sich, während sie ihn immer fester lutschte und gleichmäßig über die Wurzel seines massigen Schafts rieb.

Heißer Samen sammelte sich in Roberts Hoden, machte sich bereit. Sein Penis bebte, von Melisendes Lippen erregt, und schließlich wurde die Lust zu stark. Er vergrub die Finger in ihrem Haar und hielt ihren Kopf fest, als sein Erguss durch den zuckenden Schaft drängte und in entfesselten Strahlenschüben hervorschoss. Sämige weiße Soße spritzte in Melisendes zitternden Mund, tröpfelte von ihren erschlafften Lippen und schlängelte sich als geiler Brand seinen glänzenden, pochenden Schwanz hinunter.

Ein Tropfen weißen Samens saß auf Melisendes voller Unterlippe. Sie lächelte Robert an und streckte die Zunge heraus, um sich den Mund wie eine satte Katze sauber zu lecken. «Mir war gar nicht klar», sagte sie leise, «wie himmlisch es sein würde, dort einen Mann zu fühlen.»

Er hatte geahnt, dass sie es genießen würde. «Du bist die lüsternste Frau, der ich je begegnet bin», sagte er anerkennend und zog sie in seine Arme. «Wie kann es der

Jungfrau von gestern Nacht gefallen, heute so behandelt zu werden?»

«Ich bin sicher», sagte Melisende und fuhr mit der Hand begehrlich seinen Körper hinunter, «dass mir alles gefiele, was Ihr mir anzutun beliebtet, mein Fürst.» Ihre Finger fanden seinen Penis inzwischen schlaff und entspannt, bemächtigten sich behutsam seiner und fingen an, ihn zu reiben. «Also dann», sagte sie, «du wolltest mir deine Geschichte erzählen.»

«Ach ja», sagte Robert. «Wie ich erlernt habe, was den Frauen gefällt.» Er streckte sich wie ein Löwe und seufzte lustvoll, während sie ihn liebkoste.

«Stell dir vor», sagte Robert, «Antiochia vor zehn Jahren. Eine große, rastlose Stadt voller Gemeinheit. Ich war kaum mehr als ein Junge, gerade mal neunzehn, und erst seit ein paar Monaten in Palästina. Gekommen war ich, um Gott wider die Heiden zu dienen, fand mich aber im Kampf ums tägliche Brot an einem Ort wieder, der mir fremd war wie das Land von Priester Johannes, wo den Menschen die Köpfe aus den Bäuchen wachsen.

Wie so viele junge Männer ließ ich mich auf üble Gesellschaft ein. Selbst trug ich vielleicht gar keine Schuld. Jedenfalls hing ich mit Burschen herum, einer besseren Räuberbande eigentlich, die es schließlich zu weit trieben. Als dann ein großer Kriegsherr seine Männer nach uns ausschickte, um uns zu fangen und vor unseren Richter zu bringen, machten sich meine Kumpane im Schutz der Nacht aus dem Staub und ließen mich zurück, damit ich die Folgen ihrer Missetaten ausbadete.

Ich hätte versuchen können, alles zu erklären, aber wer hätte mir geglaubt? Also lief ich davon, und sie verfolgten mich. In der Abenddämmerung rannte ich über die Dächer von Antiochia um mein Leben und fragte mich, wie ich nur jemals so dumm hatte sein können.

Aber ich war schnell, denn meine Verfolger trugen die Last ihrer Rüstung, und ich hatte nur mein Schwert. Es dauerte nicht allzu lange, bis ich sie hinter mir gelassen hatte und allein auf den Dächern war, mir keuchend den Schweiß von der Stirn wischte und mich über die Fremdheit dieser großen Stadt wunderte, so von oben besehen.

Anscheinend stand ich auf der Bedachung eines großen Hauses, vielleicht das eines Kaufmanns oder Adligen. Ich konnte erkennen, dass es einem Sarazenen gehörte, denn es war mit arabischer Schrift statt Bildern bemalt. Die Sarazenen verbieten, was ihnen Götzenbilder sind, und schmücken ihre Häuser dafür mit den Worten Mohammeds. Ich wollte einen Weg hinunter auf die Straße finden und tastete mich deshalb bei einbrechender Nacht zwischen den Zinnen und Kuppeln langsam und vorsichtig vorwärts.

Dann hielt ich inne, weil unweit von mir Gelächter erschallte. Ich schlich mich ganz leise an den Rand eines der Dächer und schaute über die Kante.

Unter mir lag ein Hof, eine hübsche, von durchbrochenen Sichtblenden gesäumte Anlage. Es gab ein gefliestes Becken mit einem Springbrunnen und Singvögel in Käfigen, die schon schwiegen, denn der Tag war ja vorbei. Überall hingen helle Laternen und Weihrauchbrenner, um die Insekten in Schach zu halten. Und auf einer seidenbespannten Liege saßen zwei Frauen.

Es war ein Harem, der Hof eines Harems, der Mittelpunkt jenes geheimen Ortes im Haus eines Sarazenen, wo die Frauen wohnen. Ich legte mich flach auf den Bauch, das Kinn auf den verschränkten Armen, und starrte mit offenem Mund hinunter. Jung und wunderschön nach Art der Sarazenen waren die Frauen, dunkel die Haut, das Haar und die riesigen, ringsum mit Kohlpaste bemalten Augen. Sie trugen zarte Gewänder, die betonten, was sie verbargen: schlanke Taillen, runde hohe Brüste und Hüften, die voll, üppig und weich waren.

Die eine Frau zupfte der anderen mit einer winzigen Pinzette die dunklen Brauen. Während ich zusah, legte sie die Hände in den Schoß und sagte: ‹Fertig›.

Die andere war die größere. Sie hatte wahrlich prächtige Brüste mit Warzen, die wie Dolchknöpfe durch das Musselingewand drückten. Sie lächelte und sagte: ‹Jetzt komm ich dran.›

Und die Kleinere lehnte sich mit einem geheimnisvoll verhaltenen Lächeln auf der Liege zurück und streifte ihre Kleider ab. Ich keuchte und konnte kaum glauben, was ich da zu sehen bekam.

Sie war splitternackt, hatte kleine runde Brüste wie Äpfel und einen lieblich gerundeten Bauch, und unter diesem gab es eine weitere Rundung: die volle, satte Rundung ihres Liebeshügels. Auch dieser war splitternackt, enthaart und glatt wie eine Marmorfliese. Als ich hinabschaute, sah ich unten aus diesem nackten Hügel die feuchten rosa Lippen ihres Geschlechts hervorlugen. Ich versuchte zu schlucken, aber mein Mund war zu trocken. Ich hatte bisher nur mit Huren geschlafen, und der Anblick dieses glatt polierten Hügels machte mich wild vor Lust. Ich wollte diese Frau bei den saftigen Pobacken packen, meinen dicken Steifen in ihre schmollende haarlose Muschi versenken, ihn der Länge nach tief in sie hineinschlüpfen sehen und sie dann stoßen, bis sie um Gnade flehen würde.

Und bei allen Heiligen, diese Frau legte sich tatsächlich zurück, spreizte die drallen Schenkel, und ihre Freundin nahm die Pinzette, glitt hinunter zwischen ihre Beine und untersuchte ihr verborgenes Fleisch auf Haare. Sie fand eines, zupfte es aus, und die Liegende zuckte zusammen und wimmerte auf.

‹Schsch›, sagte die Große. ‹Ich küsse es dir wieder heil.›

Vor meinen erstaunten Augen drückte sie ihre vollen reifen Lippen auf die vollen reifen Lippen des Geschlechts ihrer Freundin. Die Liegende seufzte, die dunklen Warzen ihrer runden Brüste versteiften sich, und sie berührte sie mit ihren braunen Fingern und stöhnte lauter. Ich wollte es nicht glauben. Ich wollte angeekelt sein, denn alles, was mir beigebracht worden war, rief mir zu, dies sei eine schmutzige heidnische Entartung. Aber die Schreie der jungen Frau waren leise und verzückt, und sie krümmte und wand sich, während sich die eifrige Zunge ihrer Freundin tief in die zarten Falten ihres Geschlechts schlängelte, und ich konnte sehen, welch große Lust sie daran hatte.

Die Große leckte und lutschte an den weichen rosa Blütenblättern im verborgenen Fleisch ihrer Freundin und widmete sich besonders einer kleinen blassen Perle, die vorn aus ihrem feuchten Schlitz hervortrat. Während sie schleckte, streichelte sie die weichen Schenkel der Freundin, drang dann mit einem Finger tief in sie ein und zog ihn glänzend von blassem Saft wieder hervor. Die Liegende stöhnte, streckte die Hüften vor und hob ihren glatten blanken Hügel einladend empor, als böte sie mir an, mich darin einzugraben.

Mein Schwanz fühlte sich zum Platzen dick und steif an. Ich beugte mich weiter vor, um nicht die kleinste Einzelheit zu versäumen, und sah gierig zu, wie die große Frau die nackte Vulva ihrer Freundin mit Zunge und Lippen liebkoste und die korallroten Fingerspitzen einer Hand an ihrem Körper emporschob, um ihr die Brustwarzen zu kratzen, während die andere Hand die Tiefen ihres zarten Geschlechts auslotete. Dann aber brach ich im Vorbeugen einen Brocken aus dem Verputz, der auf den gefliesten Boden polterte.

Auf der Stelle lösten sich die Frauen voneinander und starrten zu mir herauf. Ich schaute hinunter und wagte kaum zu atmen. Was würden sie tun, wenn sie einen jungen Mann entdeckten, der sie ausspähte? Schreien, um Hilfe rufen, mir die Eunuchen mit ihren Krummsäbeln auf den Hals hetzen?

Sie taten nichts dergleichen. Sie betrachteten mich einige Augenblicke lang schweigend und sahen dann einander mit viel sagendem Lächeln an. Schließlich blickte die große Frau wieder zu mir herauf und bedeutete mir mit einem Wink, mich zu ihnen nach unten zu gesellen.

Ich zauderte. Wird ein Fremder in einem Harem aufgefunden, wird er sich wünschen, tot zu sein, lange bevor er wirklich stirbt. Doch die Große lächelte zu mir herauf, strich dann mit den Fingern über den Körper ihrer Freundin, barg ihren seidigen Hügel in der Hand, und mein Entschluss stand fest. Ich rollte vom Dach hinunter, stützte mich mit den Händen ab, und ich nehme an – auch wenn es wie Eigenlob wirkt –, dass ich aussah, als sei ich gut in Form. Ich war jung und ganz ansehnlich, und sie schienen beide sehr erfreut, dass ich, wie es sich verhielt, zu ihrem Vergnügen vom Himmel herabkam.

Kaum hatte ich die Füße am Boden, rechnete ich mir aus, eine von beiden zu entern, meinen begierigen Schwanz tief in sie hineinzustoßen und sie zu reiten, bis ich gekommen wäre. Mitnichten, und mir wurde mancherlei Lehre erteilt. Wir wagten nicht zu sprechen, also schubsten und zogen sie mich dorthin, wo sie mich haben wollten, und ich gehorchte wie ein sanftmütiges Lamm. Freilich war ich ihnen auf Gedeih und Verderb ausgeliefert. Ein Ruf von ihnen, und ich wäre so gut wie tot gewesen und war folglich gut beraten, ihnen zu gehorchen.

Stück für Stück zogen sie mir die Kleider aus. Damals hatte ich weniger Narben, und sie bewunderten meinen schlanken, muskulösen Körper und dicken Schwengel, der wie eine Lanze aufragte. Sie legten ihre Hände auf mich und streichelten mich überall, erforschten jede Vertiefung, und ich erschauerte darüber vor Entzücken. Meine Augen klebten auf dem nackten Geschlecht der Kleineren. Ich konnte mir ausmalen, wie weich und zart dieses Geschlecht war, wie liebreizend es der Begierde meiner steifen Latte nachgeben und sich um mich klammern würde, wenn ich tief hineinstieße. Ich wollte mich an ihren runden Brüsten festhalten, die Kleine zu Boden drücken und ihren schmalen Eingang mit meiner Ramme aus Fleisch aufsprengen.

Doch die beiden hatten sich das anders vorgestellt. Sie führten mich zur Liege, machten, dass ich mich ausstreckte, und das große Mädchen kniete sich über meine Schenkel. Ihre prallen, festen Brüste schmiegten sich warm und weich um meinen Schwanz, und ich musste aufstöhnen. Ich schloss die Augen, gab mich dem Sinnesreiz hin und fühlte die kleinen weichen Hände der anderen Frau über meine Brust und Schultern streichen.

Dann verspürte ich Wärme über mir und roch einen unvermittelt satten Duft fern allem, was ich je zuvor gerochen hatte. Ich schlug die Augen auf und sah den nackten Körper der Kleineren über mir schweben, meinen Füßen zugekehrt, und ihr glatter brauner Hügel hing über meinem Gesicht. Ich konnte jede üppige, von ihrem Saft schimmernde Fleischfalte sehen, und vorn an der weichen zarten Tasche trat die kleine blasse Perle stolz und tatendurstig hervor. Dahinter war der kleine dunkle Eingang zu ihrem Tunnel, und etwas ferner ein glattes, durchscheinendes Häutchen, und dann kam die dunkle, gerunzelte Blume ihres engen braunen Arschlochs.

Sie senkte ihr Geschlecht auf meinen Mund. Ich war entsetzt und, offen gesagt, ein wenig abgestoßen, weitete erschrocken die Augen und wich aus. Sie lächelte zu mir herab, schob sich eine Hand zwischen die Beine und zog mit den Fingern behutsam das Häubchen aus geschwollenem, scharlachrotem Fleisch zurück, das die kleine Perle beschützte, um sie für mich zu enthüllen.

Es war klar, was ich für sie tun sollte. Zaghaft öffnete ich den Mund und hob den Kopf an, um jenen duftenden Spross zu küssen, und sie versteifte sich seufzend über mir. Ihr schimmernder Tau schmeckte köstlich süß auf der Zunge. Ich leckte sie erst zögerlich, dann mit wachsender Freude, und sie fing an zu keuchen.

Das Gefühl von Macht war unglaublich. Nur mit meinem Mund bereitete ich ihr Lust. So hätte es die ganze Nacht gehen können. Ich packte ihre runden Hüften und hielt sie still, damit ich die Zunge tiefer in sie hineinstoßen konnte, und ließ die geile Spitze in ihrer bebenden Muschi zittern. Sie erschauerte und stöhnte, und ich begann, die kleine Perle zu lecken und zu lutschen. Da sank sie so weit auf mich herab, dass meine Nasenspitze hinauf in ihr Geschlecht rutschte und, ein höchst eigentümlicher Penisersatz, in sie eindrang.

Als wäre ihre Lust nicht schon Lohn genug, fühlte ich den Mund der größeren Frau auf meinem Schwanz, den sie emsig lutschte und mit ihrem Speichel schlüpfrig nass machte. Nach einer kurzen Pause stupste meine geschwollene, empfindliche Eichel dann an etwas Weiches von einladender Wärme, teilte es und versank tief in einem feuchten, anschmiegsamen Tunnel.

Zwei Frauen verschafften sich Lust an meinem Körper und wanden sich, während ich sie mit meinem Schwanz und meiner Zunge ausfüllte. Ihr Stöhnen klang erstickt, und ich glaube, dass sie einander mit lebhaften rosa Zungen küssten und sich gegenseitig die Brüste streichelten.

Ich hob die Hüften und tauchte tief in die nasse, willige Vagina der Großen ein. Den verzweifelten kleinen Schreien der beiden hörte ich an, dass sie kamen, lutschte heftig das nackte Geschlecht über meinem Gesicht und stieß mit dem Schwanz so weit vor, wie ich konnte, und sie taumelten entrückten Freudenkrämpfen entgegen. Dann kam auch ich und spritzte meinen heißen Samen tief in den Leib der großen Frau.

Aber ich war noch nicht fertig. Ich war jung und hatte noch nie, nicht einmal entfernt, etwas so Aufregendes erlebt. Als ich mich von der Großen löste, war mein Schwanz noch immer steinhart und zu mehr bereit, und nun war ich mutig genug geworden, mir zu nehmen, was ich wollte. Ich bekam die Kleinere zu fassen und platzierte sie mit weit gespreizten drallen Schenkeln auf den Rand der Liege, damit ich zusehen konnte, wie mein dicker Steifer in sie eindrang. Mit einer Hand rieb ich meinen Schaft an ihren schwellenden, feuchten, nackten fleischigen Lippen und staunte darüber, wie sie bebte und stöhnte, als die pralle glänzende Eichel über ihre kleine Perle glitt. Dann steckte ich die Schwanzspitze in den Eingang ihres Tunnels und stieß ganz langsam zu, um gierig zuzusehen, wie mein fülliger Schaft bis auf den letzten Zoll in sie hineinschlüpfte und sie auf die Liege drückte, als hätte ich sie dort festgenagelt.

Auch die große Frau sah zu, und als mein mächtiger Riemen gänzlich in die zarte Spalte ihrer Freundin eingebettet war, kletterte sie auf die Liege und setzte sich ihr rittlings aufs Gesicht. Das kleinere Mädchen machte den feuchten, keuchenden Mund auf und streckte ihre weiche rosa Zunge heraus, um meinen Samen vom schimmernden Geschlecht ihrer Freundin zu schlecken. Ich hielt ihre Hüften fest und starrte, während ich sie fieberhaft stieß und meinen emsigen Schwanz so tief ich konnte in sie hineintrieb, gebannt nach unten. Unglaublich fesselnd und erregend dabei war die Art, wie sich ihr nacktes Geschlecht lüstern an meinen strammen Schaft klammerte, als wollte es nie wieder loslassen.

Bald schauderte sie vor Verzückung, während mein massiges Gemächt ihr zartes Fleisch zurichtete; das große Mädchen krümmte sich über ihr, und auch ich stand kurz davor zu kommen. Wie besessen war ich von der Lust daran, in diesen engen, herrlich blanken Hügel einzudringen. Ich stieß meinen Schwanz bis zum Heft in das kleinere Mädchen, und sie schrie beim Kommen auf, schob ihre Zunge tief in das feuchte Geschlecht ihrer Freundin, und dann kamen wir gemeinsam und zuckten und ruckten in hilflosen Krämpfen geteilter Freude.

Ich blieb stundenlang bei ihnen und lernte noch viel mehr. Sie zeigten großen Einfallsreichtum dabei, mich zu erregen, und brachten mich ein ums andere Mal so weit, ihnen dienstbar zu sein. Einmal machten sie sich gleichzeitig an meinem Schwanz zu schaffen: Eine lutschte den Schaft, so viel sie von ihm in den Mund bekam, die andere leckte mir Eier und Arschspalte und schlüpfte sogar mit einem Finger behutsam in mein Loch, was auf der Stelle eine Latte hervorrief, deren Größe und Härte selbst mich überraschte. Als schließlich alles vorbei war, hatte ich mich so verausgabt, dass ich kaum noch von der Liege auf den Dachüberhang klettern und mich in die Nacht davonstehlen konnte.

Manchmal denke ich an sie», gestand Robert und rollte auf die Seite, um in Melisendes gebanntes Gesicht zu schauen. «Bis ich dir begegnet bin, meine Holde, waren sie das Beste, was mir je widerfahren ist.»

«Und ich ziehe meinen Nutzen aus dem, was sie dir beigebracht haben», sagte Melisende mit einem Lächeln. Sie liebkoste Roberts prallen Schaft, der einmal mehr steif und bereit war. Seine Geschichte hatte sie heftig erregt. Es war ihr leicht gefallen, sich in die junge Frau mit dem enthaarten Geschlecht zu versetzen, die vor Lust stöhnte, als sich der massige Riemen tief in ihre feuchte Weichheit versenkte. Jetzt wollte sie durchdrungen, genommen, von den unerbittlichen Stößen ihres Liebhabers zum Höhepunkt getrieben werden. «Bitte, mein Fürst», flüsterte sie.

«Was bist du doch für ein Flittchen», murmelte Robert schmunzelnd. «Liegst hier wie ein junger Bauerntrampel auf dem Dachboden, hörst dir schmutzige Geschichten an, ziehst am Schwengel eines Ritters und flehst ihn an, dich zu fegen.»

«Ein Bauerntrampel im Glück», sagte Melisende, rollte sich auf den Rücken und spreizte die schlanken Schenkel einladend. Ihre Hände fuhren an ihrem Körper hinunter, um das feuchte Herz ihres Geschlechts einzurahmen. «Bitte, Robert. Steck ihn rein.»

Und Robert warf sich mit verzücktem Grunzen auf sie, griff nach ihren Handgelenken und zog sie ihr über den Kopf, dass sie alle viere von sich streckte, die flachen Brüste angehoben, die steifen Warzen seinem gierigen Mund wehrlos ausgesetzt, die klaffenden Schenkel eine Einladung, sie zu erfüllen. Als seine Eichel den honigsüßen Eingang zu ihrer Möse fand, spannte er die Hinterbacken an, stieß forsch zu und ächzte beim Eindringen lustvoll auf. Melisende sperrte Augen und Mund auf, während sie keuchend und fast bewegungsunfähig unter ihm lag und er sie so heftig rammelte, dass jeder unbändige Stoß ihren ganzen Körper erschütterte. Seine Hände schlossen sich fest um ihre Gelenke, und Schweiß lief ihm von der Stirn, um auf ihren Hals und ihre wogenden Brüste zu tropfen.

Sein stampfender Leib hob Melisende Ruck für Ruck auf lichtere Höhen der Wollust, bis sie in ein kopfloses, bebendes Entzücken von solcher Unendlichkeit geriet, dass sie nicht einmal aufschreien konnte. Geräuschlos gelangte sie zum Höhepunkt, die Augen blind emporstarrend, die Zunge im offenen Mund zuckend. Robert ging im Reiz auf, sie zu reiten, war völlig vom saugenden Kuss ihres Geschlechts um seinen drängenden Schwanz vereinnahmt und merkte gar nicht, dass sie gekommen war. Seine Bewegungen wurden noch schneller, er grunzte bei jedem verzweifelten Stoß, und sein Körper hieb mit scharfem Klatschen auf ihren ein wie ein Leinenweber, der nassen Stoff auf den Steinen weich klopft. Melisende warf den Kopf hilflos von einer Seite zur anderen, war besessen von seiner Kraft, überwältigt von einem Zuviel an Lust, einer maßlosen Wonne, die sie am ganzen Leib zum Beben

brachte und das verschwommene Bild von Roberts Placke-
rei über ihr mit bläulichem Feuer säumte.

Eben, als sie es nicht mehr auszuhalten glaubte, rief er
laut ihren Namen, trieb sich so tief er konnte in sie hinein
und verausgabte sich schaudernd in ihr. Dann ließ er sich
nach vorn fallen, schlang die Arme um sie, vergrub das Gesicht in ihrem Hals, und der Schweiß auf den zitternden
Gliedmaßen der beiden vermischte sich.

Am nächsten Tag traf ein Bericht über eine sarazenische
Räuberbande ein, die in den nahe gelegenen Bergen ihr
Unwesen treibe. Auf der Burg ging es sofort wie in einem
Bienenstock zu. Melisende stand am Fenster des Rittersaals und verfolgte voll stummen Kummers, wie Robert
und Thibault mit einer Kolonne berittener und gehar-
nischter Soldaten im Gefolge aufbrachen.

Melisende fand, dass Sophia die Abwesenheit ihres Gemahls kaum zu Kenntnis nahm, so sehr war sie damit
beschäftigt, sich mit den jungen Männern der Garnison
zu vergnügen. Die Lüsternheit der Schwägerin ließ ihr die
eigene Einsamkeit nur noch elender erscheinen.

«Grämt Euch nicht, mein Lamm», flüsterte ihr Anna ein
paar Abende später zu, als sie in ihre Kammer zurück-
kehrten. «Bald wird er zurück sein, keine Angst, und Euch
umso mehr begehren, weil er fort war.»

«Und wenn er verletzt ist, was dann?», fragte Melisende
verzweifelt. «Möge die Jungfrau ihn beschützen, Anna, er
könnte sogar getötet werden. Genau in diesem Augenblick
könnte er schon tot daliegen.»

«Gott behüte», sagte Anna und bekreuzigte sich. «Klopft
auf Holz, Herrin, und betet, dass der Teufel Euch nicht gehört hat.»

Freilich kniete Melisende Tag für Tag im Gebet auf dem kalten Marmorboden der Kapelle und flehte die Heiligen an, ihr Robert heil zurückzubringen. Und nach weniger als einer Woche wurde sie erhört. Auf dem Dach des Torhauses schmetterte eine Trompete los, die Zugbrücke ratterte und krachte herab, und sie stürzte ans Fenster, um den Einzug der Kolonne zu sehen, Robert vorneweg, staubig, erschöpft, mit leeren Händen, aber die leuchtenden Augen nimmermüde auf der Suche nach ihr. Ihrer beider Blicke trafen einander, und die Liebe sprang wie ein Blitzstrahl über und knisterte vom heißen Funken der Lust.

Sie wussten nicht, dass Gerard hinter Robert ritt, und sahen nicht, wie der junge Soldat der Richtung von Roberts strahlendem Blick folgte, bis seine Augen die kleine Gestalt Melisendes fanden, die ihrem Liebhaber vom Burgfenster herab zulächelte.

«Sie sind vor uns davongelaufen», sagte Thibault angewidert, als sie bei einer eilig zugerichteten Mahlzeit zu Tafel saßen. «Wir kamen nie richtig an sie heran. Der Tag wird ihnen noch Leid tun, an dem ich sie zur Schlacht stelle. Und unterwegs haben sie zwei Bauernhöfe und eine Karawane geplündert. Dieses Land wird von Tag zu Tag gefährlicher.»

«Wir müssen Saladin schlagen», sagte Robert nüchtern. «Solange er lebt und sie gegen uns eint, sind wir zehn zu eins unterlegen.»

Melisende mochte diese düsteren Reden nicht. Das Hastige, Formlose der Tafelrunde hatte ihr Gelegenheit geboten, sich neben Robert zu setzen. Ihr fröstelte vor Enttäuschung, ihm nicht zeigen zu dürfen, wie sehr sie sich über seine Rückkehr freute, und sagte nun: «Erzähl mir, Bruder, wo du die Räuber gesucht hast.» Während sie sprach, legte sie eine Hand auf Roberts Schenkel, schob sie in seinen Schritt und rieb seinen Penis unter der wollenen Tunika.

Roberts Atem zischte zwischen zusammengebissenen Zähnen hervor, und seine große, auf der Tafel ruhende Hand ballte sich zur Faust. Melisende machte runde Augen zu Thibaults eifriger Schilderung der Einzelheiten des Feldzugs, und während sie zustimmende Laute von sich gab, wichste sie Robert unter dem Tafeltuch überaus fest und ausdauernd und ergötzte sich daran, seinen heißen, prallen Schwanz unter ihrer Berührung beben und einem Erguss entgegenzucken zu fühlen.

Als Thibault eine Atempause einlegte, lächelte Melisende und sagte freundlich: «Bestimmt erwischst du sie beim nächsten Mal, mein Bruder. Einstweilen –», sie ließ von Roberts krampfendem Penis ab, stand auf und klatschte sich Krumen von den Händen, «– werde ich in die Kapelle gehen und ein Dankgebet für deine wohlbehaltene Rückkunft sprechen.» Der glühende Blick, den sie Robert zuwarf, forderte ihn auf, ihr zu folgen.

Nach kurzem Alleinsein in der Kapelle glaubte sie schon fast, er werde nicht kommen. Vielleicht war es auch besser so, dachte sie. Wäre es nicht zu offensichtlich, wenn er gleich nach ihr verschwinden würde? Hatte irgendwer ihren Blickwechsel bemerkt?

Aber sie sehnte sich so verzweifelt nach ihm, dass sie händeringend auf den Marmorfliesen vor und zurück lief und im Stillen flehte, er möge zu ihr kommen. Und dann hörte sie seine Schritte auf den Stufen, das Klirren seines Schwertgehenks und seiner Sporen, und sie riss die Tür auf und warf sich ihm in die Arme.

«Ich hatte solche Angst», keuchte sie zwischen den Küssen. «Ich hatte solche Angst um dich.»

«Du böse kleine Hexe», knurrte Robert und nahm ihr Kinn in beide Hände. «Wie konntest du nur bei Tafel so was mit mir machen? Bist du verrückt? Jeder hätte es sehen können. Beinahe wäre ich gekommen, und was dann?»

«Dann hättest du deinen Samen vergeudet», sagte Melisende, lehnte sich schwelgerisch enthemmt in seinen Armen zurück und zupfte an der Schnürung ihres Seidenkleids. Als sich beide voneinander lösten, zog sie den Halsausschnitt auf, um ihre nackten Brüste zu zeigen. «Nimm mich, hier und jetzt, Robert.»

«In der Kapelle? Du gotteslästerliches Gör!», rief er aus. Er klang ehrlich empört, aber Melisende spürte den Druck seiner prallen Rute am Körper und wusste, dass er überredet werden wollte. Weshalb sollte er ihr sonst gefolgt sein? Sie machte sich von ihm frei, ging zum Altar und erklomm ihn. Obenauf setzte sie sich mit gespreizten Beinen hin und fing an, den schweren Saum ihres eng anliegenden Kleids aufzurollen, um ihre Waden, ihre Schenkel und zuletzt die üppigen Falten ihres feuchten Geschlechts zu enthüllen.

«Mein Gott», würgte Robert hervor. Er trat die Tür zu, durchquerte voll fiebriger Begierde den Raum und zerrte schon an seinen Kleidern. Als er sich auf sie stürzte, wehrte sie ihn ab, schob ihr Kleid wieder zurück und flüsterte: «Zieh dich aus, Robert. Ich will dich nackt.»

Er kämpfte mit den Schnüren seiner Tunika, schleuderte Schwert und Scheide in eine Ecke, riss sich das Hemd vom Leib und öffnete seine Beinlinge. Dann packte er sie, schlug ihr Kleid hoch und drängelte sich zwischen ihre schlanken Schenkel, während sie ihren Oberkörper reck-

te, sich hinten abstützte und ihm die Hüften lüstern ent-
gegenhob, um seinem leiblichen Schwert ihr Geschlecht
als Scheide darzubieten. Stöhnend versenkte er sich in sie,
füllte sie gänzlich aus und packte ihre Taille mit beiden
Händen, um sie tief stoßen zu können. Sie schlang die Beine um ihn, setzte die Fersen auf seine pumpenden Hinterbacken, fasste seinen Kopf bei den Haaren und zog seinen
Mund auf ihren, um ihr Stöhnen zu ersticken.

«Ja», keuchte Melisende, als Roberts heißer, draller
Schwanz in ihr wehes Geschlecht glitt. Welche Wonne,
dort endlich wieder den drängenden, pochenden Beweis
seiner Liebe zu ihr zu fühlen. «Ja, mein Fürst, ja. Schneller,
fester.»

Robert beugte sich über sie und zerrte ihren Ausschnitt
auf, um ihre weißen Schultern und bebenden Brüste zu
entblößen. Dann nahm er die flachen Kugeln in seine großen Hände und drückte fest zu, während er wieder und
wieder in Melisendes feuchte Scheide hineinfuhr. Seine
Pobacken dellten und spannten sich jedes Mal, wenn er
den massigen Schwengel in sie hineintrieb. Er ritt sie wie
der Hengst die Stute, brachte sie auf den Gipfel der Lust,
hielt sie dort fest, langte dann mit einer Hand zwischen
ihre weit gespreizten Schenkel und berührte ihre Klitoris,
mehr nicht. Ihr Körper bäumte sich auf, schnellte vom
kalten Stein hoch, krampfte in den Wehen einer irrsin-
nigen Erlösung, und als ihm das herrliche Gefühl ihrer
umschmiegenden Weichheit zu viel wurde, barst er mit
ekstatischem Aufschrei in ihr.

Keuchend lagen sie auf dem Altar. Melisende hob den
Kopf, um Roberts Lippen zu küssen, und warf einen be-
nommenen Blick hinter ihn.

Sie sah ihren Bruder in der offenen Tür stehen.

Schreiend riss sie sich von Robert los, während Thibault unter Wutgebrüll sein Schwert zog. Robert wirbelte herum, erschrak zu Tode, sah die glänzende Klinge herabsausen und machte einen Satz beiseite, um dem Hieb auszuweichen. Das Schwert schlug Funken auf dem Altarstein zwischen Melisendes geöffneten Schenkeln.

«Thibault, nein», kreischte Melisende. Sie sprang vom Altar und versuchte, ihrem Bruder in den Arm zu fallen, doch der schlug sie zu Boden und stürzte Robert hinterher.

Jetzt hatte Robert sein eigenes Schwert in der Hand und seine Beinlinge bis zur Taille hochgezogen. Er war weiß wie Pergament und die Farbe selbst aus seinen Lippen gewichen. «Herr», sagte er zurückweichend, «hört doch.»

«Hören? Ich habe dir lange genug beim Vögeln meiner verhurten Schwester zugehört», rief Thibault. «Du warst in jener Nacht bei ihr, nicht wahr, als Gerard euch hörte? In ihrem eigenen Bett, du Teufel», und außer sich vor Wut fiel er über Robert her.

Robert tat einen Schritt zurück und parierte Thibaults wüste Streiche. Zunächst unterließ er es zu kontern, aber Thibault war auf seinen Tod aus, und nach einer kurzen Weile setzten sich Roberts kämpferische Instinkte durch. Sein breites Schwert schnitt singend durch die Luft und klirrte auf Thibaults Klinge, und beide wirbelten in erbittertem Ringen durch den Raum, während sich Melisende, die Hände vorm Mund, an den Altar presste und nicht wagte einzuschreiten.

«Hündischer Verräter», zischte Thibault Robert ins Gesicht.

«Ich werde sie heiraten», sagte Robert verzweifelt.

«Gieriger, hündischer Verräter!», rief Thibault aus.

«Ich will nur sie, nicht ihre Mitgift.»

Dieser Beweis für Roberts selbstlose Liebe schien mehr, als Thibault ertragen konnte. Er kreischte: «Hurensohn», und zückte den Dolch an seiner Hüfte, um ihn Robert in die nackte Flanke zu bohren. Robert wich dem Stich aus, schlug Thibault dank einer geschickten Drehung die Waffe aus der Hand, und im nächsten Augenblick war Thibault auf den Knien und hatte Roberts Schwertspitze in der Halskuhle sitzen.

Stille trat ein. Melisende löste sich vom Altar und schaute in Roberts aschfahles Gesicht. Ihr Liebhaber zitterte von Kopf bis Fuß. Er warf Melisende einen kurzen Blick zu und fragte dann mit leiser, bebender Stimme: «Was in Gottes Namen sollen wir jetzt tun?»

«Verräter», zischte Thibault, «schlimmer als Judas. Du wirst dir noch wünschen, du hättest sie nie gesehen. Ich werde dich vor ihren Augen kastrieren lassen und aufhängen, bis die Krähen deine Leiche in Fetzen gehackt haben.»

«Thibault, halt den Mund», rief Melisende wütend. Ihre Gedanken überschlugen sich. Sie hob Thibaults Dolch vom Boden auf und schüttelte den Kopf, um wieder klar bei Sinnen zu werden.

Dann wusste sie, was zu tun war. Roberts Sturz war ihre Schuld, und sie musste dafür einstehen. Sie holte tief Luft, richtete sich auf und legte ihrem Bruder die Dolchklinge knapp unter seinem rechten Auge an die Wange.

«Zieh dich an, Robert», sagte sie so ruhig sie konnte. «Ich halte ihn in Schach.»

Robert zögerte. Melisende sah Thibault in die Augen, und Türkis traf auf Türkis. «Thibault», sagte sie, «eine Bewegung, ein Wort, und ich füge dir so böse Narben zu, dass dich kein Mann mehr ansieht, ohne zu erschrecken.»

«Miststück», sagte Thibault voll Galle. «Hure.» Aber er blieb regungslos. Melisende nickte Robert zu, der einen Augenblick später sein Schwert sinken ließ, zum wilden Durcheinander seiner Kleider eilte und anfing, sie sich überzustreifen.

«Thibault», sagte Melisende, «gib mir deine Börse.»

«Was?» Du –»

«Gib sie her!»

Ihre Stimme war ebenso nachdrücklich wie die kalte Dolchspitze in Thibaults Gesicht. Widerstrebend löste er den schweren Lederbeutel von seinem Gürtel und legte ihn in ihre Linke. Gedankenvoll wog sie den Beutel und warf ihn dann Robert zu, der ihn auffing. Er war jetzt vollständig bekleidet, hatte sich das Schwert um die schlanke Taille geschnallt und die muskulösen Waden in seinen Schaftstiefeln stecken. Melisende konnte seinen Anblick kaum verkraften. Sie stand im Begriff, ihn für immer zu verlieren.

«Also dann, Robert», sagte sie, «nimm ein Pferd und reite los. Komm nicht zurück.»

Er tat einen Schritt auf sie zu. «Melisende, nein.»

«Du musst», drängte sie. «Wenn du bleibst, wird er dich töten. Du weißt, dass es stimmt. Mich wird er am Leben lassen, ich bin seine Schwester. Ich will nicht, dass du für mich stirbst. Bitte, Robert. Wenn du mich liebst, geh.»

«Ich laufe nicht davon», sagte Robert störrisch. «Es ist ebenso meine Schuld wie deine.»

Melisende blickte zu seinen Augen auf. Sie kämpfte gegen das Schluchzen. Thibault kniete, ganz gefahrvolles Schweigen, zu ihren Füßen und beobachtete Robert aus

Pupillen, die meergrün vor Hass und vereiteltem Begehren waren. «Für seine Herzensdame tut ein Ritter alles», sagte sie. «Als die deine flehe ich dich an, Robert, geh jetzt fort und lebe!»

Robert verneigte den Kopf. Als er ihn wieder hob, flimmerten seine Augen von unvergossenen Tränen. «Ich werde zu dir zurückkehren», flüsterte er. «Holde mein, ich schwöre. Ich werde dich nicht im Stich lassen.»

«In dem Fall», stieß Thibault zwischen zusammengebissenen Zähnen hervor, «lass ich deinen Kopf aufspießen und in der Sonne schmoren, und dein Arsch kriegt meinen Schwanz zu spüren, bevor du stirbst, du –»

«Thibault, schweig!» Melisende straffte die Wange ihres Bruders mit dem Dolch, bis seine scharfe Spitze etwas in die Haut eindrang und ein paar Blutstropfen hervorquollen. Thibault kniff die Lider zu, schürzte die Lippen und sagte nichts weiter.

Sie wagten nicht, sich zu küssen, solange Thibault wie eine Spinne zu Melisendes Füßen hockte. Robert streckte eine Hand aus, um bebenden Gesichts ihr Haar zu berühren, und sie streifte mit den Lippen den Saum seines Ärmels. Dann drehte er sich um und stürzte aus der Kapelle, und sie lauschte dem abklingenden Geräusch seiner Schritte, die für immer von ihr gingen. Ihr Geschlecht brannte noch immer vom Nachgeschmack seiner Liebeskunst, und sein Samen floss ihr als träges Rinnsal die Schenkel hinunter.

Bald darauf erschallten unten auf dem Kopfsteinpflaster des Burghofs die Hufschläge eines Pferds, der Wächter rief: «Tor auf für den Vogt», und das Pferd verfiel in Galopp und stürmte wiehernd von dannen.

Robert war in Sicherheit. Melisende sah zu Thibault hinunter und begegnete seinem kalten, wütenden Blick. Sie holte tief Luft und trat zurück.

«Mach mit mir, was du willst», sagte sie zu ihrem Bruder. «Ich bin bereit.»

Siebentes Kapitel

Die goldbraunen Sommersprossen flammten in Thibaults weißem Gesicht. Selbst seine Lippen waren blass vor Wut. Er riss Melisende den Dolch aus der Hand, und kurze Zeit lang glaubte sie wirklich, er werde sie umbringen, ihr die Klinge tief in die Brust stoßen und unter Gelächter zusehen, wie sie röchelnd verenden würde, ungeachtet ihrer tapferen Worte an Robert. Doch dann bleckte er die Zähne, packte sie bei den Haaren und zerrte sie zu seinen Füßen auf die Knie.

«Schwester, das wirst du bereuen», sagte er mit so leiser Stimme, dass Melisende ein Schauer über den Rücken fuhr und es ihr einen furchtbaren Stich versetzte. «Bei den Pfeilen im Fleisch des heiligen Sebastian leiste ich meinen Schwur. Dir soll es Leid tun, zwischen mich und meinen Vogt gegangen zu sein.»

Sie versuchte, ihm ins Gesicht zu schauen, doch er knurrte wütend und riss ihren Kopf derart roh auf die Seite, dass sie vor Schmerz aufkeuchte. Ohne noch ein Wort zu verlieren, machte er große Schritte über den Marmorboden der Kapelle und zerrte sie hinter sich her. Den ganzen Weg die breite Steintreppe hinunter ließ er ihr keine Möglichkeit, Tritt zu fassen, und sie sträubte sich und strauchelte, stieß sich Hände und Knie blutig und biss die Zähne zusammen, um keine Träne zu verlieren. Sie wollte um Robert Tränen des Verlusts, der Liebe und des Verlangens vergießen. Aber sie wusste, wenn er sie weinen sähe, würde Thibault glauben, sie fürchte ihn, und obwohl sie

Angst hatte, war sie fest entschlossen, ihn nichts merken zu lassen.

An der Tür zum Saal brüllte Thibault: «Aufmachen», und sofort flog die Tür weit auf. Die Wachen schauten erstaunt zu, wie ihr Herr seine Schwester bei den Haaren in die Mitte des Rittersaals zerrte und zu Boden schleuderte.

Sophia erhob sich geschmeidig wie eine Katze von ihrer Stickerei. Ihre schwarzen Augen glitzerten. Als Melisende zu ihr hochblickte, sah sie ein dunkles Gesicht von unergründlicher Kälte und ihre rote Zunge zwischen den weißen Zähnen glänzen. Sophia erwiderte kurz Melisendes Blick und schaute dann auf ihren Mann. «Was ist geschehen?»

Thibault entfuhr rasselnd der Atem. Lange Augenblicke verstrichen, ehe er antworten konnte. Schließlich sagte er mit fuchsteufelswildem Unterton: «Meine jungfräuliche kleine Schwester hat Robert verführt. Er ist aus der Burg geflohen.»

Sophia kniff die schwarzen Brauen über ihren scharfen Habichtsaugen zusammen. «Robert ist fort?», wiederholte sie beinahe zaghaft.

«Und er tut gut daran», sagte Thibault. «Ich habe sie in der Kapelle gefunden, auf dem Altar, also erlaube mal –»

«Auf dem Altar?» Sophia machte große Augen.

«Wie eine Hure hat sie ihn auf dem Altar genommen», sagte Thibault mit gerümpfter Nase, als wittere er einen üblen Gestank. «Er floh, bevor ich ihn töten konnte.»

Melisende riss es aus ihrem wachsamen Schweigen. «Er hat dein Leben verschont», versetzte sie scharf. «Er hätte dich töten können. Du warst ihm auf Gedeih und Verderb ausgeliefert –»

Thibault schnellte herum und schlug ihr ins Gesicht. Sie

prallte zurück, hielt sich mit einer Hand die Wange und zitterte vor Erschütterung.

«Was soll ich mit ihr machen?», wandte sich Thibault an Sophia. Er schnaufte, als wäre er um die Wette gerannt. «Was soll ihre Strafe sein?»

«Wo ist Robert?», fragte Sophia, die blassen Wangen gerötet.

«Geflohen», erwiderte Thibault knapp. «In die Wüste geritten.»

Stille trat ein. Sophias Mund wurde schmal und blass vor Zorn, dann nagte sie an ihrer Unterlippe, bis diese rot angeschwollen war. «Du hast sie geradewegs hierher gebracht?», begehrte sie zuletzt zu wissen und trat einen Schritt vor. «Sofort nach dieser Ausschweifung?»

Thibault nickte, und Sophia öffnete Lippen, die so feucht und begierig waren, als liege sie in den Wehen geschlechtlicher Erregung. Einer der erstaunten Wachen rief sie zu: «Turold, stell den Marterpfahl auf. Jetzt gleich.»

Die Wache beeilte sich, Folge zu leisten, und Melisende duckte sich zitternd zu Thibaults Füßen und verfolgte mit ängstlicher Sorge, wie der Pfahl in seinen Sockel gelassen wurde. Auch Thibault sah zu, schweigend und eine Hand vorm Mund. Einen Augenblick später fragte er mit dünner Stimme: «Was hast du vor, Sophia?»

Sophias dunkle Augen wurden eng, als argwöhne sie, Thibault könnte sie ihres Vergnügens berauben. «Wirst du schon sehen», sagte sie und rief dann der anderen Wache zu: «Guillaume, ergreife das Fräulein Melisende und binde sie an den Pfahl.»

Die Wache, ein junger blonder Krieger mit breiten, massigen Schultern und goldenem Flaum auf Unterarmen und Handrücken, schaute erschrocken und unschlüssig drein. «Das Fräulein Melisende?», wiederholte er und warf Thibault einen flüchtigen Blick zu, als suche er um Erlaubnis nach.

«Gehorche deiner Herrin, Tölpel», schnauzte Thibault, und seine Hand zuckte wie zum Schlag bereit. Guillaume fuhr zusammen und eilte an die Stelle, wo Melisende auf dem Boden kniete. Er mied ihren Blick, als er die Hand nach ihr ausstreckte.

«Hände weg von mir», rief Melisende, erbost, dass dieser gemeine Soldat es wagen sollte, sie zu berühren. Ihre stolze Entrüstung fiel so scharf aus, dass Guillaumes Hand zurückschreckte, als hätte sie hineingebissen.

«Guillaume, du Narr!», rief Sophia aus. «Hast du nicht gehört? Die Schwester deines Herrn ist eine Hure. Tu, wie dir befohlen, oder ich lasse dich auspeitschen.»

Die Männer von Montjoie fürchteten Sophia beinahe so sehr wie ihren Herrn. Guillaume beugte sich erneut vor, bekam Melisendes Handgelenke zu fassen und zog sie vom Boden hoch. Machtlos sträubte sich Melisende gegen den kräftigen Griff des Soldaten. Er schleppte sie quer durch den Raum zum Marterpfahl, der sich massiv wie ein Baumstamm erhob. Als er ihre Handgelenke emporzerrte, um sie an den obersten Ring zu fesseln, fiel Melisende ihr Traum ein, in dem sie hilflos und im Stich gelassen am Pfahl hing, während Thibault, Sophia und Robert einander vor ihren Augen besprangen. Der Kummer über den Verlust Roberts drohte sie zu überwältigen, und sie ballte die gefesselten Hände zu Fäusten und kniff die Augen zu, um die Tränen zu verbergen.

«Was wirst du tun?», verlangte Thibault zu wissen. Melisende fröstelte plötzlich vor Furcht und schlug die Augen auf.

«Gib mir deinen Dolch», sagte Sophia und hielt die Hand auf.

Thibault zögerte. «Hör mal», sagte er mit einer Stimme, die zum ersten Mal unsicher klang. «Was du auch vorhast, Sophia, verunstalte sie nicht. Sie kann uns noch immer einen guten Preis bringen –»

Also wollte er sie nicht umbringen. Schlagartig wurde Melisende von Erleichterung erfüllt und straffte den Rücken in hochmütigem Trotz. Er wagte es nicht, sie zu töten oder auch nur zu verletzen, sondern wollte sie wie eine Kriegsbeute an den Höchstbietenden verkaufen. Er war ein Feigling, trotz seiner markigen Reden. Sie warf den Kopf zurück, und die Verachtung stärkte ihr den Mut.

«Hältst du mich für närrisch?», herrschte Sophia. «Gib mir deinen Dolch.»

Thibault legte das scharfe, schmale Messer in die dunkle Hand seiner Frau. Das Gesicht starr vor Hass, trat sie auf Melisende zu. Melisende versteifte sich, als die glänzende Klinge näher kam. Sophia hob den Dolch und setzte ihn oben an Melisendes Kleid an, wo die gelösten Schnüre die Schwellung ihrer kleinen Brüste preisgaben. Sie schnitt die Seide durch, zerschlitzte den dünnen Stoff, zerriss ihn, bis er in Fetzen von Melisendes schlanken Gliedern fiel und sie nackt zurückblieb.

Melisende schloss kurz die Augen, öffnete sie wieder und sah Sophia ins Gesicht. Sie spürte, wie die Wachen sie mit heißen, lusterfüllten Blicken anstarrten. Ihr war klar, dass sie beschämt sein müsste, und doch war sie es nicht. Das Wissen um die eigene Schönheit und um das Verlangen der Männer durchflutete sie. Freudebebend fühlte sie deren Sehnsucht.

Auch Sophia betrachtete sie mit Augen, die von Lust

glühten. Melisende erschauerte plötzlich vor Abscheu, als fröstelten ihre Haut und ihr Fleisch unter Sophias sengendem Blick. Zitternd wich sie zurück und drückte sich an den Pfahl.

«Sophia», sagte Thibault gedämpft, «zum letzten Mal, was hast du vor?»

Danke, Bruder, dachte Melisende. Sophia richtete ihren Blick auf Thibault, zeigte ihm die Zähne und antwortete leise: «Wie du weißt, mein Gemahl, habe ich deinen Vogt nicht minder als du begehrt. Wahrscheinlich ist dies die einzige Gelegenheit, die ich je haben werde, seinen Samen zu schmecken. Du hältst es hoffentlich nicht für angebracht, mich daran zu hindern.»

Erst runzelte Thibault die Stirn, doch dann klärte sich seine Miene. Er warf den Kopf in den Nacken und lachte. «Das ist alles? Sei mein Gast.»

«Danke», spöttelte Sophia aalglatt. Sie trat vor, schob die Hand zwischen Melisendes Beine und spürte die warme Feuchtigkeit. Als sie ihre Hand zurückzog, roch sie an ihr und streckte die Zunge heraus, um sich auf Probe die Finger zu lecken. Thibault versteifte sich, holte tief Atem, und sein überraschtes Gesicht wies Anzeichen unwillkürlicher Erregung auf. Sophia lächelte ihm zu und sagte: «Süß und salzig, Gemahl. Und ob er hier war.»

Ohne noch ein Wort zu verlieren, fiel sie auf die Knie, legte Hand an Melisendes Schenkel und zerrte sie auseinander. Melisende versuchte sich zu widersetzen. Der Gedanke, Sophia würde ihr das letzte Geschenk nehmen, das Robert hinterlassen hatte, war unerträglich. Aber Sophias schmächtige Hände waren drahtig und kräftig, und bald hatte sie Melisendes schmerzende Beine gespreizt und starrte auf die glänzenden Spuren von Roberts Samen, der inwendig in trägen Tropfen das weiche weiße Fleisch hinunterrann.

«Ein großzügiges Opfer», flüsterte sie. «Welch gläubiger Überschwang eines Kreuzritters. Gott sei mein Zeuge, wie sehr ich mir Trunk aus der Quelle solcher Mildtätigkeit ersehnt hätte.»

Ganz langsam beugte sie sich vor und streckte die lange, dunkle Zunge heraus. Einen Augenblick zögerte sie noch, um dann die Spitze behutsam auf die glatte Haut zu tupfen, gemächlich an Melisendes Schenkelinnenseite emporzuschlecken und Roberts zähflüssige Samentropfen nach und nach in den hungrigen Mund zu schlürfen.

Melisende schloss die Augen und keuchte erschüttert. Sie hasste Sophia, hasste ihren Bruder, wie konnte es also sein, dass ihr die Liebkosung durch Sophias kräftige Zunge Wollust bereitete? Wie konnte ihr Körper sie so verraten und Lust aus dem ziehen, was ihr aufgezwungen wurde? Dennoch, während Sophias warme, feuchte Zunge mit sinnlicher Ruhe die zarte Haut ihres Schenkels hinaufleckte und allmählich der Stelle näher kam, die noch immer von der Erinnerung an Roberts Manneskraft pochte und zitterte, sah sich Melisende versteift und bebend vor lustvoller Verheißung.

«Nein», widersprach sie ohnmächtig. Es war Verrat an Roberts Liebe, vor Wonne zu stöhnen, während sein flüssiges Geschenk von ihr abgeleckt wurde. «Nein, nein.» Sie versuchte zu entfliehen, die zuckenden Hüften Sophias tastender Zunge zu entwinden, doch deren schmächtige Hände hielten sie fest.

«Bitte ...», stöhnte sie vor Scham, so rasch Sophias Züchtigung zu unterliegen. Sophia scherte das keinen Deut. Vielmehr griff sie noch fester zu, löste Melisendes weiße

Pobacken mit einem Ruck vom Pfahl, zog ihr Becken nach vorne und stellte ihre Lenden aus, bis die von befriedigter Begierde gewölbten und von Säften schimmernden Falten ihres Geschlechts offen bloßlagen.

«Ah», hauchte Sophia, «dort ist die Quelle, von der ich trinken will.» Dem Sträuben ihres Opfers gegenüber gleichgültig, blind für seinen hilflos gekrümmten Rücken und das fruchtlose Gezerre an seinen gefesselten Handgelenken, taub für sein Stöhnen, pflanzte sie die schmalen sinnlichen Lippen auf den schimmernden Hügel zwischen Melisendes Beinen.

Sophias erfahrene Zunge folgte dem Pfad durch die feuchten, geschwollenen Falten ihres Fleisches, verschmähte den keimenden Spross ihrer Klitoris und drängelte sich tief in Melisendes Vagina. Zuckend und bebend rieb ihre Zungenspitze die satinierten Wände dieses engen Tunnels ab, sammelte die wohl schmeckenden Salzfäden von Roberts Samen und führte sie ihrem erwartungsvoll klaffenden Mund zu.

Melisende schrie gequält von Lust und Bestürzung auf. Nicht viel fehlte, und man hätte glauben können, Sophias langer, entschlossener Muskel würde sich noch in ihre Gebärmutter schlängeln und dort schnalzen, lecken und saugen, bis der letzte Tropfen Feuchtigkeit in ihrem Körper aufgezehrt wäre und sie ausgedörrt und atemlos zurückbliebe. Sie wollte sich weismachen, dass gar nichts geschehe, doch jede Faser ihres Körpers wurde von himmlischen Reizen zum Singen gebracht, ein sehnsüchtiges Flehen, es möge nie aufhören, möge weitergehen, weiter, immer weiter. Ungewollt fingen Melisendes gerundete Lenden an, sich zu wiegen, sich wie die Wellen des Meeres zu heben und gegen Sophias suchenden Mund zu schlagen. Sie drückte ihre Klitoris auf Sophias Lippen und stöhnte vor ruchloser Wonne.

Bevor sie aber den Höhepunkt erreichen konnte und doch schon so unerträglich erregt war, dass sie glaubte, sterben zu müssen, ließ Sophia von ihr ab. Sie stand auf, ging zu Thibault und öffnete die aufgeworfenen Lippen. Einen Augenblick lang starrte Thibault auf sie hinunter, als sei er mit sich uneins, halb angeekelt und halb erregt. Dann fluchte er und drückte seine Lippen auf die seiner Frau, erforschte mit der Zunge ihren Mund, wie sie Melisendes Geschlecht erforscht hatte, und teilte mit ihr den erlesenen Genuss an Roberts Samen.

Der Geschmack schien ihn verrückt zu machen. Er löste seine Lippen von denen Sophias und stolzierte, den glänzenden Mund von Zorn verzerrt, auf Melisende zu. «Jesus im Himmel», murmelte er, «ich sollte sie selbst nehmen, das wäre angemessene Strafe für sie.»

Melisende schrak zurück und bemühte sich, ihr Entsetzen zu verbergen. Einen Augenblick lang stand Thibault als bösartiges Spiegelbild der eigenen Schönheit vor ihr und starrte ihr in die Augen. Dann fletschte er die Zähne und wandte sich ab. «Nein», sagte er mit heftiger Handbewegung. «Nicht weil sie meine Schwester, sondern weil sie eine Frau ist. Ich tu's nicht. Ich kann's nicht.»

«Es wäre doch eine taugliche Strafe», sagte Sophia ölig. «Sie hat mit ihrer Muschi gefehlt. Warum sie nicht durch ihre Muschi läutern?»

Thibault richtete strahlende Augen auf seine Frau. «Was schwebt dir vor?», fragte er leise.

«Nun», sagte Sophia lächelnd, «bekanntlich wollen wir ihre Mitgift an unseren Gläubiger in Antiochia schicken. Warum nicht auch sie?»

Langsam legte Thibault eine Hand vor den Mund. «Sie nach Antiochia schicken? Wieso?»

«Als ein Geschenk», erläuterte Sophia. Sie warf einen abschätzigen Blick auf Melisende. «Seit langem wünschst du dir für uns die besondere Gunst von Fayed. Würde sich das Geschenk einer Frau, und dazu einer so schönen, hellhäutigen und rothaarigen Frau, nicht bestens eignen, ihn dir gewogen zu machen?» Sie lächelte zu Thibaults Gesicht empor. «Wenn ich mich recht entsinne», sagte sie sanft, «war er einst dein Liebhaber. Eine Frau von deinem Aussehen – welch zartfühlend gewähltes Andenken das wäre.»

Melisende verschlug es entsetzt den Atem. Sophia sprach davon, sie zu verschicken – zu *verschenken*, und das als Sklavin an einen sarazenischen Geldverleiher. Es konnte einfach nicht wahr sein. Sie starrte ihren Bruder an, wartete auf sein Gelächter, seinen Spott, ein Anzeichen in seiner Miene, dass alles nur ein gemeiner Scherz sei.

Doch Thibault legte die Stirn in ernste und gedankenschwere Falten. «Eine solches Geschenk würde er allerdings zu schätzen wissen», sagte er. «Aber – meine Schwester.»

«Er muss ja nicht wissen, dass sie deine Schwester ist.»

«Sie hat Arabisch gelernt», wandte Thibault ein. «Und sie hat eine Zunge.»

«Dann ist die Sklavin, die du ihm geschickt hast, ein verwirrtes, einfältiges Geschöpf», Sophia lächelte, «das sich wegen ihrer merkwürdigen Ähnlichkeit mit dir eingeredet hat, deine seit langem verschollene Schwester zu sein. Eine arme Irre.» Sie sah Melisende mit derart frostigen Augen an, dass sich ihr die Haut zu schälen schien. «Andernfalls», schlug sie vor, «könntest du ihre Zunge entfernen, bevor sie auf die Reise geht. Ich habe allerdings das Gefühl, Fayed könnte ihrer Zunge bedürfen.»

Melisende war so still, als hätte man ihr die Zunge bereits herausgeschnitten. Sie starrte Thibault mit verzweifelter Hoffnung an. Er war ihr Bruder. Gewiss waren ihm doch solche Vorschläge unerträglich. Er hatte gefälligst darüber zu höhnen, Sophia der Verrücktheit zu bezichtigen, eine schlichte Peitsche in die Hand zu nehmen und Melisende auf eine Art zu bestrafen, die nun über die Maßen erstrebenswert schien.

Thibault nickte. «Seinen Schwanz hat er jede Nacht im Mund irgendeiner Sklavin», pflichtete er bei, schaute aber noch immer düster drein. Schließlich sagte er langsam: «Sophia, dein Vorschlag hat viel für sich. Nur habe ich bei meinem letzten Treffen mit Fayed, glaube ich – nein, ich bin mir sicher, Pockenmale an ihm gesehen zu haben.»

Sophia warf den dunklen Kopf in den Nacken. «Mein Gemahl, verlierst du den Mut? Welche Strafe wäre zu schwer für eine Hure, die dir den Mann geraubt hat, auf den du am meisten Wert gelegt hast?»

Schweigen trat ein. Thibaults hochmütiges Gesicht straffte sich, und an seinem Kiefer zuckte ein Muskel und höhlte ihm die Wange. «Du hast Recht», sagte er zuletzt. «Bei Gott, du hast Recht.» Er richtete sich auf und hob das Kinn. «Wir schicken sie Fayed als Geschenk. Ich werde ihm sagen, dass sie meine Schwester ist. Das wenigstens wird sie ihm wertvoll machen. Zehn Jahre schon fleht er mich an, ihm erneut meine Gunst zu gewähren.»

«Nein», Melisende fand endlich ihre Stimme wieder. Jetzt zerrte sie hilflos an den Fesseln um ihre Handgelenke. «Nein, Thibault, nein! Deine Schwester einem pockenverseuchten Geldverleiher schenken? Wie kannst du nur?»

Mit einem Mal machte Thibault große Schritte durch den Raum, packte ihr Kinn und brachte sie zum Verstummen. Sein Blick bohrte sich ihr in die Augen, und er bleckte die Zähne. «Ich werde dich verschenken, *Schwester*, und zwar frohen Herzens», zischte er. «Ich weiß, wer von euch beiden die Schuld trägt. Du hast Robert verführt, du Hure mit dem Gesicht eins Engels. Er war zu unschuldig, um dir zu widerstehen –»

«Du wolltest ihn für dich haben», rief Melisende in ohnmächtiger Wut. «Du bist eifersüchtig, weil er mich geliebt hat und nicht dich!»

Thibault ließ mit solcher Gewalt von ihrem Kinn ab, dass sie aufkeuchte. Er wandte sich Sophia zu und sagte mit leiser Stimme: «Gerard hat mich gewarnt, weißt du.»

«Hat er das?», fragte Sophia gleichmäßig.

«Er riet mir, diesem *Ding* nicht zu vertrauen.» Thibault wies mit unendlicher Geringschätzung auf Melisende. «Und ich habe ihm nicht geglaubt.»

Sophia lächelte leichthin. «Mach es wieder gut. Soll er sie stoßen.»

Thibaults türkisfarbene Augen wurden sehr groß und Sophias träges Lächeln breiter. «Du weißt, dass er sie auf den ersten Blick begehrt hat», sagte sie. «Ruf ihn her. Ruf noch einen für dich, und Guillaume hier soll mich bei Laune halten. Wir werden zusehen, wie Gerard deine Schwester vögelt. Denk bloß, wie sie erst quieken wird, wenn sie seinen Riesenschwanz in sich spürt.»

Thibaults Nasenlöcher wurden weiß vor Erregung. «Da hab ich mehr zu bieten», sagte er. «Ich besorg zwei von der Sorte, die sie rannehmen.» Flott marschierte er durch den Raum und gewährte Melisendes Augen ein gemeines Grinsen. «Ist dein hübscher Arsch noch jungfräulich,

Schwester?», fragte er herrisch. «Oder hielt Robert es für angebracht, dich auch dort zu nehmen?»

Zitternd und schweigend stand Melisende da. Dann spuckte sie ihrem Bruder ins Gesicht.

Diesmal schlug Thibault so heftig zu, dass ihr Kopf zur Seite flog. Er wandte sich von ihr ab und stolzierte zur Tür, um seine Männer zu rufen. Dann kehrte er zu seinem thronartigen Sessel zurück, setzte sich, und Sophia gesellte sich dazu.

Melisende schloss die Augen und biss sich auf die Lippen. Sie war wehrlos, wie eine Sklavin an den Pfahl gefesselt, unfähig, sich zu schützen oder auch nur zu bedecken. Wie könnte sie es ertragen, sollten die Soldaten ihres Bruders sich gegen ihren Willen ihres Körpers bemächtigen?

Doch während sie über das Bevorstehende grübelte, merkte sie, wie sich ihre Brustwarzen versteiften und ihr Geschlecht anfing, seine süßen Säfte auszuschwitzen. Sie dachte daran, wie Thibault sich Lust an Gerard verschafft hatte, wie schön Gerards Körper gewesen war, wie prachtvoll die schimmernde Säule seines Ständers von seinen schlanken Hüften abgestanden hatte. Sein Aussehen hatte ihr sofort gefallen, und nun sollte er sie nehmen, seinen massigen Schwanz tief in sie hineinstoßen und sich in ihrem bebenden Fleisch vor- und zurückarbeiten, bis er auf dem Höhepunkt keuchend erschauern würde. Sie fühlte sich schuldig und untreu, als sie sich dabei ertappte, Gerards Glied mit dem von Robert zu vergleichen. Das von Gerard war länger und draller. Sehnsüchtig hoffte sie auf das Gefühl, solch eine riesige Waffe in sich aufzunehmen und gedehnt, gänzlich ausgefüllt, verschlungen, geschändet zu werden.

«Mein Herr – Jesus Christus!» Gerards Stimme war es,

erst anstellig und förmlich, dann schrill vor Bestürzung. Melisende hob die Lider und sah Gerard auf der Schwelle stehen und sie staunend anstarren, doch seine dunklen Augen bargen eindeutig ungläubige Lust.

«Gerard», sagte Thibault, «ich muss dich um Entschuldigung bitten. Du hast angedeutet, meine Schwester sei eine Hure, und wiewohl ich dich dafür bestraft habe, muss ich dir nun zustimmen.» Er wies mit träger Geste in Richtung Melisendes, nackt an den Marterpfahl gefesselt, die schlanken Arme über dem Kopf, die flachen Brüste gestrafft und von raschen Atemstößen wogend, Schenkel und Geschlecht von Lüsternheit schimmernd. «Nun», er lächelte, «gestatte mir, dir als Wiedergutmachung das Vergnügen an ihrem Körper anzubieten.»

«Herr?» Gerards Stimme klang wachsam, als fürchte er eine List.

«Nimm sie», sagte Sophia freundlich. «Sie ist keine Jungfrau, sondern ein brünstiges Flittchen. Mach sie dir untertan: Stoß deinen herrlichen Schwengel in sie hinein und nagel sie, bis sie schreit.»

«Falls du es vorziehst», Thibault gab den Hinweis mit hintergründigem Lächeln, «ihr den Arsch zu stopfen, sei dir das selbstredend vergönnt. Ich glaube bald, dieser besondere Pfad blieb bislang unbetreten. Aber du musst bereit sein, sie zu teilen, Gerard. Ich habe auch nach Raoul geschickt, und es ist mein Wunsch, dass ihr sie beide zugleich nehmt.»

Wie aufs Stichwort erschien Raoul in der Tür. Der Eifer in seiner Miene verriet, dass er den Grund für seine Einbestellung bereits erfahren hatte. Zügig ging er hinüber zu Gerard und fragte: «Welches Loch wäre dir lieber, Gerard? Wenn es dir einerlei ist, nehme ich ihren Mund.»

Melisende fröstelte, als würden eisige Finger über ihre nackte Haut streichen. Die Nackenhaare standen ihr zu Berge, und ihre Brustwarzen zogen sich zusammen, bis es schmerzte. Wie konnten sie von ihr reden, als wäre sie eine Sklavin oder, schlimmer noch, ein empfindungsloser Gegenstand? Sie zerrte hilflos an ihren Eisenschellen und schürfte die zarte Haut rings um die Handgelenke auf. Entsetzlich war das Wissen, dass sie nicht aus Angst davor zitterte, was die beiden mit ihr tun würden, sondern aus einer ekelhaften Gewissheit, sie würde es genießen und damit Roberts Liebe zu ihr verraten.

Die ganze Zeit über hatte Gerard schweigend dagestanden, die Lippen zu einem Strich verkniffen. Es schien beinahe, als sei er der Rede beraubt. Als er schließlich sprach, geschah es mit leiser, gepresster Stimme. «Ihretwegen bin ich bestraft worden», sagte er, Schritt für Schritt vortretend und die braunen Augen eines Spaniels auf Melisendes blasses Gesicht geheftet. «Geschlagen, genommen, gedemütigt, und alles ihretwegen.»

«Ich wollte Euch kein Leid antun», begehrte Melisende auf, sah aber mitten im Satz ein, dass es hoffnungslos war. Gerard redete nicht mit ihr, sondern über sie, und aus seinen verhärteten Zügen leuchteten Begierde und Rachlust. Er schien sie gar nicht zu hören. Mit plötzlicher Entschlossenheit durchquerte er den Raum und zog sein Schwert. Melisende versteifte sich, aber Gerard holte nicht zum Hieb aus. Er packte Melisende bei der Hüfte und drehte sie herum, bis ihr Gesicht dem Pfahl zugewandt war und ihre schlanken runden Pobacken sich den Zuschauern darboten. Sie wollte sich zurückdrehen, aber er hielt sie fest. Dann zog er ihr ohne ein weiteres Wort die Breitseite seines Schwerts über den Hintern.

Melisende kreischte vor Schmerz und Schreck. Die Klinge war eiskalt und härter als das Paddel, mit dem ihre Amme sie als Kind versohlt hatte. Sie klammerte sich eng an den Pfahl und versuchte, den Hieben auszuweichen, die auf ihren blanken Po niederprasselten. Das Hartholz drückte auf ihre Brüste, ihren Bauch, ihren Liebeshügel. Ein weiterer Hieb klatschte auf ihren Po, und unter Stöhnen schmiegte sie sich noch enger an den Pfahl. Ihre Schenkel spreizten sich, und während Gerard unablässig auf sie eindrosch, breitete sich in ihren Arschbacken allmählich eine angenehme Hitze aus, wenn es auch weiterhin stechend schmerzte. Wimmernd rieb sie sich am Pfahl, und während das harte Holz ihre zarten Lippen scheuerte, fing die Lust an, durch ihr Geschlecht zu sickern.

«Jesus», rief Gerard aus und hielt auf einmal inne. «Schaut, wie sie sich reibt. Sie ist wirklich eine Hure.»

Er schnallte sein Schwert ab, legte es beiseite und langte dann über Melisendes Kopf nach den Schellen, um ihre Hände daraus zu befreien. Sie keuchte erleichtert auf, nur um aufzuschreien, als Gerard sie durch den halben Raum zerrte und vor den hohen Lehnsesseln, von denen Thibault und Sophia aus zuschauten, auf die Knie stieß.

Was würde er mit ihr anstellen? Eigentlich hätte sie Widerstand leisten, sich sträuben, Einspruch erheben müssen, aber sie dachte an seinen Körper zurück. Sie war fiebrig erregt und der Gedanke, wie er in sie eindringen würde, unwiderstehlich.

«Mein Herr wünscht, unterhalten zu werden», sagte Gerard, hob seine Kettentunika und fummelte an seiner Strumpfhose. «Ihr, meine verhurte Herrin, sollt ihn unterhalten. Macht den Mund auf.» Er zog seinen strammen Schwanz hervor und hielt ihn Melisende ins Gesicht.

Der hitzige Geruch seiner Männlichkeit beleidigte ihre Sinne. Sie schloss die Augen und versuchte, den scharlachroten Speer vor ihren Lippen gar nicht wahrzunehmen. Doch Gerard bekam ihr Haar zu fassen, befreite es von der einzigen zurückgebliebenen Elfenbeinnadel, sodass es ihr über die Schultern fiel. Er zog daran, bis sie vor Schmerz aufstöhnte. Als sich ihre vollen Lippen öffneten, stieß er seinen Schwanz dazwischen.

Er war so dick, dass Melisende ihn kaum lutschen konnte. Ihre Lippen waren weit gedehnt, und fast musste sie würgen, als er ihr seine geschwollene, glotzäugige Eichel bis ganz hinten in den Rachen schob. Doch es war ein lustvoller, delikater Reiz, und kaum dass der feiste Schwengel langsam vor und zurück glitt, stöhnte sie vor Genuss statt Abscheu.

«He», wurde Raouls Stimme laut, «heißt das, ich kriege ihre –»

«Nein», sagte Gerard schleunig, zog die gewaltige Eichel aus ihrem Mund hervor und ließ Melisende keuchend vor roher Erregtheit zurück. Sie blickte zu den beiden Thronsesseln hoch und sah, dass Sophia und Thibault ihre Zuschauerrolle nicht mehr vergnüglich genug fanden. Ein junger Soldat mit haselnussbraunen Haaren kniete vor Thibault, blies ihm emsig einen und liebkoste seine Eier. Thibault knurrte hingebungsvoll, während er die Bestrafung seiner Schwester verfolgte und in den weit geöffneten Mund des Jünglings hineinstieß. Sophia hatte Guillaume auf ihren Thron gesetzt, und ließ sich gerade auf ihm nieder, hielt dabei seinen steifen Riemen in ihrer dunklen Hand bereit und keuchte verzückt, als sie ihn aufnahm und sich aufspießen ließ. Sie stützte die Hände auf die Armlehnen des Sessels und begann, sich zu heben und zu senken. Guillaume umfasste sie, um sie gleichzeitig auf seinem Schwanz anheben und ihre geschwollene Klitoris mit seinen dicken Fingern ertasten und streicheln zu können.

«Nimm sie, Gerard», stöhnte Sophia. «Ich will deinen prallen Schwanz in ihr sehen.»

Melisende wusste, dass sie irgendwie entkommen musste, bevor die körperliche Lust sich zu Untreue ihrem Geliebten gegenüber steigerte. Sie entwand sich Gerards klammernden Händen, kam strauchelnd auf die Beine und wollte losrennen. Aber Gerard und Raoul bekamen sie wieder zu fassen, lachten sie aus und banden ihr die Hände mit einem Fetzen ihres Seidenkleids stramm auf den Rücken.

«Mach weiter, Gerard», sagte Raoul. «Rammel sie. Wette, so was hat sie noch nie gespürt.»

Gerard zwang Melisende wieder auf die Knie, packte mit seinen kräftigen Händen ihre Hüften und hob sie an, bis sich ihm ihr Steiß darbot und ihr feuchtes Geschlecht zwischen den fest geschlossenen Schenkeln so saftig wie eine aufgeplatzte Feige schimmerte. Sie erschauerte und stöhnte und versuchte zu verleugnen, dass es sie gierig verlangte, ihn in sich zu fühlen.

«Schau dir diese Titten an», sagte Raoul, kniete sich vor Melisendes gebeugte Gestalt und langte unter ihr durch, um ihre pendelnden Brüste in die Hand zu nehmen. Er drückte und liebkoste sie, und Melisende schluckte ein Wimmern vor widerstrebend empfundener Lust hinunter.

Dann fühlte sie Gerards drängelnde Schwanzspitze an ihre Schamlippen stupsen, bereit, sie zu schänden. Sie wollte ausweichen, aber er hielt sie fest. Sie schloss die

Augen und öffnete den Mund zu einem geräuschlosen, ungläubigen Aufkeuchen, als sich der massige Schaft zwischen ihre geschwollenen Labien zwängte und immer weiter in den anschmiegsamen Tunnel ihrer Vagina vordrang, ihn spreizte, weit ausdehnte, dermaßen füllte, dass sie glaubte, platzen zu müssen. Gerard grunzte, als er seinen Schwanz tief in sie hineinstopfte, stieß und schob, bis auch der letzte gedunsene Zoll versteckt war und seine straffen Nüsse auf ihr Geschlecht drückten.

«O Jesus», keuchte Melisende, «Jesus und Maria, helft mir.» Sie konnte sich weder bewegen noch atmen, so vollständig hatten die Reizungen von ihr Besitz ergriffen. Ihre schimmernden Lippen standen offen und schnappten nach Luft, und Raoul entblößte lachend seinen Steifen und stieß ihn gierig in die feuchtwarmen Tiefen ihres Mundes.

«Vögelt sie beide», zischte Sophia, während sie ihren Körper auf Guillaumes bohrendem Schaft auf und nieder walkte. «Fickt sie, bis sie schreit.»

Die beiden Männer gehorchten und trieben ihre strammen Schwänze mit Feuereifer in Melisendes Mund und Geschlecht. Einige Augenblicke lang sträubte sie sich gegen das Vergnügen und versuchte sich weiszumachen, sie sei nur ein Gefäß für deren Lust, dass sie nichts empfinde. Bald aber überwältigten sie die Sinnesreize, und sie stöhnte und schrie auf, während Raouls Latte zwischen ihren blutroten Lippen hin und her glitt und Gerard sich immer tiefer in ihre bebende Scheide trieb und mit seinem Körper auf sie einhieb, dass jeder einzelne Stoß sie am ganzen Leib erschütterte. Es gab keine Seligkeit und kein Gefühl von Friede und Ruhe, wie sie es bei Robert gehabt hatte, nur die reißende, schaudernde Wirklichkeit jenes riesigen drallen Schwengels, der pumpend ihr feuchtes Geschlecht bearbeitete, bis sie vollständig erobert war, bis der strudelnde Sog des Höhepunkts sie erfasste und forttrug. Sie kreischte vor Wollust, als Gerard sich schreiend, von seinem Orgasmus hinweggerafft, an ihr festklammerte und in ihrem keuchenden Mund zugleich das Nass aus Raouls Steifem barst.

Zitternd blieb sie knien, das Gesicht zu Boden und die nackten Hinterbacken den Dachsparren unzüchtig entgegengereckt. Sie war außerstande, zu sprechen oder sich zu bewegen. Beide Männer zogen sich zurück und ließen sie allein. Als schwaches Echo ihrer eigenen wilden Lust hörte sie Sophia in den Wehen ihres Höhepunkts wimmern und Thibault ächzen, als er seinen Samen in den Mund des jungen Soldaten vergoss.

Für kurze Zeit wurde es still. Dann sprach Thibaults Stimme träge: «Arnaud, danke. Hol dir deine Belohnung im Arsch meiner Schwester.»

Was hatte er gesagt? Benommen hob Melisende den Kopf und konnte kaum glauben, was sie eben gehört hatte. Sie sah eine schlanke männliche Gestalt nahen und versuchte einen Augenblick lang vergeblich, auf die Beine zu kommen. Dann waren Hände auf ihr, drückten sie nieder, zerrten ihre gefesselten Handgelenke empor, um sie noch tiefer zu beugen, bis ihre Pobacken fast senkrecht in die Höhe ragten, lüstern auseinander klafften und die runzlige Blume ihres Anus jedem preisgaben, dem der Wunsch danach stand.

Melisende empfand Angst und Lust zugleich. Sie entsann sich, wie Raoul seinen strammen Riemen in Sophias Arsch geschoben und Sophia dabei gestöhnt und sich gewunden, aber auch sämtliche Anzeichen der Lust bekundet hatte.

Eine kräftige, schmale Hand berührte ihren Hintern und schlüpfte zu ihrem Geschlecht hinunter, sammelte ihre überfließenden Säfte, rutschte hoch und schmierte die Spalte, bis sie nass und schlüpfrig war. Melisende stöhnte, machte einen Buckel, wurde von furchtsamer Sehnsucht gequält.

Jemand zog ihre weißen Backen auseinander, und ein Finger drückte mit Bestimmtheit auf ihr Arschloch und bahnte sich einen Weg hinein. Melisende schrie vor Schrecken und halb vermuteter Lust auf. Der Finger wurde zurückgezogen und durch eine Eichel ersetzt, die sich heiß und glatt auf dem kühlen Fleisch ihrer bebenden Pobacken anfühlte. Kräftige Hände hielten sie weit geöffnet, und ohne Zögern drang der steife Schwengel in sie ein.

Melisende kreischte auf, denn es tat weh. Hinter ihr lachte eine Männerstimme, um dann lustvoll vergnügt zu grunzen. Der stramme Penis drang in ihr vor und weitete sie, bis sie gleich zu zerreißen glaubte. Sie stöhnte und wimmerte, doch nach einer kurzen Weile verlor sich der Schmerz, und erlesene Wonne, dunkel wie ein rauchgefüllter Raum und satt von verbotener Freude, trat an seine Stelle.

Hände verwickelten sich in ihren Haaren, und der steife, bohrende Schwanz in ihrem Anus begann, sich vor- und zurückzubewegen. Nach gerade einem Dutzend Stößen brüllte der junge Soldat los wie ein Tier, noch ehe Melisende die erlesene Lust ausgekostet hatte. Im Geheimen war sie froh, auf diese Weise Robert nicht untreu zu sein.

Der Soldat zog seinen Schwanz barsch heraus, und Melisende schlug der Länge nach vornüber auf den Boden, das Gesicht auf die kalten Steinplatten gedrückt. Unwillkürlich öffneten und schlossen sich ihre auf den

Rücken gefesselten Hände zum verklingenden Nachhall der Lust.

«Melisende», sagte Thibault nach einer kurzen Weile kalt.

Melisende hielt ihre Lider einen Augenblick geschlossen, bis sie schließlich den Kopf hob, um ihre geröteten Wangen, geschwollenen Lippen und ermatteten Augen sehen zu lassen. Sie erwiderte Thibaults starren Blick, und ihr Mund zog sich verächtlich zusammen. «Bruder.»

«Anscheinend bist du eine Hure, die gar nichts beschämen kann.» Thibault erhob sich aus seinem Sessel und trat auf sie zu. «Wir wollen es auf die Probe stellen. Raoul, ist der Käfig bereit?»

«Der Käfig, Herr?», wiederholte Raoul, und er klang bestürzt.

«Der Käfig.»

«Jawohl, Herr», sagte Raoul zögernd. «Aber –»

«Rein mit ihr», befahl Thibault. Hinter ihm warf Sophia lachend den Kopf in den Nacken. «Nackt wie ein Wurm soll sie sein, damit sie feststellen kann, wie gern sie sich von der ganzen Burg begaffen lässt, während sie darauf wartet, von mir nach Antiochia geschickt zu werden. Steck sie in den Käfig.»

Melisende hatte den Käfig zwar nie gesehen, aber sie fürchtete ihn. Sie wollte sich auf die Beine kämpfen, knickte aber um und fiel auf die Steinplatten. Dann waren Gerard und Guillaume über ihr, zogen sie bei den gefesselten Armen hoch und ließen nicht von ihr ab, wie verzweifelt sie sich auch sträubte.

Einer an jeder Seite, drängten die beiden Soldaten Melisende zur großen Saaltür hinaus und die Stufen zum Hof hinunter. Draußen brannte die Sonne erbarmungslos auf ihre weiße Haut herab, und sie wurde vom strahlenden Licht geblendet. Als sie wieder etwas erkennen konnte, wartete am Fuß der Treppe ein Meer aus Augen auf sie.

Jeder Mann in der Burg schien zur Stelle zu sein, um ihre Nacktheit anzugaffen. Die Gesichter waren starr vor Schreck und Lust. Melisende zitterte verängstigt und versuchte, in den vergleichsweise schützenden Saal zu entweichen, aber die kräftigen Hände um ihre Arme hielten sie fest.

Eine knappe Weile herrschte staunendes Schweigen. Dann rief jemand mit rauer Stimme: «Hast du ihr deinen Riemen verpasst, Gerard, du Hurensohn?»

«Gebt sie uns», rief eine andere Stimme. «Rückt sie raus.»

Melisende wurde von Entsetzen erfasst. Die Männer waren wie ein Rudel beißwütiger Hunde. Sie würden sie in Stücke reißen. Sie stöhnte vor Furcht und sträubte sich erfolglos, während sie von Gerard und Guillaume die Stufen hinuntergeschoben wurde und das wilde Geschrei sich steigerte. Dann sank auf einmal Stille herab.

Hinter Melisende war Thibaults kalte Stimme laut genug zu vernehmen, um über den ganzen Hof zu tragen. «Jeder, der sie ohne meine Erlaubnis berührt, ist des Todes.»

Die Soldaten wichen murrend zurück und gaben eine Gasse frei, durch die Gerard und Guillaume die nackte, verletzliche Gestalt Melisendes führen konnten. Dann rief jemand vorwitzig: «Wenn sie eine Hure ist, Herr, warum soll sie uns dann nicht allen dienen?»

Thibault lachte. Dann gab er zurück: «Sie ist für einen anderen Herrn bestimmt. Aber ein wenig Unterhaltung verwehre ich euch nicht. Sie soll in den Käfig. Nackt, wie sie dasteht.»

Schwungvoll machte Thibault kehrt, um zurück in den Saal zu schreiten. Die Männer zollten ihm heiseren Beifall und traten beiseite. Als Melisende sah, was ihr bevorstand, musste sie aufkeuchen.

Der Käfig maß etwa acht Fuß im Quadrat und bestand aus schweren eisernen Gitterstäben. Er stand an eine Mauer des Burghofs gerückt, und eine Leinwand war darübergeworfen worden, um den Insassen etwas Schatten zu spenden. An einer Seite befand sich eine Tür. Guillaume ging sie öffnen, während Gerard die Fesseln um Melisendes Handgelenke aufschnitt. Dann stießen die beiden sie hinein, und schlugen ihr die Tür ins Gesicht.

Als sich der Schlüssel im Schloss drehte, brandeten die Männer draußen wie eine Springflut heran und brüllten ihre Lust heraus. Melisende prallte fassungslos zurück und drückte sich an die klammen Mauersteine. Ihr schweres Haar fiel ihr um die Schultern und verbarg halbwegs ihren Körper, während sie dastand und auf die verzerrten, zähnefletschenden, an die Gitterstangen gepressten Gesichter und vielen Hände starrte, die gierig hindurchlangten und dreist ihr Fleisch begrapschen wollten. Sie schloss die Augen und hielt sich beide Ohren zu beim Versuch, die schrillen Stimmen auszusperren.

«Seht sie euch an, die Schwester unseres Herrn, das kleine Flittchen. Seht nur, wie ihre Muschi glänzt.»

«Saftiges Hurchen, liebend gern würd ich das vernaschen.»

«Legt sie krumm und gebt's ihr in den Arsch.»

«Für mich diese rosigen Lippen. Stell dir vor, wie sie dir einen blasen.»

«Ich will ihre hübschen Hände fühlen, wie sie mir den Schwanz halten.»

«Streich die Haare zurück, Süße, lass deine Brüste sehen.»

Für viele lange Augenblicke war Melisende von Ekel und Scham beherrscht. Doch dann wurde der Teil von ihr wach und munter, der danach lechzte, bewundert zu werden. Er vernahm die Lust in den Stimmen der Männer, ihr verzweifeltes, hoffnungsloses Begehren. Sie bedeckte mit beiden Händen ihr Antlitz, schlug aber hinter diesem Schild die Augen auf und lugte hindurch.

Ein Gesicht am anderen, drängten sich Dutzende Männer an den Gitterstäben, hielten Maulaffen feil und machten Mienen, die nichts als Lust verrieten. Sie begafften sie, als wäre sie eine Nymphe, eine Sirene, ein Sukkubus. Ihre derben Hände schlossen sich ohnmächtig, die Knöchel weiß verkrampft, um die Eisenstangen.

All diese Gesichter, all diese aufgepeitschten, nach ihr allein sich verzehrenden Leiber. Allmählich wurde Melisendes Angst von einem wachsenden Gefühl der Macht, der Erregung erweicht. Hinter dem Schild ihrer Hände sah sie von einer Seite zur anderen und erkannte, dass die Männer sie, so sehr sie sich auch mühten, nicht wirklich berühren konnten. Der Käfig war gerade breit genug, dass der Platz in seiner Mitte außerhalb ihrer Reichweite lag. Nur wenige Zoll von ihren Schultern entfernt klaubten die Hände nach Luft, sie aber war in Sicherheit, unzugänglich, ihnen fern wie ein Traum.

Weshalb sollte sie sich von ihnen Angst einjagen lassen? Auf alle Fälle hatte ihnen Thibault verboten, sie zu berühren. Sie konnten ihr nichts anhaben außer sie anstarren, und die heiße Begierde in ihren stierenden Blicken war eher schmeichelhaft als bedrohlich. Ihr Herzschlag verstetigte sich, und ihr fliegender Atem verebbte, während Melisende sich beruhigte.

Und mehr noch, warum sollte sie die Männer nicht leiden lassen? Warum sollte sie den Spieß nicht umdrehen bei diesem Rudel geifernder Wolfsrüden? Sie wollten sie so sehr, so überaus, und konnten sie nicht haben. Warum sollte sie die Geifernden nicht quälen und Lust aus ihrer hilflosen Gier ziehen?

Melisende nahm die Hände vom Gesicht, richtete sich auf und hob das Kinn. Mit einem Kopfschütteln warf sie ihre glänzende Mähne hinter die Schultern zurück. Ein Raunen breitete sich in der Menge aus, als sich ihr nackter Körper in seiner ganzen Schönheit offenbarte. Wer vorn stand, hielt die Eisenstangen mit beiden Händen umklammert und stierte, den feucht glänzenden Mund aufgesperrt und heißen Atem keuchend, hindurch.

Ich bin wunderschön, dachte Melisende. Sie blickte zum Dach des Käfigs empor und sah durch einen Riss in der schmutzigen Leinwand einen Fetzen glutheißen Himmel. Er war grausam hell und strahlte fast metallisch, wie Roberts Augen, wenn sie auf ihr ruhten.

Robert. In Gedanken hielt Melisende das Bild ihres Kriegers fest, ihres Kreuzfahrers, ihres Ritters in goldener Rüstung. Sie legte die Hände an die Wangen, ließ sie quälend langsam den Hals hinuntergleiten und spreizte die langen Finger, um die sanfte Schwellung ihrer kleinen Brüste zu umfassen und zu liebkosen. Ihre Warzen strafften sich sehnlich, und sie fuhr mit den Daumen sanft darüber hinweg und schöpfte tief und lustvoll Atem.

«Jesus», flüsterte draußen vor dem Käfig eine Stimme. «Heilige Mutter Gottes, seht sie euch an.»

Ihre Brüste in den Händen, behielt Melisende die Augen auf ihren Zuschauern. Die Männer beobachteten sie wie gebannt. Sie ließ die Finger über ihre weiße Haut rieseln, neckte sich keck und ermutigte die Brustwarzen zu wachsen, bis sie zu kleinen Eicheln geschwollen waren. Dann begann sie, die Füße gemächlich auseinander zu schieben.

Das war für die drei oder vier Soldaten in der vordersten Reihe zu viel. Fluchend vor quälender, vereitelter Lust, schoben sie die Hände unter ihre Tuniken, zerrten ihre strammen Schwänze hervor und fingen an zu wichsen, rieben wie verrückt ihre steifen Schäfte und sahen zu, wie sich Melisendes schlanke Schenkel allmählich voneinander lösten, um die rosafarbenen Lippen ihres Geschlechts unter dem rotgoldenen Kissen ihrer Schamhaare zu entblößen.

Wie furchtbar sie nach ihr verlangten! Wie sie danach lechzten, sie auszufüllen, sie festzuhalten und ihre brünstigen Körper in sie hineinzustoßen. Und sie konnten nicht. Einer nach dem anderen wurden die Zuschauer zu Männern, die an sich spielten, flach durch geöffnete Lippen hechelten und mit einer Hand ihren drängenden Schwanz rubbelten.

Sie stellte sich vor, Robert würde jetzt ihr zu Füßen knien, behutsam ihre Schenkel spreizen und mit seiner kräftigen, eifrigen Zunge das Herz ihrer Weiblichkeit lecken. Sie hatte aufgeschrien vor verzücktem Staunen, als er sie so liebkost hatte. In Gedanken war sie wieder bei ihm, und als sie sich vorstellte, von ihm geleckt zu werden, schob sie eine Hand zwischen ihre Beine und betastete sich.

Ihr Geschlecht war schlüpfrig und begehrlich, und der

kleine Spross ihrer Klitoris trat stolz hervor und sehnte sich nach Berührung. Mit der einen Hand liebkoste sie den winzigen Schaft, streichelte ihn, rieb ihn, drückte zu und ließ wieder locker, und mit der anderen hätschelte sie ihre Brust. Als ihr das Blut in die Wangen stieg, schloss sie die Augen und keuchte wollüstig auf.

Während sie dem Höhepunkt zustrebte, konnte sie rings um sich das Grunzen und Stöhnen von Männern hören, die sich ihrem einsamen, fruchtlosen Erguss näherten. Sie frohlockte über die Macht ihrer Schönheit und den Kniefall der Männer vor ihrer herrschsüchtigen Geilheit. In ihrer Vorstellung legte Robert sie rücklings auf das Bett, öffnete mit seinem herrlichen Schwanz die Lippen ihres Geschlechts, glitt tief in sie hinein, und beide seufzten selig auf.

Melisendes Augen öffneten sich für einen flüchtigen Blick, doch was sie sahen, war so erregend, dass sie offen blieben. Ringsherum schmiegten sich Männer eng an den Käfig, ein jeder seinen Schwanz in der Hand, den er wie wahnsinnig einem Orgasmus entgegenzerrte. Ihre Gesichtszüge waren gelöst und von Lust gezeichnet, und ihre Ständer ließen an einen Wald aus prallem Fleisch, ein Feld langstieliger Blumen denken, die sich alle nach der Sonne von Melisendes Geschlecht richteten.

Unmittelbar vor ihr stand ein Mann mit einem fast unnatürlich großen Phallus, knüppeldick und knotig von gewundenen Adern. Er pochte scharlachrot, und während Melisende zusah, pulsierte er und erwachte zu Leben, ließ Samen aus seiner Spitze hervorplatzen. Die warmen Tropfen schnellten durch den Käfig und klecksten auf ihre Haut, und sie erschauerte vor schlüpfrigem Verzücken und rieb noch heftiger an ihrer bebenden Klitoris.

Dann kamen unter Keuchen und Stöhnen überall um sie herum weitere Männer, deren Schwänze sich aufbäumten und den flüssigen Beweis der Schönheit und Macht Melisendes hervorspritzten. Topfen und Schlieren von Samen erfüllten die Luft, bildeten Lachen am Boden und überzogen ihre schlanken Glieder mit glänzender Soße. Der Geruch nach Lust war überwältigend. Sie schrie auf, krümmte den Rücken und stieß die Finger tief in sich hinein, als der Schauder ihres Orgasmus sich seinen Weg vom Geschlecht über den Bauch zum Hirn ebnete und sie so kraftvoll durchrüttelte, dass sie beinahe zu Boden fiel. Ihre Lippen öffneten sich, und gellend rief sie: «Robert, mein Liebster, o Robert.»

Als sie schließlich wieder zu sich kam, bemerkte sie das Schweigen ringsum. Sie hob die Lider und sah, dass die Soldaten fort waren. Vor ihrem Käfig stand ihr Bruder, allein, die türkisfarbenen Augen von Zorn geweitet und verdüstert.

Melisende hob in hochmütigem Stolz den Kopf. «Mir scheint, deine Männer sind meine Diener, Thibault, und nicht deine», sagte sie.

Thibault zog die Brauen zusammen und verengte wütend den Blick. «Schwester», sagte er leise, «du bist selbst im Käfig zu gefährlich. Von nun an, bis du nach Antiochia gebracht wirst, werde ich dich in deine Kammer sperren. Dort kannst du dich nach Herzenslust befriedigen. Sei versichert, dort keinen Mann zum Zuschauer zu haben. Und wenn du in Antiochia eintriffst, Schwester, bedeutet das den Harem für dich.» Ein kaltes Lächeln verzerrte sein Gesicht. «Du wirst Robert nie wiedersehen, Melisende. Meine treuesten Männer werden dich nach Antiochia geleiten. Zweifellos wird er versuchen, dich unterwegs zu rauben, und du darfst gewiss sein, dass sie ihn ergreifen und zu mir zurückbringen werden. Und ich werde mein Vergnügen an seinem Körper haben und ihn dann töten. Besinne dich darauf, Schwester, wenn du in deiner einsamen Kammer sitzt. Besinne dich darauf, was deine Lust angerichtet hat. Besinne dich auf den Tod deines Liebhabers.»

Achtes Kapitel
DIE STRASSE NACH ANTIOCHIA

«Na komm, du Schöner.» Die junge Frau beugte sich vor, um ihre schweren Brüste unter dem zerschlissenen Kleid zu zeigen. Ihre heisere Stimme wollte umschmeicheln. «Komm schon, was ist dabei?»

«Geh weg», sagte Robert mit schwerer Stimme. Er barg den Kopf in Händen und versuchte, die aufdringliche Gestalt zu verdrängen. «Lass mich in Frieden.»

«Was ist los? Schämst du dich?», fragte die junge Frau boshaft, schnellte plötzlich vor, grapschte zwischen Roberts Beine und befühlte gewandt seinen Penis und seine Eier.

Mit wütendem Brüllen kam Robert auf die Beine. Die Bank hinter ihm stürzte um, und die übrigen Gäste in der schäbigen, niedrigen Schankstube starrten ihn überrascht und besorgt an. Die junge Frau zog sich entgeistert hinter eine der aufgebockten Tischplatten zurück. «Wollte Euch nicht aufregen», sagte sie verschreckt.

Doch ihr geiles Gefummel hatte etwas wachgerufen. Robert starrte sie mit lohfarbenen Augen an, die stärker als die eines Leoparden leuchteten. Sie sahen eine kleine Dirne, die grobes, schmuddliges Leinen trug, das sich in engen Falten über ihre vollen Hüften spannte und ihre runden, wippenden Brüste kaum verhüllte. Zu Melisende verhielt sie sich wie grobes Schwarzbrot zu einer Hostie. Und doch, ließ der eigene Speichelfluss Robert vermuten, könnte sie dazu dienen, die düsteren Gedanken zu vertreiben, nicht wahr?

Eine Beschmutzung, Besudelung des Andenkens seiner Holden, die aber notwendig war. Robert traf seinen Entschluss und ließ die umgekippte Bank hinter sich liegen, um auf die kauernde junge Frau zuzutreten. «Du hast gewonnen», sagte er knapp und sah ihr Gesicht einen Ausdruck erstaunten, ungläubigen Entzückens annehmen. «Wohin sollen wir gehen?»

«Nach hinten», antwortete sie. Sie versuchte, ihn bei der Hand hinauszuführen, doch er schüttelte sie ab, woraufhin sie die Schultern zuckte und voranging.

An die Rückseite der Schenke schloss ein kleiner Schuppen mit Flachdach an, wo Hühner scharrten und Schweine an den Wänden wühlten. Innen stapelten sich Fässer und Mehlsäcke. Die junge Frau ging schnurstracks hinein und zerrte schon an den Schultern ihres Kleids. Sie hüpfte auf einen Stapel Mehlsäcke und streifte den groben Stoff ab, um ihre Brüste zu entblößen. Sie waren schwer wie Kürbisse, überraschend blass im Gegensatz zu ihrer gebräunten, dreckigen Haut und mündeten in kleinen steifen rosa Warzen. «Da hast du's, mein Schöner», sagte sie grinsend. «Steck dein Gesicht dazwischen und kräftig blasen.»

Robert rührte sich nicht. Der Anblick dieser lüsternen Brüste schoss ihm geradewegs in die Leisten, ließ ihn die Hinterbacken zusammenkneifen und seine Nüsse sich vor geilem Verlangen straffen, aber er verabscheute die Vorstellung, zu tun, was die Frau gesagt hatte, wollte seine Lippen nicht auf ihr ungewaschenes Fleisch drücken. Er dachte an Melisende: hell wie Elfenbein, schlank wie ein Zauberstab, sinnlich und einfallsreich, und am liebsten hätte er beweint, was er verloren hatte.

«Stimmt was nicht?», fragte die junge Frau. Sie raffte ihr Kleid bis über die Hüften, brachte Robert dabei ein dunkles Lächeln entgegen und lehnte sich auf den staubigen Säcken halb zurück. Gemächlich öffneten sich ihre Beine, um ihr Geschlecht vorzuzeigen. Die Labien waren prall und gerötet und schimmerten in ihrem Nest aus glänzendem Fell. Sie legte beide Hände an ihre Möse und streichelte sie, dann nahm sie die Schamlippen zwischen die Finger, zog sie zurück und gab ihm ihr dunkles Innerstes zu sehen. «Mach schon», flüsterte sie. «Ich will es.»

Roberts Schwanz wollte es auch. Er pochte unter dem Stoff seiner Strumpfhose, war heiß und fest wie eine Eisenstange in der Esche und sehnte sich nach Abkühlung in der einladenden Feuchte zwischen den Beinen der Frau. Sein Gemüt war von Melisende erfüllt und unwillig. Dann aber gemahnte er sich daran, was aus ihm geworden war. Ein hohlwangiger, bärtiger Mann, der sich seit seiner Flucht aus Montjoie nicht rasiert und so verändert hatte, dass er selbst hier, nur zwei Tagesritte von der Burg entfernt, nicht als der einstige Befehlshaber innerhalb ihrer Mauern und ihr zweitwichtigster Mann, gleich nach ihrem Herrn Thibault, erkannt wurde. Er war ein Niemand, ein armer Ritter mit einer Zukunft, die voll von Huren wie dieser sein würde.

Ja, er würde sie nehmen. Aber er wollte sie dabei nicht anschauen. Er schnallte sein Schwert ab, lehnte es an die Wand und rückte der Frau zu Leibe. Sie kreischte, als er sie packte und umdrehte, so, dass ihr Gesicht auf den prallen Säcken zu liegen kam und sich ihr fleischiger weißer Hintern ihm entgegenreckte. Zwischen ihren fülligen Arschbacken lockte die reife, saftige Frucht ihres Geschlechts. Er brauchte sich keine Sorgen zu machen, ob sie für ihn bereit war. Robert hob seine Tunika hoch, zog seinen steifen Schwanz aus der Strumpfhose und stieß den prallen Schaft tief in die feuchtwarme Vagina der jungen Frau.

«Oh», stöhnte sie, «oh, ist das gut, mein Schöner. Heilige Jungfrau, ist das ein Großer! Hör bloß nicht auf.»

«Sei still», befahl ihr Robert. Er beugte sich vor und drückte seinen Körper auf ihren, bis ihr satter Arsch seine Lenden vom Bauch bis zu den Schenkeln umschmiegte und liebkoste. Er machte die Augen fest zu und versank im Reiz des Eindringens. Mochte sie eine Schlampe sein, ihre Möse war eng wie ein Damenhandschuh aus Satin, und während er sich an der Lust daran weidete, fing sie an, ihn mit ihren inwendigen Muskeln zu kneten und auf ganzer Länge seines eingegrabenen Schwengels Wellen durch ihren Tunnel zu schicken, als würde eine Melkerin Milch aus der Zitze streifen. Er keuchte, stemmte beidseits von ihr die Hände auf und setzte sich in Bewegung, schwang seinen Körper wie ein großes Pendel, wie den Holzhammer, der einen Keil in den Baumstamm treibt, um ihn zu spalten.

«Oh», keuchte sie, «o Jesus, ja, oh.» Jedes Mal wuchtete sie ihm stöhnend den Arsch entgegen, um seinen Stoß zu empfangen und ihn zu ermutigen, sie noch heftiger und fester zu stoßen. Robert bleckte die Zähne und knurrte vor Lust, vögelte sie mit erbarmungsloser Härte, ließ seinen großen Schaft mit aller Kraft in ihrer saftigen Möse hin und her gleiten, malte sich aus, das warme seidige Fleisch, das seinen stampfenden Schwanz umhüllte, gehöre nicht zu dieser schmutzigen Schenkendirne, sondern zu Melisende, seiner Holden, seinem Herzenswunsch. In Gedanken rief er ihr zu: *O Melisende, Venus incarnate, himmlische Scheide meines Schwerts.*

Unter ihm setzte der Höhepunkt des Mädchens ein, das am ganzen Leib erschauerte und die samtene Faust ihres Geschlechts um seinen treibenden Schaft fieberhaft öffnete und schloss. Robert sah Melisende vor sich, den Rücken gekrümmt und den Hals in verzücktem Wahn versteift, die weißen Lider über meerblauen Augen flatternd, die vollen Lippen bebend geöffnet, während sie an der Wonne seiner Bewegung in ihr zuckend verendete. In seiner Vorstellung ihrer Lust fand er auch die eigene; seine versenkte Latte pulste und ruckte, und beim Kommen stieß er einen lauten Schrei aus.

Das Traumbild verblasste. Robert schlug die Augen auf und sah die Wirklichkeit, eine keuchend über Säcke gebreitete Hure, die Hinterbacken emporgereckt und tief zwischen ihnen eingebettet sein erschlaffender Schwanz. Er zuckte zusammen, zog sich aus ihr heraus und wandte sich ab.

«Ooh, war das schön», sagte die junge Frau. «Als du mich umgedreht hast, dachte ich, du wärst einer, der auf Jungs steht, aber so kann man sich täuschen, oder, mein Schöner?» Sie wälzte sich von den Säcken und plapperte fort, während sie sich ihr Kleid richtete. «Tja, hab's eilig. Ich geh heute Abend runter zur Karawanenstraße, um nach dem Tross aus Montjoie zu schauen.»

Mit einem Mal aus seinem Elend gerissen, kehrte sich Robert hastig dem Mädchen zu. «Ein Tross aus Montjoie? Was für einer?»

«Bist ja von der ganz schneidigen Sorte», sagte sie. «Wir haben's gestern gehört. Seine Gnaden Thibault schickt seine Schwester nach Antiochia, um sie zu vermählen. Will mal einen Blick auf sie werfen, wenn's geht. Sie soll sehr schön sein.»

«Vermählen? Mit wem?», wollte Robert wissen und packte die junge Frau bei den Schultern.

Erschrocken und verärgert schüttelte sie ihn ab. «Wofür hältst du mich? Glaubst du, Seine Gnaden Thibault redet mit mir? Weiß ich doch nicht.» Misstrauisch betrachtete sie Robert, seine bebenden Nasenflügel und seinen zitternden Unterkiefer. «Was ist mit dir los?», fragte sie spitz.

«Nichts», sagte Robert. Er hob sein Schwertgehenk auf und schnallte es sich um. Dann schob er sich an der jungen Frau vorbei, als wäre sie gar nicht da.

Später, bei Anbruch des Abends, wartete er am Straßenrand. Er war zu Fuß, denn er hatte das Pferd, das ihn von Montjoie fortgetragen hatte, laufen lassen. Es war mit Thibaults Brandzeichen versehen und wäre ihm gefährlich geworden, hätte er es behalten. Er hatte seinen Kettenpanzer und darüber seinen weißen Überwurf angelegt, der jetzt schmutzig und von Straßenstaub befleckt war. Der Kettenpanzer wog vierzig Pfund, aber sein kräftiger, gefügiger Körper machte ihm die Bürde leicht.

Stetig näherte sich ihm eine steile Säule aus Staub, die einen großen Tross in Bewegung anzeigte. An ihrer Höhe und Breite erkannte Robert, dass es sich um viele Leute und Reittiere handeln musste. Das konnte doch bestimmt nicht allein der Trupp aus Montjoie sein?

Bald begriff er, was geschehen war. Die nahende Säule aus Staub gehörte zu einer Karawane, einer großen Ansammlung von Kamelen, Mulis und Pferden, die alle gen Norden, nach Antiochia, unterwegs waren. Als sie seine Höhe erreicht hatten, kletterte er auf einen Fels und hielt durch den Staub nach bekannten Gesichtern Ausschau.

Ihm flog der Atem, und sein Herz machte einen Luftsprung, als er sie auf halber Strecke der lang gezogenen, sich dahinschleppenden Kolonne aus Menschen und Tieren erspähte; mit gewohnt lässiger Anmut, kerzengerade und schlank wie ein Speer, saß sie rittlings auf einem feingliedrigen Araberhengst. Ihr Gesicht war von einem dichten Schleier verhüllt, aber er hätte sie unter tausend Frauen erkannt. Er lächelte vor Glück, schon weil er sie sah.

Dann bemerkte er, dass sie die Zügel nicht in den Händen hielt. Das Pferd wurde geführt. Melisendes schmale Handgelenke waren stramm gefesselt, am Sattelknauf festgeknotet und ihre Füße unter den schweren Rockschößen an die Steigbügel gebunden. Männer, die Robert gut kannte, umringten ihr Pferd und führten die mit Zelt, Bettzeug und zweifellos ihrer Mitgifttruhe beladenen Kamele. Es waren Thibaults besondere Günstlinge, kräftige, skrupellose Soldaten, deren Treue zu ihrem Herrn außer Frage stand.

Sie war eine Gefangene. Er brannte vor Wut und von dem plötzlichen leidenschaftlichen Wunsch, sie zu befreien, zu retten, und sei es um den Preis des eigenen Lebens. Er sprang vom Fels und stürzte zum Anfang der Karawane, um ihren Anführer zu finden.

Ein dunkles Gesicht unter der Kapuze eines Burnus neigte sich zu ihm herab. «Nun, Pilger?»

«Ich bin nach Antiochia unterwegs», sagte Robert so beiläufig, wie er konnte, «und suche Anschluss.» Seine eine Hand ruhte auf dem rotledernen Zaumzeug des Pferdes, die andere auf dem Heft seines Schwerts. «Die Straßen sind gefährlich. Habt Ihr Gebrauch für diese Klinge?»

Schwere, grau bestäubte Brauen hoben sich belustigt. «Ein Soldat, kein Pilger. Und Ihr seid ein Kämpfer?»

Roberts Gesicht verriet sein Selbstvertrauen. «Ja.»

Der Mann schmunzelte und entblößte eine Reihe Zähne so breit und gelb wie Lehmziegel. «Dein Aussehen gefällt mir. Wie heißt du?»

«Robert.»

Der verhüllte Kopf drehte sich und Robert mit ihm, um ein weiteres Pferd gewahr zu werden, auf dem ein untersetzter, breiter Mann in den Fünfzigern näher kam. «Ralf», rief der Karawanenführer, «hier ist noch einer für deine Truppe. Du, Robert, wirst von meinem Waffenknecht befehligt. Sobald er weiß, was du taugst, bezahlen wir dich.»

Zwei Tage lang marschierte er mit der Karawane, während sie ihrem Weg nach Norden Richtung Antiochia folgte. Öfter versuchte er, sich dort aufzuhalten, wo Melisende ihn sehen könnte, damit sie sich nicht länger im Stich gelassen fühlte. Aber ihre Bewacher kannten ihn, hatten ihn bei Feldzügen erlebt. Sie würden ihn in seinem gegenwärtigen unrühmlichen Zustand eher erkennen, als es seine Geliebte täte. Also beobachtete er sie aus der Ferne, suchte ihr liebreizendes Antlitz unter dem Schatten des Schleiers auszumachen, war von Sehnsucht nach ihr erfüllt.

Abend für Abend errichteten Thibaults Männer ein hohes Zelt, in dem Melisende übernachtete. Zwei blieben wach und flankierten, Speere bei Fuß, den Eingang, während sich die übrigen rings um den Zeltrand schlafen legten. Jede Nacht kam Robert heran, spähte ins Dunkel, ob sich nicht irgendeine Gelegenheit zum Eindringen böte, und zog sich nach langen Stunden glücklos und enttäuscht an das Feuer des Karawanenführers zurück, um einmal mehr von Melisende zu träumen.

Doch am dritten Abend lagen die Dinge anders. Im Gefolge der Karawane fand sich die übliche Schar von Jongleuren, Akrobaten, Sängern, Tänzern und Musikanten. Anscheinend wollten sich zwei aus dieser bunten Truppe das Jawort geben, und das gab den Grund für eine Feier ab.

Helle Feuer und der Lärm eines Festschmauses verscheuchten die schattige Stille der Nacht. Die Jongleure tanzten zum schrillen Klang ihrer Instrumente, und ringsum versammelten sich die Leute aus der Karawane und freuten sich an der kostenlosen Unterhaltung. Trotz seiner Größe schlüpfte Robert unmerklich wie ein Geist durch die Menge. Mit geringem Abstand blieb er stehen und beobachtete die Männer um Melisendes Zelt. Es war unweit vom Lagerfeuer der Jongleure aufgeschlagen, und die Gesichter von Thibaults Soldaten waren der Helligkeit und dem fröhlichen Lärm verdrossen zugekehrt.

«Was sollen wir tun?», fragte einer und zeigte mit dem Daumen auf das schweigende Zelt. «Wir können die Gnädige nicht unbewacht zurücklassen.»

«Nun sieh dir aber diese Schlangenfrauen an», sagte ein anderer und wies zum warmen Licht des Feuers, wo sich die Akrobatinnen verbogen, Brücken schlugen und auf den Händen liefen. «Was Besseres bekommen wir das ganze Jahr nicht zu sehen.»

«Ich sag euch was», meinte ein weiterer. Er ließ seinen Speer sinken und grinste seine Gefährten an. «Fesseln wir sie doch ans Bett und lassen sie hier, solange wir uns vergnügen.»

Die Übrigen starrten ihn entgeistert an. «Was, sie einfach hier lassen?», fragte einer. «Und wenn jemand ins Zelt geht?»

«Dann findet er eine wehrlose Frau vor, die alle vier von sich streckt», gab der Erste zurück. «Und wird sie wahrscheinlich durchficken, bis es ihr zu den Ohren rauskommt. Weiß man's? Kümmert's wen? Solange sie nicht wegrennt.»

«Nein», sagte der Dienstälteste, «wir können die Schatztruhe nicht einfach zurücklassen. Aber mir fällt was ein. Wir fesseln das Edelfräulein Melisende, wie Arnaud vorschlägt, und einer kann dann beim Zelt Wache schieben und die anderen rufen, falls nötig. Wir wechseln uns ab.»

Sein Plan traf auf Zustimmung. Der Dienstälteste und Arnaud gingen ins Zelt, und bald darauf hörte Robert die zornige Stimme Melisendes lautstark Einspruch erheben. Dann war ein Hieb zu hören, und Stille trat ein. Er biss die Zähne zusammen, als ihn die Wut wie eine mächtige Welle mitzureißen drohte.

Die Soldaten traten hervor und zogen Strohhalme, wer zuerst Wache schieben solle. Der Verlierer griff betrübt nach seinem Speer und stellte sich neben den Zelteingang, während die anderen frohlockten und zum Feuer davonschlenderten. Ihr Gefährte schaute ihnen sehnsuchtsvoll hinterher, und sein bestiefelter Fuß schlug im Takt der Tanzmusik gegen das Heft des Speers.

Robert war maßlos erzürnt und versucht, die Wache auf der Stelle zu töten, um sein aufgewühltes Gemüt zu kühlen. Aber er behielt sich im Griff. Vor kurzem noch war der Mann sein Waffenbruder gewesen. Er tat nur seine Pflicht. Robert hängte sich den Mantel vors Gesicht und schlich zur Rückseite des Zelts, um die Pflöcke herauszuziehen, die eine der Bahnen am Boden hielten.

Nach kurzer Zeit schlängelte er sich unter dem schweren Leder hindurch, mit langsamen Bewegungen, damit ihn kein Klirren seines Kettenhemds oder Schwerts verraten würde. Staub kitzelte ihn in der Nase. Dann war er im Zelt und erhob sich als undeutlicher Schatten.

An Händen und Füßen gefesselt, lag Melisende auf dem Bett. Ihre Augen waren weit aufgerissen, und sie sperrte den Rachen auf, um über den Anblick dieses Gespensts entsetzt aufzuschreien. Mit einem Satz war Robert bei ihr und hielt ihr den Mund zu, damit sie schwieg. Ihre weiche Haut und ihr vertrauter, lieblicher Duft überwältigten ihn. Er murmelte «Melisende», tauschte die Hand vor ihrem Mund durch seine Lippen aus und küsste sie mit dem ganzen inbrünstigen Verlangen, das er im Herzen trug.

Einen Augenblick lang sträubte sie sich. Dann erkannte sie ihn. Er spürte eine Verwandlung bei ihr, die unvermittelte Weichheit ihres Körpers, das pfeilschnelle Vordringen ihrer lebhaften Zunge in seinen Mund. Ohne von ihr abzulassen oder seine Lippen von ihr zu lösen, zückte er seinen Dolch und trennte die Fesseln um ihre weißen Handgelenke durch. Sofort lagen ihre Arme um ihn, und ihre Hände schlossen sich in seinem zerzausten Haar zu Klauen.

Draußen kreischten die Tänzer vor Freude, und die Musik pfiff in höchsten Tönen, hämmerte wie ihre schlagenden Herzen und lag ihnen wie ein rauschendes Meer in den Ohren. Der Wächter am Eingang fiel in das Lied ein und stampfte den Griff seines Speers im Takt auf den Boden.

Im Obsthain unter den Weißdornblättern
Umarmt eine Holde eng ihren Liebsten,
Doch schon sieht der Posten den Morgen grauen.
O Gott, o Gott, zu früh kommt der Tag!

Vom Festlärm beschirmt, wagte Robert, seine Lippen von denen Melisendes zu lösen. Er sagte nichts, sondern lächelte nur zu ihr hinab.

«Robert», flüsterte sie und hob die Hand, um den weichen bronzefarbenen Bartwuchs zu streicheln, der seine Wangen bedeckte. «Robert, bist du das? Oh, mein Liebster!»

«Melisende», murmelte er wieder und schlang sie in seine Arme. Er langte zum Fuß der Bettstelle hinunter, um ihre schmalen Fußgelenke zu befreien, und sie wimmerte und drückte sich noch enger an seinen Leib.

«Du bist geharnischt», zischte sie und legte ihre flache Hand auf die kühle Härte seines Kettenhemds. «Und du siehst mager aus, mein Fürst, o mein geliebter Fürst.» Sie streckte die Hände nach ihm aus, nahm sein Gesicht, und erneut tauschten beide süße, suchende, vor Leidenschaft brennende Küsse.

«Liebe mich», flüsterten Melisendes weiche Lippen an seinem Mund. Sie stieß ihren Oberkörper gegen seine Brust, als könnte er durch seine Rüstung ihre steifen Warzen fühlen. «Robert, nimm mich jetzt.»

«Törichtes Gör», erwiderte er kaum hörbar. «Hier? Du bist verrückt! Komm mit mir, komm jetzt, wir wollen fliehen.»

«Nein.» Ihre schmale Hand glitt unter das kalte Gewicht seines Panzers und schloss sich um die warme Weichheit seiner Nüsse, um sie zu erforschen. Sein Atem pfiff, während sie seinen Penis zwischen die langen Finger nahm, zu reiben begann und rasch zu harter Begierde erregte. Robert schüttelte den Kopf und versuchte, ihre Hand fortzuziehen, aber sie wollte einfach nicht ablassen. «Robert, ich muss, ich muss», stöhnte sie und schmiegte sich wie eine rollige Katze an ihn.

«*Nie schuf Gott eine hübschere Christin*», sang der Posten draußen am Eingang. Robert fluchte vor Angst, dass sie entdeckt werden könnten, vermochte aber dem dringenden Befehl aus Melisendes suchender Hand nicht zuwiderzuhandeln. Sie drängelte sich in seinen Schoß, bis sie rittlings auf ihm saß, hob ihre Rocksäume und zog seinen aufgerichteten Penis aus Tunika und Kettenhemd. Es war Irrwitz, Blödsinn, und doch schmachtete er danach, sich in ihr zu spüren. Sie spreizte die Beine und senkte sich auf ihn hinab, und er nahm ihr Gesicht in beide Hände. Seine Zunge stieß in ihren Mund vor, um ihrer beider Lippen zu versiegeln, sonst hätte er beim Eindringen vor Wonne aufgeschrien. Als seine pralle Eichel ihre Schamlippen teilte und sich anschickte, in sie hineinzugleiten, stöhnten sie einander ihre erstickte Wollust in den Mund. Langsam, unter verzücktem Ächzen, sank sie hinab und nahm seinen Schaft in ganzer Länge in ihren engen feuchten Tunnel auf.

Oh, dieser Duft von ihr, diese Berührung durch ihr Haar, dieses Gefühl, wie sich ihre schlanken Beine um seine schlangen. Seine Hände legten sich auf ihre weichen Pobacken und glitten hinunter, um die Spalte zu erkunden, die ihn willig aufgenommen hatte. Von Lust überwältigt, schloss Robert die Augen. Ein Schauer der Ergriffenheit erfasste ihn, als er die Wurzel des eigenen drallen, glatten, zwischen ihren feuchten Schamlippen verschwindenden Schwengels ertastete, seine dicht an ihrem zarten Liebeshügel nistenden straffen Eier und ihren engen Anus, der zuckte und bebte vor Melisendes Freude, ihn in sich zu fühlen. Seine kräftigen Finger zogen ihre Hinterbacken noch weiter auseinander; dann untersuchte eine Kuppe die eingerollte Knospe, um schließlich hineinzuschlüpfen. Melisende stöhnte in seinen offenen Mund und wand sich, vorn und hinten von ihrem Liebhaber erfüllt, unter dem Gefühl zweifacher Durchdrungenheit.

Er hob sie an und senkte sie auf seinen geladenen Schaft. Ächzend hielt sie ihn fest umklammert, während sein begieriger Steifer in ihrer zarten Vagina vor und zurück glitt, sie immer wieder ausfüllte. Bald darauf zog er seinen Finger aus ihrem Anus, um die Hand zwischen ihre Leiber zu schieben und den kleinen Spross, der ihr die größte Lust schenken würde, zu suchen, zu finden und zu streicheln.

Sie stieß ruckartig auf ihn herab, als hätte er auf sie eingestochen, und jeder Muskel in ihrem schlanken Leib verfiel in zuckende Krämpfe, so süß und gewaltsam waren die Wonnen, die sie überwältigten. Nicht ruhend, liebkoste er die zarte Perle ihrer Lust und vögelte sie langsam und nachdrücklich, bis sich ihre Wehen legten. Dann löste er seinen Mund von ihrem und seufzte beim Anblick der welken Blume ihres Kopfes, des pulsenden Blutes, das in ihrem weißen, gewölbten Hals emporschoss, der hilflosen Schwere ihrer Glieder, die er ihr zugefügt hatte. Gemächlich drehte er sich auf die Seite und lag neben ihr, ohne es seinem geschwollenen Schwanz erlaubt zu haben, aus dem engen Futteral zu schlüpfen. Sie hakte einen schlanken Schenkel über seine Hüfte, um sich seinem Angriff zu öffnen, und mit ein paar kräftigen, drängenden Stößen brachte er sich zu seinem eigenen begierigen Höhepunkt. Danach wurde sein Körper wachsweich und schmiegte sich erschöpft und in Liebe an ihre Seite.

Die Musik draußen war noch lauter geworden. Erschöpft lagen sie da, und ihr Atem mischte sich im Dunkel des Zelts. Dann regte sich Melisende neben ihm und flüsterte: «Danke.»

Er neigte den Kopf, um einen schnellen Kuss auf die weichen Lippen ihres Liebeshügels zu tupfen. Dann erhob er sich und zog sie mit sich empor. «Komm», flüsterte er, «komm schon. Wir kriechen unter der Zeltbahn raus und schnappen uns zwei Pferde. Bis zum Morgengrauen sind wir meilenweit fort.»

Im Dunkel des Zelts waren ihre Augen beinahe schwarz und glitzerten, als seien sie tränenvoll. «Ich kann nicht ohne meine Mitgift gehen», flüsterte sie.

Robert war beinahe sprachlos vor Bestürzung. Wie konnte sie jetzt an Geld denken? Er griff nach ihren Händen, zerrte sie in seine Arme und hielt sie fest umschlungen. «Vergiss die Mitgift», zischte er. «Vergiss sie. Komm mit mir, Melisende, komm mit mir, meine Liebste.»

«Ich kann nicht», und ihr Gesicht verriet Trauer wie Entschlossenheit. «Ich kann nicht. Ich habe einen Eid geschworen. Ich lasse nicht stehlen, was mir gehört.»

Er schüttelte den Kopf und starrte ihr in die Augen wie ein Feldherr, der seinen Männern Mut einzuflößen versucht. «Wir gehen in die Provence zurück», sagte er, «nach Avignon, würde dir das nicht gefallen? Wir werden heiraten. Ich werde schon irgendwo in den Dienst kommen, wir schaffen das, versprochen. Melisende, wenn du mich liebst, dann komm jetzt mit mir.»

Einen Augenblick lang glaubte er, sie werde ihm sagen, dass sie ihn nicht liebe. Doch als sie den Mund zur Antwort öffnete, brach der Gesang rings um das Feuer plötzlich ab und wurde von einem wüsten Durcheinander aus Rufen und Geschrei ersetzt. Darüber erhob sich das schneidend helle, metallische Geschmetter einer Trompete, einer sarazenischen Kriegstrompete.

«Herr im Himmel», rief Robert aus, schnellte auf die

Beine und vergaß in seiner Überraschung ganz, mit leiser Stimme zu sprechen. «Ein sarazenischer Überfall!»

Melisende legte beide Hände vor den Mund, als wolle sie einen Schrei zurückhalten. Ihre blauen Augen waren wie zwei tiefe Seen und vor Angst geweitet. Robert nahm ihre Hände, zog sie ihr aus dem Gesicht und küsste inbrünstig die Innenflächen. Dann zückte er sein Schwert. Sie musste beschützt werden und er sofort hinausgehen und mit Klinge und Körper zur Mauer aus Stahl und Fleisch beitragen, die sie umgeben sollte. «Bleib hier», trug er ihr rasch auf. «Rühr dich nicht, bis ich dich holen komme. Wenn du andere kommen hörst, versteck dich unter dem Bett oder zieh das Zelt auf dich runter. Vergiss nicht, ich liebe dich.»

* * *

Er war fort. Schaudernd vor der entsetzlichen Überraschung stand Melisende da und lauschte den fürchterlichen Geräuschen, die von draußen ins Zelt drangen, kreischenden Frauen, röchelnden Pferden, dem Klirren von Waffen, dem Knistern von Flammen, den lauten Schmerz- und Angstschreien der Männer.

Wie hatte es so weit kommen können? Einem Gespenst, einem Geist gleich war er zu ihr vorgedrungen, unerwartet und unglaublich. Sein Aussehen hatte sie bestürzt, doch unter dem Dreck und Bartwuchs war es noch immer Robert, ihr goldener Ritter. Mehr als zwei Wochen lang war ihr körperliche Nähe verwehrt geblieben, und seit sie Anna zusammen mit Drogo fortgeschickt hatte, um Clare um Hilfe anzuflehen, war sie völlig vereinsamt. Die ganze Zeit über hatte ihr Körper nach der Berührung durch

Robert geschmachtet, und als er in ihrem Zelt aufgetaucht war wie von ihrer Sehnsucht einbestellt, hatte sie an nichts anderes denken können als an ihr Verlangen nach ihm.

Und dann – Unheil und Verderben. Sie hätte sich überdies geweigert, mit ihm zu gehen! Wie hatte sie nur vor eine solche Wahl gestellt werden können?

Einige Augenblicke lang dachte sie, der sarazenische Überfall, wenn es denn einer war, sei ein Zeichen des Himmels, war er doch eben dann losgebrochen, als sie sich entscheiden sollte. Dann aber lauschte sie dem Lärm und begriff, dass das Kampfgetöse näher rückte. Hufschläge dröhnten rings um das Zelt, und Männer stießen mit heiserer Stimme ihre tollwütigen Schlachtrufe aus.

Melisende blickte hilflos von einer Seite zur anderen. Sie konnte sich nirgends verstecken, und im Zelt war nichts, was als Waffe hätte taugen können. Unwillkürlich zog sie sich die Halsöffnung ihres Umhangs enger über die Brüste und wartete schlotternd vor Angst.

Die Geräusche wurden noch lauter und schwollen zu einem entfesselten Crescendo. Nun konnte sie einzelne Stimmen erkennen und auseinander halten, die Stimmen von Thibaults Männern, die Zurufe wechselten, während sie Melisende mit der Waffe verteidigten. Der Dienstälteste brüllte einen Befehl, aber seine Stimme erstickte mitten im Satz und erstarb.

Dann geriet der Lärm vollends außer Rand und Band. Melisende hob die Hände vors Gesicht und malte sich mit furchtbarer Klarheit das blutige Ringen aus, das gleich jenseits der ledernen Wände ihrer kleinen Welt ausgefochten wurde. Eine Lanze, die Spitze blutverschmiert, bohrte sich durch die Zeltwand und blieb schlaff hängen, ein schwerer Umriss klatschte auf das Leder und kugelte außer Sicht. Melisende presste eine Hand vor den Mund und versuchte verzweifelt, einen Schrei zurückzuhalten.

Und dann erschallte über dem Kampfgetöse klar wie eine Trompete die vertraute goldene Stimme Roberts, als er versuchte, Thibaults Männer anzufeuern. «Montjoie», rief er. «Montjoie. Haltet stand.»

Einige Augenblicke lang fiel kein Wort mehr, wurden nur noch Brüllen und Schmerzensschreie laut. Dann hörte sie wieder Roberts Stimme: diesmal wütend und verzweifelt. «Hier geblieben, ihr Hunde. Feiglinge. *Feiglinge*.»

Und dann herrschte auf einmal entsetzliche Stille.

«Gott behüte», keuchte Melisende, dachte nicht mehr an Roberts Geheiß und lief zum Zelteingang, schlug die Vorhangbahn zurück und trat hinaus in eine Hölle aus Flammen und Furcht.

Vor ihr befand sich eine Gruppe sarazenischer Krieger, dunkelgesichtig, in Seide und Kettenhemden, weiße Turbane um spitze Helme gewickelt. Sie stapften umher und nahmen die Verwundeten in Augenschein, doch als Melisende im Eingang erschien, hielten alle wie ein Mann inne und starrten sie aus dunklen Augen an, die vom Licht der Fackeln und brennenden Karren funkelten.

Ihre starren Blicke zogen sie nackt aus, aber sie scherte sich nicht darum. Fieberhaft suchte sie im tanzenden Lichtschein nach Robert und betete wider alle Hoffnung, er möge leben.

Ein junger Sarazene, den Kleidern nach einer der Anführer, trat hervor und kam lächelnd, die weißen, scharfen Zähne gebleckt, auf sie zu. «Sieh an», sagte er, «wir wunderten uns schon, warum sie das Zelt so erbittert verteidigt haben. Nun wissen wir es.»

«Hier, Ismail», rief eine schneidende Stimme. «Hier ist

der Christenhund, der Raschid umgebracht hat. Hier ist er.» Zwei Krieger zerrten Roberts schlaffen Körper auf den Platz vor dem Zelt und schleuderten ihn zu Boden. Ein, zwei Schritte kroch er noch voran, dann blieb er reglos liegen. Blut befleckte seinen schmutzigen Überwurf und verfilzte sein dichtes Haar.

Der Anführer namens Ismail richtete sich auf, das dunkle Gesicht kalt und verfinstert. Offenbar war dies für ihn wichtiger als die Untersuchung der schönen Frau im Zelteingang. «Er hat tapfer gekämpft», sprach er harsch, «und nun wird er sterben. Weckt ihn. Ein Mann sollte sich bewusst sein, dass man ihn köpft.»

Melisende schluckte die Angst und Verleugnung hinunter, die als unwillkürlicher Schrei über ihre Lippen kommen wollten. Mühselig klaubte sie alles Arabisch zusammen, das Clare ihr beigebracht hatte, und sagte in ihrem stolzesten, hochmütigsten Tonfall: «Das wäre nicht ratsam.»

Die Krieger fuhren vor Schreck zusammen und starrten sie entgeistert an. Einer, zwei machten das Zeichen gegen bösen Zauber, so erstaunt waren sie, dass eine Christin ihre Zunge sprach. Der Anführer riss sich zusammen und versuchte, wie eine Katze vorzutäuschen, er wäre nicht überrascht worden. «Eine fränkische Maid, die Arabisch spricht, hm? Was meinst du damit?»

«Dieser Mann ist ein großer Ritter», sagte Melisende eingedenk dessen, was sie über sarazenische Habsucht gehört hatte. «Er wäre seinem Herrn ein hohes Lösegeld wert.»

Ismails Augen wurden schmal. Er trat an Roberts schutzlosen Körper heran und drehte ihn mit einem Fuß um. Robert rührte sich unter Stöhnen, wollte sich hochkämpfen und sackte wieder zusammen.

Nach einer kurzen Pause sah Ismail erneut zu Melisende hin. Als wäre ihm unbehaglich, weil er ihr kaum die Sprachgabe zutraute, fragte er: «Und wer wird dieses Lösegeld bezahlen?»

«Thibault von Montjoie», sagte Melisende und rätselte, ob sie nun log oder Thibault wirklich für Robert bezahlen würde, und sei es auch nur, um Rache üben zu können. «Dieser Mann ist sein Burgvogt, Robert von Villeneuve.»

Beide Namen waren den Sarazenen bekannt. Sie sahen einander in heller Aufregung an. Ismail runzelte die Stirn und sagte dann: «Mein Herr, der Emir, wäre erzürnt, würden wir uns die Aussicht auf ein Lösegeld entgehen lassen. Fesselt diesen Hund, wir nehmen ihn mit.»

Von einer Welle der Erleichterung erfasst, schloss Melisende kurz die Augen. Wenigstens hatte sie das Schlimmste abgewandt und hätte mehr Zeit zum Nachdenken, wenn –

Wenn was? Sie spürte, wie jemand näher kam, schlug die Augen wieder auf und trat rasch einen Schritt zurück, denn der junge Hauptmann Ismail war nur noch wenige Fuß von ihr entfernt. Melisende machte kehrt, um zurück in das Zelt zu fliehen, doch der junge Sarazene streckte die Hand aus und bekam sie beim Arm zu fassen.

«Zweifellos», sagte er, «würde auch jemand für dich ein Lösegeld zahlen, hübsche Christin. Doch leider wird um eine Frau von deiner Schönheit nicht geschachert. Geschändet wird sie.» Und er lächelte ihr ins Gesicht. «Der Emir wird sich sehr freuen, dich in seinem Harem zu haben», führte er aus und begutachtete sie von oben bis unten.

Ein weiterer Soldat spähte über seine Schulter und starrte gierig auf Melisendes rotgoldenes Haar, das ihr gelöst über Rücken und Arme fiel. «Nichts für uns, Ismail?», fragte er mit leiser, drängender Stimme.

Ismail hob die Brauen. Er war ein hübscher junger Mann mit scharf geschnittenen, ebenmäßigen Zügen: ein gepflegter, kurz gehaltener Bart rings um die straffe Kinnpartie, blitzende Augen und eine Haut, die so glatt und gleichmäßig braun wie poliertes Leder war. Langsam sagte er: «Kommt darauf an», und hob dann die Stimme, um Melisende scharf anzufahren. «Bist du Jungfrau, Christin?»

«Wie könnt Ihr es wagen?», hauchte Melisende, machte sich gerade und hob das Kinn. Sie starrte ihm mit allem Stolz, den sie aufbringen konnte, in die Augen: ein Blick von hoheitsvoller Zurechtweisung, unter dem er sich schamgebeugt zu ihren Füßen hätte winden müssen.

Doch er zeigte seine weißen Zähne und lachte erheitert. «Fürwahr eine stolze Dame», rief er aus, und die Männer rings um ihn lachten mit. «Nun, ob Magd oder Majestät, mir wird geantwortet, Christin. Und wenn du mir nicht antworten willst, finde ich es auf eigene Faust heraus. Hassan, ergreife sie.»

«Nein», schrie Melisende. Doch auf einmal waren von allen Seiten Hände auf ihr, packten sie an Armen und Beinen, Handgelenken und Haaren und hielten sie fest. Ismail lachte über ihre Bändigung und gluckste schließlich hervor: «Ins Zelt mit ihr. Unser Anliegen brauchen wir nicht mit dem ganzen Lager zu teilen.»

Im Zelt hängte jemand eine Fackel auf. Bei ihrem flackernden Licht trugen die Soldaten Melisende mit Gewalt zu ihrem Bett, legten sie darauf ab und zerrten ihre Beine weit auseinander. Sie sträubte und wehrte sich, gab aber keinen Laut. Ihr war klar, dass es hoffnungslos gewesen wäre zu schreien.

«Also», sagte Ismail, legte eine Hand an ihren Rockschoß und hob ihn langsam an.

Sein Gesicht wurde gespannt und ernst, während er ihre Fußgelenke, ihre Waden, ihre Schenkel und zuletzt ihre weichen schlanken Hüften bloßlegte. Die sarazenischen Krieger knurrten aus tiefster Kehle, als Melisendes weiße Gliedmaßen enthüllt wurden. Dann sah Ismail das glänzende Vlies ihrer Schamhaare, hell wie ihre Kopfbehaarung, und zog vor Bewunderung pfeifend den Atem ein.

«Nun», sagte er leise, «schauen wir mal, was wir da haben. Jungfrau oder nicht?»

Melisende krümmte vergebens den Rücken. Ismail streckte eine dunkelhäutige Hand aus und legte die Finger auf den weichen goldenen Hügel. Sie schloss die Augen und lag ganz still da, während sie seine Hand sich sanft vorwärts bewegen und zwischen ihren geöffneten Schenkeln tasten fühlte.

«Nanu», sagte Ismail, als sei er überrascht, «die Christin ist nass wie ein Quell. Vielleicht gefällt es ihr ja, von vier kräftigen Männern niedergedrückt und einem weiteren befingert zu werden.» Und dann gelangte er äußerst behutsam zum Eingang ihrer Vagina und ließ eine Fingerspitze sanft, aber gewandt hineinschlüpfen.

Er traf auf keinen Widerstand, und sein dunkles Gesicht erblühte zu einem Lächeln. Melisende keuchte und versuchte, so zu tun, als fühle sie nichts. Aber sie wusste, das stimmte nicht. Ismails Finger glitt tiefer in sie hinein, immer tiefer, bis seine Knöchel ihre darbende Vulva streiften.

«Sie ist keine Jungfrau», vermeldete er seinen grinsenden Kumpanen, «und ich könnte wetten, dass sie binnen der letzten Stunde genommen wurde.» Er lächelte zufrieden in die Runde wie ein Verschwörer. «Und der Emir wird nie erfahren, dass wir sie auch genommen haben.»

«O Gott –», stöhnte Melisende und versuchte, sich seiner lüstern forschenden Hand zu entziehen. Er aber lachte nur, behielt seinen Finger in ihr und begann, mit der Daumenkuppe den kleinen fleischigen Knubbel vorn an ihrem Schlitz zu suchen und zu liebkosen, kaum dass er ihn gefunden hatte.

Melisende keuchte auf, als heftige Lust unvermittelt durch ihre Lenden flutete. Ismail beugte sich vor, bis sein dunkles Gesicht über ihrem schwebte. «Genieße es, solange du kannst, Christin», flüsterte er. «Der Emir ist sechzig und hat nur an Ärschen Gefallen, und deine kleine Blume ist so nass und lieblich, dass ich merke, wie sie sich nach Füllung sehnt. Du wirst uns jetzt allen Lust bereiten, und ich verspreche dir ebensolche, bei meiner Kriegerehre.»

«Nein», stöhnte Melisende. Sie sprach Französisch, vergaß ihr Arabisch, aber der Tonfall verzweifelter Weigerung war unmissverständlich. «Ich will nicht, ich will nicht.» Ismail aber schmunzelte nur, schob einen weiteren Finger in ihre Vagina, um ihn dem ersten zuzugesellen, und setzte beide in Bewegung, rein und raus, rein und raus, während sein Daumen ihre Klitoris streichelte. Obwohl Melisende die Augen schloss, die Lippen verkniff und den Kopf hin und her warf, spürte sie die Antwort auf seine beharrliche, entschlossene Reizung ihrer zarten Möse in sich emporwallen und sie derart mit der Verheißung von Lust erfüllen, dass sie zuletzt aufschrie, ihm die Hüften entgegenbäumte und freudig bereit war, alles hinzunehmen, was er ihr noch geben mochte.

Doch dann zog sich Ismail, einer plötzlichen Eingebung

folgend, zurück. «Sie könnte uns verraten, denn sie ist unserer Sprache mächtig», gab er zu bedanken. «Ein Jammer ist es, dass sie nur den Emir befriedigen soll. Wenn ihn seine nächste Reise von uns führt, haben wir vielleicht Gelegenheit, unsere Bekanntschaft mit dem neuen Juwel in seinem Harem zu erneuern.»

Neuntes Kapitel
DER PALAST VON EMIR UMAR AL-NUMAN

Diesseits der hohen Steinmauern rings um die Unterkünfte der Frauen herrschte Stille, unterbrochen nur vom sanften Geplätscher des Springbrunnens im Innenhof. Die Bewohnerinnen des Harems lagen auf Seidenkissen und dicht geknüpften Teppichen, ließen die Köpfe träge auf ausgestreckten Armen ruhen und lauschten, ihre Körper ein Schimmern unter durchscheinender Kleidung, während eine von ihnen eine Geschichte erzählte.

«Von seinen Worten ermutigt, lächelte Sitt al-Husn erst, lachte dann und sagte zuletzt: ‹Liebling, so nimm mich im Namen Allahs, halte mich fest, nagel mich auf deinen Schoß.› Und während sie sprach, hob sie ihre Gewänder und zeigte, dass sie unter ihrem Kleid ganz nackt war. Sie zeigte ihm ihre liebliche Rose samt den entzückenden Schenkeln und einem nach Jasmin duftenden Mond. Als er sah, wie begehrenswert diese Huri war, fühlte Badr al-Dihn das Blut in seinen Adern rauschen und das schlafende Kind in ihm erwachen. Hastig entledigte er sich seiner Hüllen und stand bald nur noch im Hemd da.

Sitt al-Husns herrlicher Leib lag für ihn ausgestreckt da, also zog er sich ohne ein weiteres Wort das Hemd aus und warf sich auf sie. Er kniete sich zwischen ihre gespreizten Schenkel, um sie mit beiden Händen noch weiter auseinander zu drücken, setzte seinen Rammbock auf die Festung an und erzielte mit einem einzigen Stoß den Durchbruch. Mit Frohlocken stellte er fest, dass die Perle noch nie zuvor durchbohrt worden war, keine andere Ramme dort auch nur die Nasenspitze hineingesteckt hatte. Als er Sitt al-Husn umdrehte, gewahrte er auf der anderen Seite denselben entzückenden Zustand der Jungfräulichkeit und nutzte ihn sogleich auf das freudigste aus. Fünfzehn Mal nacheinander preschte die Ramme vor die Mauer ...»

«Fünfzehn Mal», Melisende Stimme bebte vor Ungläubigkeit, Verbitterung und Zorn. «Fünfzehn Mal! Bei Gott, Alia, wie erträgst du das? Dir Geschichten von Lust und Genuss anzuhören und dich nur mit deinesgleichen trösten zu können?»

Sie saß in einer abgeschiedenen Ecke des Harems, tief im Schatten durchbrochener Sichtblenden und seidener Baldachine, neben einer Frau, die ebenso wunderschön wie die Huri aus der Fabel war. Alia war von geringer Größe und hatte zierliche kleine Hände mit spitz zulaufenden Fingerkuppen und Nägeln, deren rosa Farbe dem Inneren einer Muschel glich. Ihr Körper aber war üppig und anschmiegsam, mit runden Brüsten, drallen Hüften, einem gewölbten Bauch, weich wie eine Daunenfeder, und Pobacken, die ebenso füllig und prall ausfielen wie die zum Platzen gestopften Polster des seidenbespannten Diwans, auf dem sie ruhte. Sie hatte eine niedrige weiße Stirn, Lippen so klein und entzückend wie eine Rosenknospe, und ihre schwarzen Augen leuchteten mit den Sternen um die Wette und funkelten vor Heiterkeit.

«Meli», sagte Alia mit Schalk in der Stimme, «erst letzte Nacht wurdest du zur Gesellschafterin unseres Herrn erkoren, des Lichts der Frommen, des hoch geschätzten Emirs Umar al-Numan. Du willst doch wohl nicht sagen, du seist enttäuscht worden?»

Melisendes zarte Nüstern erbleichten und weiteten sich verärgert. Sie sah ebenso gefährlich aus wie ihr Bruder

Thibault. «Enttäuscht? Nach drei Wochen Warten einem alten Mann vorgeführt zu werden, einem fetten, alten Mann mit einem Schwanz nicht größer als mein kleiner Finger, der im selben Augenblick kam, da er mir seinen Zipfel in den Hintern schob? Jawohl, ich war zutiefst enttäuscht.»

«Wie kannst du so vom Emir reden?» Alia hob die Hände in gespieltem Entsetzen an ihre Pausbacken. «War er denn nicht deines Lebens größte Freude?»

«Alia, wie kannst du mich nur so triezen?» Melisende umfasste Alias Handgelenke und zog sie zu sich. «Hier werde ich noch verrückt, das schwöre ich.»

«Ich will dich trösten», bot Alia an, beugte sich vor und legte den rosigen Mund auf Melisendes volle, bebende Lippen. Ihre Zunge schlüpfte tief in Melisendes Mund hinein, dann befreite sie ihre Gelenke aus den erlahmenden Händen der jungen Christin und fing an, mit ihren schmalen Fingernägeln ganz sanft die sich versteifenden Warzen auf Melisendes flachen Brüsten zu kratzen.

Für kurze Zeit seufzte Melisende, wölbte den Rücken und bot ihre Warzen Alias Liebkosungen dar. Dann runzelte sie die Stirn und entzog sich ihr. «Nein, Alia, du verstehst mich nicht. Du bereitest mir Lust, das weißt du selbst. Aber das genügt mir nicht. Wie sollst du das auch begreifen? Du hast dein ganzes Leben im Harem verbracht.»

Alia hob spöttisch ihre makellos geschwungenen Brauen. «Wenn der Emir nach Saladins Hof aufbricht», sagte sie, «und du nicht zu seiner Begleitung erwählt sein solltest, wirst du, glaube ich, erkennen, warum ich das gut verstehe.»

Nicht zum ersten Mal hatte Alia angedeutet, dass sich das ruhige Haremsdasein in Abwesenheit des Emirs ändern könnte, aber Melisende war zu sehr mit ihrer Trübsal beschäftigt, um darauf zu achten. «O Gott», rief sie aus, warf sich auf die Kissen zurück und starrte hilflos die bemalte Decke an, «wenn ich daran denke, dass Robert hier ist, hier im Palast, zum Greifen nah, und ich nicht zu ihm kann.»

«Meli», zischte Alia, «ich habe dich schon einmal gewarnt, nicht von ihm zu sprechen. Sein Leben ist in Gefahr. Du tust ihm keinen Gefallen, den Harem Tag für Tag an sein Vorhandensein zu erinnern. Sie hassen dich jetzt schon genug.»

Melisende fuhr hoch, die Hände zu Fäusten geballt und die türkisfarbenen Augen wild entschlossen funkelnd. «Ich werde ihn befreien», sagte sie scharf mit leiser Stimme. «Das schwöre ich, Alia. Ich werde meine Freiheit und meine Mitgift zurückbekommen und von diesem verfluchten Ort fliehen.»

Nie zuvor hatte sie von ihren Absichten gesprochen, verfiel nun in Schweigen und starrte aufsässig in Alias leuchtende Augen. Zu ihrer Überraschung wies ihre Freundin sie nicht zurecht, sondern erwiderte ihren Blick mit einem Gesichtsausdruck sehnsüchtigen Verlangens. «Fliehen», murmelte Alia. «O Meli, wenn es so weit ist, dann nimm mich mit.»

«Dich mitnehmen?» Melisende staunte. Dass Alia sich von ihren Schilderungen des Lebens in der Welt außerhalb der Haremsmauern fesseln ließ, wusste sie, hätte sich aber nie träumen lassen, ihre Freundin berge den Wunsch nach Freiheit im Herzen. «Aber Alia, was würdest du draußen tun?»

«Ich wäre eine freie Frau», sagte Alia stolz. «Frau eines Kaufmanns oder Soldaten. Keine Ahnung. Jedenfalls nicht hier gefangen und kein Deut besser als eine Sklavin, um auf das Alter zu warten.»

Alia war der einzige Mensch im ganzen Palast, der sich Melisende freundlich gesinnt gezeigt hatte. Die anderen Haremsfrauen hassten sie für das Weiß und Gold ihrer Schönheit und ihre freimütigen Reden, und Roxana, die oberste Konkubine, hatte in den drei Wochen seit Melisendes Eintreffen im Harem getan, was sie konnte, um ihr Los zu erschweren. In der Zwischenzeit hatte sich Melisende fast schon in Alia verliebt, und obwohl es ihr Vorhaben erschwerte, passte sie ihre bislang unbestimmten Pläne flink der neuen Wendung an. «Vier Augen sehen mehr als zwei», sagte sich rasch. «Alia, hör zu –»

Mit lautem Krachen flogen die Türen zum Harem auf, und die Frauen schnellten auf die Beine. Der oberste Eunuch trat ein, ein großer, maßlos fetter Mann, dem weitere Eunuchensklaven zur Seite standen. Er klatschte in die Hände, und die Frauen beeilten sich, mit vor der Brust gekreuzten Armen vor ihm niederzuknien, denn der oberste Eunuch war das Sprachrohr des Emirs.

«Heute», sagte der oberste Eunuch mit seiner merkwürdig hoch tönenden Stimme, «reist unser Herr und Meister, die Perle des Lichts, an Saladins Hof. Sieben seiner Konkubinen wird er mitnehmen, damit ihn an jedem Tag der Woche eine andere unterhalte. Dies ist seine Wahl: Bereithalten mögen sich Fitnah, Kut, die Christensklavin Melisende –»

Melisende war bestürzt. Sollte sie erfreut über ihre Wahl sein oder beunruhigt, weil sie fort aus dem Palast sein würde, in dem Robert eingekerkert war. Doch ehe sie auf die Beine kommen konnte, warf die oberste Konkubine Roxana ein: «Oberster Eunuch, die Christensklavin ist leider unpässlich. Seit mein Herr sich an ihr erfreute, hat sie ihr Monatsfluss ereilt, und es würde ihn unrein machen, bei ihr zu liegen.»

Vom Ausmaß der Lüge überrascht, wollte Melisende hochfahren und widersprechen. Alia aber packte sie mit ihrer kleinen Hand kraftvoll bei der Schulter und zischte: «Sag nichts», und obwohl sie vor Entrüstung kochte, blieb sie, wo sie war.

Der oberste Eunuch hob die Brauen und verkündete schleunigst einen Ersatz. Dann führte er die ausgewählten Frauen aus dem Harem und schloss die Türen.

Roxana erhob sich und kam mit boshaftem Lächeln zu Melisende herüber. Sie war eine große, kräftig gebaute Frau, stand gut im Fleisch, hatte träge Lider und ein sinnliches Wesen. Der Emir ließ nur noch selten nach ihr schicken, was sie mit erbitterter Eifersucht gegen alle erfüllte, die er bevorzugte. «Armes Christenmädchen», sagte sie in aller Gemütsruhe, «hoffentlich bist du nicht zu betrübt.»

«Durchaus nicht», erwiderte Melisende mit so viel kaltem Hochmut, wie sie aufbringen konnte. «Ich danke Euch, edle Roxana. Mir war nicht recht nach des Emirs Gesellschaft.»

«Du würdest die Gesellschaft des christlichen Gefangenen vorziehen, nehme ich an», stichelte Roxana und musterte Melisende mit zweideutigem Blick. «Nun, hab keine Angst. Sobald unser großmütiger Meister den Palast verlassen hat, sollst du ihn wiedersehen.»

Melisendes Gesicht wechselte umgehend den Ausdruck. Ihre ganze Erhabenheit verflog. Eilig trat sie einen Schritt vor und fragte mit ausgestreckten Händen: «O edle Roxana, ist das wahr? Wie?»

«Warte ab», antwortete Roxana neckisch und strich mit

den Fingerspitzen über Melisendes Antlitz. «Warte ab, so wird dir alles offenbart werden.»

Es war feuchtkalt in Roberts Verlies. Obwohl die Eingangstür aus massivem Holz dreifach verriegelt war, hatte man ihn mit Händen und Füßen an die Wand gekettet. Er wusste, dass der Emir eine Lösegeldforderung an Thibault geschickt hatte, und da er sich keine falschen Hoffnungen über Thibaults Haltung machte, rechnete er jeden Tag damit, von der Ablehnung des Ansinnens zu erfahren.

Sollte Thibault die Zahlung verweigern, würde man ihn töten. So viel hatten ihm seine Wachen gesagt. Er wollte sich tapfer dem Unvermeidlichen stellen, wusste aber auch um die Sünde und Schuld, die auf ihm lasteten, und fürchtete die Qualen der Hölle. Seine Lust hatte seine Herzensdame ins Unglück gestürzt, seine Niederlage sie den Heiden in die Hände gespielt. Wenn er sie nur befreien könnte, sagte er sich immer wieder im Dunkel des Kerkers, würde er frohgemut sterben.

Über seinem Kopf hörte er dröhnenden Lärm, wiehernde Pferde, brüllende Kamele, Männer, die Befehle bellten. Er lauschte angestrengt nach verständlichen Worten und rätselte, ob sich ein weiterer Trupp Soldaten des Emirs anschickte, das Land der Christen zu überfallen. Doch eher schien der Emir für eine Weile zu verreisen. Die Männer sprachen vom Hof Saladins.

Hieße das, sein Leben wäre bis zur Rückkehr des Emirs sicher? Fröstelnd lehnte er sich an die Wand und dachte an Melisende.

Ohne Vorwarnung ging die Tür auf, und vier Soldaten kamen mit gezogenen Schwertern herein. Robert schnellte mit dumpfem Herzklopfen in die Höhe, denn nun glaubte er, der letzte Befehl des Emirs habe seinem Tod gegolten. Er bekreuzigte sich und verharrte regungslos, den Unterkiefer zuckend verkrampft, und sah dem Nahen der blanken Schwerter mit verzweifeltem Heldenmut zu.

Zu seiner Überraschung machten die Soldaten keine Anstalten, ihn umzubringen. Einer löste die Ketten, die Robert an die Wand fesselten, und ein anderer zerrte ihm die Handgelenke auf den Rücken und band sie mit einem Seil so fest, dass seine Hände von fehlender Durchblutung zu prickeln anfingen. Dann stießen sie ihn derart unsanft zur Tür, dass er strauchelnd in die Knie ging.

«Wo bringt ihr mich hin?», fragte er, als er sich schwankend aufrichtete.

«Wenn ich's dir sagte», meinte der älteste unter den Soldaten, «würdest du mir nicht glauben.»

Sie schubsten Robert die Treppe zum Verlies hoch und auf den strahlend beschienenen Innenhof hinaus. Blind wie ein Maulwurf nach der Dunkelheit des Kerkers, blinzelte er und kniff die Augen zusammen. Während sein Gesichtssinn sich erholte, blickte er in die Runde im Bemühen, die Anlage des Palasts zu ergründen und sich etwaige Fluchtmöglichkeiten zu merken. Der Bau war stark befestigt, hatte hohe Mauern und schwere, gut bewachte Tore, und ihm sank der Mut.

Dann fragte er sich, wohin man ihn brachte. Kurz nach seiner Ankunft im Heiligen Land war er in ein, zwei sarazenischen Wohnstätten gewesen, und nun schien es, als bugsierte man ihn zu den privaten Gemächern, wo die Frauen untergebracht waren. Das konnte doch unmöglich sein. Dann aber dachte er an Melisende, an ihr gewitztes Köpfchen und ihre Findigkeit, und ein verstohlenes Lächeln zuckte über seine Lippen. Was für einen schlauen Plan hatte seine Herzdame ausgeheckt?

Die Soldaten führten ihn einen langen Flur hinunter, der zu einer hohen Doppeltür führte. Einer eilte voraus und öffnete die Türen, und der andere stieß Robert hindurch. Sprachlos vor Staunen stand er da, denn vor ihm lag der weitläufige, von Säulen getragene Haremssaal, und darin lagen viele Frauen, dunkel, von schwüler Sinnlichkeit und jener Schönheit, wie sie die Sarazenen schätzten. Sie waren dürftig bekleidet, und während seine Augen auf der Suche nach Melisende von einer zur nächsten huschten, fand er seine Aufmerksamkeit hier von einer rosigen Warze, da vom Schimmern weißer Schenkel, dort vom Glanz eines dunklen pelzigen Dreiecks gefangen genommen. Eine der Frauen streichelte sich ganz offen und seufzte beim Spiel mit den scharlachroten Blütenblättern ihres Geschlechts, und Robert starrte sie wie gebannt an, ehe er seine Augen von ihr losriss.

«Herrin», sprach einer der Soldaten, «er ist stark und gefährlich. Mir ist gar nicht wohl dabei, ihn hier zu lassen.»

«Er ist stark», erwiderte eine groß gewachsene Frau, während sie sich mit königinnenhaftem Gebaren erhob, «aber wir sind viele. Außerdem habe ich eine Reihe von Gründen an der Hand, die sein gutes Benehmen gewährleisten werden.» Sie zog ein Messer unter ihrem Kleid hervor; es hatte einen Griff aus Elfenbein und eine lange, schmale, funkelnde Klinge. «Geht nun», befahl sie, «und sagt eurem Meister Jussuf, dass wir später am Abend nach ihm und seinen Hauptleuten schicken werden.»

Die Soldaten verneigten sich, warfen einen besorgten Blick auf Roberts große gefesselte Gestalt und zogen sich zurück. Als die Frau auf Robert zutrat, hob er die Schultern und sah sie herausfordernd an. Sie kam näher und legte die Messerklinge an seine Kehle. Es fühlte sich kalt und heiß zugleich an. Er schloss die Augen und schluckte.

«Du hast uns alle höchst eifrig beäugt, Christenritter», sagte die große Frau. «Was hast du gesucht?»

Das hier konnte nicht auf Melisendes Betreiben zurückgehen. Robert war so beklommen und ahnungsvoll zumute, dass sich seine Eingeweide verkrampften, aber die Sehnsucht nach Melisende war noch drängender als seine wachsende Lust. Er fragte sich, was er antworten solle, und murmelte schließlich: «Ich habe nach der Christin gesucht, die zugleich mit mir ergriffen wurde.»

«Melisende?» Die Frau schmunzelte, als sie Robert betroffen zusammenzucken sah. Sie drückte das Messer fester an seine gebräunte Kehle, und er versteifte sich und zitterte von der Anstrengung, ruhig zu bleiben. «Oh, sie ist hier unter uns. Wenn du brav bist, edler Ritter, werde ich dir erlauben, sie zu sehen – und zu sprechen.»

Roberts gefesselte Hände ballten sich zu Fäusten. «In Gottes Namen», sagte er, «bringt mich zu ihr.»

«Nicht sofort», gab die Frau zurück. «Du musst es dir verdienen. Wir sind hier viele, und du musst uns alle befriedigen. Es geschieht nicht oft, dass wir einen so kräftigen und lendenstarken Gefangenen in unserer Mitte haben.»

Melisende nahe zu wissen, machte Robert störrisch. Warum sollte er anderen Frauen dienen, wenn sich sein Herzenswunsch in Reichweite befand? «Lasst mich mit ihr sprechen», sagte er verärgert und zerrte an seinen Fesseln. «Bei Gott, sonst –»

Die Frau aber bewegte das Messer, hielt die Spitze an sein Gesicht und brachte ihn mit ihrer tödlichen Drohung dazu, stillzuhalten und zu verstummen. «Meine Güte», sagte sie, «wie aufbrausend du bist. Und schmutzig dazu: Schau dich an! Wir müssen dich säubern, bevor wir uns an dir erfreuen. Komm mit zum Brunnen.»

«Das werde ich nicht», stieß Robert zwischen zusammengebissenen Zähnen hervor.

Die Frau lachte auf. «Schwestern», rief sie, «kommt und macht diesem sturen Ochsen Beine.»

Auch die übrigen Frauen lachten und eilten herbei, um Robert zu umringen. Eine langte hoch, berührte sein bärtiges Gesicht und sagte mit enttäuschtem Klang in der Stimme: «Gnädige Roxana, ich dachte, die Christen wären glatt rasiert und hätten weiche Haut wie Frauen.»

«Er ist eingekerkert gewesen», entgegnete Roxana mit überlegenem Blick. «Aber wir werden ihn rasieren, Azizah, und bald wird er so glatt wie dein eigener Hintern sein. Zuvor müssen wir ihn aber zum Brunnen bringen und waschen. Sein Schweißgestank ist ja strenger als bei einem Wildschwein. Na komm schon, Christ, auf zum Brunnen.»

«Nein», antwortete Robert grimmig. «Ich habe keine Angst vor Euch.»

Roxana riss die dunklen Augen ganz weit auf. «Ach nein? Bei Allah, wir werden dir schon auf die Sprünge helfen.»

Sie legte Hand an ihn, und die übrigen Frauen folgten ihrem Beispiel, aber Robert sträubte und wand sich, schüttelte sie ab, widersetzte sich ihnen mit aller Kraft, trotz seiner gefesselten Hände. Sie kreischten vor Aufregung und warfen sich wie reißende Wildhunde auf ihn, um ihn schließlich mit ihrem schieren Übergewicht zu Boden zu ringen. Keuchend und starr vor Auflehnung lag er unter ihnen und bemühte sich zu verdrängen, dass weiches Frauenfleisch seine Gliedmaßen beschwerte und seine Lippen über die steife Brustwarze einer Frau streiften, die begehrenswert wie ein Inkubus in Blüte stand, wie ein Teufelswerk, um die Tugend des Mannes zu versuchen.

Roxana beugte sich über sein rot angelaufenes Gesicht und sprach: «Wenn ich du wäre, Christ, würde ich mich gefügig zeigen. Deine kleine Geliebte ist in meiner Gewalt. Es ist zu ihrem Schaden, solltest du uns nicht zu Gefallen sein.»

Robert sah Roxana in die Augen und erkannte, dass sie es ernst meinte. Er drehte das Gesicht von der Brust der Frau über ihm fort und presste hervor: «Und wenn ich – Euch gefällig bin –, lasst Ihr mich sie sehen? Sie sprechen?»

«Aber gewiss», flüsterte Roxana.

Eine Pause trat ein; dann nahm Robert einen langen tiefen Atemzug und ließ die Anspannung aus seinem Köper weichen. «Es sei, wie Ihr es wünscht», murmelte er.

Die jungen Frauen ringsum redeten entzückt durcheinander. Sie zogen ihn auf die Füße und zerrten ihn zum Brunnen hinüber, um ihn mit Hilfe von Roxanas Messer zu entkleiden. Seine Hände ließen sie gefesselt, und bald stand er in stolzer Nacktheit vor ihnen und blickte zähneknirschend und mit verdrossen gesenktem Kopf wie ein in die Enge getriebener Löwe um sich.

«Oh», sagte eine der Frauen, «er ist schön, Roxana. Darf ich es sein, die seinen Schwanz wäscht?»

«Ich werde seine Schultern waschen», sagte eine andere.

«Und ich seinen Hintern.»

«Und ich seine Schenkel.»

«Und ich sein Haar!»

Und unter erregtem Geschrei stießen sie Robert ins kühle strömende Wasser, warfen ihre eigenen Kleider ab und sprangen ihm hinterher. Er stand mit geschlossenen Augen da und versuchte, an etwas anderes zu denken als den himmlischen Reiz von zehn Paar geschickten Händen, die den tief sitzenden Schmutz und Schweiß aus seiner Haut lösten, seine Muskeln kneteten und wollüstig durch sein Haar fuhren. Es war hoffnungslos. Sein Kopf war schon von Bildern Melisendes angefüllt, und die gewandten und flinken Liebkosungen der Haremsdamen weckten in ihm eine derart schwellende, begierige Erregung, dass die junge Frau mit der delikaten Aufgabe, seinen Penis zu waschen, aufrichtigen Beifall murmelte.

«Seht nur, Roxana», sagte sie und schob mit einer Hand Roberts Vorhaut zurück, um seine zuckende Eichel in ihrer ganzen Pracht zu enthüllen. «Was für eine Waffe! Was glaubt Ihr, wie viele von uns wird sie befriedigen?»

«Uns alle», antwortete Roxana gelassen, «sonst geht sein Wunsch nicht in Erfüllung.» Sie näherte sich Robert, noch immer mit dem Messer in der Hand. Einem der Mädchen trug sie auf: «Hol das Duftfett. Ich werde ihn rasieren.» Sie blickte Robert lächelnd in die Augen und fuhr mit einem Finger behutsam über die Messerklinge. «Du wirst stillhalten», flüsterte sie, «ich bin nicht schuld, falls ich dich schneide.»

Robert traute ihren funkelnden Blicken nicht. Er kniff die Augen zu und blieb reglos, und als die glänzende Klinge über sein Gesicht und seinen Hals glitt und den weichen bronzefarbenen Bart abschälte, erschauerte er. Aber Roxana war erfahren, und schneller, als er für möglich gehalten hätte, war er glatt rasiert und seufzte erleichtert auf, derweil ihm eine der jungen Frauen eine edle Duftsalbe in die frisch erblühte Haut rieb.

«Da steht nun», sagte Roxana, «ein Christenritter in Vollendung. Ich war dir zu Diensten, edler Ritter, und nun wirst du mir zu Diensten sein.» Sie durchquerte den Raum und legte sich, die Hüften bis an die Kante geschoben und die Schenkel einladend gespreizt, auf einen Diwan. «Komm», befahl sie.

Die übrigen Frauen wichen zurück. Robert stieg aus dem Brunnenbecken und verharrte einen Augenblick bei der Frage, ob er sich weigern könne. Doch diese Frau hatte Gewalt über Melisende; außerdem waren die weichen fleischigen Lippen rings um ihre Scheide feucht und verlockend. Sein harter Schwanz verlangte schmerzlich danach, dass er seinen Lustdurst lösche. Ohne ein weiteres Wort ging er zum Diwan und sah auf Roxanas hingestreckten Körper hinunter, ihre wogenden Brüste und die glänzenden Falten ihres Geschlechts, das sich ihm öffnete.

«Bindet mich los», sagte er knapp.

Roxana schmunzelte und bog den Rücken durch. Ihre schweren Brüste gerieten durch die Bewegung in Unruhe. «Nein», gab sie zurück. «Ich will mich am Anblick deiner Mühsal erfreuen, wenn du mich befriedigst.»

«Levantinisches Biest», grummelte Robert auf Französisch. Er sank zwischen Roxanas weit gespreizten Schenkeln auf die Knie, und sie keuchte lustvoll auf, als sie spürte, wie seine heiße Eichel ihre Schamlippen anstupste und den Eingang zu ihrem Körper suchte. Sie hob die Füße, legte die Gelenke um Roberts Taille und bot ihr Geschlecht seinem drängenden Penis lüstern dar. Ihre Füße fanden zu seinen gefesselten Händen und blieben darauf ruhen, was seinen Spielraum noch weiter einschränkte. Fluchend stieß er seine Hüften vorwärts und fühlte sich von einem heftigen Reiz durchflutet, als sein forschender

Schwanz die Kerbe fand und in Roxanas Körper hineinzuschlüpfen begann.

«Oh», rief Roxana laut aus und schob ihm ihre Hüften entgegen, damit er noch tiefer in sie eindringen könne. Roberts Ständer glitt immer weiter in sie hinein, bis er gänzlich versenkt war und sein weicher Hodensack über ihren Anus streifte. Sie langte hoch, vergrub beide Hände in seinem nassen Haar und hielt ihn auf Armeslänge von sich. «Nun, du Gefangener, du Geisel, du Sklave», zischte sie, «befriedige mich. Bediene mich, mein christlicher Hengst. Bring mich zum äußersten. Und sei auf der Hut, dich zu ergießen. Hier sind noch zwanzig Frauen mehr, denen du Lust bereiten musst.»

Robert hasste sie, aber die klammernde Liebkosung ihrer feuchten, heißen Möse um seinen drallen Schaft war eine erlesene Folter. Er bleckte das Gebiss und spannte die Hinterbacken an, um sich aus ihr zu lösen und wieder in sie hineinzurammen. Sein Körper traf mit scharfem Klatschen auf ihren, und sie schrie auf. Robert fletschte die Zähne vor Anstrengung, seinen Höhepunkt zurückzuhalten, stieß mit aller Kraft zu, schob seinen prallen Steifen in Roxanas hungrigem Tunnel hin und her, keuchte, sobald die weichen Lippen sich beim Zurückziehen an ihn hefteten, und schrie vor Wonne, sich immer wieder in ihr zu vergraben. Roxana seufzte und stöhnte, während sein geschwollener Riemen in sie hinein- und herausglitt und sein Körper auf ihren einhieb, und es dauerte nicht lange, bis sie einen gellenden Laut ausstieß und sich in einem Krampf rasender Lust verkrümmte.

Sofort zog sich Robert keuchend von ihr zurück. Glänzender Schweiß benetzte seine goldbraunen Schultern, und sein wuchtiger, pochender Ständer schimmerte von

Roxanas überfließenden Säften. Er stand auf und drehte sich mit kämpferischem Blick zu den übrigen Frauen um. «Wer ist die Nächste?», fragte er.

«Ich!»

«Ich!»

«Lasst mich ran!»

Die Frauen drängten sich um ihn, streichelten ihn, griffen nach seinem Penis und seinen Nüssen, und jede versuchte, ihn zu sich herabzuziehen. Er wankte von einer Seite zur anderen, benommen vom unruhigen Wald weißer Schenkel und den korallfarbenen Brustwarzen, die vor seinen Augen hüpften, richtete den Blick auf ein klaffendes, hungriges Geschlecht vor sich, nur um es fortgepflückt und durch ein anderes ersetzt zu finden.

Schließlich sagte eine der Frauen: «Das ist doch Irrsinn. Soll er sich an den Diwan lehnen, dann kann er wenigstens zwei von uns zugleich befriedigen.»

«Aber wäre denn ein Christ so kunstfertig, Ghanimah?», fragte eine andere überrascht.

«Prüft mich doch», sagte Robert scharf, der es müde war, wie ein Ochse behandelt zu werden. Die jungen Frauen ringsum wandten sich ihm zu und starrten ihn erstaunt an, und der Anblick so vieler dunkler, liebreizender Augen, die sich auf ihn hefteten, als wäre er ein Wunder, stimmte ihn mit einem Mal so heiter, dass er in Gelächter ausbrach. «Prüft mich», wiederholte er. «Und wenn ihr meine Arme befreit, werde ich euch umso besser befriedigen können.»

Die Frauen sahen erst einander und dann Roxana an, die noch immer auf dem Diwan lag und einen Überrest ihrer Lust hervorkeuchte. Lässig zuckte sie die bloßen Schultern. «Wenn ihr wollt, befreit ihn», sagte sie. «Die Wachen sind gleich draußen vor der Tür. Sollte er irgendwelchen Ärger machen, sollte er uns bedrohen, wird seine Geliebte derartige Qualen leiden, dass sie seinen Namen verfluchen wird, ehe man sie schließlich erdrosselt.»

Eine der Frauen eilte mit einem Messer zu Robert und begann, das Seil um seine Handgelenke durchzutrennen. Er stand völlig regungslos da, von jäher Angst um Melisende ergriffen, und betrachtete Roxana. Roxana begegnete seinem Blick mit kühler Herausforderung in den Augen, um gleich darauf zu lächeln.

Seine Hände waren befreit. Er ballte sie zu Fäusten und öffnete sie wieder, rieb sich die Gelenke und trieb das Blut zurück in seine schmerzenden Finger. Die ganze Zeit über beobachtete er Roxana und las in ihrem Gesicht, dass sie tatsächlich die Macht hatte, ihre Drohung wahr zu machen. Er war versucht, der neben ihm stehenden Frau das Messer zu entreißen, es Roxana an die Kehle zu halten und zu verlangen, dass sie ihm Melisende zurückbringe. Aber wie sollte er die Haremstüren hinter sich lassen? Melisende und er wären beide tot, bevor sie einen Fuß auf den Hof gesetzt hätten. Fürs Erste unterwarf er sich doch besser dem, was immer die Frauen für ihn auf Lager hielten, und harrte einer günstigeren Gelegenheit.

«Komm», sagte eine der Frauen, «leg dich hin.» Sie führte ihn zu einem weichen Bodenteppich, und er streckte sich fügsam darauf aus, schloss die Augen und wartete. Trotz seines inneren Widerstrebens war er jetzt von Vorfreude erfüllt und rätselte, was da auf ihn zukommen mochte.

Bald wusste er Bescheid. Eine weiche Hand umschmiegte seinen drängenden Schwengel, hob ihn von seinem flachen Bauch und hielt ihn stramm aufrecht. Robert holte tief Luft, als er mit neuer Verwunderung spürte, wie das stierende Auge seines Penis feuchtwarmes Fleisch streifte. Er erschauerte und stöhnte, während die weiche Hand seinen Ständer sanft auf und ab wanderte und dazu benutzte, ein schmelzendes Geschlecht zu erregen. Er fühlte seine Eichel über die Perle einer geschwollenen Klitoris reiben und hörte die Stimme einer jungen Frau selig aufstöhnen.

Dann hockte sich ein weiteres Mädchen rittlings über sein Gesicht und senkte ihr Geschlecht auf seine geöffneten Lippen herab. Er knurrte zur Einwilligung, langte hoch, um ihre runden, zarten Schenkel zu fassen, und zog das Mädchen auf seinen Mund. Sie war sehr nass, und er schleckte hungrig zwischen ihren Beinen, schnalzte der Länge nach über ihre Schamlippen, sog gierig am hervortretenden Spross ihrer Klitoris, um dann seine züngelnde Klinge bis zum Heft in ihre bebende Vagina zu treiben. Das Mädchen schrie auf, und ihre Schenkel bebten unter seinen Fingern. Während sie stöhnte und sich an seinem Gesicht rieb, erschauerte sein Schwanz vor pochender Lust, als er in die warme, weiche Höhle des Geschlechts der anderen einsank und, von ihrem satinierten Tunnel gehätschelt und liebkost, darin emporglitt.

Robert stöhnte entzückt und leckte heftiger an der jungen Frau, die spreizbeinig auf seinem Gesicht hockte. Sie wimmerte und rieb ihre Schamlippen an seinem Mund, und die Frau, die sich von seinem Schwanz aufspießen ließ, gab einen seltsam erstickten Schrei von sich und fing an, auf seinem Steifen auf und ab zu gleiten. Ihre eine Hand war vorn an ihrer Möse beschäftigt, um sich zu erregen, während die andere seinen weichen Hodensack, die glatte, zarte Haut seines Damms und den empfindlichen Kranz seines Anus streichelte. Er keuchte und zuckte wehrlos. Herrliche Wärme wallte über seinen Schwanz, der nun tief im eng umschmiegenden Geschlecht der jungen Frau eingebettet war. Er stand davor zu kommen, das wusste er, und versuchte ein paar Augenblicke lang, es zurückzuhalten. Doch seine Reiterin hatte die Schwelle zum Orgasmus erreicht, und ihre pulsierende und krampfende Vagina klammerte sich in solch seliger Enthemmung um seinen drängenden Penis, dass sein Höhepunkt von den Lenden in seinen Schaft übersprang und durch seinen ganzen Körper toste, bis er sich einen Ruck gab, seine schlanken Hüften zwischen ihre bebenden Schenkel stieß und mit der Zunge derart entfesselt auf das Geschlecht des anderen Mädchens einhieb, dass sie aufschrie und sich zurückfallen ließ, als auch sie sich in einem übermächtigen Orgasmus auflöste.

Ganz still lag er da, war kaum zum Atmen imstande, und die Ekstase ließ rote Pünktchen hinter seinen geschlossenen Lidern tanzen. Die beiden jungen Frauen erhoben sich von seinem erschütterten Körper, und jene, die seinen Schwanz in sich zucken gefühlt hatte, sagte selbstgefällig: «Er hat den Gipfel erreicht, fürchte ich.»

«Macht nichts», sagte die andere. «Seine Zunge ist vorzüglich lang und kräftig, ganz anders als die einer Frau. Soll er noch zwei oder drei von uns auslutschen, bevor wir ihn wieder scharf machen.»

Robert stöhnte, war aber insgeheim entzückt. Es hatte ihm schon immer Lust bereitet, Frauen mit seiner Zunge dienstbar zu sein, und sie schmeckten honigsüß und sahnig, einfach köstlich. Er würde ihnen zeigen, wie er seine Zunge benutzte. Er setzte sich auf und sah sich um, bis sein Auge auf ein Mädchen fiel, das in jeder Hinsicht Melisendes Gegenteil verkörperte: dunkel statt blond, klein statt groß, drall und üppig statt schlank. Er streckte die Hand nach ihr aus und warf sie auf den nächstliegenden Diwan, stieß ihre Schenkel weit auseinander, vergrub mit gierigem Lustknurren seinen Kopf dazwischen und ging daran, von ihrer verborgenen Quelle zu trinken. Die Frau zappelte und kicherte verzückt, und als Robert kurz nach Luft schnappte, sah er zwei ihrer Freundinnen beidseits neben ihr knien und sich vorbeugen, um mit feuchtheißem Mund an ihren spitzigen Brüsten zu schlecken und zu nuckeln, während eine weitere dürstend an ihrer schweren Zunge sog. Er musste darüber lächeln, wie gut es die Kleine sich gehen ließ, und tauchte wieder zwischen ihre Schenkel. Seine Hände hätschelten ihre vollen Pobacken und spreizten sie weit auseinander, um es seinem langen rechten Mittelfinger zu gestatten, den zuckenden Anus des Mädchens zu drücken und zu necken, dann behutsam den engen Schließmuskel zu lockern und weit in ihren verbotenen Durchgang hineinzufahren. Das war zu viel für sein bebendes Opfer, das losschrie und sofort einem aberwitzig überdrehten Höhepunkt entgegentaumelte, auf dem sich ihr ganzer Leib schaudernd versteifte, während ihn Wellen der Lust durchfluteten.

Vom umsichtigen Hilfsdienst seiner strammen, schnalzenden Zunge befördert, keuchten und seufzten sich in rascher Folge zwei weitere junge Frauen bis zur Ekstase. Ihre Lust entflammte seine Begierde, und als er sich zuletzt erhob, schimmerte sein Gesicht von weiblicher Lust, und sein Penis war so angeschwollen, dass es ausgesprochen schmerzte. Einer weiteren bereitstehenden Frau wogte der Busen, als sie die funkelnden Augen auf seinen gewaltigen Ständer heftete. Er schnappte sie sich und warf sie über ein riesiges, am Boden liegendes Kissen, auf dem sich ihre Hüften in luftige Höhen wölbten. Mit wollüstigem Grunzen fiel Robert über sie her und beutete gierig die feuchten Freuden ihres Geschlechts aus. Sie seufzte und warf den Kopf von einer Seite zur anderen, während er sie eifrig rammelte, seinen heißen Schwanz mit solch leidenschaftlicher Inbrunst in sie hineinstieß, dass sie binnen Augenblicken kam, sich rings um seinen Schaft wand und krümmte und kleine bebende Schreie der Verzückung ausstieß. Er ließ auf der Stelle von ihr ab, um nach einer anderen Frau zu greifen, die sich bücken musste, um die Zwillingsmonde ihres nackten Hinterns und das schimmernde Täschchen ihrer willigen Möse zu offenbaren. Er steckte ihr seinen raubgierigen Schwanz zwischen die prallen Schamlippen und trieb sich mit einem kräftigen Stoß bis zum Anschlag in sie hinein. Da ein Tempowechsel wünschenswert schien, verharrte er völlig reglos in ihr und begann, ihre glänzenden Schamhaare zu kraulen, die Lustperle zu finden und sie zu erregen. Sie schrie auf und wand sich hilflos auf dem riesigen Schaft, der sie durchbohrte, rieb ihre geschwollenen Labien an der Wurzel seines Schwengels und liebkoste die straffen, steifen Warzen ihrer pendelnden Brüste. Er lachte vor Lust, während er ihre Klitoris mit solcher Gewandtheit kitzelte und neckte, dass sie zu einem Höhepunkt erschauerte, obwohl sich sein Ständer nach dem ersten, entschiedenen Vorstoß in ihre Tiefen nicht mehr gerührt hatte.

Wieder stand ein Mädchen vor ihm und bot ihr klaffendes Geschlecht seinem drängenden Schwanz dar, der unverzüglich in ihrer Tiefe verschwand. Inzwischen war Robert mit heller Freude bei der Sache, knurrte aber erschrocken, als das Mädchen seine pumpenden Hinterbacken ergriff und anfing, ihn mit ihren inwendigen Muskeln zu drücken. Die feuchte Wärme ihre Vagina umgab ihn, und ihr Tunnel molk ihn wie eine wichsende Hand: ein ganz und gar entzückendes, unerwartetes Erleben. Robert rief seine unverhoffte Erlösung heraus, als er spürte, wie ihm sein Samen abgesogen wurde, aus der Spitze seines zuckenden Penis schleuderte und ihn mit wonnigem Brand erfüllte.

Nun fühlte er sich ziemlich matt, doch waren noch viele Mädchen unbefriedigt. Sie legten ihn auf einen der Diwane und machten sich nützlich. Zwei herrliche Huris mit Brüsten wie reife Granatäpfel liebkosten seinen Körper mit ihren warmen Zungen und badeten ihn in ihrem Speichel so gründlich wie eine Katze, die ihren Wurf leckt. Er stöhnte lustvoll und streckte sich aus, während die beiden über jeden Zoll seines Fleisches schleckten und schlürften und nichts ausließen: Sie züngelten in den bronzenen Achselhaaren, knabberten an seinen Ohrläppchen und stöberten danach in den Ohren herum, sogen an seinen Brustwarzen, bis sie sich stramm aufgerichtet hatten wie die einer Frau, bissen ihm in den Hals, stießen ihm ihre Zungen in den Mund, kniffen mit scharfen Zähnen in die straffe Haut von Bauch und Hüften, nahmen seine Eier zwischen die Lippen, richteten seinen sich versteifenden Penis auf und lutschten ihn, auf jeder Seite eine, indem sie die warmen Muskeln der Länge nach über seine wachsende Härte zogen und ihn neckten, bis er aufschrie. Dann schließlich ließ eine, derweil die andere an seinen strammen Hoden schleckte, ihre vollen Lippen bis zur Wurzel über seinen lustwehen Schaft schlüpfen und hätschelte ihn zu voller, herrlicher Festigkeit.

Diesmal verzögerte sich sein Höhepunkt lange genug, um vier der Haremsfrauen zu bedienen und die verkrümmt Stöhnenden mit den unbarmherzigen Stößen seines geschwollenen Riemens zum Gipfel zu treiben, bevor er seine verzweifelte Lust herausbrüllte. Zuletzt kam er jedoch unter Krämpfen und Schaudern, um anschließend keuchend und bewegungsunfähig, das Gesicht im Kissen vergraben, dazuliegen.

Ringsum seufzten die jungen Frauen auf und wanden sich, während sie einander mit Zungen und Lippen Lust bereiteten. Roxana hatte sich von ihrer Liege erhoben und stand nun, die Hüften herausgestellt, um ihr glänzendes Geschlecht hervorzukehren, über ihm. «Ist das schon alles, was du kannst?», fragte sie ihn streng. «Und die Hälfte von uns ist noch unbefriedigt? Ist das der abendländische Wagemut?»

Robert rührte sich kläglich und stöhnte. Eine der Frauen sagte: «Nehmt ihn nicht so hart ran, Roxana. Das arme Geschöpf. Keine Sorge, wir kriegen ihn wieder hoch.»

Sanfte Hände drehten ihn um, und eine Frau stützte ihm den Kopf, während eine andere einen Becher an seine Lippen hielt. Er war mit prickelnd erfrischendem Sorbet gefüllt. Vor lauter Überraschung musste er prusten, schüttelte dann den Kopf und setzte sich auf.

«Ruhig», sagte die erste Frau, «ganz ruhig, Herr. Wir werden Euch vorbereiten.» Und sie drückte sein Gesicht zurück in die Kissen, bis er den Kopf auf die verschränkten Arme bettete.

Einen Augenblick lang glaubte Robert einzuschlafen. Dann entfuhr ihm ein langer Seufzer lustvollen Staunens, als sich ein zartes Rinnsal warmen, schlüpfrigen Öls zwischen seinen Schultern ergoss. Das Öl begann sein Rückgrat hinunterzutröpfeln und ließ ihn erschauern.

Nun benetzten sich kleine kräftige Hände mit dem Öl

und glitten über seinen nackten Rücken, kneteten die Hautrötungen und walkten die starken Schultermuskeln. Es war ein erlesener Reiz. Er machte unter den reibenden Händen einen Buckel wie ein großes Tier, das sich bereitwillig streicheln lässt.

Die geschickten Hände fuhren fort, ihm Rücken, Schultern und Arme zu massieren, um bald darauf durch ein weiteres Paar ergänzt zu werden, das sich den Rückseiten seiner muskulösen Schenkel widmete. Weiche Lippen schmiegten sich in seine Kniekehlen, und er gab einen leisen Ausruf unwillkürlicher Lust von sich. Die Lippen bewegten sich abwärts, küssten seine Waden, Fußgelenke und Fußsohlen und sogen sich zuletzt an den Zehen fest.

Robert krümmte sich und streckte die Füße aus. Quälende Wonne hatte von ihm Besitz ergriffen, und er wusste nicht, ob er sich einem himmlischen Gipfel des Kitzels oder einem der Erregung näherte. Die junge Frau lachte und fing an, seine Fußsohlen und Fußgelenke zu streicheln, während sie eine Zehe nach der anderen lutschte, und Robert wand sich wehrlos auf den Kissen und spürte, wie neues, kräftiges Leben seinen betäubten Penis erwärmte.

Nun griffen die weichen Hände nach seinen Füßen und zogen sie weit auseinander. Er versteifte sich eingedenk dessen, was er über Sarazeninnen gehört hatte, die einen Mann zu nehmen beliebten, als wäre er eine Frau, und fragte sich, ob diese Freuden noch zu schändlichem Ehrverlust führen würden. Doch eine matte Seligkeit hatte ihn so weit übermächtigt, dass er sich nicht sträubte, als seine Füße gespreizt wurden. Einen Augenblick lang lag er erwartungsvoll fröstelnd da. Dann spürte er feuchtwarmen Atem auf den Rückseiten seiner Schenkel und seufzte in wollüstiger Vorahnung.

Erst spürte er warmen Atem, Lippen und eine Zunge, die sich zwischen seinen angespannten Schenkeln emporschlängelte. Dann stupste ein weiches weibliches Gesicht seine sich straffenden Eier an, und Lippen umspielten den zarten Beutel. Jetzt kroch die kräftige, geschickte Zunge seinen Damm hoch und kletterte Zoll für Zoll auf den verborgenen Spalt seines Arschlochs zu. Er stöhnte in ohnmächtigem Widerspruch, schämte sich, Lust aus solch unwürdiger Erregung zu ziehen, aber das änderte nichts. Die Zunge glitt weiter zwischen den Wölbungen seines strammen Hinterns empor und nässte die dunkle Spalte mit schlüpfrigem Speichel ein. Und schließlich spürte er die Zungenspitze der jungen Frau unmittelbar auf dem fest verschlossenen Eingang zu seinem Körper. Der Muskel schnalzte darüber hinweg und weichte das zarte Häutchen in köstlicher Feuchte ein. Immer wieder drückte die Zunge gegen den Eingang und versuchte, nach innen vorzustoßen. Er heulte auf und versteifte das Hinterteil, um sich gegen die schändliche Zudringlichkeit zu sperren. Die junge Frau lachte leise, und ihr Atem strich kühl über seine nasse Haut. Dann langte sie zwischen seine Beine und begann, seine Nüsse und die Wurzel seines erstarkenden Schwengels zu liebkosen, und er seufzte vor Lust und entspannte sich.

Sofort stieß die kräftige Zunge aufs Neue entschlossen zu, und diesmal gelang ihr seine Öffnung. Er hob den Kopf von den Kissen und schrie verzweifelt auf, als er sich überwältigt und durchdrungen fühlte. Flink kreiste die Zunge in seinem zarten Anus, erfüllte den empfindlichen Kranz mit unerträglichem, wundersamem Reiz, stieß wie ein kleiner Penis vor und zurück und schnalzte und schmatzte dabei, als wäre es eine Frau und nicht Robert, der nun stöhnte und sich unter den Qualen verbotenen Genusses wand.

Bald darauf stellte die junge Haremsdame ihre wundersamen Liebkosungen ein und zog sich zurück. Während sie von ihm abließ, flüsterte sie: «Ihr seid nun bereit, edler Herr», und als Robert benommen auf den Bauch rollte, stellte er fest, dass es stimmte. Sein Schwanz war verhärtet und noch steifer und draller als zuvor, als habe die Zunge in seinem Anus all seine Erschöpfung fortgewischt.

Nun war er unermüdlich. Eine nach der anderen empfing er die verbliebenen Frauen in seinen Armen, fiel mit seinem entfesselten Schaft über sie her und vögelte sie, bis sie kreischten und sich wanden. Eine legte er flach, eine andere auf die Seite, eine kam auf Hände und Knie; dann fühlte er sich ermattet und legte sich hin, damit die nächste ihn ritt, und so weiter, bis alle Frauen außer einer ihr Vergnügen an seinem Körper gehabt hatten.

Er machte Anstalten, in sie einzudringen, aber sie wich vor ihm zurück. «Ich bin die Letzte», flüsterte sie. «Ihr müsst in mir kommen, edler Herr.»

Robert zuckte die Achseln. «Das wird wohl nicht gehen», sagte er mit einem Lächeln. «Aber ich bin steinhart und kann dir Befriedigung versprechen.»

«Ihr müsst kommen», beharrte die Frau. «Es gefiel Euch, Herr, als Ghanima Euren Hinterbacken huldigte, wie wir alle gesehen haben. Lasst sie Euch auf diese Weise erregen und seid mir unterdes zu Diensten, dann wird alles gut.» Sie rekelte sich unter ihm auf den Kissen und reckte ihm die schlanken Hüften entgegen, um ihr Geschlecht darzubieten. Er lachte, teilte mit der Eichel die zarten Lippen und versenkte sich mit einem Stoß bis zum Heft in ihrer Scheide. Dann schrie er auf, denn einmal mehr fühlte er, wie sich die geile Zunge in ihm ihren Weg bahnte und die warmen, zartgliedrigen Hände um seine straffen Eier schlossen. Zu wildem Ungestüm angespornt, stürzte er sich in das Geschlecht der hingestreckten Frau. Sie hob die Hüften, um Stoß für Stoß zu begegnen, und jedes Mal, wenn er sich zurückzog, glitt die warme schlüpfrige Zunge in ihn hinein, um seinen geheimsten Körperteil zu verwöhnen.

Trotzdem blieb er überzeugt, nicht kommen zu können. Doch als sich sein Gerammel zu treibendem Gleichmaß steigerte und das Mädchen unter ihm zum Keuchen und heftigen Schaudern brachte, wandelte sich auf einmal die Reizung in seinem Anus. Die warme weiche Zunge wurde von etwas Glattem ersetzt, etwas Kühlem und Hartem, das ihn ausdehnte, anfüllte und zu solch unbändig stampfender Wut aufstachelte, das sein zartes Opfer vor Unglauben schrie. Der kühle glatte Schaft in seinem klammernden Anus glitt immer schneller hin und her, bis die Lust zuletzt zu groß wurde. Mit einem lauten Aufschrei kam er ebenso wie sie.

Er fiel vornüber auf die junge Frau, rang nach Atem und stöhnte auf, als der glatte Gegenstand aus seinem zuckenden Anus gezogen wurde. Sie schlängelte sich unter ihm weg und ließ ihn hechelnd und schweißgebadet zurück.

Jemand zog ihm mit grober Gewalt die Hände auf den Rücken und fesselte seine Gelenke. Er sträubte sich, war aber von der Verausgabung geschwächt. «Melisende», keuchte er und kämpfte sich hoch.

Roxana stand vor ihm und lachte ihm ins Gesicht. «Sie ist hier», verkündete sie und warf den Kopf zurück. «Sie hat jeden deiner Stöße gesehen, du brünstiges Schwein. Schau her!» Ihre Hand machte eine herrische Bewegung, und eines der Mädchen zog auf den Wink hin eine durchbrochene Sichtblende zurück. Robert weitete entsetzt die Augen und taumelte beim Anblick der splitternackten Melisende zurück. Ihre Hände und Füße waren hinter eine der Steinsäulen gebunden und ihr Mund mit einem dicken ledernen Knebel gestopft. Sie zerrte ohnmächtig an ihren Fesseln und heftete die meerblauen Augen in einer beredten Mischung aus Wut, Eifersucht und Verzweiflung auf Robert. Zu Hagebuttengröße angeschwollen, legten ihre Brustwarzen wortlos Zeugnis von der Erregung ab, die ihre schlanke Gestalt marterte.

«Melisende», rief Robert und stürzte auf sie zu. Doch von allen Seiten fielen die Mädchen über ihn her und rissen ihn zu Boden; die vorausgegangenen Mühen leisteten ihm nun gar keinen guten Dienst.

«Bestimmt hat es sie erheitert», sagte Roxana ausgelassen, «wie du uns alle bedient hast mit deinem prächtigen Schwanz, von dem sie glaubte, er gehöre ihr allein. Danke für deine Hilfe, du fränkischer Hund.»

Robert kämpfte mit aller ihm verbliebenen Kraft gegen die Übermacht der Frauen, aber es war hoffnungslos. Roxana sah seinem Sträuben eine Weile zu, dann rief sie: «Wachen.»

Als die vier Soldaten zur Tür hereinplatzten, wandten sie die Augen von dem Meer aus entblößtem weiblichem Fleisch vor sich ab. «Hier habt ihr euren Gefangenen», sagte Roxana, «gründlich gezähmt zurück. Bringt ihn wieder in sein Verlies. Und sagt Jussuf und seinen Männern, dass wir ihrer Lust harren.»

Die Soldaten hievten Robert auf die Beine und ereiferten sich über seinen nackten, ausgelaugten Zustand. «Auf zu deinen Ketten», sagte einer. «Ich glaube, für die Ruhe da unten hast du jetzt was übrig.»

«Melisende», Robert verzerrte den Hals, als sie ihn zur Tür schleppten, um einen letzten Blick über die Schulter auf seine Holde zu erhaschen. Ihre gefesselte Blöße brannte sich ihm in die Augen. «Melisende, ich liebe dich, ich liebe dich. Vergib mir.»

Und dann schwenkten die Türen zu, und er sah nichts mehr von ihr.

Zehntes Kapitel

«Alia, bitte.» Melisende taugte nicht zum Betteln, tat aber ihr Bestes. «Bitte, bitte. Wenn du meine Freundin bist, lass mich dazu. Ich halt's nicht mehr aus.»

Zwei Tage nach dem Aufbruch des Emirs stand im Palast ein Sumpf der Ausschweifung in Blüte. In seiner Abwesenheit behandelten die Truppenführer den Harem als eine Art Sondervergünstigung, und inzwischen hieß jede seiner Frauen ihren eigenen Liebhaber sehnsüchtig willkommen. Jede der Frauen außer Melisende, heißt das. Roxanas Hass auf sie genügte, um einige der Männer abzuschrecken, und andere waren vom Umstand eingeschüchtert, dass Jussuf, der Befehlshaber der Garde und Roxanas Liebhaber, beiläufiges Gefallen an der neuen Christensklavin geäußert hatte.

Mithin hatte Melisende zwei Tage lang zugesehen, wie ringsum Männer und Frauen einander küssten, streichelten und dann in wollüstiger Vereinigung stöhnten und seufzten. Ein von Roberts Anblick heftig wachgerütteltes und seither ungestilltes Verlangen ging ihr an die Nieren, und sie war inzwischen bereit, alles zu tun, um ihren Lustdurst zu löschen. Alia hatte sie deren Teilhabe an der allgemeinen Verkostung Roberts kaum verzeihen können, doch nun besaß die Freundin etwas, was Melisende heftig begehrte: einen Liebhaber. Sie war die Geliebte Ismails geworden, des jungen Wachhauptmanns.

Alia schaute zweifelnd drein. «Wenn Roxana das entdeckt …»

«Ich schweige wie ein Grab, wenn du nichts verrätst», versicherte Melisende. «Und Ismail kannst du doch vertrauen, oder?»

«Tja ...» Alia runzelte die zarten, geschwungenen Brauen. «Ich glaube schon, aber er achtet immer auf seinen Vorteil.» Plötzlich hellte sich ihr reizendes Gesicht auf. «Ach Meli, natürlich darfst du dazu. Vielleicht ist Ismail nicht so groß wie dein Robert, aber geschickt schon. Bestimmt wird er dich befriedigen.»

Melisende sah die Gelegenheit zur Genugtuung gekommen. «Ich weiß, das wird er», pflichtete sie bei. «Hab ich dir nicht erzählt, dass es Ismail bei meiner Gefangennahme angebracht fand, mich zu prüfen, bevor er mich an den Emir weiterreichte?»

Schwarze, weit aufgerissene Kulleraugen funkelten verärgert. Für einen Moment sträubte sich Alia das Fell wie bei einer kleinen erzürnten Katze. Dann legten sich ihre Borsten wieder. «Ach ja», sagte sie mit Achselzucken, «Männer tun eben, was sie wollen. Damit sind wir quitt, Meli. Hattest du genauso viel Lust an meinem Ismail wie ich an deinem Robert?»

Ein feines Lächeln umspielte Melisendes volle Lippen. «Ich hatte nicht gerade die Absicht, von ihm beglückt zu werden», räumte sie ein, «aber seine Rechtfertigung war höchst wortgewandt und überzeugend.»

Alia schmunzelte zur Antwort. «Hör zu», sagte sie mit leiser Stimme. «Seine Wache endet zur neunten Stunde. Die edle Roxana ist dann bei Jussuf, womit Ismail über den inneren Raum verfügen kann. Finde dich dort rechtzeitig ein und versteck dich. Sobald du mich mit ihm zusammen siehst und die Tür geschlossen ist, kommst du hervor.»

«Danke», sagte Melisende. Unwillkürlich streckte sie die Hände aus, hielt Alia fest und küsste sie auf die Lippen. «Danke, Alia. Ich weiß, dass du Ärger bekommst, sollte dieses Miststück Roxana etwas herausfinden.»

«Sie wird mir nichts antun können», sagte Alia ernsthaft, «wenn du mich mitnimmst, wie du es verspochen hast.»

Melisende blickte finster drein. «Ich habe mein Versprechen nicht vergessen», sagte sie, «aber ohne Robert und meine Mitgift kann ich nicht fort, und ich weiß noch immer nicht, wie ich ihn freibekommen soll. Mir wird schon noch etwas einfallen. Und ich weiß, wohin wir uns wenden müssen, Alia.»

«Wohin?», fragte Alia, und ihre Augen leuchteten wie zwei Sterne.

«Nach Sizilien», raunte Melisende, «an den Hof von König Wilhelm in Palermo. Ein prächtiger, glanzvoller Hof, und von Sizilien heißt es, dort seien Christen und Muslime ohne Unterschied gelitten. Der König ist zur Hälfte Sultan, habe ich gehört. Robert und Ismail sind beide auf ihre Weise prächtige Ritter, und wenn wir Wohlstand mitbrächten, würden wir dort bestimmt glücklich.»

«Sizilien», flüsterte Alia. «Oh, könnte es doch nur wahr werden.»

Als die Sonne auf ihrer Bahn unter dem blauweißen Himmelsgewölbe zu sinken begann, schlich Melisende in das innere Haremsgemach und kroch unter einen Diwan, über dem ein Seidenteppich hing. Im Dunkeln schob sie eine Hand in den Schritt ihrer Pluderhose, um ihr Geschlecht darin zu bergen und zu drücken. Die feuchtwarmen Fleischfalten zwischen ihren Schenkeln zogen sich begierig zusammen. Schuld für das, was sie vorhatte, konnte sie keine empfinden. Immerhin hatte Robert vor ihren gepeinigten Augen den versammelten Harem bedient. Sie dachte daran, wie der Knebel in ihrem Mund aufzuquellen geschienen, ihre gefesselten Hände am Pfeiler gescheuert und in ihren Augen Tränen des Schmerzes und Verlangens gebrannt hatten: nach seinem wunderschönen goldenen, lustvoll gewölbten Körper, seinen kräftigen Händen, die weiches Fleisch von Pobacken und Schenkeln stauchten, seinem prallen Ständer, der sich in einer Frau nach der anderen vergrub. Unter Qualen hatte sie zugesehen, waren ihre Brustwarzen angeschwollen und die Säfte ihres Begehrens ungefragt ihre geschlossenen Schenkel hinuntergeronnen. Nunmehr stand Robert mit zwanzigfacher Untreue in ihrer Schuld. Sie musste einfach einen Mann haben, der sie ausfüllte.

Ihr Atem pfiff, während sie sich streichelte. Sie ließ die Schenkel locker und teilte mit der Linken ihre Schamlippen, wo sie ihre Klitoris verbargen. Als die kühle Luft den kleinen Spross küsste, seufzte sie auf, leckte sich den Mittelfinger der Rechten und berührte sich. Lust durchflutete sie. Sie malte sich Robert aus, wie er sie auf den Rücken senkte, während ihre Schenkel auf seinen Schultern ruhten und die Hüften weit aus dem Bett emporgehoben waren. Er hatte sie spreizbeinig vor sich, das Geschlecht lüstern zur Schau gestellt und klaffend vor Begierde. Er packte ihre Schenkel, zog sie weiter auseinander und weidete die Augen an ihrem geheimen Herzen, bevor er seinen Schaft bis zum Heft hineinstieß. Während sie sich vorstellte, wie er seinen drallen Schwanz in ihr hinauf und hinab bewegte, ließ sie einen Finger in ihren Tunnel schlüpfen und drückte ihn mit ihren inwendigen Muskeln. Ihr Atem wurde schneller; sie drehte den Kopf auf die Seite und ließ ein zartes, leises Keuchen hören, während sie es sich mit dem Finger machte.

Sie war ganz in ihre Vorstellung entrückt und sträubte sich in Roberts Griff, malte sich aus, er drücke ihre Hüften nach vorn, bis sie, die geöffneten Schenkel höher als das Gesicht, auf den Schultern stehen und mit ungläubigem Erschauern zusehen würde, wie er seinen massigen Schaft immer wieder in die weichen Falten ihrer Möse triebe. Der Orgasmus schmurgelte schon in ihrem Bauch. Dann hielt sie auf einmal bebend inne. Die Tür hatte sich geöffnet und wurde wieder geschlossen.

«Ismail», flüsterte Alias Stimme. «Komm, mein Gebieter, mein Krieger, lass mich dir dienen.»

«Ja», sagte eine Stimme, und Melisende erkannte den jungen Hauptmann. «Blas mir einen, Alia. Nimm mich zwischen deine weichen Lippen.»

Leises, ersticktes Stöhnen offenbarte, dass Alia Folge leistete. Äußerst behutsam hob Melisende den Teppichüberhang und lugte darunter hervor.

Der junge Hauptmann stand nackt und spreizbeinig da und stieß die Hüften emsig nach Alias Gesicht. Splitternackt sah er noch besser als angezogen aus. Seine dunkle Haut war weich wie Sahne, und das blauschwarze Haar fiel ihm in wallenden Locken auf die schmalen, muskulösen Schultern. Während Alia ihn lutschte, fuhr sein Atem zischelnd ein und aus, und sein straffer Bauch hob und senkte sich unter bebendem Keuchen. Die Hängelaterne warf ein Sprossenmuster aus Licht und Schatten auf seine pumpenden Rippen.

Melisende holte tief Luft und kroch unter dem Diwan hervor. Zwischen den Beinen fühlte sie sich himmlisch erweicht und zu allem bereit. Geräuschlos ging sie zur Stelle hinüber, wo Alia vor ihrem jungen Geliebten kniete und mit Lippen und Zunge seiner Latte huldigte.

Ismails Schwanz war wunderschön, lang und von erlesenem Wuchs, von blauen Adern gemasert und einer schimmernden Eichel gekrönt, die so fest und glatt wie rosafarbener Granit wirkte. Alias kleine Hand streichelte ihn zwischen den Beinen, ihre vollen Lippen glitten der Länge nach seinen glänzenden Schaft hinauf und hinunter. Von einem Rollen ihrer schwarz umrandeten Augen begleitet, streckte sie die andere Hand nach Melisende aus, die geräuschlos auf die Knie sank, sich vorbeugte und den heißen, scharfen, männlichen Geruch von Ismails Lenden einsog. Der schwere Duft seiner Erregung stieg ihr berauschend zu Kopf. Sie bekam Alias Hand zu fassen, drückte sie, öffnete gleichzeitig den Mund und streckte die Zunge heraus, um unter den rührigen Lippen der Freundin die glatte Säule aus Fleisch abzuschlecken.

Einen Augenblick lang leckte sie eifrig und ergötzte sich am vielschichtigen Geschmack der warmen Haut Ismails. Plötzlich zuckte sein schlanker muskulöser Körper zusammen; er riss sich los und ließ sie Hand in Hand mit Alia kniend auf dem Marmorboden zurück.

«Beim Bart des Propheten!», rief Ismail mit starrem Blick aus. «Die Christin. Was macht sie hier?», stellte er Alia zur Rede.

«Das arme Ding», sagte Alia und rutsche ein wenig näher an Melisende heran. «Roxana versucht, sie von jeglicher Befriedigung fern zu halten. Das ist einfach ungerecht.» Sie schmiegte sich eng an Melisende, und ihre runden Brüste schimmerten unter dem durchsichtigen Stoff ihres Oberteils. «Da dachte ich mir», fügte sie einschmeichelnd hinzu, «dir könnten zwei von uns gefallen.»

Ismails dunkle Augen hellten sich auf, und weiße Zähne strahlten. «Vielleicht», sagte er gedankenvoll. «Soll ich mich wie der Sultan geben, mit einem ganzen Harem voller Frauen zur Auswahl?» Sein Penis, den die Überraschung angewelkt hatte, hob sich himmelwärts und zitterte vor Eifer wie ein angeleinter Jagdhund. Ismail legte Hand an und rieb sich versonnen, während er die beiden Frauen zu seinen Füßen betrachtete. Ein boshaftes Schmunzeln leuchtete in seinem Gesicht auf. «Nun, meine Sklavinnen», sagte er, «zunächst wünsche ich, unterhalten zu werden.» Er ließ von seinem Schwanz ab, der stramm emporhüpfte und an seinem flachen Bauch auflag. Mit stillvergnügtem Lachen trat er zu dem Diwan, unter dem Melisende sich versteckt hatte, legte sich darauf nieder und faltete die Hände hinter dem Kopf. «Alia», sagte er, «zeig mir die Künste der Christin. Für meinen Geschmack ist sie zu dünn. Ich kann mir kaum vorstellen, wie sie einem Mann dienen soll.» Er lächelte Melisende zu, und in seinen mandelförmigen schwarzen Augen blitzte es teuflisch. Melisende war beleidigt. Ismail hatte die dralle, üppige Alia zu seiner Geliebten erkoren und hielt ihre eigene Schlankheit zweifellos für weniger appetitanregend, doch wie konnte er andeuten, sie könnte es an sinnlichem Vermögen mangeln lassen? Wie konnte er es wagen?

Ismail grinste über beide Ohren. Offensichtlich konnte er ihr die Gedanken aus dem Gesicht ablesen. Er streckte sich behaglich aus und winkte Alia zu. «Überzeuge mich, dass sie für meine Zuwendung bereit ist.»

Alia neigte in stummem Gehorsam den Kopf, warf dann einen Blick auf Melisende und leckte sich die Lippen. Melisende entgegnete den Blick und lächelte. Auf einmal war sie entschlossen, Ismail zu zeigen, wie verrucht sie sein konnte. Sie zog einen Seidenteppich zu sich heran und streckte ihre schlanken Gliedmaßen langsam und sehnsuchtsvoll darauf aus. Sie legte sich zurück und schloss die Augen. Blitzartig schoss ihr die Erinnerung an Clare durch den Kopf, wie sie ihrer syrischen Sklavin in der Hitze des Innenhofs auftrug, sich nackt auszuziehen, für Melisendes Untersuchung zu öffnen, und sie dann streichelte und liebkoste, bis Ninas honigfarbenes Fleisch unter dem Ansturm des Höhepunkts erbebte. Nun war es an ihr, sich zu entblößen, und diesmal einem Mann zum Vorteil. Sie warf die Arme zurück, bog den Rücken durch und fröstelte in wohliger Erwartung. Ihre Brustwarzen strafften sich unwillkürlich und schmerzessüß.

Alia kniete neben ihr nieder und beugte sich vor, um ihre Lippen darzubieten. «Melisende», flüsterte sie, «berühre meinen Mund, damit er deine kräftige, entzückende Zunge sieht.»

Ohne die Augen aufzuschlagen, öffnete Melisende die Lippen und tastete nach Alias Mund. Sie fand ihn weich und zart wie eine Blume vor. Sie führte die Zunge rings um Alias volle Lippen, um ihrer Fülle nachzuspüren. Gleichzeitig erschauerten ihre Brüste vor Überraschung, als kleine geschickte Finger über sie streiften und die Warzen zu noch härterer Versteifung anhielten. Melisende erforschte Alias Mund und wimmerte leise, als sie fühlte, wie das zarte Gewebe ihres Oberteils von der Freundin geöffnet und ihre freigelegten weißen Brüste mit den korallfarbenen Spitzen von Ismail begehrlich angestarrt wurden.

An sich schon angenehm, behagte diese Lüsternheit Melisende umso mehr, als sie darin das Vorspiel zur vollkommenen Befriedigung ihrer Bedürfnisse wusste. Sie erlaubte es Alia, ihre Nacktheit zu enthüllen, um Ismails Lust zu erregen, in Melisende einzudringen und seinen Körper an ihren zu schmiegen. Während Alia das Oberteil der Freundin entfernte und anfing, die flachen Hügel ihrer Brüste zu streicheln, stellte Melisende sich vor, wie sich Ismail auf ihr anfühlen würde, wenn er ihre Schenkel spreizte und sich in sie einsinken ließe.

«Brüste wie Schnee», flüsterte Alia und berührte Melisendes Warzen mit solch federleichter Gewandtheit, dass Melisende aufschrie. «Wie Knospen im Schnee. O wie lieblich.» Und sie sog eine der scharlachroten Spitzen in den Mund und begann zu nuckeln.

«Lass mich ihr Geschlecht sehen», sagte Ismail. Melisende erschauerte erneut über den kalten Befehlston in seiner Stimme. «Zeig mir ihre verborgene Rose.»

«Mein Gebieter», murmelte Alia ergeben. Sie löste die goldene Kordel, die Melisendes Pluderhose festhielt, und zog die Hose langsam hinunter, um einen schlanken Bauch, gerundete Hüften und weiße Schenkel zu entblößen. Melisende verkrampfte die Hände in den Teppichfransen, kniff die Pobacken zusammen und hob die Lenden, als bitte sie darum, gestoßen zu werden.

Nun war sie nackt, und Alias Hände drückten ihre Schenkel auseinander. Melisende stöhnte auf und machte die Beine breit. Langsam wanderten die Hände an den Innenseiten ihrer Schenkel empor und näherten sich allmählich dem Herz ihrer Weiblichkeit. Sie wusste, dass ihr Geschlecht von den Säften ihres unbefriedigten Verlangens schimmerte und seine violett angeschwollenen Lippen dem lüstern stierenden Mann eine dringliche Einladung aussprechen würden. Als Alia die Schamlippen der Freundin berührte und behutsam auseinander zog, um ihren dunklen, leeren Tunnel zur Schau zu stellen, erschauderte Melisende unter Stöhnen.

«Alia», sagte Ismails Stimme, «zieh dich aus. Dann leck sie. Ich will sie aufschreien hören.»

Melisende lag ganz still da, die Beine weit gespreizt, und wartete unter angespanntem Schweigen auf den Augenblick, da Alia ihr Lust bereiten würde. Sie hörte das Rascheln, als Alia ihre Kleider ablegte, und spürte dann die vertrauten Empfindungen von Alias Körper über dem eigenen: weiche, pendelnde Brüste, die auf ihren Bauch drückten, warme Schenkel, die sich an ihr Gesicht schmiegten, kräftiges Haar, das rau über ihre Beine strich. Mit einem Aufstöhnen verzückter Einwilligung langte sie hoch, um ihr Gesicht in Alias Geschlecht zu vergraben, und suchte mit der Zunge nach dem kleinen fleischenen Knubbel, der Wonne schenkte. Sie fand und berührte ihn, ebenso wie Alia den ihren fand, und beide klammerten sich lutschend und leckend aneinander fest, indes ihre Zungen unbeirrbar über jene eine Stelle schnalzten, an der sie den Gipfel im Sturm nehmen konnten.

Melisende hatte sich an den Reiz ihres rasch herannahenden Höhepunkts verloren, als sich Alias warme, feuchte Möse plötzlich von ihrem Mund ablöste. Sie schlug überrascht die Augen auf und keuchte vor Staunen. Ismail, der nicht länger warten wollte, kniete rittlings über Melisendes Kopf, hatte Alias schwellende Pobacken auf die Höhe seiner Hüften gezogen und drang in sie ein. Alia entfuhr ein gellender Schrei, vergrub daraufhin den Kopf wieder zwischen Melisendes Schenkeln und leckte voll Inbrunst weiter, während ihr Liebhaber sie kraftvoll rammelte. Unter beiden liegend, rief Melisende ihre Lust und Verwunderung heraus, dieweil Alia ihr die zuckende

Klitoris stetig lutschte und, kaum einen Fuß über ihrem Gesicht, Ismails schimmernder Prügel in Alias feuchtem Tunnel hin und her glitt. Sie konnte alles sehen: wie sich Ismails Eier bei jedem Stoß strafften, sich Alias Geschlecht krampfhaft an seinen stampfenden Kolben klammerte; das geschmeidige, besessene, unaufhaltsame Gleichmaß der Bewegung.

Bevor Melisende jedoch zu ihrem verhinderten Höhepunkt zurückfinden konnte, hob Alia plötzlich den Kopf und stieß einen lauten Schrei aus. Sie bebte am ganzen Körper vor Erfüllung, und ihre Vagina pulste rings um Ismails entfesselten Penis. Auch er schrie auf, zog dann aber seinen glänzenden Schwengel, ohne eine Miene zu verziehen, aus Alia heraus und drängte sie beiseite. Als sie keuchend auf den Teppich fiel, schwenkte Ismail herum und fiel über Melisende her. Verzückt von der lastenden Schwere seines Leibs, machte sie ihrer Vorfreude lauthals Luft und warf den Kopf in den Nacken, als er ihre schlanken Hüften mit beiden Händen ergriff und sie weit öffnete. Mit einem kräftigen Stoß schob er seinen Steifen tief in sie hinein.

«Ja», stöhnte Melisende. Ismail versuchte gar nicht erst, ihr sein Gewicht zu ersparen. Er lag auf ihr, drückte seinen Körper auf ihren, hielt ihre Hinterbacken in den Händen und zog ihre Lenden an sich, um seinem raubgierigen Phallus ein umso empfänglicheres Ziel zu bieten. Blind tastete er mit dem Mund nach ihren Lippen, fand sie und küsste sie wild und hemmungslos, stieß mit seiner Zunge in ihren Mund, während sein Schwanz in ihrer Möse vor und zurück glitt. Sie reagierte heftig, lutschte verbissen seine Lippen, verdrehte die Schultern, um ihren Busen an seiner Brust zu reiben, und stemmte die Füße in den

Boden, um sich ihm entgegenwölben und Stoß für Stoß erwidern zu können. Nach drei entbehrungsreichen Wochen war sie brünstig und auf das Gefühl scharf, wie sein heißer harter Penis sie trunken machte, erfüllte, sich tief hinein in ihr verflüssigtes Herz stürzte.

Ismail wütete in ihr, nahm sie in einem treibenden, erbarmungslosen Rhythmus, der sie rasch auf den Gipfel der Lust hob. Sie fing zu zittern an, als die lang ersehnte Flut orgasmischer Sinnesreize über sie hinwegbrandete. Ihr Körper ruckte und zuckte außer Rand und Band, und Ismail packte ihre Handgelenke und hielt sie fest, während sie unter ihm erbebte. Er schonte sie nicht etwa, sondern fuhr fort, seine Zunge in ihrem zuckenden Mund wirbeln zu lassen und seinen kräftigen, drallen Schaft in ihren schaudernden Körper zu treiben, bis er sich selbst einem gewaltigen Höhepunkt ergab.

Dann zog er sich aus ihr heraus und ließ sie atemringend, alle viere von sich gestreckt und die schlanken Glieder schimmernd von Schweiß, auf dem Teppich zurück. Alia hob träge den Kopf, lächelte ihm zu und machte dann ein betrübtes Gesicht, als sie seinen erschlaffenden, ausgepumpten Schwanz sah. «Schade», sagte sie, «schon müde, der Kleine?»

Ismail schmunzelte. «Ein wenig, aber er wird sich bald erholen. Der christliche Gefangene hat wohl neulich Wunderdinge an Ausdauer im Harem getan, aber ihm war ja auch längere Zeit keine Erleichterung vergönnt. So viel kann ich euch nicht versprechen, aber solange ich mich ausruhe, dürft ihr euch miteinander vergnügen. Ich weiß ja, wie unersättlich ihr Frauen seid.» Er bückte sich nach dem Bündel seiner abgelegten Kleider, richtete sich wieder auf und streckte die Hand aus. Melisende hob den Kopf und starrte verwundert auf das, was er darin hielt.

Ein wunderschöner, aus Elfenbein geschnitzter Phallus, dick und lang und bis in die kleinsten Einzelheiten ausgeführt, dass sie beinahe glaubte, er müsste zwischen ihren Fingern pochen. Sie hatte schon von solchen Gegenständen gehört, aber noch nie einen gesehen. Alia quietschte vor Lust und schnellte vor, um sich den Phallus zu schnappen und begierig zu untersuchen. «O Ismail, wo hast du den bloß aufgetrieben? Oh, wenn der Emir wüsste, dass du einen in den Harem gebracht hast –»

«Alia, mein Schatz», entgegnete Ismail, «wenn unser erhabener Emir auch nur die Hälfte dessen erführe, was in seiner Abwesenheit vor sich geht, würde er mich und den Rest seiner Leibgarde in einen Ofen einmauern und langsam braten lassen. Also sagen wir es ihm lieber nicht, hm? Bilde dir im Übrigen nicht ein, ich würde das Ding hier lassen.»

Der dralle Schaft des Phallus war schon in die seidige Spalte zwischen Alias vollen runden Brüsten gebettet. Sie blickte schmollend auf. «Aber warum denn nicht?»

«Weil du mich vermissen sollst.» Ismail machte es sich auf dem Diwan gemütlich und stützte den Kopf in eine Hand. «Nun», sagte er, «sähe ich gern, wie dich die Christin damit befriedigt. Zwischen den reizvollen Monden deines Hinterns, würde ich sagen.»

«Ich heiße Melisende», versetzte Melisende und runzelte leicht erzürnt die Brauen, während sie sich erhob.

Ismail neigte schalkhaft den Kopf vor ihr. «Alsdann, Melisende», sagte er, «tu, wie dir geheißen. Meine Sehnen werden sich schon wieder spannen, wenn ich die Augen erst an Alias lieblichem Arsch weide.»

Melisende hob zornig den Kopf. Wenn ich frei bin, sagte sie sich, wird es kein Mann wagen, so mit mir zu reden. Aber sie war noch immer auf Lust aus. Ismails erlesener Schwanz hatte sie herrlich ausgefüllt, in Strudel der Seligkeit gestürzt, und das wollte sie aufs Neue fühlen. Also ging sie fügsam zu Alia und nahm ihr den Phallus aus den Händen.

«Knie dich auf alle viere, Alia», befahl Ismail. «Wie eine Hündin, ein wildes Tier. Dreh mir deinen Po zu, genau so. Jetzt mach dich mit den Fingern auf. Ah ja, das sieht doch entzückend aus. Welcher Mann könnte dir widerstehen? So ein süßes feuchtes Loch, und deine kleine Runzelblume gleich darüber. Na dann, Melisende, zeig mir, wie das Elfenbein in sie eindringt.»

Alia schaute besorgt zu Melisende hoch. «Lutsch es vorher», sagte sie hastig. «Es ist so groß, dass es mich verletzen wird, wenn es nicht nass ist.»

Melisende kniete sich neben Alia und fuhr mit einer Hand über die hinreißend gerundeten Zwillingsmonde ihres Hinterns. Sie leckte einen ihrer Mittelfinger und arbeitete sich damit stetig in Alias kleines runzliges Arschloch hinein. Alia keuchte auf und warf den hübschen Kopf in den Nacken.

Zögerlich hob Melisende den Phallus und schob seine abfallende Eichel in ihren Mund. Er schmeckte glatt, kühl und künstlich. Er war schrecklich hart, härter als ein Mann, und größer als je ein Penis, mit dem es Melisende zu tun bekommen hatte. Es fiel ihr schwer, ihn in den Mund zu nehmen. Sie lutschte ihn emsig und überzog ihn mit Speichel. Wie sollte Alia einen derart riesigen Schaft zwischen ihren Arschbacken aufnehmen? Bestimmt würde er ihr wehtun.

«Alia», flüsterte sie, als das Elfenbein feucht schimmerte, «streichle dich. Verschaff dir Lust.»

Folgsam schob Alia eine Hand zwischen ihre Schenkel, fing an, ihre Klitoris zu necken und zu kitzeln, seufzte dabei und brachte die honigfarbenen Hügel ihrer Pobacken zum Wogen. Ihr Geschlecht glänzte von Nässe. Melisende stippte die breite Spitze des Phallus in diese saftige Quelle, zog dann ihren Finger aus Alias Anus und tauschte ihn durch das Elfenbein aus.

Einen Augenblick lang schien es ihr unmöglich, durch Alias verkniffenen, widerspenstigen Schließmuskel zu dringen. Doch dann keuchte Alia plötzlich auf, buckelte, und der Widerstand schmolz dahin. Der dicke weiße Schaft schlüpfte in das enge Loch hinein, immer tiefer.

«Gnade mir Allah», stöhnte Alia, als der Elfenbeinphallus in ihr Dunkelstes vordrang. Sie rieb sich schneller zwischen den Beinen und wiegte sich in den Schultern, damit ihre Brustwarzen über den Seidenteppich scharren konnten. «O ja, Meli, ja. Gib's mir fester.»

Melisende gehorchte. In ihrem Inneren brodelte die Erregung. Sie merkte, wie sie ihrerseits erschauerte, wenn sie den Phallus in Alia hineingleiten ließ, und stöhnte, wenn sie ihn herauszog. Beinahe hätte er Teil ihres eigenen Körpers sein können. Sie beugte sich vor, grub die Zähne in eine zarte Hinterbacke, biss zu und sog, während sie mit der freien Hand das zarte Häutchen zwischen Anus und Geschlecht reizte und Alias gerötete, zuckende Schamlippen neckte. Alias Säfte verströmten einen kräftigen, schweren Duft nach Honig und Mandeln, Salz und Wein. Melisende stieß einen Finger tief in die Vagina der Freundin und trieb das Elfenbein wieder und wieder, immer schneller in sie hinein.

«Oh, fühlt sich das gut an», keuchte Alia. Ihre samtenen Pobacken hoben und senkten sich jetzt, schwollen wie eine Welle an, fuhr der Phallus in sie ein, und sackten ab, wich er zurück. «Meli, Meli, hör nicht auf.»

Ismail hatten sie ganz vergessen, aber nun rief er sich ihnen wieder in Erinnerung. Er schnellte vom Diwan hoch, um mit wenigen zügigen Schritten bei ihnen zu sein. Sein Penis war noch größer und steiler aufgerichtet als zuvor. Er warf sich vor Alia, packte sie bei den Haaren und stieß seinen Schwanz zwischen ihre aufgesperrten Lippen. Sie gab einen erstickten Laut von sich und wurde hohlwangig, als sie ihn zu blasen begann. Er ließ von ihren Haaren ab, langte nach ihren Brüsten, nahm sie fest in die Hände, knetete sie und kniff in die steifen Warzen. Alia schrie erneut auf, so weit es der Knebel seines drängenden Penis erlaubte. Ihr Körper fing an zu zittern. Melisende schob den Elfenbeinpenis fest in ihren Arsch und befingerte nachdrücklich ihre Möse, und plötzlich brach Alia zusammen, um als ohnmächtiges Häuflein aus duftigem Fleisch zu Boden zu sinken. Zuckend und stöhnend lag sie da; dann erbebte sie von der Nachlust, als Melisende langsam und behutsam das Elfenbein aus ihrem geschundenen Hintern löste.

Mit einem Ruck zog Ismail seinen Riemen zwischen Alias zittrigen Lippen hervor. Er packte Melisende beim Arm und riss sie an sich. «Du willst einen Mann», sagte er mit einer Stimme, die fast schon wütend klang. «Trifft das zu, Christin? Willst du einen Mann, oder wird dieses Stück Elfenbein dich angemessen befriedigen?»

Seine Schwanzhitze drang bis an ihren Bauch. Sie zitterte vor Begierde. «Ich will einen Mann», sagte sie und blickte furchtlos in seine glühenden dunklen Augen. «Ich will dich. Ich will deinen Riemen in mir spüren.»

Ismail schlang sie in die Arme und vergrub das Gesicht unter dem duftenden Vorhang ihres Haars in ihrem Nacken. «Ein Wohlgeruch», flüsterte er. «Ein ganz anderer. Dann komm, und ich werde dir Lust verschaffen.» Er zog sie nach unten, bis sie neben ihm auf dem Teppich lag, und fuhr mit einer Hand ihren Körper hinab, um an ihren straffen Brustwarzen zu verweilen. «Was für kleine Brüste», murmelte er, «wie Untertassen. Gefällt das den Christen so?»

«Noch hat sich keiner beschwert», giftete Melisende. Sie hob einen Schenkel, hakte ihn über Ismails Hüfte und bot sich dar.

Ismail grinste boshaft, hielt sich aber zurück. «Alia», sagte er, «vergelte deiner Freundin ihre Gefälligkeit.» Dann legte er eine Hand auf Melisendes Brust und zog sie mit der anderen dicht an sich heran. Sie seufzte, als sie fühlte, wie sich seine Eichel zwischen ihre gespreizten Schenkel schmiegte, und stöhnte erneut und schloss dabei die Augen, als seine Hand sanft ihre Brust drückte und sein langer Schaft zugleich begann, in sie einzudringen. Der Reiz war wunderbar delikat. Er stieß gemächlich und bedachtsam zu, bis sein Schwanz gänzlich in ihr eingebettet war und sie beide fest miteinander verband. Er behielt den Druck auf ihrer Brust bei und legte ihr seine andere Hand ins Kreuz, um sie still zu halten. «Alia», zischte er, «jetzt.»

Melisende schöpfte heftig und furchtsam Atem, denn sie wusste, was jetzt kommen würde. Etwas Kaltes, Glattes berührte ihre Hinterbacken, und sie schrie auf und versuchte unwillkürlich auszuweichen, doch Ismail knurrte nur vor Vergnügen und hielt sie fest. Als der dicke Elfenbeinphallus in sie hineinglitt, stöhnte sie erstaunt über den exquisiten Schmerz auf. Ismail sah zu, wie sich ihre

Züge wollüstig strafften. Sie glaubte schon, nicht mehr warten zu können, als er sich zu bewegen begann.

Sein harter schlüpfriger Schaft glitt in ihrem feuchten Geschlecht auf und ab, rieb mit jedem Stoß an ihrer Klitoris, und das glatte Elfenbein dehnte und liebkoste das zarte Häutchen ihres Anus. Einen Augenblick lang wollte Melisende sich sträuben, wider eigenen Willen dem mächtigen Ansturm der Lust trotzen, der sie zu überwältigen drohte. Doch dann gab sie sich ganz den wunderbaren Sinnesreizen hin, ließ sie Besitz von sich ergreifen. Sie schloss die Augen und bemühte sich, ihren Körper an Ismails Oberkörper zu pressen, versuchte ihn überall zu berühren. Wellen der Empfindung schlugen über ihr zusammen und schwemmten jeden Gedanken von ihr fort. Sie war ein Gefäß der Wonne, wie ein Korken auf glühende, glitzernde Wellen geworfen, eingetaucht in selbstsüchtige Verzückung, durchtränkt von sinnlicher Erlösung.

Sie merkte kaum, dass sich Ismail von ihrem zuckenden Körper entfernte, hörte Alia kaum stöhnen, als ihr Liebhaber sie zu Boden führte und in sie eindrang. Melisende lag reglos da, erforschte ihren Körper kraft ihres Geistes, nahm genussvoll das Prickeln in ihren Fingerspitzen wahr, in die das Blut schoss, das eben noch in ihrem Geschlecht floss, prüfte die Fülle ihrer Brustwarzen, die federzarte Empfindlichkeit ihrer wogenden Brüste. Jeder Teil von ihr war entspannt, befriedigt, gesättigt. Ihre Glieder fühlten sich weich und schwer an, als wären sie mit geschmolzenem Gold gefüllt.

Robert, flüsterte sie vor sich hin, Robert. Wenn wir frei sind, mein Liebster, wird uns jeder Tag solche Seligkeit bringen.

Neben ihr schrie Ismail ein letztes Mal auf und stürzte sich im Krampf tief in Alias gereckte Hüften. Für lange Augenblicke herrschte Schweigen, unterbrochen nur von Schnaufen und Keuchen. Dann zog sich Ismail aus Alia heraus und legte sich lachend auf den Teppich. «Bei Allah», sprach er zur Decke blickend, «ich hatte nicht damit gerechnet, heute Abend so hart zu arbeiten. Du wirst mich bezahlen müssen, Alia, wenn ich noch einmal so viel leisten soll.»

Alia rollte in die Senkrechte und ging zu einem niedrigen Tisch in einer Ecke des Raums, um einen Kelch süßen Weins einzuschenken. Diesen trug sie mit einem Teller kandierter Mandeln zu Ismail hinüber, kniete sich neben ihn und bot ihm mit einer Verbeugung die Erfrischungen an. «Mein Gebieter», sagte sie listig, «es wäre für alle besser, wenn Melisende ihren eigenen Liebhaber hätte.»

Melisende holte rasch und angstvoll Luft und setzte sich auf. Ismail betrachtete Alia mit angehobenen Brauen, trank von dem Wein und knabberte eine Kandismandel. «Ah», seufzte er, «Speise und Wein, den Körper wiederherzustellen und den Geist zu beleben.» Er warf einen kühlen, neugierigen Blick zu Melisende hinüber. «Sie will den Gefangenen, nicht wahr?», fragte er. «Lieben sich die beiden?» Alia nickte, und Ismail lachte laut. «Tja, da hat sie kein Glück. Heute war ein Bote von Thibault von Montjoie bei uns.»

Eine kalte Hand griff nach Melisendes Herz und drückte zu. Sie konnte kaum atmen. Ismail nahm einen weiteren Schluck Wein und fuhr fort: «Thibault hat es abgelehnt, das Lösegeld zu zahlen. Aber er hat dem Emir zwanzig Dinar für den Kopf des Gefangenen geboten.»

Alia schien Melisende mit einem flüchtigen Blick zu bitten, etwas zu sagen, aber Melisende brachte kein Wort heraus. Das Herz schlug ihr bis zum Hals, und ihre Stirn schien von rot glühenden Reifen eingeschnürt. Einen Moment später fragte Alia zögernd: «Was wird der Emir tun?»

Ismail lachte. «Ich vermute», sagte er und streckte seine Gelenke knackend durch, «er lässt bei seiner Rückkehr den Mann entweder töten und Thibault seinen Kopf schicken, oder er wird ihn entmannen und als Sklaven verkaufen. Als Eunuch, als Kuriosität wäre er weit über zwanzig Dinar wert.»

«Gott behüte!» Melisende stürzte vor, warf sich Ismail zu Füßen, umklammerte ihn mit beiden Händen, flehte ihn an. «Ihr müsst scherzen. Quält mich doch nicht so.»

Ismail sah überrascht und mit einem gewissen Anteil spöttischer Befriedigung zu ihr hinunter. «Nanu», sagte er, «ist das die hochmütige Christin? Ich scherze weder, noch necke ich Euch, Fräulein Melisende. So oder so wird er die längste Zeit Euer Liebhaber gewesen sein, ist der Emir erst zurückgekehrt.»

«O nein ...» Melisende konnte nicht vermeiden, dass ihr Tränen in die Augen stiegen und die Wangen hinunterliefen. Sie fühlte sich ohnmächtig und war wütend über die eigene Hilflosigkeit. «Alia», stöhnte sie, «was kann ich nur tun? Ich muss ihn retten.»

Ismail schüttelte den dunklen Kopf und lachte. «Kleine Christin», sagte er, «Allah schreibt alles fest, und was geschrieben steht, lässt sich nicht ändern. Bestenfalls darfst du hoffen, dass der Emir ihn rasch und sauber töten lässt. Er hat tapfer gekämpft. Einen so mutigen Krieger sähe ich ungern von der Schande der Entmannung befleckt.»

«Alia», flüsterte Melisende und versuchte, nicht mehr zu weinen. Sie zürnte sich für ihre Schwäche, doch der

Gedanke an Robert tot oder in einen Eunuchen verwandelt war mehr, als sie ertragen konnte. Eisern schweigend kämpfte sie gegen die Tränen an.

Eine kurze Pause trat ein. Dann sagte Alia in einschmeichelndem Ton: «Ismail, mein Liebster, da wäre auch noch die Sache mit Melisendes Mitgift. Die Schatztruhe, die du mit ihr zusammen erbeutet hattest? Wir beide haben den Plan, sie aus der Schatzkammer des Emirs zurückzuholen. Aber wir bräuchten einen Mann, der uns hilft – oder Männer ...»

Ismails Miene schlug umgehend von dickfelliger Gleichgültigkeit in gespannte Aufmerksamkeit um. «Eine Mitgift?», wiederholte er. «Kommt viel dabei herum?»

«Genug, um uns reich zu machen», sagte Alia. «Melisende und Robert und dich und mich.»

Melisende hatte sich die Tränen von den Wangen gewischt. Sie sah Ismails Augen unter den langen Wimpern vor Gier aufleuchten und fügte leise hinzu: «Wir hatten vor, nach Sizilien zu fliehen. Der Hof dort heißt Christen wie Muslime gleichermaßen willkommen. Es wäre ein schöner Ort, um reich zu sein.»

Unter seinen goldbraunen Lidern schaute Ismail sie von der Seite an und trank einen weiteren Schluck Wein. «Ihr habt einen Weg ausgeheckt, die Mitgift zurückzubekommen, sagt ihr?», fragte er wachsam. «Erzählt mir davon.»

«Melisende hat ein Schlafmittel», hob Alia eifrig an, «unter ihrem Schmuck verborgen. Eine Phiole ist noch –»

«Alia, schweig», herrschte Melisende. Ismail und Alia sahen sie beide erstaunt an. Sie setzte sich kerzengerade auf und erwiderte Ismails Blick. Sie war nackt, aber ihr Haarvlies bedeckte sie gleich einem seidenen Kleidungsstück von einer Farbe wie Gold und Feuer. Ihre meerblauen Augen strahlten heller als Stahl. «Erzähl ihm nichts», sagte Melisende, «nichts weiter, bis er beim Propheten und seiner Kriegerehre schwört, mir zu helfen, Robert zu befreien.»

Die Brauen über den dunklen Augen ärgerlich gerunzelt, starrte Ismail auf Melisende, als versuche er, einen Soldaten einzuschüchtern. Sie hob das Kinn und starrte unerschrocken zurück. Ismails Gesicht verriet ein wildes Durcheinander widerstreitender Gefühle: Zorn, Wut, Unglaube und allmählich Verständnis und Anerkennung. Endlich sagte er: «Ihr seid mutig, Fräulein Melisende.»

«Bei Eurer Kriegerehre», gab Melisende stur zurück.

Ismails Augen wurden schmal, und sein Mund zuckte. «Die Hälfte Eurer Mitgift für mich und Alia», sagte er, «um damit zu machen, was uns beliebt. Wir müssen nicht mit euch beiden nach Sizilien kommen, wenn wir nicht wollen.»

«Aber Ismail», widersprach Alia, «ich will mit Melisende gehen.»

«Schweig», sagte Ismail und starrte noch immer Melisende an. «Eure halbe Mitgift», wiederholte er.

«Die Hälfte davon, das schwöre ich», sagte Melisende und bekreuzigte sich. «Ein Teil an Euch, den anderen an Alia.»

«An Alia! Aber sie –»

«Greift zu, oder lasst es bleiben, Ismail», unterbrach ihn Melisende, die sich auf einmal sicher war, den jungen Hauptmann wie einen Fisch am Haken zu haben. «Seid Ihr unwillens, findet sich bestimmt ein anderes Mitglied der Wache –»

«Wagt das bloß nicht», rief Ismail aus. Er atmete schnell, und seine Nasenflügel bebten vor Aufregung. «Na schön,

Fräulein Melisende. Halbe-halbe, und ich werde Euch helfen, Euren Geliebten zu befreien.»

«Schwört es bei Allah», beharrte Melisende.

Ismail lachte schließlich und schüttelte in widerwilliger Bewunderung den Kopf. «Ich schwöre beim Propheten, Euch treu zu bleiben», sagte er mit erhobener Hand. «Ich werde meinen Emir und meinen Dienst verraten, aber Euch werde ich treu bleiben und Alia und Eurem Geliebten.»

«Meinem Robert», sagte Melisende.

«Eurem Robert, allerdings. Und helfe mir Gott, sollte ich entdeckt werden.» Ismail hob seinen Kelch und stürzte den Rest des Weines in einem Zug hinunter. «Nun denn, Melisende», sagte er auf einmal munter und geschäftig, «hoffentlich bist du bereit, deinen weißen Körper für deine Sache einzubringen. Du wirst ihn brauchen, um die Beihilfe Jussufs, unseres Befehlshabers, zu gewinnen.»

«Jussuf?», wiederholte Alia. «Wieso? Ismail, wenn Roxana das herausfindet, steckt Melisende noch tiefer in der Tinte als jetzt schon.»

«Er kann als Einziger befehlen, den Kerker zu öffnen», erwiderte Ismail knapp. «Wenn sie den Gefangenen befreien will, muss sie Jussuf verführen. Melisende, bist du dazu bereit?»

«Ja», sagte Melisende ohne Zögern.

«Dann hör zu, weil ich dir sagen werde, was du tun musst. Aber sei gewarnt – Jussuf ist ein Mann mit ausgefallenem Geschmack.»

Melisende zog das Kinn an. «Wie ausgefallen?», fragte sie vorsichtig.

Die zurückgebliebenen Soldaten erlaubten sich in Abwesenheit des Emirs allerlei Freiheiten mit seinem Besitz.

Jussuf, sein befehlshabender Stellvertreter, belegte dessen Privatgemach mit Beschlag. Dorthin also wurde Melisende von zwei grinsenden Soldaten gebracht, in eben jenen Raum, in dem der Emir selbst ihren weißen Hintern zu seinem kurzlebigen, wenig eindrucksvollen Vergnügen herangezogen hatte. Sie hielt den Kopf hoch erhoben und schritt in stilvoller Erhabenheit einher. Alia hatte sie mit besonderer Sorgfalt eingekleidet, und sie wusste, dass sie schön aussah. Ein kurzes, halb durchsichtiges Oberteil ließ ihre schmalen Schultern und weißen Brüste durchscheinen. Ihr Zwerchfell lag bloß, und die goldbestickte, am breiten goldenen Bund zu Falten geraffte Pluderhose hing ihr schwungvoll gebauscht von den Hüftknochen. Ihre Füße waren in edelsteinbesetzte Pantoffeln gehüllt, und ihre Arme klirrten von Reifen. Ein Schleier aus weißer Seide bedeckte Haar und Gesicht, um ihr Antlitz vor dem Rest der Welt zu verbergen. Nur ihre strahlenden Augen waren zu sehen, die Alia so geschminkt hatte, dass sie unter den blau gefärbten Lidern und herrlich langen, mit Kohlpaste geschwärzten und versteiften Wimpern glühten.

Die Soldaten öffneten die Doppeltüren zur Kammer des Emirs, und Melisende trat hindurch. Ganz still stand sie da und schaute sich überall nach Jussuf um. Der Raum schien leer zu sein. Er war sehr schön, mit weißen Säulen und zierlichen Laternen, die ein Lichtmuster warfen. Jenseits des mittig platzierten Diwans mit seinem Berg aus Kissen ging eine weitere Tür auf den Balkon, der sich zur warmen Nacht und den funkelnden Sternen hin öffnete.

Eine breite Gestalt erschien in der Balkontür. Melisende erkannte den Befehlshaber der Wache, kreuzte die Arme vor der Brust und verneigte sich tief.

«Ah», sagte eine tiefe raue Stimme, «das fränkische Mädchen. Gut. Komm her, fränkisches Mädchen.»

Dies eine Mal war Melisende demütig und schweigsam. Jeder in der Burg fürchtete Jussuf. Viele hassten ihn auch, denn er missbrauchte seine Macht schamlos. Ismail argwöhnte, dass er sich bald gegen den Emir erheben, ihn ermorden und an seiner Statt, mit Roxana zur Seite, herrschen werde. Was Verschwendungssucht und Gemeinheit anbelangte, sah Melisende das Paar schon dicht auf den Fersen von Thibault und Sophia. Nun jedoch, während sie quer durch den Raum auf Jussuf zuging, hielt sie den Kopf ergeben gesenkt.

«Entschleiere dich», trug ihr Jussuf auf, und ehe sie den zarten Schleier lösen konnte, hatte er ihn ergriffen und fortgerissen. Sie keuchte erschrocken auf und versteifte die Schultern, um nicht zusammenzucken zu müssen.

Jussuf war kein groß gewachsener Mann, aber massig, breitschultrig und kräftig. Er war Ende vierzig, mit grauen Strähnen in Bart und Haaren. In letzter Zeit hatte er Ismail zu allen gefährlichen Einsätzen geschickt und für sich selbst die Sicherheit des befestigten Palastes vorgezogen, und sein abgehärteter Soldatenkörper fing an, speckig zu werden. Ein kleiner Wanst wölbte sich über dem breiten Gürtel seiner Pluderhose. Er rieb sich den Bart mit Pranken, die Kokosnüsse hätten zerquetschen können, und betrachtete Melisende aus Augen, die erschütternd blass unter seinen dunklen Lidern hervorschauten.

«Du bist wirklich wunderschön», sagte Jussuf mit prüfendem Blick. «An unseren schlappschwänzigen Emir vergeudet. Ist das Übrige auch so hübsch?»

Er zog einen Krummdolch mit breiter, vor Schärfe blau schimmernder Klinge aus seinem Gürtel. Melisende keuchte auf und wollte zurückweichen, er aber packte sie beim Arm und hielt sie fest. «Wenn du dich bewegst», sagte er leise, «habe ich nichts zu verantworten.»

Folglich stand Melisende vollkommen reglos da und wagte kaum zu atmen, während Jussuf die Spitze des Krummdolchs knapp oberhalb der linken Brustwarze auf das fein gewobene Oberteil setzte. Hörbar beklagte sich der Stoff, dass er zerschnitten wurde. Als der Schlitz zwei Zoll maß, schob Jussuf die Seide mit einem Finger auseinander. Sofort trat Melisendes Brustwarze hervor und versteifte sich an der unvermittelt frischen Luft.

«Weiße Haut», flüsterte Jussuf, «und Warzen wie Rosen. Ausgezeichnet.» Er wiederholte den Vorgang auf der rechten Seite und enthüllte die andere Warze. Melisende leckte sich die Lippen. Sie war vor Ausschweifungen gewarnt worden, aber diese berechnende Gewalt ängstigte sie. Sie schloss die Augen und versuchte in Gedanken zu entfliehen.

Auf einmal lagen Hände auf ihren Brüsten und drückten derart fest zu, dass sie aufschrie. Dralle Finger griffen nach ihren aufgerichteten Warzen und zerrten daran. Sie schlug die Augen auf und starrte schwer atmend in Jussufs Gesicht.

Er lächelte, während er immer fester in ihre Brustwarzen kniff. «Jetzt habe ich deine Aufmerksamkeit», sagte er. «Pass auf, fränkisches Mädchen.»

Seine Linke hielt an ihrer Warze fest. Mit der Rechten zückte er erneut den Dolch und ließ ihn an Melisendes Schritt sinken. Sie zuckte zusammen und wimmerte, konnte aber nicht ausweichen. Mit plötzlichem Ruck stieß er die Dolchspitze durch den Stoff. Kalte Schärfe streifte über das Kissen ihrer Schamhaare, und sie erschauerte vor

Furcht. In einer einzigen raschen und entschiedenen Bewegung zog Jussuf den Dolch durch den zarten Stoff und trennte den Hosenschritt von vorn bis hinten auf.

Dann legte er den Dolch fort und schob eine Hand durch das Loch. Er bekam Melisendes Geschlecht zu fassen und drückte fest zu. Sie schrie auf und versteifte sich unter seiner Hand, und in seinem ergrauenden Bart schimmerten die Zähne.

«Ganz reizend», sagt er. «Prall und zart wie ein Hühnchen. Gut, fränkisches Mädchen. Du wirst mir gefallen.»

Melisende hasste ihn, wollte ihm aber um jeden Preis zu Gefallen sein. Alle ihre Pläne fußten darauf, dass er genügend Gefallen an ihr finden würde, um sie erneut einzubestellen. Beim Gedanken daran, was ihr Ismail über Jussufs Geschmack erzählt hatte, wand sie sich ein wenig, flüsterte dann aber unterwürfig: «Wie soll ich meinem Herrn dienen?»

Jussuf blickte mit einem Ausdruck wilder Lust auf sie hinab. Seine Hand verengte sich um ihre Vulva und packte schließlich so heftig zu, dass es an die Schmerzgrenze reichte. Langsam entblößte er die Zähne zu einem grausamen Lächeln. «Erst einmal», sagte er, «wollen wir diese hübschen Hände fesseln.»

Ehe Melisende widersprechen konnte, hatte er von ihren Brüsten und ihrem Geschlecht abgelassen und ihr die Arme auf den Rücken gezerrt. In einer Pranke ihre Handgelenke, schnappte er sich mit der anderen den fallen gelassenen Schleier und riss einen langen Streifen von der Seide ab. Er strich ihr schweres Haar zurück und band ihr die Hände mit dem Seidenstreifen fest auf dem Rücken zusammen. Melisende krümmte sich und stöhnte, gab aber keinen weiteren Laut von sich. Sie hatte es sich zur

Aufgabe gemacht, diesem Mann eine mustergültige Frau zu sein.

«Und jetzt», sagte Jussuf und legte seine großen Hände auf ihre Schultern, «auf die Knie.»

Sie gehorchte widerspruchslos. Sie kniete mit gesenktem Kopf, atmete rasch und rätselte, welche Entwürdigung nun kommen mochte. Kühle Luft strömte durch den Schlitz in ihrer Hose und liebkoste ihre Schamlippen. Sie hatte nicht damit gerechnet, Erregung zu verspüren, doch ihre lüsterne Haltung färbte auf sie ab. Lust regte sich in ihrem Inneren, breitete sich in ihren Lenden aus und zwickte sie dort.

«Mach den Mund auf», sagte Jussuf heiser. «Leck mich, fränkisches Mädchen. Leck mich und lutsch mich.»

Er machte seine Hose auf, um seinen Schwanz zu entblößen, der nicht lang, aber ungemein stramm und kräftig war. Wie ein Zeltpfosten stand er von seinem Schmerbauch ab. Die fette glänzende Eichel schimmerte im Laternenlicht wie Granat. Melisende beugte sich vor, um ihn in den Mund zu nehmen, und roch seinen starken, scharfen Geruch. Halb ekelte, halb erregte er sie.

Während sie ihn blies, griff Jussuf sie bei den Haaren und begann, ihren Mund emsig zu stoßen. «Das ist gut», grunzte er. «Ah, weiche Lippen, volle Lippen. Das ist gut. Lutsch mich fester.» Sie bemühte sich, ihm zu gehorchen. Die Reibung seines drallen Kolbens in ihrem Mund wühlte ihre Vulva auf. Sie sehnte sich danach, durchdrungen zu werden. Einen Augenblick lang glaubte sie, ihm werde es in ihrem Mund kommen. Plötzlich aber riss er sich von ihr los und stieß sie zu Boden.

«Jetzt», sagte er und warf sich auf sie, «wollen wir sichergehen, dass du nicht entkommen kannst.»

Sie hätte ihm versichert, dass sie keine Flucht beabsichtige, wäre sie nicht vor der Vorliebe des Befehlshabers gewarnt worden. Fieberhaft riss er die Reste des Schleiers in Streifen und benutzte sie als Fesseln, um ihre Fußgelenke zusammenzuknoten, Arme an den Körper zu binden und selbst ihre Knie festzuzurren. Als er fertig war, wand sie sich, zu einem menschlichen Paket verschnürt, hilflos am Boden.

«Wunderschön», raunte Jussuf. Seine Stirn war schweißnass, und seine Hände zitterten. Er langte zu, griff nach ihrem Oberteil, zerriss es und entblößte ihre wogenden Brüste. Sie versuchte, sich in eine Stellung zu winden, bei der er sie in ihrer vollkommenen Ohnmacht hätte nehmen können. Der Reiz des Gefesseltseins erfüllte sie mit einer seltsamen, machtvollen Lust.

«Also dann», zischte Jussuf, zerrte die verschnürte Melisende vom Boden hoch und warf sie bäuchlings über einen Diwan. Sie konnte sich nicht bewegen, nicht einmal die Beine spreizen, aber ihr Hintern reckte sich hoch in die Luft, und der Schlitz in ihrer Hose gab ihr feuchtes, zartes Geschlecht preis.

«So etwas Niedliches», murmelte der Befehlshaber, kniete sich hinter Melisende und richtete seinen drallen Schaft aus. «Gar nichts kannst du tun, bist völlig wehrlos und kannst noch so sehr zappeln, kleine Gefangene, du wirst nicht verhindern, dass ich einfach so in dich hineinschlüpfe.»

Und seinem Wort folgte die Tat auf dem Fuß. Sein feister Ständer bahnte sich vorsichtig seinen Weg durch Melisendes zusammengepresste Schamlippen, glitt in sie hinein und dehnte sie weit. Sie keuchte auf und schrie staunend über die unverhoffte Lust. Bald wusste sie, dass sie die Schenkel noch fester zusammenpressen musste, damit sich ihr Geschlecht herrlich eng um den stoßenden Penis in ihr schmiegte und sie ihre bedürftige Klitoris drücken und erregen konnte. Sie machte die Augen zu und dachte an Robert, wie sein kräftiger Mund sie küsste und seine entzückende Zunge das verborgene Herz ihrer Weiblichkeit auslotete. Hinter ihr ächzte und schnaufte der Befehlshaber, stopfte seinen prallen Schwanz mit aller Kraft in sie hinein, trieb seinen schweren Körper ruckweise gegen ihre gefesselten Gliedmaßen und nuschelte: «Kannst gar nichts tun, kannst gar nichts tun.» Schließlich überwältigte die erlesene Hilflosigkeit sie, sodass sie ihre Lust hervorbrüllte. Ihr fest verknoteter Körper begann, krampfhaft zu zucken, sich rings um den stampfenden Kolben, der sie ausfüllte, zu krümmen und zu winden, und ihr schweres Haar fiel über ihre Schultern und verdeckte ihr Gesicht.

Auch Jussuf erreichte seinen Höhepunkt. Barsch zog er sich aus ihr heraus und begann, ihre geschwollene Möse zu befingern und zu liebkosen, bewunderte die geröteten Schamlippen und den perligen Saft, der daran haftete. «Köstlich. Du wirst wiederkommen, fränkisches Mädchen. Ich hab noch andere Sachen mit dir im Sinn.»

Melisende schloss die Augen; dann lockerte sie die Glieder in süßem Taumel von Lust und Sieg.

Elftes Kapitel

Melisende erfreute sich an dem unerwartet großen Erfolg bei Jussuf. Er beorderte sie am nächsten und übernächsten Abend wieder zu sich. Dieses Zeichen seiner Gunst machte Roxana ganz wild, so wild, dass ihre dunkle Haut blass wurde, sobald sie die Christin sah. Roxanas Feindschaft war gefährlich. Manch andere Frau, die in ihre Schusslinie geraten war, war plötzlich und qualvoll gestorben. Ging Melisende vorbei, wich der übrige Harem zurück, um nicht von ihrem Pech angesteckt zu werden. Sie aber schlug Roxanas Zorn in den Wind und speiste und trank zur Vorsicht ausschließlich von der Gemeinschaftsplatte, ohne auf die appetitlichen Köder neben ihrem Teller zu achten.

Jedes Mal, wenn er nach ihr geschickt hatte, behandelte Jussuf sie auf dieselbe Weise. Seine Manneskraft stand außer Frage, und die Stöße seines Leibs verschafften ihr Lust, aber Melisende wusste, dass die körperliche Liebe mehr zu bieten hatte als Besitznahme einer lebendigen, bewegungsunfähigen Puppe. Von Herzen wünschte sie, Ismail würde Zeichen geben, dass ihre Pläne Früchte trügen. Bald sollte der Emir zurückkehren, und dann wäre es für Robert zu spät. Melisende erschauerte beim Gedanken daran.

Einen Tag vor der voraussichtlichen Rückkunft des Emirs fand sie endlich das Zeichen. Eine Rose, um deren Stängel eine Jasminblüte gewickelt war, lag bei Tisch neben ihrem Teller. Ihr Herz schlug dumpf vor Aufregung. Nach der Mahlzeit lächelte sie Roxana zu, weil es ihr ruchloses Vergnügen bereitete, deren Wut zu entfachen, und sagte: «Dann werde ich mich mal für Jussuf schön machen.»

Als Ismail sie gefangen nahm, hatte er ihr gestattet, ihren eigenen Schmuck zu behalten – in der weisen Annahme, es werde dem Emir Kosten für ihre Ausstattung ersparen. Nun trat sie an das sorgsam gearbeitete Kästchen und klappte den Deckel auf. Ein schwacher Duft trat hervor: nach Thymian, nach Rosmarin, nach den grünen Kräutern der Provence, die unter einer milderen Sonne gediehen. Melisende schloss für einen Moment die Augen. Bislang hatte sie kein Heimweh gehabt, doch nun erinnerten sie die Gerüche der Heimat an Robert, dessen Heimatland auch das ihre war.

Sie schob die Schwermut beiseite, zog eine Perlenkette hervor und legte sie sich um den Hals. Mit weiteren Perlen schmückte sie ihr wallendes Haar und wickelte sich dann ihre goldenen Halsketten um die bloßen, schlanken Arme. Nach dieser Nacht würde sie nicht in den Harem zurückkehren und wollte so viel mitnehmen, wie sie nur konnte.

«Du putzt dich wie eine Hure vom Souk heraus», giftete Roxana in ihrem Rücken.

«Ich habe keine Erfahrung mit Huren, edle Roxana», sagte Melisende und lächelte süßlich. «Da muss ich mich ganz auf Euch verlassen.» Und sie zog eine Kette aus Smaragden und Türkisen hervor und legte sie eng um den weißen Hals, damit die Leuchtkraft der Steine das Strahlen ihrer Augen unterstrich.

Ganz unten, am Boden des Kästchens, lag ihr Schlüssel zur Freiheit, der Schlüssel zu Roberts Errettung. Eine winzige, mit einer dicken, honigfarbenen Flüssigkeit gefüllte

Glasampulle. Melisende warf einen Blick über die Schulter und sah, dass Roxana gegangen war, zweifellos sprachlos vor Zorn. Sie lächelte immer noch, als sie die winzige Phiole unter den eng anliegenden Halsschmuck steckte. Jussuf zog sie vielleicht nackt aus, nahm ihr aber nie das Geschmeide ab.

Wenig später kniete sie, nur mit diesem klirrenden Zierrat angetan, und keuchte auf, als Jussuf ihr die goldbereiften Arme auf den Rücken zerrte und fesselte. Er stöhnte und keuchte aufgekratzt und war sichtlich von der Mühe erregt, die sie sich seinetwegen bei ihrer Verschönerung gegeben hatte. Reichtümer waren für diesen bestechlichen, raffgierigen Soldaten ein machtvolles Aphrodisiakum. Als ihre Arme fest verschnürt waren, stellte er sich vor sie, zog seine Hose aus schwerer Seide auf und seinen Schwanz hervor. Er war geschwollen, schnellte mit einem Ruck empor und zuckte lüstern. Gehorsam öffnete Melisende den Mund.

«Nein», sagte Jussuf mit belegter Stimme. Melisende wich überrascht zurück und blickte auf. «Nicht deinen Mund, Mädchen. Halt still. Ich will –»

Er unterbrach sich und langte mit einer großen Hand nach ihrem Haar. Melisende fuhr vor Schreck zusammen, beruhigte sich aber sogleich. Sie durfte keine Abneigung zeigen. Jussuf steckte voller Widersprüche: Gern fesselte und bändigte er seine Opfer, bevorzugte sie aber als willige, sogar begeisterte Mitspieler.

Jussufs Hand streifte an ihrer Wange vorbei. Sie war riesig, hatte Knöchel wie Walnüsse, und knotige Sehnen durchzogen seine dicken Finger. Auf den Handrücken wuchsen ihm schwarze Haare und noch mehr auf den

Gelenken. Selbst die Unterseiten seiner Gelenke waren behaart. Seine Hand roch nach ihm; ein scharfer, schwerer Männergeruch. Melisende spürte seine Wirkung und schluckte unwillkürlich.

Die dicken Finger fuhren durch ihr Haar und zogen einen rotgoldenen Zopf hervor. Er war fein geflochten, mit Perlen umwunden und so lang wie Jussufs Arm. Er rieb sich den Zopf unter die Nase und sog seinen Duft ein. Dann stieß er mit seinem aufgerichteten Schwanz nach Melisendes Gesicht und begann, ihn mit dem Zopf zu umwickeln.

Melisende schaute gebannt zu. Jussuf ging sanft, fast zärtlich vor und vermied es sorgfältig, an ihrer Kopfhaut zu ziehen. Er schlang den Zopf immer wieder um den dicken, scharlachroten Stumpen seines Glieds, bis nur noch der glänzende Buckel an der Spitze zu sehen war. Er flüsterte: «Lieblich und weich», und seine Stimme war heiser vor Lust.

Einen Augenblick lang verharrte er. Dann fing er an, den hellen Zopf um seinen Steifen ganz langsam mit einer Hand zu reiben. Die Perlenwindungen klackten, und der winzige Schlitz an seiner Eichel klaffte auf und weinte klare, dicke Tränen. Melisende schloss die Augen und erinnerte sich plötzlich lebhaft daran, wie Sophia den armen Gerard missbraucht, seinen Schwanz mit Perlen umwickelt, seinen Anus damit gefüllt und ihn gepeinigt hatte, bis er laut hatte aufstöhnen müssen. Wie Gerard unter Sophias und Thibaults Hand gelitten hatte. Ein Frösteln überkam sie. Sie stand im Begriff, Robert in eine ebensolche Gefahr zu bringen. Aber die Ampulle mit Mohnsirup schmiegte sich an ihre Haut: ihre Sicherheit, das Versprechen, dass ihr Geliebter nicht leiden müsse wie Gerard.

Plötzlich ließ Jussuf von ihrem Haar ab. «Es gefällt dir nicht», sagte er und klang verletzt.

«Mein Herr –», setzte Melisende an.

«Mal was anderes», grunzte Jussuf, drückte sie auf den Diwan hinunter und langte nach einem Seidenschal. «Nur eine kleine Abweichung.»

Was hatte er nun mit ihr vor? Melisende fügte sich und verbarg ihre Neugier unter einem Schleier der Unterwürfigkeit. Jussuf löste die Fesseln um ihre Arme, band dann ihre Handgelenke zusammen, zog sie ihr über den Kopf und knotete sie an einem Bein des Diwans fest. Melisende streckte das Rückgrat durch, so sehr erregte sie die Art, wie sich ihre Brüste beim Anheben ihrer Arme strafften.

«Hübsch», sagte Jussuf. «Ganz reizend.» Sachte legte er seine großen Hände auf ihre Brüste, schob sie zusammen, schmiegte seinen Schwanz dazwischen und murmelte lustvoll, während er ihn vor und zurück rieb. Doch ihr kleiner Busen war zu flach, um seiner schimmernden Rute festen Halt zu geben, und er hielt einen Augenblick später inne und bückte sich, um nach ihren schlanken Fußgelenken zu greifen.

Behutsam, ja fast liebevoll band er ihr den Schal um die Beine. Sie versuchte, probeweise zu zappeln, aber Jussuf schüttelte den Kopf, griff nach einem weiteren Schal und schlang ihn um ihre Knie. Er war ganz vernarrt in den Reiz, den ihre fest verschnürten Beine und zugedrückten Schamlippen seinem Schwanz bereiteten.

«So», sagte er, «kannst du dich bewegen?»

Melisende wollte sich hin und her drehen, aber die Fesseln um Handgelenke und Beine sorgten dafür, dass sie nicht weit kam. Der Schmuck klimperte an ihren Armen, und die Perlenketten um ihren Hals hingen lose an ihrem wehrlosen Körper herab und rahmten die zarten Schwellungen ihrer Brüste mit schimmerndem Weiß ein. Sie wollte ganz im Gedanken an Roberts Freiheit aufgehen, aber der Sinnesreiz des Gefangenseins war eine heimtückische Droge. Wie stets war es besonders erregend, dass sie die Beine nicht einmal spreizen, sich nicht öffnen, zu keinerlei Liebkosung oder genüsslichem Vordringen in ihr fest verschlossenes Fleisch einladen konnte. Sie kniff die Pobacken zusammen, damit sich der goldene Wulst ihres Liebeshügels lüstern emporreckte und Jussuf aufforderte, sie zu nehmen. Doch wie sollte er, solange sie auf dem Rücken lag und ihre Beine gefesselt waren?

Jussuf schmunzelte, als er sah, wie ihre Augen dunkel wurden und ihre Lippen bereitwillig erschlafften. Er zerrte ihre zusammengeknoteten Fußgelenke in die Höhe und kniete sich vor sie hin. Dann legte er ihre Gelenke ganz vorsichtig auf seine Schulter und seine großen Hände auf ihre Schenkel. Er schob die Hände ihr weißes Fleisch hinunter und drückte ihre Knie nach vorn, bis Melisende über die Schultern emporrollte.

Den Blick starr nach oben gerichtet, konnte sie nichts sehen außer Jussufs dunkelrot angelaufenem Gesicht und den eigenen Fußgelenken, die auf seiner breiten Schulter ruhten. Doch sie wusste, dass ihr Geschlecht für ihn zugänglich war, und beim Gedanken an seinen drallen, strammen Schwanz, der sich dort ankuschelte und bereit war, sie auszufüllen, wand sie sich stöhnend vor Vorfreude.

Jussufs Lippen bewegten sich in seinem grau melierten Bart. «Fleh mich lieber um Gnade an», sagte er dumpf.

Seine Eichel glitt zwischen den durchnässten Blütenblättern ihrer Möse hin und her und neckte sie mit der

Verheißung von Lust. Melisende ächzte und zerrte an den Fesseln um ihre Handgelenke. An Robert dachte sie nicht mehr. Ihr ganzes Wesen sammelte sich an diesem einen Ort, dem weichen, schmelzenden Herz ihrer Weiblichkeit, das sich nach der ungestümen, unnachgiebigen Härte eines Mannes sehnte. «Bitte», wimmerte sie, «bitte, mein Gebieter, habt Gnade. Erbarmt Euch meiner, o Herr. Oh, ich flehe Euch an.»

«Du bettelst so niedlich», zischte Jussuf und drang mit einem Ruck seiner schweren Hinterbacken in sie ein.

«O Gott», rief Melisende und drückte ihre Hüften nach vorn, damit er noch tiefer in ihr saftiges Fleisch hineinschlüpfen konnte. «Mutter Gottes, o Herr.»

«Ah, ist das gut», keuchte Jussuf. Er drückte ihre Beine fest an seinen Leib, drängte mit den Lenden nach vorn und nach unten und zwängte seinen Schwanz so tief in ihr Geschlecht hinein, wie es irgend ging. «Ah, herrlich eng, kleine gefangene Christin. Gefällt's dir, mich in dir zu fühlen?»

Melisende stöhnte ihre freudetaumelnde Bejahung heraus, und Jussuf fletschte die Zähne, als er seinen glänzenden Schaft zurückzog und dann wieder zustieß. «Fest verschnürt», flüsterte er, denn es trug erheblich zu seiner Lust bei, seine Freuden nachzuerzählen, noch während er sich an ihnen erfreute. «Nackt und hilflos, nur dein Schmuck zwischen dir und mir, meine Gefangene, die aufschreit, während ich ihr die Sinne raube. Sag mir, wie es sich anfühlt, Sklavin. Sag mir, wie gern du es fühlst, wenn ich dich zerfurche.»

Während er sprach, fuhr er mit der Linken die Vorderseite von Melisendes Schenkeln hinunter. Die breite Kuppe seines Mittelfingers suchte sich ihren Weg durch die schimmernden Locken ihres Schamhaars, schlüpfte feinfühlig zwischen ihre gefesselten Beine, spreizte die schwellenden, triefnassen Falten ihrer Möse und fand den kleinen Spross, der im Herzen ihrer Lust keimte. Als er ihn berührte, krümmte sich Melisende und schrie: «O ja, mein Gebieter, es fühlt sich so gut an, Euch in mir zu haben. Bitte hört nicht auf, bitte macht's fester. Herr, bitte», und sie sagte das alles nicht nur Jussuf zu Gefallen. Gewaltige, sengende Lust durchflutete sie, während er ihre Klitoris mit der Fingerspitze liebkoste und seinen prallen Schwanz in ihrer bebenden, klammernden Scheide hin und her schob. Sie warf den Oberkörper von einer Seite zur anderen, und die schmückenden Perlenschnüre kullerten über ihre Haut und verhärteten durch ihre kalte Liebkosung Melisendes korallfarbene Brustwarzen.

Inzwischen rieb Jussufs grimmig drückende Fingerspitze ihre Klitoris so heftig, dass ihr schauderte und sie stöhnte. Seine andere Hand griff krampfend nach ihren Fußgelenken und verriet damit die Tiefe seiner Erregung. Schnell und drängend stieß sein feister Schwengel in sie hinein. Melisende versuchte, die Hüften zu bewegen und sich zum Höhepunkt zu verhelfen, konnte sich aber nicht rühren. Das Gefühl herrlicher, unerträglicher Ohnmacht brandete wie eine Gischt aus flüssigem Feuer in ihr hoch. Sie schloss die Augen und stöhnte: «Ich bin fast da, mein Gebieter, o wie es mich erfüllt, o Herr im Himmel –», und mit einem letzten, verzweifelten Aufschrei kam sie, den Kopf wild hin und her werfend, die bebenden Lippen geöffnet, am ganzen Körper lustvoll zuckend.

«Ah, ist das gut, kleine Sklavin, du klammerst dich so fest an mich!» Jussuf verabreichte ihr drei weitere rasche, kraftvolle Stöße und brüllte erlöst auf, als sein Schwanz in ihr ruckte.

Gleich darauf befreite er sie von ihren Fesseln und legte sich auf dem Diwan zurück. «Hol mir etwas zu trinken», befahl er.

Melisende verbeugte sich unterwürfig und ging zum Tisch in einer Ecke des Raums, auf dem ein schlanker Krug aus getriebenem Silber und daneben passende Becher standen. Der Krug war mit Wein gefüllt und in der Weise erhitzt worden, dass sein Inhalt für Mohammedaner trinkbar wurde. Sie füllte einen Becher, trug ihn zum Diwan hinüber, kniete nieder und reichte ihn Jussuf.

Er lächelte sie dunkel an. «Wie schön du aussiehst, nur mit deinem Schmuck bekleidet», sagte er. «Zum Vernaschen. Geh nicht fort, Mädchen. Gleich bin ich wieder so weit.»

Melisende neigte den Kopf. Sie glaubte, ihre Erregung würde sich als Glitzern in ihren Augen zeigen und müsse verhehlt werden. «Herr», sagte sie überaus demütig, «könnte es Euch erfreuen, wenn ich –» Dann unterbrach sie sich und schaute unter ihren langen, mit Kohlpaste geschwärzten Wimpern zu Jussuf auf.

Jussuf stützte den Kopf in eine Hand. «Was willst du, Mädchen?»

«Herr», sagte Melisende sanft, «ich habe an etwas gedacht, von dem ich glaube, dass es Euch Lust bereiten kann und mir sehr gefallen würde, Herr.»

«Was mir und auch dir gefallen würde? Nun red schon, Mädchen.»

«Herr, vielleicht wisst Ihr, dass der gefangene Christ vor nicht langer Zeit zu Roxanas Vergnügen in den Harem gebracht wurde?»

Jussufs Gesicht verdüsterte sich eifersüchtig. «Hab davon gehört», knurrte er.

«Herr, er war schön. Mir wurde nicht erlaubt, ihm nahe zu kommen, aber den übrigen Haremsfrauen hat er große Lust geschenkt, und ich hatte das Gefühl, er könnte auch Euch befriedigen.»

«Mich befriedigen?» Jussufs Zähne tauchten in seinem Bart auf, aber Melisende konnte nicht erkennen, ob es ein Lächeln oder eine Fratze war. «Glaubst du, ich würde an Männern Gefallen finden, Mädchen?»

«Sein Körper ist wunderschön», flüsterte Melisende. Das weiche Fleisch zwischen ihren Beinen zuckte, als sie sich Robert nackt vorstellte: seine goldene Haut geschmeidig wie Satin, wo sie nicht von weißen Narben entstellt war, seine kräftigen Schenkel, seine straffen, muskulösen Hinterbacken. Verbissen fuhr sie fort: «Und wenn er Euch vorgeführt würde – gefesselt, Herr, damit ich zusehen könnte, während Ihr ihn genießt –, ich dachte mir, Ihr könntet ebenso viel Lust daran finden, wie es die edle Roxana tat.»

Heftiges Empfinden glomm in Jussufs Augen. Er war eifersüchtig auf Roxana, so viel war klar, und Melisende schien es auch, als nehme sie einen Schimmer starker Erregung wahr. Er knirschte mit den Zähnen, stellte dann plötzlich mit einem Knall seinen Becher ab und griff Melisende bei den Armen. Er schüttelte sie, dass der Schmuck rasselte und ihr das Haar um die Schultern flog. «Dabei willst du zusehen?», herrschte er aufgebracht und bleckte die Zähne so nah an ihrem Gesicht, dass sie eine Augenblick lang fürchtete, er werde zuschnappen und sich wie ein Hund in ihrer Kehle verbeißen. Unfähig zu sprechen, während ihr Kopf hin und her schlackerte, nickte sie einfach.

«Es sei», rief Jussuf aus. Er stieß sie beiseite, schnellte in die Höhe, machte große Schritte zur Tür und rief nach den Wachposten.

Melisende schüttelte den Kopf, um zur Besinnung zu kommen, und blickte kurzatmig hoch. Jussuf stand an der Tür und gab Befehle aus. Hastig befühlte Melisende ihren Halsschmuck, fand die Phiole und zog sie hervor. Sie hatte sich an ihrer Haut erwärmt. Gehetzt und voll Angst, Jussuf könnte sich umdrehen und sie durchschauen, brach sie das Ende der Phiole ab, ließ den Inhalt in Jussufs Becher laufen und warf das Beweisstück unter den Diwan.

Jussuf wandte sich von der Tür ab und schnauzte: «Es wird nach ihm geschickt.»

«Mögt Ihr vom Wein, Herr?», schlug Melisende vor und hob den Becher.

Er schüttelte den Kopf. «Nein», sagte er. «Es wäre mir zuwider, dich mit einer matten Leistung zu enttäuschen. Ich werde erst trinken, wenn ich fertig bin.»

Melisende verlor beinahe den Boden unter den Füßen und blinzelte entsetzt. Das lief gar nicht nach Plan. Wenn Robert abgeliefert werden würde, sollte Jussuf schon fest eingeschlafen sein und für beide keinerlei Gefahr mehr bestehen. Sie wusste nicht, was sie tun sollte. Erneut bot sie den Kelch an und sagte kleinlaut: «Nur ein wenig, Herr, um Euren Durst zu löschen? Ihr seid viel zu mannbar, dass der Trunk Euch schwächen könnte.»

«Nein», rief Jussuf. Er nahm die Faust zurück, als wolle er Melisende den Becher aus der Hand schmettern. Hastig zog sie ihn fort und schirmte seinen Inhalt ab. Was sollte sie tun, würde er ihn verschütten?

Während die Zeit verstrich, trottete Jussuf im Zimmer auf und ab und murmelte vor sich hin. Mit wachsendem

Grauen wurde Melisende den Ständer in seiner Hose gewahr, der schwoll und sich anhob, bis die Seide vorn wie ein Zelt abstand.

Jenseits der Türen hörten sie ein Durcheinander aus Kampfgeräuschen. Jussuf hob den Kopf wie ein Hengst, der eine Stute wittert. «Sie bringen ihn», sagte er. Er kehrte sich Melisende zu, um sie ohne Lidschlag, wie eine Eidechse, zu betrachten. «Du bist ein merkwürdiges Geschöpf», bemerkte er kalt. «Roxana hat mir gesagt, du würdest diesen Mann lieben. Und doch erregt es dich mit anzusehen, wie er für meine Lust benutzt wird.»

Nicht, wenn du den Wein getrunken hättest, dachte Melisende. Sie fühlte sich taub, eingewickelt in erstickende, quälende Machtlosigkeit.

«Tja», und Jussuf holte tief Luft, «Roxana hat mir zudem gesagt, dieser junge Mann sei schön. Ich werde es genießen, zur Abwechslung mal einen männlichen Gefangenen zu haben.»

Die Türen sprangen auf, drei Wachen traten ein und zerrten Robert mit sich. Melisende wich zurück, als wäre sie geschlagen worden, und presste beide Hände vor den Mund. Robert war nackt und von Kopf bis Fuß nass. Seine Hände waren auf seinem Rücken gefesselt, und er leistete derart heftige Gegenwehr, dass es einige Zeit dauerte, bis die Wachen ihn gebändigt hatten. Sie zwangen ihn in die Knie, hielten ihn niedergedrückt und brachten ihn so weit zur Ruhe, dass einer von ihnen berichten konnte.

«Wir haben ihn gewaschen, Herr, wie Ihr befohlen habt», sagte die Turban tragende Wache. «Aber er ist sehr stark. Sollen wir lieber bleiben?»

«Bastarde», knurrte Robert auf Französisch und versuchte verzweifelt, auf die Beine zu kommen. «Heidnische

Hurensöhne. Hunde, Schweine, gottverfluchte schwarz-
haarige Teufel.» Als er noch etwas ganz Unsägliches auf
Arabisch hinzufügte, fauchte eine der Wachen und schlug
ihm hart ins Gesicht. Melisende entfuhr ein leiser Schrei,
und Robert machte die Augen auf und nahm sie wahr.

Sofort wurde er völlig ruhig. Jussuf sagte: «Wenn ihr ihn
anständig fesselt, werde ich schon allein mit ihm fertig»,
aber Robert reagierte nicht, sondern starrte auf Melisendes
schmuckbehängte Nacktheit, ihr mit Perlen durchflochte-
nes Haar, ihre vor Schreck und Angst geweiteten Augen,
und schien kaum zu atmen imstande. Seine Lippen waren
bleich, und sie sah ihn frösteln.

Die plötzliche Stille entging Jussuf nicht. Der Befehlshaber lachte, trat dann zwischen die beiden Liebenden und
sah mit schroffem Lächeln zu, wie seine Männer Roberts
Arme fest zusammenknoteten und ihm ein Seil um Handgelenke und Hals schlangen. Robert zuckte wie ein Pferd,
das Fliegen verscheucht, und krümmte sich seitwärts, um
nach Melisende zu schauen. Tropfen dunklen Bluts quollen aus seiner Lippe, wo der Soldat ihn geschlagen hatte.

«Gefällt die meine kleine Bettgespielin?», fragte Jussuf.
Robert blickte mit Wut und Schrecken in der Miene hoch.
«Findet mein Geschmack deinen Beifall?»

«Wenn du sie berührst», zischte Robert, «bringe ich dich
um.» Er versuchte aufzustehen, doch eine der Wachen
verhakte einen Fuß in seiner Kniekehle und brachte ihn
unsanft zu Fall.

Jussuf lachte erneut. «Ein Beschützer! Du wirst deine
Haltung ändern, Christ, wenn du begriffen hast, dass du
ebenso zu ihrer wie meiner Unterhaltung hier bist. Es
wäre ihr ein Vergnügen zuzusehen, wie ich dich nehme,
hat sie mir versichert.»

«Du lügst», rief Robert. Er krümmte sich auf dem Boden, und als sich seine Augen auf Melisendes Gesicht hefteten, glänzten sie heller als die eines Löwen auf der Pirsch. «Melisende», rief er aus. «Was meint er damit?»

Was konnte sie tun? Gäbe sie Robert den Rückhalt, um den er flehte, würde sie ihre Vorarbeit zunichte und Jussuf ganz bestimmt misstrauisch machen. Melisende erwiderte Roberts Blick kalt und drehte dann den Kopf, um den großen bärtigen Befehlshaber anzulächeln. «Ist er nicht alles, was ich versprochen habe?», fragte sie.

Stille trat ein. Dann schrie Robert: «Melisende, du Miststück», und riss sich von den Wachen los. Er strampelte sich hoch und brachte unter lautstarken Flüchen zwei große Schritte in ihre Richtung zuwege, bevor die Wachen und Jussuf über ihn herfielen und seinen widerspenstigen Körper zu Boden zerrten.

«Knebelt ihn», befahl Jussuf und trat etwas zerzaust aus dem Handgemenge hervor.

Melisende stand schwankend da. Sie konnte ihr Gesicht nicht bedecken, wie sie es sich wünschte, oder das Furchtbare beweinen, das sie in Roberts Augen gesehen hatte. Er hatte geglaubt, dass sie falsches Spiel mit ihm getrieben habe. War sein Vertrauen in sie so leicht zu zerstören?

Roberts Schreie und Verwünschungen wurden erstickt, als ihm einer der Männer einen Lederwulst in den Mund stopfte und zu einem Knebel verschnürte. Sie fesselten ihm Hände und Füße, bis er schließlich aufhörte, sich zu sträuben, und völlig reglos dalag. Seine Augen waren zugekniffen und die umgebende Haut straff vor Entsetzen. Melisende wollte nichts lieber, als ihn trösten, aber er hatte den Kopf von ihr abgewandt, als wolle er sie selbst in seiner völligen Ohnmacht abweisen.

«Legt ihn auf den Diwan», befahl Jussuf. «Lasst uns dann allein.»

Die Wachen gehorchten. Auf dem Diwan hingestreckt, gab Robert einen bebenden Seufzer von sich und verstummte. Zitternd vor Schreck und Sehnsucht sah Melisende zu, wie sich Jussuf über ihren Geliebten stellte und auf seinen bloßen Rücken hinunterblickte.

«Er sieht wirklich hübsch aus», sagte er. «Die Haut eines Jungen, aber Muskeln wie ein Mann.» Er streckte die Hand aus und legte seine dicken behaarten Finger auf Roberts glatte goldbraune Schulter.

Auf der Stelle setzte sich Robert mit ersticktem Ruf zur Wehr und erwachte zu fiebrigem Leben, wollte sich vom Diwan werfen, den Schädel gegen Jussufs Kopf rammen, irgendetwas tun, um sich vor dieser beschämenden Berührung zu wappnen. Jussuf lachte und bekam das Seil zu fassen, das zwischen Roberts gefesselten Handgelenken und der Schlinge um seinen Hals verlief. Er zerrte daran, und die Schlinge zog sich zu.

Melisende schluchzte unhörbar hinter vorgehaltenen Händen, während Robert würgte und keuchte. Sie wollte, er würde sich in das Unvermeidliche fügen, er aber sträubte sich trotz der Halsdrossel, bis Jussuf zuletzt ungeduldig knurrte, eine Schlaufe in das Seil legte und sie um das Ende des Diwans zurrte, um Roberts Kopf so hinunterzubinden, dass er sich bei jedem Aufbegehren erwürgen würde.

Einen Augenblick lang war Melisende erleichtert, Roberts Gesicht nicht sehen zu können und das Leiden darin nicht beobachten zu müssen. Doch dann seufzte Robert ein letztes Mal heftig auf und drehte den Kopf zur Seite. Seine strahlenden Augen verzehrten sich wie das goldene

Herz einer Flamme nach ihr. Melisende erwiderte den Blick und versuchte, ihre ganze Liebe aus ihrem Antlitz sprechen zu lassen und ihm schweigend zu bedeuten, dass sie keine Schuld an alledem trage. Roberts Augen aber waren glasig vor Wut und Entsetzen. Er konnte ihre Miene nicht deuten.

«Ein wahrhaft im Zaum gehaltener Gefangener», murmelte Jussuf. Er packte Roberts muskulöse Hinterbacken und hievte sie empor, um seiner Zuwendung ein angemessenes Ziel zu bieten. «Beim Bart des Propheten, Mädchen, du bist über deine Jahre hinaus weise. Nun sieh zu. Genieß den Anblick, wie ich mich hier gleich gütlich tue.»

Roberts goldbraune Augen brannten sich wie rot glühende Eisen in Melisende ein. Schaudernd stand sie da und presste die Hände vor den Mund, um die Widerrede bei sich zu behalten, die ihr so machtvoll über die Lippen kommen wollte. Hilflos sah sie zu, wie sich Jussuf bereit machte. Er spuckte ausgiebig auf seine Eichel und rieb seinen drallen Schaft, bis er schlüpfrig von Speichel war. Dann räusperte er sich erneut und spuckte in Roberts Spalte. Robert versteifte sich am ganzen Körper und schloss für einen Moment die Augen. Als er sie wieder aufschlug, starrte er Melisende an. Die Binde, die den Lederknebel in seinem Mund festhielt, schnitt sich in sein wunderschönes Gesicht ein, zerwühlte sein kupferfarbenes Haar, durchfuhr seine goldblonden Bartstoppeln. Er war so wunderschön, dass es Melisende das Herz im Leib herumdrehte und den Atem verschlug.

«Jetzt», zischte Jussuf und stellte sich zurecht. Robert spürte die Berührung des drallen, heißen Schwengels zwischen seinen Arschbacken und schrie trotz des Knebels dagegen an. Er riss die Augen weit auf, und sein Körper spannte sich wie ein Bogen, stemmte sich mit aller Macht gegen die Fesseln, erschauerte in verzweifelter Zurückweisung. Aber es war zu spät. Jussuf war kräftig und entschlossen genug, sich zu nehmen, was er wollte.

Roberts Schrei verklang zu einem erstickten Stöhnen, als Jussuf versuchte, seine Eichel in das enge, verbotene Loch zu zwängen. Melisende kämpfte gegen die Tränen. Wie sollte er ihr je verzeihen können?

«Bei Allah», grunzte Jussuf, «das ist selbst für mich zu eng. Komm her, Mädchen.»

«Herr?» Melisende nahm kaum wahr, dass sie angesprochen worden war. Wie ein Dummkopf stand sie da und versuchte zu begreifen, was Jussuf zu ihr gesagt hatte.

«Komm her», wiederholte Jussuf ärgerlich. «Leg dich unter ihn. Blas ihm einen, verschaff ihm Lust. Er muss sich ein wenig entspannen.»

Auf einmal verstand Melisende. Mit Feuereifer eilte sie zum Diwan, legte sich darauf und schob den Kopf unter Roberts nackten, gewölbten Körper. Sein vertrauter und so unendlich begehrenswerter Geruch hüllte sie ein. Der Gedanke, sie könnte sein Leid lindern, gab ihr Trost. Rasch formte sie die Lippen zu einem vollkommenen Rund und nahm Roberts schlaffen, dicken Schwanz behutsam in den Mund. Er stöhnte, als sie mit Lippen und Zunge das weiche Fleisch liebkoste, sanft die Vorhaut zurückschob, um die zarte gewölbte Eichel zu enthüllen, und es sachte und bedächtig lutschte und leckte, bis sie fühlte, wie es ansprach, anzuschwellen und härter zu werden begann.

Sie konnte ihm noch immer Lust bereiten, selbst wenn er sie hasste. Sie streckte beide Hände aus, um die empfindliche Haut über seinen Lenden und zarten Kuhlen beidseits seiner Schamhaare zu streicheln und zu hätscheln. Sein Körper bewegte sich, wenn sie ihn berührte, und sie hörte ihn ein ersticktes Stöhnen von sich geben, einen Laut widerwilligen, wehrlosen Genießens.

Sie wurde nicht müde, seinen nunmehr pochend aufgerichteten Schwanz zu reizen, und sehnte sich danach, ihm so viel Lust zu verschaffen, dass er darüber Schande und Entwürdigung vergäße. Die dralle, heiße Rute aus Fleisch bebte in ihrem emsigen Mund. Sie glitt mit den Lippen den Schaft der Länge nach empor und wünschte sich inbrünstig, er möge in ihrem willigen Rachen die höchste Erlösung finden.

Doch nun schritt Jussuf ein. Er griff nach Melisende und zog sie unter Robert hervor. «Jetzt gib ihm den Rest, während ich zusehe. Seine Soße soll dir auf den Busen spritzen, das würde mir gefallen. Wo ist denn der Wein?»

Von unverhoffter Zuversicht erfasst, langte Melisende eilig nach dem Becher. «Hier, o Herr.»

Jussuf drehte Robert auf den Rücken, aber die Schlinge zwang seinen Hals noch immer auf den Diwan hinunter. Der Sarazene fuhr mit der Hand an Roberts Körper hinab, als würde er seinen Wert einschätzen, indem er seine Narben zählte. «Ein Kämpfer», bemerkte er anerkennend. «Mit hübschem Schwanz obendrein. Gib mir den Wein da, Mädchen. Dann will ich sehen, wie du ihm einen bläst.»

«Herr», flüsterte Melisende gehorsam. Insgeheim jubelte sie, als sie Jussuf den gepanschten Wein bis auf den letzten Tropfen hinunterstürzen sah. Anschließend setzte er sich im Schneidersitz auf den Boden und deutete auf Roberts nackte Lenden.

Melisende leckte sich die Lippen und beugte sich vor, um Roberts aufgerichteten Penis mit der Zunge zu liebkosen. Aber sie war nicht bei der Sache, sondern wartete darauf, dass Jussuf einschlief.

Wie immer geschah es ganz plötzlich. Der Befehlshaber gähnte, blinzelte erstaunt und erschlaffte dann zu einem Bündel auf dem Marmorfußboden.

Sofort machte Melisende einen Satz vom Diwan und lief zu Jussufs zusammengesackter Gestalt. Mühsam drehte sie ihn auf den Rücken, um an seinen kleinen scharfen Dolch zu gelangen, zog ihn aus der Scheide und hastete zu Robert zurück. Seine Augen standen offen, schienen aber glatt durch sie hindurchzusehen. «Robert», flüsterte sie, «ich werde dich jetzt freilassen.» Sie schnitt die Binde um sein Gesicht durch und zog ihm den Knebel aus dem Mund, aber er sagte nichts. «Alles in Ordnung?», wisperte sie eifrig, während sie auf die Fesseln um seine Hand- und Fußgelenke und die abscheuliche Drossel um seinen Hals einhieb. «Wir werden fliehen, Robert. Alles ist vorbereitet.»

Die letzte Fessel fiel zu Boden, und auf einmal stürzte sich Robert wie ein losgelassener Leopard auf sie. Melisende wollte etwas einwenden, laustark beteuern, nichts von alledem je im Sinn gehabt zu haben, doch Robert fuhr ihr über den Mund. «Hast du Gefallen an deinen Plänen gehabt?», knurrte er hasserfüllt. Trotzdem waren seine Augen von Verlangen erfüllt. Einen Augenblick lang lag es in der Schwebe, ob Hass oder Begehren die Oberhand gewinnen würde. Dann drehte er sie wortlos um und begann, ihren Anus zu erkunden.

Sein wunderbarer Körper schwebte über ihr, seine kräftigen Hände hielten sie niedergedrückt, das volle erhitzte Gewicht eines Mannes beseligte sie, noch als es sie schier erdrückte. Melisende stöhnte in fiebernder Ergebung und bäumte ihm ihre Hinterbacken entgegen, bot seiner Lust ihren geheimen Durchgang dar und schrie lustvoll auf, als seine schweren kugeligen Nüsse immer wieder über ihre kleine Knospe streiften, die verzückt erschauerte. Ihr mächtiger goldener Krieger war frei, einmal mehr erstarkt, und sie glaubte nicht länger, er werde sie ein Leben lang hassen.

Beim Kommen zog sie sich eng um ihn zusammen, und das Gefühl ihrer Umklammerung brachte ihn zum eigenen Höhepunkt. Er grollte vor Lust und entzog sich dann. Einige Augenblicke lang blieb Melisende reglos liegen. Dann drehte sie sich um und wandte Robert ihr Gesicht zu.

Er betrachtete sie mit unergründlicher Miene. «Wie konntest du?», fragte er schließlich.

«O Robert.» Melisende streckte die Hand aus und deutete auf Jussufs schnarchenden Leib. *«Vorher* sollte er den Wein trinken, hat aber abgelehnt. Ich habe getan, was ich konnte. Es ging um deine Freiheit.»

«Heidnischer Hund», fluchte Robert. Er hob den Dolch auf, wo ihn Melisende hatte fallen lassen. «Ich sollte ihn umbringen.» Mit wenigen Schritten war er bei Jussuf, um für einige lange Augenblicke kalt auf ihn hinunterzublicken. Dann schüttelte er den Kopf. «Nicht im Schlaf», sagte er endlich. «Ich kann doch keinen schlafenden Mann töten.»

Melisende kam vom Diwan hoch und stellte sich neben Robert. Schüchtern griff sie nach seiner Hand, doch er schüttelte sie voll zorniger Ungeduld ab. Sie zuckte zusammen. «Robert», hauchte sie, «vergib mir. Ich wollte dir Leid ersparen.»

Es dauerte eine lange Weile, ehe sich Robert umdrehte und auf Melisende hinabsah. Seine Augen waren von Schmerz verdüstert. «Er durfte dich haben», sagte er leise. «Dieses Tier durfte dich haben. Geschah das auch für meine Freiheit?»

«Ja», antwortete Melisende aufrichtig.

«Hast du es genossen?», fragte Robert herrisch.

«Wäre dir lieber, ich hätte es verabscheut?», erwiderte Melisende scharf und auf einmal verärgert.

«Ja», rief Robert so laut, dass sie nachdrücklich den Kopf schüttelte und ihm bedeutete, leise zu sein. Er senkte die Stimme, sprach aber weiter. «Ja, Melisende, das wäre es. Es wäre mir lieb, würdest du dich mit keinem Mann außer mir körperlich vergnügen.»

«Und du hast dich im Harem nicht vergnügt?», fragte Melisende kalt.

Robert starrte hinunter auf sie. Seine Lippen waren blass und bebten. Schließlich sagte er: «Ich kann dir keine Antwort geben. Du weißt, dass ich das nicht kann.»

Auf einmal sah er wie ein Knabe aus, jung, unsicher und verletzt. Melisende fühlte sich von einer Welle derart liebevollen Zartgefühls mitgerissen, dass ihre Beine weich wurden. Sie schwankte. «Robert», sagte sie leise, «wir dürfen uns jetzt nicht wehtun». Sie hob die Hände zu ihm empor, er machte ein Geräusch, das wie ein Schluchzen klang, und dann lagen sie sich in den Armen, nackter Leib an nacktem Leib, weiße und goldene Haut umschlungen. Melisende drückte das Gesicht an seinen Hals, und jeder Atemzug erfüllte sie mit Verzückung. Mehr hatte sie sich nicht gewünscht, als in seinen Armen zu liegen, fest und sicher von ihnen umschlossen zu werden: Seine abgehärteten Hände ruhten auf ihrer Schulter und der Wölbung einer Pobacke, seine aufgesprungenen Lippen streiften sanft über die Strähnen, die ihre hohe weiße Stirn rahmten. Keine Wonne nahm es damit auf.

«Vergib mir», flüsterte sie, «dein Leid.»

«O meine Holde. Melisende.» Er nahm die Hände von ihrem Rücken, fuhr mit den Fingern durch ihre perlenumwundene Haarpracht und schaute hinab in ihre Augen. Sie erwiderte seinen Blick, und als sie Liebe in sein Gesicht geschrieben sah und das leidenschaftliche Zittern seiner Hände spürte, stockte ihr beinahe der Atem. Eine kurze Weile stand er ganz still da und tränkte seine Augen an ihr. Dann senkte er die Lider, als sei ihr Leuchten mehr, als er ertragen konnte, und seine Lippen berührten ihre.

So hielten sie einander fest, umhüllten einander, versunken in ihrem Kuss. Er war zärtlich, nirgends fordernd. Seine Zunge schlüpfte sanft zwischen ihren Zähnen hindurch, traf auf ihre, erforschte sie, zog sich zurück und lud sie ein zu folgen. Dann, als sie vor Freude hätte sterben können, löste er seinen Mund behutsam von ihrem und drückte ihren Kopf in die Höhlung seiner Schulter.

Schließlich kämpfte sich Melisende in die Wirklichkeit zurück. Sie hob die Hände, um Roberts Gesicht zu streicheln. «Mein Liebster», sagte sie, «ich muss das Zeichen geben.»

«Zeichen?» Sofort war er wieder der behände, wachsame Krieger. «Wieso? Was soll geschehen?»

«Nimm Jussufs Kleider», sagte Melisende. «Zieh sie an. Du bist größer als er, aber sie sind weit geschnitten. Wir werden aus dem Palast fliehen, zusammen mit Alia und Ismail.»

«Mit Sarazenen?», rief Robert erschrocken aus.

«Alia ist meine Freundin», beschwichtigte Melisende, «und Ismail ihr Geliebter. Er ist Hauptmann der Wache.

Ohne ihn könnten wir nicht entkommen.» Sie sah, mit welchen Schwierigkeiten Robert kämpfte, um das hinzunehmen, und beeilte sich fortzufahren. «Vorher müssen wir uns aber meine Mitgift zurückholen. Ich will verdammt sein, wenn ich sie dem Emir überließe. Wir wissen schon, wie wir es anstellen müssen.»

«Wie denn?», fragte Robert nach. Melisende sah ihm seinen Unwillen an, als bloßer Zuschauer in ein militärisches Unternehmen gestürzt zu werden, an dem er keinerlei planerischen Anteil gehabt hatte.

«Alia und ich werden den Schatzmeister und seine Männer verführen», sagte Melisende gleichmütig.

Kurzes Schweigen trat ein. Dann sagte Robert: «Nein. Ich verbiete es. Zum Henker mit der Mitgift. Zum Henker mit alledem. Komm mit mir, Melisende. Jetzt.»

«Ohne Ismail werden wir nicht entkommen», wiederholte Melisende ruhig, «und er wird uns nicht umsonst helfen. Warum sollte er? Er wird ja von etwas leben müssen, sobald er den Palast verlassen hat. Robert, auch ich werde nicht ohne meine Mitgift gehen. Sie gehört mir!»

«Dann soll es die Sarazenin allein tun. Was bedeutet für eine Haremsfrau schon ein Mann mehr?»

«Wieso sollte sie tun, was ich nicht täte? Außerdem ist der Schatzmeister wählerisch. Alia wäre nicht nach seinem Geschmack. Ich muss schon selbst gehen.»

«Nein», wiederholte Robert mit gebleckten Zähnen. «Bei Christi Antlitz, nein. Wie kannst du dir nur so etwas zumuten?»

«Robert», sagte Melisende sanft, «wie oft hast du deinen Körper in der Schlacht aufs Spiel gesetzt?»

«Das ist nicht dasselbe», sagte Robert und warf eine Hand in heftiger, abweisender Geste hoch. «Du redest davon – Gott steh mir bei –, davon, deinen Körper als Waffe zu benutzen. Das ist ehrlos.»

Melisende ergriff seine Hände. Sie waren kalt. Einen Moment lang wollte er ihr nicht in die Augen schauen; dann tat er es doch. Seine bronzefarbenen Brauen waren von Schmerz und Verwirrung zerfurcht. Er wirkte wie ein verletztes Kind. Sie ließ von seinen Händen ab, streichelte sein nasses, struppiges Haar und versuchte ihn zu trösten. «Es hilft nichts», sagte sie endlich. «Robert, mich drängt es nicht, das zu tun. Ich muss einfach. Ohne die Mitgift wird Ismail uns nicht begleiten, und ohne ihn schaffen wir es niemals durch das Palasttor. Außerdem habe ich einen Eid geschworen, mir zurückzuholen, was mein ist. Ich will nicht eidbrüchig werden.»

Sie sah zu, wie sein Missfallen und Sinn für Eigentum miteinander haderten. Schließlich nahm er ihre Hände in seine und sagte: «Melisende, wenn wir verheiratet sind, werde ich jeden Mann töten, der es wagt, Hand an dich zu legen.»

Melisendes Herz flog ihm zu. Sie stellte sich auf die Zehenspitzen, um ihn zärtlich auf den Mund zu küssen. Anfangs hatte sie ihn seines Körpers wegen begehrt, lieben aber tat sie ihn um seiner Ehre, Tugend, Kraft und Schlichtheit willen. Es rührte sie, dass er ihr jetzt nachgeben konnte. «Aber», sagte sie, «bis wir fort von hier sind, flehe ich dich an, dich nach Ismail und mir zu richten.»

Einen Augenblick lang biss er sich auf die Lippen. Er schien nicht überzeugt, nickte aber schließlich langsam und sagte: «Also gut. Gib das Zeichen, meine Holde, während ich diesen sarazenischen Wüstling ausziehe.» Er trat barfuß nach Jussufs wehrlosem Körper, und der Befehlshaber seufzte und murmelte im Schlaf. «Hoffentlich fang ich mir nichts ein», sagte Robert widerwillig. Dann kniete er nieder, um Jussuf die Hose auszuziehen, während Melisende hastig ihre Kleider anlegte. Sie schnappte sich die Laterne und eilte zum Fenster, um das Zeichen zu geben.

«Sizilien?», fragte Robert zweifelnd, während er sich mit Jussufs Turban abmühte.

Melisende warf ihm einen raschen Blick zu. «In Palästina können wir nicht bleiben. Wenn Thibault uns fände –»

«Nein, du hast Recht», räumte Robert ein. «Ich verstehe. Aber warum Sizilien und nicht die Provence?»

Ehe Melisende antworten konnte, wurde die Tür aufgestoßen, und Ismail erschien Hand in Hand mit Alia. Er war in heller Aufregung, und seine dunklen Augen funkelten. «Gut gemacht, Melisende», rief er beim Eintreten aus. «Jetzt aber schnell an die Arbeit, was?»

«Ismail», sagte Melisende zurückhaltend und streckte die Hand aus, «das ist Robert von Villeneuve, ehemals Burgvogt von Montjoie. Robert, Ismail al-Barak und meine Freundin Alia. Alia ist sehr nett zu mir gewesen», fügte sie betont hinzu.

«Es ehrt mich, die Bekanntschaft der edlen Alia zu machen», sagte Robert und verneigte sich. Melisende seufzte erleichtert auf. Sie hätte sich denken können, dass seine natürliche Höflichkeit Robert davon abhalten würde zu offenbaren, ihr schon einmal begegnet zu sein, falls er sich unter so vielen ausgerechnet an Alias begierigen Mund und klammernde Schenkel erinnern sollte.

Robert richtete sich auf und betrachtete Ismail eine kurze Weile schweigend. Schließlich sagte er: «Ihr habt den Überfall auf die Karawane angeführt.»

Ismail nickte. «Wir waren weit in der Überzahl. Ihr habt tapfer gekämpft.»

Wieder trat Schweigen ein. Die beiden Männer beobachteten einander aus schmalen Augen. Melisende war klar, dass beiden dieselbe Frage auf der Zunge brannte und beide wussten, dass sie nicht gestellt werden durfte. Die unausgesprochene Frage lautete: *Hast du meine Frau gehabt?*

Sie hoffte, die Männer würden sich die Hände schütteln, was sie jedoch unterließen. Wachsam starrten sie einander an wie zwei Hunde mit gesträubtem Fell. Was sollte sie tun? Sie mussten einander vertrauen, oder die Flucht würde scheitern. Nach kurzer Pause sagte Melisende: «Sieh her, Ismail, da ist Jussuf. Findest du nicht auch, dass Robert seine Kleider besser stehen? Jetzt komm, wir müssen ihn verstecken.»

Ismail grinste und ging zu Jussuf hinüber, dessen großer, dicklicher Körper jetzt fast nackt war. Er bewegte die schlafende Gestalt mit der Stiefelspitze und sagte: «Hoffentlich findet ihn niemand, bevor der Emir morgen zurückkehrt. Geschähe ihm recht.» Er zog mehrere dünne, aber kräftige Seilstränge von seiner Taille los und reichte Robert einen. «Hier, Christ. Hilf mir, ihn zu fesseln.»

«Mit Vergnügen», sagte Robert und trat schwungvoll vor.

Wenige Augenblicke später war Jussuf wie ein Brathuhn gewickelt und sorgfältig geknebelt. Er schlummerte und schnarchte trotz allem weiter. «Unter den Diwan mit ihm», sagte Melisende.

Ismail stieß Jussuf außer Sicht unter den Diwan und kehrte sich dann lachend Robert zu. «Christ», sagte er, «das ist ein viel versprechender Anfang.» Und er streckte die Hand aus.

Zwölftes Kapitel

«Makellos», sagte Ismail und klatschte sich unsichtbaren Staub von den Händen. «Ihr seid ein fabelhafter Jüngling geworden, Fräulein Melisende. Am liebsten würde ich Euren Hintern selbst rannehmen.»

Robert machte ein finsteres Gesicht, aber Melisende lachte. Sie hob die Arme und drehte sich auf dem Absatz, um bewundernd an sich hinunterzublicken. Sie war wie ein junger Sarazene, wie ein Lustknabe des Emirs gekleidet, trug eine seidene Pluderhose, ein Hemd aus ägyptischer Baumwolle, eine seidene Schärpe und eine mit Ziermünzen bestickte Weste. Ein weißer Turban bedeckte ihr glänzendes Haar. An den Füßen saßen Satinpantoffeln mit Kringel an der Spitze. Sie grinste Robert an. «Wie sehe ich aus?», fragte sie. «Wie ein unwiderstehlich junger Christensklave?»

Robert blickte ihr kurz ins Gesicht. Seine Augen verengten sich, und er wandte den Kopf ab. «Du siehst wie dein Bruder aus», sagte er leise auf Französisch.

Das ernüchterte Melisende fürs Erste. Sie wollte etwas entgegnen, aber Alia warf ein: «Es wird spät. Wir sollten uns beeilen.» Alia warf Robert, der kaum etwas gesagt hatte, seit sie Jussuf aus dem Weg geschafft hatten, einen wachsamen Blick zu. Herausfordernd wies sie mit dem Kinn auf ihn und fragte Ismail: «Was wird er tun?»

«Er könnte die Pferde halten», schlug Ismail vor.

«Nein», sagte Robert entschieden. «Ich gehe, wohin Ihr geht, Sarazene.»

Ismail grollte gereizt. «Hört zu, *ich* kann dem Schatzmeister einen hübschen jungen Christen verkaufen. Aber ein muslimischer Krieger mit goldbrauner Haut und Augen wie ein Löwe? Ihr scherzt.»

«Meine Augen kann ich nicht ändern», sagte Robert. «Aber die Haut –» Er langte nach der Hängelaterne über seinem Kopf, fuhr mit einem Finger rings um den Rand und zog ihn rußverschmiert zurück. Dann rieb er sich den Ruß auf die Wange. Ein grimmiger schwarzer Streifen blieb zurück.

«Einen Äthiopier mit goldenen Augen habe ich auch noch nie gesehen», murrte Ismail.

«Ich gehe mit Euch», wiederholte Robert eintönig, und einen Augenblick später hob Ismail in hilfloser Ergebung die Hände.

Sie bewegten sich im Palast auf die Schatzkammer zu, Ismail und die als Junge verkleidete Melisende in aller Offenheit, Alia und Robert in den Schatten geduckt. Roberts bernsteinfarben leuchtende Augen wirkten in seinem rußgeschwärzten Gesicht seltsam starr. Während beide sich an der Wand entlangdrückten, flüsterte ihm Alia zu: «Um Himmels willen, schau zu Boden, wenn du irgendwem begegnest.»

Hinter der Außentür der Schatzkammer lag ein langer schmaler Gang. Zwei kleinere Türen gingen davon ab. An der hinteren, schwereren und eisenbeschlagenen Pforte standen zwei stämmige Wächter mit blanken Krummsäbeln. Beide hoben den Kopf bei Ismails Eintreten und nickten, als sie ihn erkannten. Er streckte hinter sich eine Hand aus, damit die anderen auf der Stelle verharrten, und ging den Gang hinunter auf die Posten zu. «Ruhige Wache?», fragte er.

«Dasselbe wie immer, Herr», sagte einer.

«Glatt zum Einschlafen», sagte der andere.

Ismails Mundwinkel hob sich zu einem schiefen Grinsen. «Ihr tut mir Leid. Ich sag euch was, wie wär's mit etwas kostenloser Unterhaltung?»

«Wir sind im Dienst», wandte einer ein.

«Nicht doch, ihr könnt mir einen Gefallen tun.» Ismail lächelte. «Ich hab mit unserem Anführer Jussuf eine Wette laufen, und ihr würdet ausgezeichnete Zeugen abgeben.»

«Was denn für eine Wette?», fragte eine der Wachen neugierig.

Ismail pfiff durch die Zähne. Melisende vernahm ihr Zeichen und trat in den Gang. Scheu blickte sie unter ihrem Turban hervor. Die Wachen sahen sie mit großen Augen an. «Wer ist der Knabe?», fragte einer.

«Kein Knabe», antwortete Ismail. «Das ist die Christensklavin Melisende. Vielleicht habt ihr schon gehört, dass Jussuf eine Schwäche für sie hat?»

Die Wachen schielten lüstern und glucksten. Hinter Melisende versteifte sich Roberts im Schatten stehende Gestalt, und sie fühlte seinen Atem schwer werden. Im Stillen betete sie, dass er sich im Zaum halten würde.

Ismail redete weiter. «Sie ist begabt, heißt es. Seht sie euch an, schlank wie ein Speer. Ich habe mit Jussuf gewettet, dass sie sogar unseren Schatzmeister verführen könnte, und er hat angenommen. Hier ist sie nun, angezogen wie ein Jüngling. Aber mein Wort auf ihren Erfolg reicht Jussuf nicht. Kann ich also auf euch als Zeugen bauen?»

«Was wird sie tun?», fragte der größere der beiden Wachen und starrte Melisende mit offenem Mund an.

Ismail zuckte die Achseln. «Keine Ahnung», sagte er. «Ich

dachte mir, ihr würdet vielleicht gern zusehen. Da Roxana mitwettet, haben wir noch eine Zeugin aus dem Harem dabei.» Er schluckte, und ganz kurz weiteten sich vor Widerwillen seine Nasenflügel. «Alia», rief er, und Alia trat hervor und stellte sich mit blitzenden Augen dazu, ein dunkles Wölkchen neben Melisendes schlanker, kerzengerader Flamme. Ismail biss sich auf die Lippen und sagte: «Ich könnte mir denken, sie ließe sich zu eurer Unterhaltung bewegen. Und ich werde hier draußen für euch Wache schieben, während das Ganze vor sich geht, ich und mein Gehilfe hier.» Er wies auf Roberts hoch gewachsenen Schemen. «Na?», fragte er. «Interessiert?»

Die Wächter schauten einander an und dann zu Alia. Alia lächelte ihnen schelmisch zu und hob einladend die Brauen. «Worum genau wird gewettet?», fragte einer von ihnen mit belegter Stimme. «Dass er sie nagelt? Oder dass er sie für einen Jungen hält, während er es tut?»

«Dass ihm nichts Widriges auffällt», sagte Ismail. «Also, seid ihr meine Zeugen?»

«Ja», gab eine der Wachen schleunig zurück. «Aber gebt gut auf die Türen Acht, Herr. Wenn irgendetwas schief geht –»

«Keine Sorge», versicherte Ismail. Er trat an die kleine schwere Pforte und klopfte an.

«Herein», sagte eine dünne Stimme.

Ismail drückte die Pforte auf und hatte einen engen, warmen, trüb beleuchteten Raum vor sich. Der Schatzmeister blickte von einem Stapel Papiere hoch. Er war ein Mann mittleren Alters mit langem, grau meliertem Bart und schmalen, scharfen Augen. Als er Ismail sah, hob er die Brauen. «Ach», sagte er, «der Hauptmann. Was verschafft mir die Ehre?» Seine Stimme klang äußerst förmlich, und er schürzte die Lippen, als missbillige er Ismail und sein ganzes Treiben ungemein.

«Ich habe etwas von Jussuf für Euch», sagte Ismail. Er nahm Melisende beim Handgelenk und zog sie nach vorn. Sie schaute zum Schatzmeister auf, schlug dann wie schüchtern die Augen nieder und sank anmutig auf die Knie.

«Ein Knabe?» Der Schatzmeister erhob sich, trat einen Schritt vor und starrte, die ohnehin verkniffenen Lippen noch fester zusammengepresst, auf Melisende hinunter. «Blaue Augen, weiße Haut. Wer ist der Knabe?»

«Ein neuer christlicher Gefangener», erläuterte Ismail. «Noch nicht gemeldet. Jussuf meinte, er sei vielleicht mehr nach Eurem als seinem Geschmack.»

Das Gesicht des Schatzmeisters verriet sein Begehren. «Kann ich ihn behalten?», fragte er hungrig.

«Leider nein. Nur eine kurze Weile», sagte Ismail. «Der Emir wird morgen zurückerwartet, und der Junge soll noch für ihn zurechtgemacht werden. Ich werde auf ihn warten und ihn wieder mitnehmen müssen.»

«Ich weiß nicht recht», sagte der Schatzmeister verunsichert. Melisende versteifte sich besorgt und hob rasch die Augen. Sie wusste, wie ansprechend ihr stummer Blick sein würde. Der Schatzmeister nahm ihn wahr und hielt wie gebannt inne. Seine scharfen Augen huschten über ihr Gesicht, ihren Hals, ihre schlanken Glieder. Sie lächelte ihm nicht zu, da sie verängstigt zu sein vorgab, leckte sich aber langsam und genüsslich die Lippen.

«Beim Bart des Propheten», sagte der Schatzmeister und schluckte heftig. «Tja, Hauptmann, dann wartet. Ich lass Euch dann wissen, wenn ich fertig bin.»

«Ich warte auf dem Gang», sagte Ismail mit knapper Verbeugung. «Eine der Haremsfrauen ist mitgekommen, um Eure Männer zu unterhalten, und ich fände es von Vorteil, würde sich alles hier drinnen abspielen.» Der Schatzmeister sah aus, als wolle er widersprechen, aber Ismail fuhr ungerührt fort: «Es geht nicht an, dass irgendjemand merkwürdiges Treiben in der Schatzkammer meldet. Das könnte unseren Herrn, den Emir, zu heiklen Nachfragen veranlassen.»

Melisende senkte den Kopf, um ein bewunderndes Lächeln zu verbergen. Ismail trat so schlüssig auf, als hätte er monatelang geprobt. Sie nickte unmerklich und widerstand der Versuchung, zufrieden zu grinsen, als der Schatzmeister einlenkte: «Schon gut, schon gut, dann werde ich sie eben nicht beachten. Schickt sie auf alle Fälle herein. Aber behaltet den Gang gut im Auge!»

Ismail nickte und verließ den Raum. Melisende warf erneut einen Blick hoch und sah den Schatzmeister sich über sie beugen und eine Hand ausstrecken. Sie wich zurück und spielte die Unschuld.

«O weh, du armes Kind», sagte der Schatzmeister mit leuchtenden Augen. Seine gespielte Betroffenheit war leicht zu durchschauen. «Ein fränkischer Junge, deinem Aussehen nach. Sprichst du Arabisch, Junge?»

«Ein wenig.» Melisende stockte; sie übertrieb ihren Akzent.

«Ein wenig genügt», sagte der Schatzmeister. Er legte die Hand auf Melisendes Wange und streichelte sie. «Wunderschöne Haut, ganz allerliebst. Wie alt bist du, Junge? Vierzehn, Fünfzehn? Du hast noch keinen Bart. Entzückend.»

Alia tauchte in der Tür auf, gefolgt von den beiden Posten. Sie verneigte sich geschmeidig vor dem Schatzmeister und murmelte: «Verzeiht mir, o Herr.»

«Ja, ja», sagte der Schatzmeister ungeduldig. Er wies mit der Hand auf eine dunkle Ecke. «Nehmt sie dort, Kerls, wenn's denn sein muss. Nur dass ihr mich nicht stört.»

Alia streckte dem Schatzmeister hinter seinem Rücken die Zunge heraus. Sie ging, wohin sie beordert worden war, und schenkte den beiden Wachen auf ihren Fersen einen herausfordernd schmorenden Blick. «Schön», sagte sie, «wer ist zuerst dran? Oder wollen wir's zu dritt versuchen?»

«Nun», sagte der Schatzmeister und fummelte an seiner Pluderhose, «das bringt mich doch auf einen Einfall, Junge. Was für einen herrlichen Mund du hast. Mach ihn auf, Junge.»

«Warum?», fragte Melisende in furchtsamem, besorgtem Ton. «Nein, das tue ich nicht.»

«Na komm, komm.» Die Stimme des Schatzmeisters wurde härter. «Siehst du die Soldaten da, Junge?» Er zeigte auf die Ecke des Raums.

Melisende schaute gehorsam hin. Die Wachen ließen die Hände über Alias Körper wandern, streiften ihr Oberteil ab, um ihre runden, lüsternen Brüste zu enthüllen, und grunzten anerkennend über ihre weiche Haut. Einer griff nach ihrer linken Brustwarze, zog fest daran und sah sie länger und dunkler werden. Alias Atem pfiff zwischen ihren Zähnen hervor.

«Wenn du mir nicht gehorchst», sagte der Schatzmeister, «lass ich dich durch die Soldaten niederhalten. Verstehst du mich, Junge?»

«Ja», sagte Melisende und wandte die großen Augen wieder ihrem Unterdrücker zu. Sie heuchelte Furcht, denn tatsächlich jagte ihr dieser schmächtige watschelnde Mann in mittleren Jahren keinerlei Angst ein. Aber die

Vortäuschung von Angst war schon für sich genommen ein machtvoller Anreiz. Sie dachte daran zurück, wie Gerard von ihrem Bruder unterworfen und geschändet worden war, dachte an ihr eigenes ohnmächtiges Sträuben in Jussufs eisernem Griff. Ihre Brustwarzen zogen sich schmerzhaft zusammen, und sie ließ die Schultern vorfallen, damit sich die steifen Warzen nicht noch unter der Kleidung abzeichneten.

Der Schatzmeister las dies als Geste der Ergebung. «Gut», raunte er und fing an, den Bund seiner Hose aufzuknöpfen. «Also, Junge», sagte er und angelte hinter dem Stoff herum, «ich werde auf diesem Stuhl sitzen» – die Tat folgte aufs Wort –, «und du wirst mir den Schwanz lutschen.»

Leichtes Spiel also. Melisende wisperte demütig: «Ja, Herr», und kroch auf Knien zum Stuhl des Schatzmeisters.

In der Zimmerecke flüsterte Alia: «Bei Allah, hier krieg ich was geboten.» Während sie sich vor dem Schatzmeister in Stellung brachte, schaute Melisende hoch, denn sie war begierig, das Geschehen zu beobachten, und beneidete Alia ganz unverblümt um deren Rolle. Sie holte rasch und tief Luft, als sich die Freundin vor einen der Soldaten hinkniete und ihren Mund wie eine Rosenknospe öffnete, um den drallen, glänzenden Penis des Wachpostens zwischen die Lippen zu nehmen. Der andere Posten baute sich hinter ihr auf, zog seinen Ständer hervor und zerrte ihre dünne Hose hinunter. Alias dunkle Augen wurden auf einmal ganz groß, als der Soldat unter Stöhnen in sie hineinstieß.

«Da», sagte der Schatzmeister und legte seinen Penis frei. «Möchte wetten, so einen hast du noch nie gesehen.»

Das traf zu, aber anders, als er gemeint hatte. Sein

Schwanz war blasser als der übrige Mann, lang, schlank und ausgesprochen schlapp. Melisende verspürte einen Hauch von Furcht. Wenn der alte Narr ihn nun nicht hochbekam? Sie wusste, dass sie ihn in den Mund nehmen musste, doch auf einmal widerstrebte ihr das. Sie wollte es einfach nicht. Sie wollte Robert, seine starken Arme, seine goldfarbene Haut, seinen Geruch nach Kraft.

Robert aber war draußen bei Ismail und durchsuchte die Schatzkammer nach ihrer Mitgifttruhe. Sie war ihm schuldig, zu tun, was sie versprochen hatte. Sie schloss die Augen und öffnete den Mund, um das weiche Glied des Schatzmeisters zu lutschen.

«O Allah», raunte der Schatzmeister, «gut, Junge, gut.» Sein schlaffer Schwengel zuckte und begann, sich zwischen Melisendes Lippen zu versteifen. «Oh, ist das gut. Gib mir deine Hand, Junge. Ah, was für eine schmale Hand du hast. Hier, reib mich hier.» Er schob sich Melisendes Hand zwischen die Beine, und sie fing gehorsam an, seine welk herabhängenden Hoden zu liebkosen und die weiche Haut dahinter zu streicheln.

«Oh», stöhnte Alia. Als sie den Blick hob, sah Melisende den Körper der Freundin beweglich wie Wasser zwischen den beiden Wachen, die ihre Schwänze in ihren Mund und ihr Geschlecht trieben und mit ihren Körpern in sie hineinpumpten, als wollten sie ihr Geschäft schnell hinter sich bringen. Alias Lider flatterten, und ihre Lippen waren gelöst und bebten rings um den prallen Schwanz, der die Tiefe dahinter auslotete. Sie stand vor dem Orgasmus. Lust schnappte nach Melisendes Lenden, und sie schob die freie Hand zwischen ihre Beine, um sich verstohlen zu reiben, während sie den Wachen beim Vögeln Alias gierig zusah.

Ihr Mund übte die erwünschte Wirkung auf den Schatzmeister aus. Sein Schwanz war achtbar steif geworden, aber noch immer mager. Einen Augenblick lang glaubte Melisende, er werde wirklich noch zwischen ihren Lippen kommen, doch er stieß sie fort, sank hinter ihr auf die Knie und schob seine Hände unter ihren Hosenbund.

«Bitte», wimmerte Melisende und wich aus, «nein.»

«Nein?» Der Schatzmeister packte ihren Kopf und riss ihn herum. «Warum nicht, Junge?»

Melisende wollte ihn unbedingt verrückt vor Verlangen nach ihr machen und setzte eine Miene geschändeten Schamgefühls auf. «Weil – keiner hat je –»

Die List ging auf. «Beim Bauch des Propheten!», rief der Schatzmeister aus. «Ein jungfräulicher Arsch! Bück dich, Junge.»

«Nein –», verwahrte sich Melisende, ließ sich aber die Stellung aufnötigen. Sie griff nach ihrer Hose, als der Schatzmeister sie nach unten zog und wie beabsichtigt innehielt, kaum dass sich ihm ihre schlanken Pobacken offenbarten. Die üppigen Falten ihres Geschlechts blieben verhüllt.

«Ein Hintern wie ein Pfirsich», zischte der Schatzmeister, steckte sich in die Spalte und stieß eisern zu. Melisende gab nicht nach, sondern kniff die Backen fest zusammen, und der Schatzmeister ächzte und stöhnte, als seine Eichel schließlich in sie hineinkroch.

Melisende schaute auf und sah, dass die Wachen ihr emsiges Gerammel in Alias Mund und Möse eingestellt hatten. Mit breitem, anerkennendem Grinsen verfolgten sie das Gekeuche und Geschnaufe des Schatzmeisters. Melisende zuckte zusammen, fing dann Alias Blick ein und zwinkerte.

Nach sehr kurzer Zeit war der Schatzmeister fertig. Er kam unter lautem Brüllen, zog sich sofort heraus und ließ die Spritzer aus seinem Schwanz auf Melisendes nackten Hintern platschen. Sie drehte sich von ihm weg und zog klagend ihre Hose hoch.

Hatten Ismail und Robert genug Zeit gehabt, um die Mitgifttruhe zu finden? Es durfte nicht anders sein. Sie wehrte die nachträglichen Zärtlichkeiten des Schatzmeisters ab und sagte mit Schmollmund: «Ich will hier nicht bleiben.»

Alia richtete sich auf, und ihr Lächeln glich dem Gesichtsausdruck einer Katze, die Honig genascht hat. «Mach dir nichts draus, Junge», sagte sie, «ich bringe dich jetzt zurück in den Harem. Ismail!»

Sofort ging die Tür auf. Ismail musste draußen gewartet haben. «Fertig mit allem?», fragte er spitzbübisch.

«Lasst den Jungen nochmal zu mir kommen», bettelte der Schatzmeister, als Ismail Melisende bei der Hand nahm, um sie hinauszuführen.

Mitleidig schüttelte Ismail den Kopf. «Das wird leider nicht möglich sein», sagte er und schloss die Tür.

Die Mitgift war bereits auf kleinere Säcke verteilt und auf ein Packpferd geschnallt. Weitere Pferde standen bereit: ein kräftiges Schlachtross für Ismail und Alia, leichtere, flinke Zelter für Robert und Melisende. Alles ging gehetzt, angstvoll, angespannt vor sich. Robert schaute verdrossen und bedrohlich drein, und Melisende wusste, dass sie mit ihm reden und ihn versichern müsste, nur das Nötige getan und keinerlei Freude dabei empfunden zu haben. Aber sie bekam keine Gelegenheit dazu.

Ismail reichte Robert eine lange sarazenische Lanze und

hielt auch Melisende eine hin. Sie sah sie verschreckt an und wollte ablehnen. «Nehmt sie», beharrte er verärgert. «Ihr geht als Knabe durch. Nehmt sie.»

Plötzlich wurde Melisende klar, dass Ismail sich fürchtete. Die Erkenntnis machte ihr wiederum Angst. Sie suchte Halt bei Robert, doch dessen ganze Aufmerksamkeit war vom anderen Ende des Hofs eingenommen. Sie folgte seinem Blick und sah auf das Tor – das streng bewachte, von Fackeln beschienene Tor.

«Wie kommen wir da durch?», murmelte Robert zu Ismail.

«Mit Frechheit», sagte Ismail. Er trieb sein Pferd an und lenkte es über den düsteren Hof. Robert folgte umgehend. Melisende schloss eine Schrecksekunde lang die Augen und tat es ihm dann nach.

«Öffnet das Tor», schnauzte Ismail, als sie sich dem Wachhaus näherten.

Der Torwächter schaute verunsichert zu ihm hoch. «Herr, es ist spät. Und Ihr habt –» Er wies mit stummer Geste auf Alia, die in Ismails Rücken saß und seine Taille umklammert hielt.

«Bei Allah, habe ich es hier mit Ungehorsam zu tun?», herrschte Ismail. «Mach das Tor auf. Oder soll ich unseren Anführer Jussuf rufen lassen, damit er den Befehl erteilt?»

Der Soldat wurde blass. Er sah unglücklich aus, machte aber seinen Kameraden Zeichen, ihm bei den schweren Riegeln und Bolzen zu helfen. Die Glut in Alias großen dunklen Augen, die sie unverhohlen anstrahlte, hielt sie so gebannt, dass sie den beiden Gestalten in Männerkleidung hinter Ismail nicht die geringste Beachtung schenkten.

Das Tor stand offen. Ismail machte finstere Miene zu den Wachen und versetzte sein Pferd in Galopp, um die Brücke über den in Fels getriebenen Burggraben zu überqueren.

Melisende konnte einen Augenblick lang kaum glauben, dass vor ihr die Freiheit lag. Sie warf Robert einen Blick aus leuchtenden Augen zu, aber er sperrte sich einmal mehr dagegen, bleckte das Gebiss und spornte zornig sein Pferd an. Pferd und Packpferd machten einen Satz und verfielen in Kanter.

Noch einmal schaute sich Melisende nach dem Palasthof um. Dann knirschte sie entschlossen mit den Zähnen und galoppierte durch das Tor.

Sie ritten die ganze Nacht und den folgenden Tag hindurch: im Trott, bis die Pferde müde waren, dann für eine Weile im Schritt. Am frühen Abend war klar, dass die Tiere an diesem Tag nicht mehr weiter konnten und es Zeit wurde, eine Unterkunft zu suchen.

Die Taschen auf dem Packpferd waren zwar mit Reichtümern gefüllt, aber an gängiger Münze mangelte es ihnen. Was würde sich wohl ein sarazenischer Gastwirt bei provenzalischem Silber oder ungefassten Edelsteinen denken? Also stiegen sie in einer bescheidenen Landherberge ab, in der einzig eine kleine, in den staubgrauen Fels gehauene Höhle frei war. Offenkundig war der Wirt überaus neugierig auf seine eigentümlichen Gäste, und die übrigen Durchreisenden waren es auch.

«Melisende und du schlafen mit den Säcken im Gemach», murmelte Ismail zu Alia, als sie die schlichte Speise aßen, die der Wirt anzubieten hatte. «Ein paar von den Gesellen hier sehen mir reichlich verwegen aus. Robert und ich legen uns vor die Tür. Das müsste den Pöbel fern halten.»

«Eigentlich habe ich mit deiner Gesellschaft gerechnet», sagte Alia schmollend. Ismail lächelte statt einer Antwort.

«Wie lange brauchen wir bis Tortosa?», fragte Melisende. Sie war gereizt und besorgt. Den ganzen Tag über hatte Robert nicht ein Wort mit ihr gewechselt, was sich zwar durch den beschwerlichen Ritt entschuldigen ließ, sich aber dennoch scheußlich verkehrt anfühlte.

«Zwei Tage noch, würde ich meinen», sagte Ismail. «Noch ein Tag auf sarazenischem Gebiet, bis wir im Christenland sind und Robert die Führung übernimmt.»

Robert schwieg, brach nur eine Hand voll Brot ab und tunkte es in den dünnen Eintopf aus Bohnen und Hammelfleisch. Obwohl er sein Gesicht dürftig gesäubert hatte, sah er immer noch schmuddelig und verrufen aus. Goldbrauner Bartflaum bedeckte seine Wangen und sein Kinn.

Der lange Tagesritt hatte beide Frauen sehr erschöpft, und Melisende bettete sich mit Freuden auf dem Strohsack in der kleinen Felshöhle zur Ruhe. Es war stickig, und Alia und sie legten an Kleidung ab, soviel sie konnten. Alia schlief in ihrem Unterkleid, Melisende in ihrem Männerhemd. Als sie die Augen schloss, murmelte Alia: «Es gibt mir ein sicheres Gefühl, dass Ismail und Robert vor der Tür liegen.»

Sicher fühlte sich Melisende auch, beruhigt aber nicht. Während der Schlaf herankroch, dachte sie voll Sehnsucht und Sorge an Robert. Er schien ihr den Seitensprung mit dem Schatzmeister noch immer zu verübeln. Wie sollte sie das Verhältnis zu ihm nur wieder richten?

Mitten in der Nacht wachte sie auf und wusste im ersten Augenblick nicht, wo sie war. Dann hörte sie Alias Stimme als gehauchtes Flüstern. «O ja, Ismail, ich wusste, du würdest kommen. O ja, ja, mach's mir.»

«Kleine Haremshure», knurrte Ismail. «Hast du die beiden Wachen genossen? Was haben sie mit dir angestellt?»

«Sie haben gemeinsam meinen Mund und meine Blume genommen», zischte Alia. «Gleichzeitig, Ismail, haben beide wie Rammböcke in mich hineingestampft. Jetzt noch spüre ich ihr heißes, steifes Fleisch rein und raus gehen. Es macht, dass mich nach dir verlangt, Ismail.»

«Soll ich's dir jetzt machen, Alia? Soll ich meinen Schwanz in dich hineinschieben? Willst du fühlen, wie sich dieser dicke Schaft in dir bewegt?»

«Ja, ja, Ismail, o ja – Oh, er füllt mich an – er steckt so tief in mir drin –»

«Alia. Alia.»

Melisendes Brustwarzen waren straff und hart, und zwischen ihren Beinen wurde es vor Begehren heiß. Sie lauschte noch eine kurze Weile hilflos, stellte sich dann auf und trat geräuschlos an die Tür.

Sie ging ohne Knarren auf. Im Mondschein, der durch ein Loch im Dach glomm, sah sie Robert vor der Tür liegen, schlafend und eine Hand um ein breites Krummschwert geschlossen. Ihr schlug das liebende Herz. Sie ging in die Hocke, um seine Wange zu berühren.

Bevor das geschah, wachte er auf und schnellte in die Höhe, das Schwert erhoben, die Zähne gefletscht, gefährlich wie ein verwundeter Löwe. Melisende wich entsetzt zurück und rang angsterfüllt nach Luft.

Er erkannte sie, und seine Züge entspannten sich. Sein Mund zuckte hämisch, dann legte er das Krummschwert zu Boden und hob die Brauen in kalter Herausforderung.

Ganz in der Nähe schliefen noch andere. Melisende wagte nicht zu sprechen. Sie deutete mit den Augen auf die Kammer, aus der die Geräusche von Alias und Ismails Liebesspiel wehten, und hob die Hand, um Roberts Gesicht zu streicheln.

Plötzlich, ohne Vorwarnung, schien ein Wutanfall von ihm Besitz zu ergreifen. Er griff nach ihrem Handgelenk und stieß sie heftig gegen die Wand. Sie keuchte auf und versuchte, sich zu sträuben, aber er war viel zu stark für sie. Sie konnte sich nicht bewegen. Er drückte sein Gewicht gegen sie und zwang ihr seine hartnäckig drängenden Lippen auf. Seine Zunge fuhr in ihren zuckenden Mund. Von seiner Macht unterworfen, zu etwas anderem als Fügsamkeit außerstande, schrie sie auf.

Er küsste sie mit wilder Inbrunst, verschlang sie wie ein ausgehungertes Tier. Sein schwerer, muskelbepackter Körper quetschte sie an die Wand. Sie erstickte fast, bekam kaum noch Luft unter seinen Küssen und seiner Kraft. Sie hatte die Hände frei, brachte aber nicht mehr zustande, als mit den Fäusten auf seinen Rücken zu schlagen.

Unvermittelt stieß er seine Hand zwischen ihre Beine. Sie wollte lautstark widersprechen, doch immer noch klebten seine Lippen auf ihren, über die nicht mehr als ein Stöhnen kam. Kräftige Finger fuhren zwischen ihre Schamlippen und forschten nach dem verborgenen Herz ihrer Weiblichkeit. Ein Reiz zwischen Lust und Leid erfüllte sie, als er mit zwei Fingern tief in sie hineinstieß und ihre Nassheit prüfte. Sie fing zu zittern an, von seiner Gewaltsamkeit überwältigt, seinem Zorn entsetzt, seiner Wildheit erregt.

Seine Hand zog sich zurück. Kurz löste er seine Lippen von ihren und schaute ihr im matten Zwielicht in die Augen wie zur Kampfansage. Sie starrte sprachlos zurück. Ihm auf Gedeih und Verderb ausgeliefert, verstand sie ihn nicht mehr, wusste nicht, was er bei ihr suchte.

Einen Augenblick später ließ er von ihr ab. Sie sank an die Wand zurück und brachte kein Wort hervor. Als sie sich endlich genügend erholt hatte, um ihn berühren und liebkosen zu können, wurde sie Ismails gewahr, der grinsend in der offenen Tür stand. Seine weißen Zähne schimmerten schwach im Halbdunkel.

In Ismails Beisein wusste sie nichts zu sagen. Noch immer an Leib und Seele erschüttert, warf sie Robert einen letzten, zwischen Liebe und Angst schwankenden Blick zu und kehrte auf ihren Strohsack zurück. Dort lag sie mit offenen Augen, lauschte den Geräuschen der Nacht und wartete auf das Morgengrauen.

Der folgende Tag war noch heißer als der vorangegangene. Sie ritten in Gewänder aus schwerer weißer Baumwolle gehüllt, die aus ihnen formlose, keiner weiteren Aufmerksamkeit würdige Bündel machten.

Robert schwieg. Melisende ritt ein kurzes Stück hinter ihm, und ihr war schlecht vor Sorge. Ihr Verstand ging mit ihr durch. Zig Male erwog sie in Gedanken, was sie zu ihm sagen und was er antworten könnte, dann verwarf sie alles wieder.

Am Ende begriff sie, dass es das Beste wäre, ihm eine einfache Frage zu stellen. Schließlich war Robert ein schlichter, großmütiger, ehrlicher Mann. Wenn sie ihn fragte, was nicht stimme, würde er es ihr schon sagen.

Alia und Ismail ritten etwas weiter vorn und befanden

sich beinahe außer Hörweite. Sich innerlich wappnend, gab sie ihrem Pferd die Sporen und trieb es an Roberts Seite. Er warf ihr einen flüchtigen Blick zu und hob den Kopf, um geradeaus auf den Weg zu starren. Melisende holte tief Luft. «Robert.» Er schaute sie nicht an. Ihre Eingeweide verkrampften sich vor Angst. «Robert, was stimmt nicht?»

Sie rechnete mit Schweigen oder einer Antwort. Eine Gegenfrage hatte sie nicht erwartet, doch eben diese fiel so flink wie der Biss einer Schlange. «Warum bist du letzte Nacht zu mir gekommen?»

Melisende war genauso entwaffnet wie damals, als sie mit Robert Schach gespielt hatte. Im ersten Augenblick verhaspelte sie sich. «Ich – Ismail war bei Alia – und ich –»

«Du wolltest, dass ich dich stoße», beendete Robert den Satz.

Sein Ton klang zornig und herablassend. Melisende sträubte sich das Fell wie bei einer in die Ecke getriebenen Katze. «Was soll daran verkehrt sein?», verlangte sie erbost zu wissen. «Vor ein paar Tagen noch sollte ich niemanden außer dir begehren.»

«Und das ist schon alles, was du von mir willst», sagte Robert. Seine Stimme war leise, bebte aber vor Leidenschaft. Melisende wollte das bestreiten, doch der Damm seines Schweigens war gebrochen, und ein Schwall von Worten brach aus seinem Mund hervor. «Nichts weiter als das. Ein starker Arm, der dich und deine kostbare Mitgift beschirmt, und ein ordentlich breiter Riemen, um dein hungriges kleines Loch zu füllen.»

Er schöpfte Atem und gab Melisende Gelegenheit zu sprechen. Aber sie konnte nicht. Nie hätte sie sich vorstellen können, dass er so wüste Reden führen würde. Was musste er bloß fühlen, wenn er solche Worte wählte? Was konnte sie dazu sagen?

Robert starrte sie jetzt an. Seine Lippen waren blass, Schweiß stand auf seiner hohen Stirn, und die Zügel zitterten in seinen Händen. «Wolltest du die ganze Zeit nur das?», fragte er. Seine Augen stachen leuchtend hervor. Er sah ganz irre aus. «Hast du mich deshalb verführt? Weil du deine Mitgift von deinem Bruder – von meinem Herrn, deinem Bruder loseisen wolltest?»

Er schien als Nächstes weinen oder sie umbringen zu wollen. Melisende schüttelte hilflos den Kopf.

«Und wie lange wirst du mich wohl behalten?», fuhr er fort. «Wirst du genug von mir haben, wenn wir in Palermo ankommen? Oder vielleicht schon in Akkon, wenn du deinen treuen Drogo wiederbekommst? Wirst du mich dann beiseite schieben und einen anderen finden, der dir das Bett wärmt?»

Melisende war nach Weinen zumute, aber sie traute sich nicht. Trotz ihrer Angst und ihres Entsetzens klammerte sie sich an die Einsicht, nicht kontern zu dürfen. Er war ganz entfesselte Wut, und Widerrede würde alles nur schlimmer machen. Ihre Zunge fühlte sich wie ein Stück Holz an, aber sie setzte sie in Gang. «Robert», flüsterte sie, «was lässt dich glauben, ich wollte dich loswerden?»

«Du sorgst dich mehr um diesen Plunder als um mich», rief Robert aus und wies auf das schwer arbeitende Packpferd.

«Nein», sagte Melisende verzweifelt. «Nein, Robert. Ich liebe dich.»

«Das hast du schon einmal gesagt», sagte er und klang auf einmal kalt und erschöpft. «Ich wollte dir glauben. Gott helfe mir, ich wollte es so sehr.»

Was sollte sie sagen? Sie konnte es ableugnen, widersprechen, versichern, wie sehr sie ihn liebe. Wenn er ihr aber nicht mehr vertraute, wozu sollte es dann noch gut sein? Sie ließ ihr Pferd zurückfallen und gestand damit ihre Niederlage ein. Robert beobachtete sie, als sie sich von ihm abwandte, und sie glaubte, in seinen Augen etwas auszumachen, was nicht Zorn oder Kummer war und ihr einen Hoffnungsstrahl schicken könnte. Aber es war nicht mehr als ein Strohhalm, an den sie sich klammern konnte. Schluchzend trottete sie allein hinter dem Packpferd einher.

Bis zum Abend hatte sie noch keine Lösung gefunden. Inzwischen lag das sarazenische Gebiet beinahe hinter ihnen, und sie waren in jenem seltsamen Niemandsland, in der christliche Schreine Seite an Seite neben Moscheen standen und blonde und dunkle Menschen in den Straßen durcheinander liefen. Erleichtert streifte sich Melisende den Turban vom Haar und seufzte auf, als die frische Luft ihre kräftigen Locken anhob und löste.

Den ganzen Tag über war sie für sich geritten. Hinten auf Ismails Sattel hatte ihr Alia sehnsüchtige Blicke zugeworfen und war sichtlich bestrebt gewesen, zu reden und womöglich zu helfen, aber Ismail hatte es nicht erlaubt. Vielleicht fand er, dass sich niemand in anderer Leute Liebesdinge einmischen sollte. Melisende wünschte sehr, die beiden hätten sich eingemischt, denn sie wusste keine Antwort. Ihr war kalt, sie fühlte sich krank und leer.

Diesmal fanden sie Unterkunft in einem besseren Gasthaus als am Abend zuvor, geführt von einem Armenier mit sarazenischer Frau. Ismail und Alia gingen einen Geldwechsler suchen, um etwas von ihren Reichtümern einzutauschen. Robert trat in das Gärtchen hinter dem Haus hinaus, wo Jasmin, Rosen und Geißblatt in den Hecken wucherten und in kleinen Töpfen Kräuter gezogen wurden. Melisende folgte ihm; warum, wusste sie zwar nicht recht, war sich aber sicher, ihm nahe sein zu müssen.

Da stand er nun, das unergründliche Gesicht dem Sonnenuntergang zugekehrt. Rotgoldenes Licht flutete über seine kräftigen Züge, hob die scharfkantigen Flächen von Nasenrücken und Kiefer hervor, verschattete die Höhlen, aus denen seine Augen leuchteten. Er sah wunderschön aus, wie eine heidnische Gottheit. Wie könnte sie ihn jetzt verlieren, nachdem sie beide so viel gemeinsam durchgemacht hatten und ihr Glück zum Greifen nahe lag? Wenn ich dich nicht haben kann, dachte Melisende, will ich sterben. Dann fiel ihr ein, dass sie genau so empfunden hatte, als sie ihn zu ersten Mal sah, und es tat ihr im Herzen weh.

«Robert», sagte sie leise.

Er zuckte zusammen, als sie sprach, und sah zu ihr hinab. Einen Atemzug später entgegnete er: «Mein Fräulein.»

Mein Fräulein! Sanfte Worte waren das von einem Mann, der sie vor wenigen Stunden noch nach Kräften eine Hure geschimpft hatte. Melisendes Lebensgeister jubilierten. Worte drängten sich ihr auf, Entschuldigungen, Vernunftgründe, Rechtfertigungen, Unschuldsbeteuerungen. Doch sie sprach nicht eines davon aus. Worte und Logik waren keine Antwort, wenn es um Robert ging. Sie erinnerte sich daran, wie er gesagt hatte: «Ich kann mich mit dir nicht streiten.» Er war ein Mann des Herzens, nicht des Verstandes, von Taten statt Worten.

Taten. Melisende schluckte, dann sagte sie: «Robert, es

ist so viel geschehen. Ich weiß nicht genau, was dich zu deinen Gefühlen veranlasst hat, aber ich muss sie verdient haben.» Er hob den Kopf und sah sie an. Sein Gesicht verriet Überraschung, sogar Erschütterung. Offensichtlich hatte er nicht erwartet, dass sie sich zu ihrem vermeintlichen Unrecht bekennen könnte. Melisende beeilte sich weiterzusprechen, solange er ihr noch gewogen war, und sprudelte hervor: «Ich weiß, du fühlst dich von mir betrogen. Sag mir, was ich tun muss, um dein Vertrauen wiederzugewinnen.»

Ein sehr langes Schweigen trat ein. Roberts Gesicht sah aus wie damals beim Schachspielen, angespannt und vereinnahmt. Zuletzt fragte er: «Pflegst du deine Schwüre zu halten, Melisende?»

Ihr war unbehaglich zumute, als würde er jede Lüge sofort durchschauen. Ungelenk sagte sie: «Sehr viele habe ich noch nicht abgelegt.»

«Du hast geschworen, dir deine Mitgift zurückzuholen», sagte er bitter. «Das hast du mir gesagt. Und dich daran gehalten, oder nicht?»

«Aber ich leiste Schwüre nur», Melisende stockte, «wenn es mir ernst damit ist, sie zu halten. Ich –» Sie brach ab und errötete.

«Was?», fragte er leise.

«In Montjoie habe ich einen Schwur abgelegt am selben Tag, an dem ich dich zum ersten Mal sah, um – deine Liebe zu erringen», kam Melisende zum Ende und ließ den Kopf hängen.

«Meine Liebe oder meinen Leib?», fragte Robert kalt.

Sie musste aufrichtig sein, rücksichtslos aufrichtig. Seine Augen waren auf sie geheftet und brannten heißer als die Flammen der Inquisition. «Anfangs», sagte sie unter innerer Überwindung, «anfangs war ich nur auf deinen Körper aus. Ich kannte dich nicht. Aber dann, als ich sah, was für eine Art von Mann du bist, liebte ich dich und wollte dich um deinetwillen.» Sein Gesichtsausdruck war immer noch kalt, nun jedoch wirkte die Kälte verzweifelt, wie eine Maske, die er aufgesetzt hatte, um seine Gefühle vor ihr zu verbergen. Wollte er ihr glauben? «Und ich habe Sophia gefragt, ob ich dich heiraten könnte», flüsterte Melisende. «Ich versuchte, sie – zu erpressen, als hätte sie sich einen Teufel darum geschert, dass andere erführen, was sie trieb. Und sie hat mir ins Gesicht gelacht.»

Wieder trat Stille ein. Dann sprach Roberts Stimme: «Wenn –», und stockte. Sie schaute rasch auf und sah, dass er sich mit einer Hand das Gesicht rieb und sein Kiefer knirschte, als kämpfe er Tränen zurück. Schließlich hatte er sich gefasst und fuhr fort: «Wenn du mich also liebst, Melisende, dann heirate mich jetzt. Nicht in Akkon, nicht in Palermo, sondern jetzt, sobald wir einen Priester finden, der uns traut. Während wir auf der Flucht sind und ich ein Niemand bin. Heirate mich, Melisende. Gelobe mir deine Treue.»

Tränen schossen Melisende in die Augen, aber sie wischte sie zornig fort. Wie der Sonnenstrahl Gewitterwolken vertreibt, verwandelte sich die Wehmut ihres Herzens in wonnige Glut. «Ja», sagte sie, kaum der Sprache fähig. «Robert, ja. Hätten wir nichts, wären wir Bettler ohne einen Heller in der Tasche: Ich würde ja sagen.» Sie hob eine Hand gen Himmel. «Und sollte ich je mein Gelöbnis dir gegenüber brechen, mein Fürst, so möge der Himmel fügen, dass ich alles verliere.» Sie bekreuzigte sich und streckte die Hand nach ihm aus.

Sein Gesicht verwandelte sich. Das Licht aus seinen Augen bekam Tiefe, und Leidenschaft milderte das Kantige seines Kinns. Ihre Lungen bebten, als sie die Liebe in seinem Antlitz sah. Er nahm ihre Hand und ließ, plötzlich unsinnig schüchtern, den Kopf hängen. «Morgen», sagte er. «Wirst du mich morgen heiraten? In Tortosa?»

«Ja», antwortete Melisende und lachte noch, als ihr schon die Tränen kamen.

Er hob ihre Hand an seine Lippen. «Nun», sagte er, «wage ich, die Hand einer so schönen Dame zu küssen.» Er lächelte sie an, und es war, als führe ihre Seele in den Himmel. «Bis dahin aber wollen wir enthaltsam bleiben, um uns auf unser Leben in Freude vorzubereiten.»

«Wie Ihr wollt, mein Fürst», sagte sie und lachte noch immer.

«Sag, dass du mich liebst», flüsterte er und sah ihr dabei in die Augen. «Sagt, dass Ihr mich liebt, meine Holde, wie ich Euch liebe.»

«Ich liebe dich.» Jetzt strömten die Tränen. «Mein Fürst, mein Geliebter.»

Sanft zog er sie an sich, bis er sie festhielt, ihr Kopf an seiner Schulter, seine Arme um sie gelegt. In ihr Ohr murmelte er: «Kannst du vergessen, was ich heute Morgen gesagt habe?»

«Nein», erwiderte Melisende, und Robert wich zurück, um den Blick auf ihr Gesicht zu senken. «Nein, Robert, das kann ich nicht, sowenig wie du vergessen kannst, womit ich dich dazu gebracht habe, es zu sagen.» Sie hob die Hand, um voll Zärtlichkeit seine Wange zu streicheln. «Aber ich kann dich bitten, mir zu verzeihen, so wie ich dir verzeihe», flüsterte sie. Seine Arme umschlangen sie, seine Lippen strichen über ihr Haar, und sie schloss die Augen vor Glückseligkeit.

In jener Nacht schlief sie friedlich und tief. Sie träumte Merkwürdiges, von perlengefüllten Schiffen, Betten, die schaukelten, als trieben sie auf dem Meer, von ihren eigenen Träumen als Jungfrau. Sie träumte vom Ritter im weißen Seidenumhang, der ihr das Jungfernhäutchen nahm, doch als er den Umhang hinter sich zu Boden fallen ließ und zu ihr trat, traf ihn ein Lichtstrahl, und es war Robert.

«Ist alles in Ordnung?», flüsterte Alia, als sie sich am nächsten Morgen am Brunnen wuschen.

«Ja», flüsterte Melisende zurück und drückte Alias Arm voll Dankbarkeit und Zuneigung. «Ja, Alia, es ist alles in Ordnung.»

«Ismail meint, wir würden heute Tortosa erreichen», sagte Alia. «Und dass er und ich nach Famagusta übersetzen und dort auf euch warten, während ihr nach Akkon reist, um deine Zofe zu finden. Ist das deine Absicht, Melisende?»

«Ja», sagte Melisende schlicht. «Sie war meine Amme. Ich kann sie nicht im Stich lassen.»

«Aber es bedeutet, dass ich ohne dich reisen muss», sagte Alia kläglich.

«Alia, du hast doch bestimmt keine Angst?»

«Alles ist so fremd», sagte Alia mit beschämtem Gesicht. «Und Ismail lacht mich aus.»

Melisende nahm die Hand ihrer Freundin. «Wenn ich du wäre», sagte sie, «würde ich Ismail heiraten, ehe ihr in See stecht. Halt ihn fest, Alia. Er ist ein launisches Aas.»

Alias hübsches Gesicht klärte sich auf der Stelle. «O Melisende», sagte sie, «wie kannst du so von Ismail sprechen? Er liebt mich.»

«Wollt ihr den ganzen Tag da rumstehen?», dröhnte Ismails Stimme herüber. «Die Pferde warten.»

Tortosa war kein so großer Hafen wie Akkon, aber umtriebig und voller Schiffe. Die kleine Gesellschaft ritt geradewegs zum Kai, wo sich zu ihrer Überraschung ein Schiff fand, das eben im Begriff stand, nach Famagusta abzulegen. Tränen und Abschiedsgrüße folgten so rasch, dass sie beinahe unwirklich schienen.

«Nimm dies», sagte Melisende und schob einen Beutel Edelsteine aus ihrer Mitgift in Ismails Hand. «Wir hatten keine Zeit, sie zu zählen, Ismail, aber verlass dich drauf, dass ich mit dir abrechne, sobald wir –»

«Schsch», sagte Ismail und beugte sich vor, um ihr einen kleinen Kuss auf die Wange zu tupfen. «Melisende, ich hätte nie gedacht, dass ich so etwas zu einer Frau sagen würde, geschweige denn einer Fränkin, aber ich vertraue dir, wie du mir vertraut hast. Ich werde dies hier sicher aufbewahren, bis wir uns in Famagusta wiedersehen. Du wirst uns im Schoß des Wohllebens finden.» Er lächelte. «Denk bloß, hätte ich nicht auf dich gehört, als wir uns zum ersten Mal über den Weg liefen, wäre ich noch immer Hauptmann und würde mich unter diesem viehischen Jussuf abplacken –»

«Und ich wäre tot», sagte Robert, «nicht wahr? Also müssen wir beide meiner Holden für ihren raschen Verstand und ihre flinke Zunge danken.»

«Und Clare dafür, mich Arabisch gelehrt zu haben», sagte Melisende verlegen. Sie umarmte Ismail erneut und flüsterte ihm ins Ohr: «Sei gut zu Alia.»

«Verlass dich drauf», erwiderte er mit sehr unzuverlässigem Grinsen.

«Bestimmt werde ich seekrank», jammerte Alia.

Der Wind blies günstig, und das Schiff segelte bald los. Ismail und Alia standen winkend an Deck, bis sie zu winzig waren, um erkennbar zu sein.

«Jetzt», sagte Robert, «verkaufen wir die Pferde und suchen uns ein Schiff nach Akkon. Je früher desto besser, bevor uns die Männer des Emirs einholen. Es fahren ständig Handelsschiffe die Küste hinauf und hinunter, um die Häfen abzuklappern. Eher hat es mich überrascht, so bald ein Schiff nach Zypern zu finden.» Er schien an etwas zu denken und schmunzelte. «Und außerdem», fügte er hinzu, «sind wir reich. Wir können ein Schiff bezahlen, dass es nur uns nach Akkon bringt. Ich werde wohl noch einige Zeit brauchen, um mich daran zu gewöhnen.»

Sie mussten keine langen Erkundigungen einholen, bis sie einen Kapitän fanden, dem ein recht großes Handelsschiff mit Segeln und Rudern unterstand und der bereit war, die Reise nach Akkon nach ihren Wünschen und für ein hübsches Sümmchen in Gold und im Voraus anzutreten. Melisende rechnete damit, der Kapitän werde tausend Fragen stellen, doch er machte den Eindruck, als könne ihn nichts mehr in Staunen versetzen. Als Robert sagte, es sei ihnen eilig, hob er die Brauen, war aber einverstanden, noch am selben Abend abzulegen, da der Herr es so wünsche. Ein schwaches Zucken um seine Lippen verriet nur einen Funken Neugier über Roberts halb sarazenische Aufmachung.

«Genug Zeit, einen Priester zu finden», sagte Robert.

Als die Sonne im Meer versank, standen Robert und Melisende folglich an Deck ihres eigens gemieteten Schiffs und sahen die Türme und Mauern von Tortosa im Abendlicht zurückfallen. Robert hielt Melisendes Hand und drehte unablässig an einem rotgoldenen, mit einem Smaragd in der Farbe ihrer Augen besetzten Ring, der an ihrem Finger glomm.

«Meine Holde», flüsterte Robert und küsste den Ring. «Meine Gemahlin.»

«Mein herrlicher Gemahl.» Ihr war das Herz voll, floss über von Liebe zu ihm.

Die warme salzhaltige Luft streifte ihre Wangen mit unsichtbaren Fingern und warf ihre schimmernden Haarsträhnen mal hierhin, mal dorthin. Er strich ihr das Haar aus dem Gesicht und lächelte ihr in die Augen. «Haben wir lange genug gewartet?», frage er sanft.

«Wie mein herrlicher Gemahl wünschen», sagte Melisende und schlug die Augen nieder.

Er lachte laut auf. «Aufgesetzter Kleinmut passt nicht zu dir, Melisende.»

«Ach so?», erkundigte sie sich. «Dir wäre es lieber, ich sagte: *Ja, herrlicher Gemahl, steckt mich sofort ins Bett!*»

«In diesem Fall», sagte er leise, «würde ich das vorziehen.»

Er nahm ihr Gesicht in seine Hände und senkte seine Lippen auf ihre hinunter. Hingerissen stand sie da, war sich nur der Betörung durch seinen Kuss bewusst, spürte seine warme Nähe, war umhüllt von seiner Liebe.

Schließlich lösten sie sich unter schalkhaften Beifallsrufen der Mannschaft voneinander. Melisende glaubte, Robert werde verlegen sein, aber er grinste wie der Soldat, der er war. «Aufmerksame Zuschauer sind was Feines», meinte er, «doch nun, meine Holde, ist es Zeit, zu Bett zu gehen.»

Das Schiff gehörte für die Dauer der Reise ihnen; sie hatten die Kapitänskajüte. Es war ein winziges Geviert, enthielt aber ein Bett von gleicher Spannbreite wie Me-

lisendes Arme. Irgendwer hatte sogar saubere Laken aufgetrieben und damit die Strohmatratze bezogen. Robert
zerrte den schweren Vorhang vor die Tür und hakte ihn
ein. Dann drehte er sich um und lächelte sie an. Seine goldenen Augen leuchteten.

«Sie werden uns alle hören», sagte Melisende.

«Ja», pflichtete er bei und trat auf sie zu, «werden sie.»

Ihr Herz klopfte heftig, der Atem strömte kalt durch ihre
Kehle. «Du rätst nie», zwitscherte sie quietschvergnügt,
«was ich alles das Mal zuvor auf einem Schiff gelernt habe.
Ich war noch Jungfrau und hab zugehört, wie der Kapitän
hinter einem Vorhang sein Bauernmädchen nahm und –»

Er legte seine großen Hände auf ihre Schultern und zog
sie an sich. «Schweig, Gemahlin», sagte er. Sie gehorchte und keuchte auf, als sie in den Schmelz seiner Augen
blickte. Er lächelte sie an, aber das Lächeln verlor sich in
seinem brennenden Begehren. «O Gott, Melisende», flüsterte er, «du bist das schönste Geschöpf, das je erschaffen
wurde. Sag, dass du mir gehörst.»

Sein strahlender Blick schlug sie in Bann. Ihre Lippen
bewegten sich träge, als wäre sie von seinem Zauber besessen. «Ich bin dein», antwortete sie leise, «dein, mein
Fürst.»

«Mein», raunte er und drückte seine Lippen auf die ihren.

Sein Körper war gestählt wie ein Schwert und biegsam
wie Schilfrohr. Er drückte sie eng an sich, und seine Lippen wanderten von ihrem Mund an ihren Hals. Melisende
ließ den Kopf zurückfallen und schmolz in seinen Armen
dahin, wurde weich wie Wachs an der Hitze eines Feuers.
Bedächtig, Stück für Stück, entfernte er ihre Kleidung,
enthüllte ihre blassen schlanken Gliedmaßen, weißen

Schultern, die sich straffenden Brüste. Ihre Warzen waren steif, bedürftig angeschwollen und flehten um seine Liebkosung. Er nahm eine stramme Zitze zwischen die Finger, um sie zu kneten, und Melisende wimmerte, in seinen Armen schwankend, als liefe eine einzelne Welle über einen stillen Teich.

Sie war nackt, schlaff und wehrlos unter seinen forschenden Händen. Sanft, aber beharrlich berührte er sie überall, schob die Handflächen ihren weichen flachen Bauch hinauf, ihren schlanken Rücken hinunter, zwischen die glatten Kugeln ihres Hinterns. Seine Finger loteten ihr Geschlecht aus, tänzelten über ihre wehe Klitoris, schlüpften in die dunkle Blume ihres Anus. Sie ließ alles zu und sperrte sich nirgends. Jede Berührung war die reinste Wonne.

Wieder streichelte er die feuchten Blütenblätter ihrer Möse, teilte sie. Sein Zeigefinger glitt in der warmen Spalte nach vorn, begann dort sanft, aber nachhaltig zu reiben, und liebkoste sie mit ebenso viel Geschick wie eine Frau. Melisende vergaß die Seeleute, die draußen die Ohren spitzten, und schrie los, als er die kleine Knospe im Herzen ihrer Lust berührte. Sie bäumte sich auf und schlug mit dem Rücken einen Bogen, um seinem Mund ihre Brüste darzubieten.

Auf einmal nahm er sie in seine Arme und trug sie zum Bett. Er legte sie auf das weiße Leinen und blieb einen Augenblick stehen, nur um sie anzuschauen. Seine steife Rute pochte unter seinen Kleidern. Ihr Kopf rollte auf dem Kissen hin und her, bis sie schließlich die türkisfarbenen Augen aufschlug und zu ihm emporsah.

«Bitte», flüsterte sie. «Mein Fürst.»

Langsam zog er sich nackt aus. Melisende verfolgte die

Offenbarung seines goldenen Leibs. Als sein draller Penis hochschnellte, seufzte sie begierig. Sie sehnte sich nach dem Gefühl, von ihm durchdrungen zu werden.

Er legte sich zu ihr auf das Bett. Unbefangen, ganz natürlich glitt sie in seine Arme, weil sie wusste, dort gehörte sie hin. Sie lagen eng beieinander und küssten sich. Mehr an Spiel brauchte es nicht, um einander zu erregen. Sein Schwanz schmiegte sich heiß und bereit zwischen ihren und seinen Körper. Bald, sehr bald würden sie ihre Liebe vollziehen.

«Meine Holde. Melisende.» Er bekam ihren Schenkel zu fassen und hob ihn über seine Hüfte; dann schlüpfte er mit einem Bein zwischen ihre Schenkel, bis sich alles ineinander verschlang. Seine satinierte Eichel schob sich herrlich geschmeidig zwischen die feuchten Falten ihres Geschlechts. Sie schaute mit Augen in sein Gesicht, die träge und schwer von Sehnsucht waren. Seine Lippen öffneten sich, und ihr Atem hauchte Verlangen.

«Mein Gemahl», murmelte sie. «Nimm mich, mein Gemahl. Mach aus mir die deine.»

«Das werde ich», flüsterte er. Aber er tat es nicht sofort. Er ließ den steifen Schaft zwischen ihre Schenkel gleiten, bis er auf ganzer harter Länge ihr klaffendes Geschlecht drückte und himmlisch fest über ihr feuchtes, williges Fleisch rieb. Die kräftige, haarige Wurzel stemmte sich gegen ihre zuckende Klitoris und ließ Melisende aufstöhnen.

Hin und her, hin und her schlüpfte sein Phallus und entzückte sie, ohne Besitz zu ergreifen. Sie wand sich und stieß leise Schreie aus, bei denen sich Trunkenheit und Entbehrung die Waage hielten. Die Lust war machtvoll, und doch zog sie bei jedem Stoß die Hüften an, so nötig

347

wollte sie seinen Leib in sich empfangen, von ihm durchdrungen werden, und mit wachsender Erregung schwoll auch ihr ausgehungertes Sehnen, bis es verzehrende Gluthitze geworden war.

«Bitte», stöhnte sie und stieß ihn an. «Bitte, mein Fürst.»

«Noch nicht», flüsterte er und versetzte ihr einen weiteren Stoß. Er drückte ihre Schulter zurück, bis sie sich von ihm wegdrehte und ihre nackten Brüste seiner Liebkosung überließ. Er befingerte ihre Warzen und heftete die Lippen auf ihren weißen, geschwungenen Hals.

Melisende wurde von Lust und Begehren überwältigt. Züngelnde Blitze der Wonne strahlten von ihren gepeinigten Brustwarzen ab. Wollust staute sich in ihren Lenden, ballte sich in ihrer Magengrube und ließ sie vor Sehnsucht röcheln und keuchen. Noch immer drang er nicht in sie ein, und sein heißer harter Schwengel glitt im schlüpfrigen Film ihrer Säfte zwischen ihren schwellenden Schamlippen hin und her. Er drängte seine Hüften eng an ihre, stieß zu und walkte seine harte Schwanzwurzel über ihre pralle Lustknospe, ehe er zurückwich. Dieser zusätzliche Reiz war zu viel. Melisende schrie auf, als sie spürte, wie sich der Höhepunkt vom Geschlecht zum Rückgrat emporschraubte und verzweigte Gewitterblitze ihr wirbelndes Hirn heimsuchten.

«O Gott», gellte ihr Ruf, «ich komme, Robert, Herrgott hilf, mach's mir.»

«Ja», hauchte er, und als sich ihre Lenden seinem drängenden Schwanz entgegenschoben, veränderte er den Winkel seines Körpers um ein Geringes, brachte seine Eichel an ihrem Eingang unter und drang mit dem nächsten Stoß bis zum Heft in sie ein. Sie brüllte, da er sie genau in dem Augenblick ausfüllte, als ihr Orgasmus nicht mehr aufzuhalten war. Sein Schwanz glitt in ihr hinauf, dehnte sie, berührte ihren Muttermund, und die plötzliche Reizerfüllung brachte sie vor Lust um den Verstand. Sie schluchzte und heulte auf, klammerte sich an ihm fest, warf den Kopf hin und her, vergrub die Fingernägel in seinen starken Schultern. Er ersparte ihr nichts, sondern stampfte in sie hinein, immer wieder, grub sie mit seiner Stoßkraft in die Laken, zerrte an ihren hüpfenden Brüsten, und hielt sie so für lange Augenblicke auf dem Gipfel der Seligkeit fest. Endlich hielt sie es nicht länger aus. Sie brach unter ihm zusammen und lag reglos da, zuckte nur noch schwach, während er sich ein letztes, verzweifeltes Mal in sie versenkte und einen Siegesschrei ausstieß, als sein Schwanz tief vergraben in ihrem anschmiegsamen Fleisch zuckte.

Sein Kopf ruhte auf ihrer Brust und bewegte sich sachte im Takt ihres Herzens. Sein Glied ruhte jetzt in ihr, war von ihr gleichermaßen erobert wie sie von ihm. Melisende fuhr mit den Händen durch sein schweißgetränktes Haar und schöpfte Atem in langen, trägen Zügen vollkommener Befriedigung.

Er bewegte den Kopf leicht und sah zu ihr hoch. Seine strahlenden Augen waren halb von den langwimprigen Lidern bedeckt. «Das ist die wahre Ehe», sagte er mit schläfrigem Lächeln. «Zum ersten Mal, meine Liebste, darf ich die ganze Nacht lang dein Bett teilen.»

Sie beugte sich hinunter, um seine Stirn zu küssen. «Mögen meine künftigen Nächte alle so gesegnet sein», murmelte sie.

«Amen», sagte Robert. Dann schloss er die Augen und ließ einen sehr langen Seufzer hören. Er war fest eingeschlafen.

Sanft hoben die Wellen das Schiff, wie eine Wiege schaukelt. Melisende schlang die Arme um Roberts muskulösen Körper. Er war völlig entspannt und mit seinem Kopf auf ihrer Brust zutraulich wie ein Kind. In seinem Hals schlug dumpf, kraftvoll und langsam der Puls, und zwischen seinen geöffneten Lippen flüsterte der Atem. Ihre Liebe zu ihm wallte empor, bis sie glaubte, davon überwältigt zu werden, fest die Augen schloss und Gott von ganzem Herzen dankte. Alle ihre Gelöbnisse waren erfüllt, und der Traum ihrer Jungmädchenzeit, der glitzernde Lohn ihres verbotenen Kreuzzugs, schlief in ihren Armen.